Cœurs maudits

VIRGINIA C. ANDREWS

FLEURS CAPTIVES	*J'ai lu* 1165/**4***
PÉTALES AU VENT	*J'ai lu* 1237/**4***
BOUQUET D'ÉPINES	*J'ai lu* 1350/**4***
LES RACINES DU PASSÉ	*J'ai lu* 1818/**4***
MA DOUCE AUDRINA	*J'ai lu* 1578/**4***
LE JARDIN DES OMBRES	*J'ai lu* 2526/**4***
LES ENFANTS DES COLLINES	*J'ai lu* 2727/**5***
L'ANGE DE LA NUIT	*J'ai lu* 2870/**5***
UN VISAGE DU PARADIS	
CŒURS MAUDITS	*J'ai lu* 2971/**5***
LE LABYRINTHE DES SONGES	

Virginia C. Andrews

Cœurs maudits

traduit de l'américain
par Françoise JAMOUL

Éditions J'ai lu

Ce roman a paru sous le titre original :

FALLEN HEARTS

Nous étions dans mon appartement d'autrefois, à Farthinggale Manor, et Logan me couvrait de caresses et de baisers. Sa tendresse m'enveloppait, me portait comme un flot de douceur. Et les ombres menaçantes de ma passion interdite reculaient, chassées par l'éclat de ce nouvel amour. L'avenir était tout tracé : Logan et Heaven réunis, pour toujours. Logan qui m'aimait et me prouvait si tendrement son amour... Ce n'était plus la passion dévastatrice que j'avais partagée avec Troy; celle qui vous coupe du monde et vous secoue comme une mer démontée, sans rien à quoi vous raccrocher, sinon elle-même. C'était un lac en plein été, calme et serein. Le paisible balancement des vagues, rassurant et doux, à l'image de la vie qui m'attendait près de Logan.

Bien plus tard, il s'endormit dans mes bras. Dans la clarté indécise du crépuscule, je laissai mon regard errer autour de moi. Voilà, j'étais de retour à Farthy et je venais de faire l'amour avec mon mari. Était-ce ainsi que, bien des années plus tôt, entre ces quatre murs, ma mère s'était donnée au mari de sa propre mère ? Avait-elle pressé avec la même ardeur son corps juvénile contre le sien, pour me lancer dans une existence tourmentée ?

Je fermai les yeux. Je comprenais comment les

fantômes survivent et nous hantent : ils sont en nous. Ils sont cette pulsion, cette force irrésistible qui nous incite à répéter sans cesse les mêmes actes. Mais mes désirs étaient purs et clairs, maintenant. Je ne souhaitais plus que Logan, mon mari. Lui seul, et pour toujours.

« Cher Pa,

» Malgré toute la tristesse, toutes les épreuves du passé, je suis prête à te pardonner et à te demander pardon. Pa, voilà bientôt deux ans que Tom est mort. Deux ans dont pas un seul jour ne s'est écoulé sans qu'il me manque, et Grandpa aussi. Mais pour moi, le temps du deuil a pris fin et celui de l'amour et de la vie commence. J'ai une merveilleuse nouvelle à t'annoncer : je vais me marier. Avec Logan Stonewall, tu te souviens ? Mon amour d'enfance. Je me suis installée à Winnerow, pour réaliser mon rêve de devenir institutrice comme Mlle Marianne Deale. C'est elle qui m'a incitée et encouragée à lire, à m'instruire, à rêver et à croire en moi-même. Et mes rêves d'enfant semblent se réaliser, finalement. Tous, sauf celui qui nous concerne tous les deux, toi et moi. Je voudrais que Drake, Stacie et toi assistiez à mon mariage, Pa. Je voudrais descendre la nef au bras de mon père et que ce soit lui qui me donne à mon mari. Je suis tellement heureuse, Pa, je veux effacer toute l'amertume du passé. Je veux te pardonner et que tu me pardonnes. Il serait grand temps de nous comporter comme une vraie famille : peut-être y parviendrons-nous, finalement ? Fanny sera ma demoiselle d'honneur. J'espère que tu seras mon père, enfin.

» Avec toute ma tendresse,

» Heaven. »

1

Promesses de printemps

Assise sous le porche de la cabane, je lisais et relisais sans cesse ma lettre à Pa. C'était un beau matin de mai, le printemps laissait déjà pressentir l'été. Il me semblait qu'après un sombre et rigoureux hiver mes collines des Willies se réveillaient avec moi, accueillant la tiédeur pleine de promesses du printemps, avant l'éclosion radieuse de l'été. Les moineaux et les rouges-gorges pépiaient et voletaient dans un doux bruissement de feuilles. Le soleil perçait le sous-bois, tissait un réseau de lumière entre les bouleaux, les noyers blancs et les érables. Traversés de rayons, les feuillages devenaient comme translucides. Le monde resplendissait de vie.

Je pris une profonde inspiration et le parfum frais, riche et pénétrant des fleurs et des feuilles emplit mes poumons. Le ciel était d'un bleu outremer, avec de petits nuages floconneux qui s'effilaient et s'enroulaient. On aurait dit des bébés s'étirant dans leur sommeil.

Depuis le jour de mon retour à Winnerow, Logan était à mes côtés. Il était près de moi pendant ces moments terribles qui avaient suivi la mort de Tom, quand Pa était à l'hôpital. Il était là quand Pa était retourné en Géorgie avec Stacie et le petit Drake. Il était là quand Grandpa nous avait quittés, me laissant seule dans la confortable maison neuve qui remplaçait la cabane de mon enfance. Et là encore ce fameux jour, mon tout premier jour de classe à l'école de Winnerow. Je riais maintenant, en me rappelant mes angoisses d'alors. Serais-je à la hauteur de ce rôle d'institutrice dont j'avais tant rêvé ?

Ce matin-là, comme aujourd'hui, j'étais sortie sous le porche dans l'intention de passer un moment dans le vieux rocking-chair de Granny : je voulais contempler mes Willies avant de me rendre à l'école. Mais en ouvrant la porte, je trouvai Logan au bas des marches, un sourire radieux sur le visage, son regard bleu lumineux comme le ciel du matin. Il m'accueillit par un grand salut.

– Bonjour, mademoiselle Casteel. En tant que membre du corps enseignant de Winnerow, vous avez droit à une escorte jusqu'à l'école. Et c'est moi qu'on a désigné pour remplir ce devoir.

– Oh, Logan, tu t'es levé tôt exprès pour faire ce trajet !

– Mais non, pas si tôt que ça ! Il faut que j'ouvre le magasin de toute façon. Il est trois fois plus grand qu'avant, précisa-t-il en se rengorgeant, ce qui demande beaucoup plus de travail. Et maintenant, mademoiselle Casteel...

Je dévalai les marches et pris la main qu'il me tendait. Nous commençâmes à descendre le sentier côte à côte, en amoureux, exactement comme autrefois. Et je me crus ramenée au bon vieux temps, quand nous traînions derrière les autres, Tom, Keith et *notre* Jane... avec Fanny toujours en train de provoquer Logan par toutes sortes de mines langoureuses et d'agaceries. Quand elle avait enfin compris l'inutilité de ses efforts, elle s'éloignait en courant, pour bouder. Je croyais presque entendre leurs voix résonner devant nous. Et bien que la vie ait été dure pour nous en ce temps-là, ce souvenir me fit monter les larmes aux yeux. Logan s'en aperçut aussitôt.

– Allons, allons, un sourire s'il te plaît. Aujourd'hui est un grand jour. Je veux entendre ton rire retentir dans la colline, comme autrefois.

– Oh, Logan ! Merci d'être venu, merci de t'occuper de moi.

Il s'arrêta et me fit pivoter vers lui. Son regard était grave et plein d'amour.

– Non, Heaven, c'est moi qui devrais te remercier d'être aussi belle que dans mon souvenir, aussi adorable. C'est comme si... (il regarda autour de lui, cherchant ses mots)... comme si le temps s'était arrêté pour nous et que tout ce qui s'est passé depuis n'était qu'un rêve. Maintenant nous nous réveillons et tu es là, à nouveau, près de moi et ta main dans la mienne. Puisse-t-elle y rester toujours !

Un petit frisson électrique parcourut mes doigts noués aux siens et une bouffée de joie me fit battre le cœur, comme au jour de notre premier baiser. J'avais douze ans alors. Aujourd'hui je voulais qu'il m'embrasse à nouveau, comme si j'étais toujours cette enfant innocente et fraîche, ce que je n'étais plus. Et lui non plus. N'avait-il pas été question de son mariage avec Maisie Setterton, à peine quelques mois plus tôt ? En tout cas, depuis mon retour, ladite Maisie avait disparu de son horizon.

Nous foulions sans bruit le sentier forestier, escortés par les rouges-gorges et les moineaux, brefs éclairs de brun et de rouge entrevus dans la pénombre feuillue. Leurs mouvements étaient si vifs et si gracieux que c'est à peine si les branches remuaient.

– Heaven, dit enfin Logan, je sais que nos vies ont pris des chemins différents depuis ce temps-là. Et les promesses que nous avons échangées peuvent paraître des rêves insensés. Mais je veux croire que notre amour a été plus fort que tout, qu'il a survécu aux épreuves les plus tragiques.

Nous fîmes halte une seconde fois et je sus qu'il lisait dans mes yeux le doute qui m'habitait.

– Je voudrais le croire aussi, Logan. Je suis lasse

des rêves qui meurent, trop fragiles pour se réaliser. Je veux pouvoir à nouveau croire en quelqu'un.

Il prit ma main dans les siennes et sa voix se fit suppliante.

– Alors crois en moi, Heaven. Jamais je ne te décevrai. Jamais.

– Je peux toujours essayer, murmurai-je.

Il sourit, puis m'embrassa, comme pour sceller sa promesse. Mais pouvais-je me fier à une promesse ? Toute ma vie me prouvait le contraire. Logan perçut mon hésitation et m'entoura de ses bras.

– Je saurai te faire croire en moi, Heaven. Tout ce que tu attends d'un homme, je le serai pour toi.

Il enfouit son visage dans mes cheveux, son souffle effleura mon cou. Son cœur battait follement contre le mien. Et là, sur ce vieux chemin forestier, je me surpris une fois de plus à espérer, espérer contre tout espoir. Quelque chose en moi cédait, s'abandonnait. Heaven Leigh Casteel, l'enfant si durement meurtrie, la jeune fille maltraitée et séduite, la jeune femme au cœur brisé, cette même Heaven s'accrochait âprement à une promesse de bonheur.

– J'apprendrai à croire en toi, Logan. Avec le temps.

– Oh, Heaven ! Heaven chérie, te voilà revenue pour de bon cette fois !

Il me couvrit de baisers, encore et encore, amoureusement, passionnément. Et ce fut à ce moment précis, sous cette avalanche de baisers, que Troy surgit dans mes pensées. Troy, mon beau ténébreux, ma passion interdite, mon amour défunt. Pourquoi étaient-ce ses lèvres que je sentais sur les miennes, son odeur qui me manquait tout à coup, ses bras dont je désirais l'étreinte ? Logan déposa un baiser sur mes lèvres et j'ouvris les yeux. Ses traits juvéniles n'exprimaient que l'amour, un amour dans toute sa fraîcheur. Comme il était loin de l'angoisse et du désespoir auxquels mon pauvre Troy, marqué par un destin funeste, avait fini par succomber ! Je sus à cet instant que Logan m'offrait ce dont ma mère et moi avions été frustrées : une vie sans histoires, dans l'honneur et la respectabilité.

Logan me fit une cour assidue pendant toute l'année scolaire. Et un beau matin, il frappa à ma porte, l'air d'un gamin qui cache une grenouille dans sa poche :

– J'ai une surprise pour toi, Heaven.

– Oh ! Va-t-il falloir me bander les yeux ?

Il passa derrière moi et plaqua les paumes sur mes paupières.

– Ne regarde pas, surtout, Heaven !

Il prit ma main et je le suivis en trébuchant jusqu'à sa voiture. Gagnée par son enthousiasme, je me fiais entièrement à lui. L'air frais me fouetta le visage. Où allions-nous ? Mystère. Quand nous nous arrêtâmes, Logan vint ouvrir ma portière et me guida par le bras.

– Allez, descends, nous y sommes.

Je sentis que nous marchions sur un trottoir. Quand il ouvrit la porte de la pharmacie, l'odeur de médicaments, de parfums et de produits de toilette m'indiqua immédiatement où j'étais mais je ne dis rien. Je ne voulais pas gâcher sa joie. Il me fit asseoir sur un tabouret et s'affaira derrière le comptoir. L'attente me parut interminable jusqu'à ce qu'il s'écrie d'une voix excitée :

– Tu peux ouvrir les yeux maintenant, Heaven !

J'obéis... et découvris un incroyable château de glace et de fruits confits, orné de crème fouettée et de toutes sortes de délicieuses sucreries. Il semblait sorti tout droit d'un conte de fées.

– Oh, Logan, ce que c'est beau ! Mais je vais grossir de cent kilos si je mange tout ça, et tu ne m'aimeras plus.

– Heaven, commença-t-il, et tout à coup sa voix s'enroua. Mon amour pour toi durera plus longtemps que la jeunesse et la beauté. Et d'ailleurs cette glace n'est pas faite pour être mangée. Je voulais simplement t'offrir le plus beau château que tu aies jamais vu. Je sais que je ne peux pas rivaliser avec la fortune des Tatterton, mais Farthinggale est une demeure de pierre, grise et froide. Alors que mon amour pour toi est plus chaud que le premier jour du printemps ! Il te protégera comme les remparts d'un château, et aucune maison de pierre n'égalera ce château-là, Heaven...

Sous les yeux effarés des clients, Logan mit un genou en terre.

– Heaven, veux-tu être ma femme ?

Mon regard plongea dans le sien et n'y rencontra qu'amour et tendresse. Je sus qu'il ferait l'impossible pour me rendre heureuse. Que valait la passion que je désirais secrètement, cette passion dont m'avait frustrée la mort de Troy, comparée à une vie d'amour, d'attentions délicates et de fidélité ? Les larmes me brouillèrent la vue.

– Oui, Logan. Oui, je serai ta femme.

Des applaudissements fusèrent : radieux, les clients souriaient aux nouveaux fiancés. Logan rougit jusqu'à la racine des cheveux. J'allais lui passer les bras autour du cou mais il prévint mon geste.

– Tiens, dit-il en me fourrant une cerise dans la bouche pour cacher son embarras.

Puis il effleura furtivement ma joue de ses lèvres et murmura :

– Je t'aimerai toujours.

*

Ainsi, l'amour timidement éclos bien des années plus tôt s'épanouissait enfin : la fleur s'ouvrait au grand soleil. Jamais je ne m'étais sentie aussi pleine d'ardeur et de vie. La boucle était bouclée, le douloureux passé aboli. Je parcourais à nouveau les sentiers de mon enfance mais en choisissant mon propre chemin, cette fois, au lieu de suivre celui que l'on avait tracé pour moi. La forêt dessine elle-même ses pistes sur le sol, et moi je choisissais mon destin. J'avais atteint une de ces merveilleuses clairières qui s'ouvrent comme par miracle au cœur du sous-bois. Et maintenant, j'étais capable d'y bâtir ma maison.

Maintenant, mon amour d'enfance m'était rendu, et pour la vie. Mes rêves allaient vraiment se réaliser. Ce que l'on croit trop beau pour être vrai était vrai quand même, je le savais enfin. L'espoir et le bonheur m'étaient rendus, un bonheur sans mesure. Je retrouvais l'enfance, le don de croire, le désir d'être vulnérable et d'ouvrir mon cœur à un autre être sans redouter le pire. Au grand soleil de la clairière, Logan et moi nous enracinerions comme des arbrisseaux vigoureux. Pour grandir et nous fortifier sans cesse, jusqu'à devenir ces chênes solides qui ne craignent plus rien des rigueurs de l'hiver.

Les semaines suivantes, je me consacrai aux préparatifs du mariage. Il fallait qu'il soit unique en son genre, quelque chose qu'on n'avait jamais vu à Winnerow. J'avais beau être née dans une cabane des collines, je n'en conduisais pas moins une luxueuse voiture et m'habillais avec élégance. Je tenais à mon image de femme cultivée et distinguée. J'aurais pu mener la vie dorée de l'héritière des Tatterton, j'y avais renoncé de plein gré. Et pourtant, aux yeux des gens d'ici, je restais une Casteel, une paria des collines. Et s'ils approuvaient la façon dont j'éduquais leurs enfants, ils n'aimaient toujours pas me voir m'asseoir au premier banc de leur église.

L'annonce de nos fiançailles parut dans le *Winnerow Reporter*, et, le dimanche suivant, Logan me conduisit au banc de sa famille; au tout premier rang, là où je n'avais jamais pris place. Un tantinet nerveuse, Mrs Stonewall me tendit la main :

– Soyez la bienvenue, Heaven.

Son mari se contenta de hocher la tête. Mais quand tout le monde se leva pour les cantiques, je chantai à pleine voix, haut et clair. Une vraie voix des collines, malgré son vernis d'éducation. Elle retentit à travers toute l'église. Et le service fini, quand j'eus salué le révérend Wise avec un sourire destiné à lui prouver qu'il s'était trompé sur mon compte, la mère de Logan s'approcha de moi.

– Vraiment, Heaven, j'étais loin de me douter que vous aviez une voix si remarquable ! J'espère que vous vous joindrez à la chorale féminine de la paroisse.

À ce discours, je compris que Loretta Stonewall m'avait enfin acceptée. Et que je saurais me faire accepter par les autres, tous les autres. Les obliger à ouvrir les yeux et à nous voir tels que nous étions, nous, ceux des collines. De braves gens, honnêtes, courageux et méritants.

C'est pourquoi je voulus ce genre de mariage là et nul autre. Logan fit de son mieux pour me comprendre et vaincre les objections de ses parents, ce dont je lui fus très reconnaissante. Il trouvait même très amusant mon projet de réunir bon gré mal gré la ville et la colline. Car j'étais bien résolue à offrir aux citadins un spectacle dont ils se souviendraient. Ce ne serait pas une petite miséreuse enrichie qui descendrait la nef devant le Tout-Winnerow réuni, mais un membre de leur communauté, leur égale en tout point. Je n'avais pas oublié mon retour au bercail, quelques années plus tôt. Ni la façon dont j'avais traversé cette église, parée comme une châsse. Mon luxe n'en avait imposé à personne, tous les visages s'étaient détournés de moi. Les pouilleux des collines au fond, les élus au premier rang : telle était la loi du Seigneur.

À mon mariage, tout serait différent. J'avais invité une foule de gens des collines, dont tous mes anciens compagnons de classe. Et Fanny devait être ma demoiselle d'honneur. Je ne l'avais pas beaucoup vue depuis mon retour et j'étais prête à l'aider en tout, comme je l'avais toujours fait. Mais elle semblait incapable de dominer sa jalousie et sa rancune à mon égard. C'était Logan qui me donnait régulièrement de ses nouvelles. Sa conduite défrayait la chronique, surtout parmi la jeunesse de la ville, et il en entendait souvent parler à la pharmacie. Depuis son divorce d'avec « le vieux Mallory », il n'était question que de ses relations scandaleuses avec le fils d'un avocat, Randall Wilcox, un garçon beaucoup plus jeune qu'elle. Il n'avait que dix-huit ans, il était en première année d'université. Et Fanny était une divorcée de vingt-deux ans.

Au cours de la semaine qui suivit l'annonce de nos fiançailles, j'allai lui rendre visite dans la maison qu'elle avait fait bâtir sur la colline avec l'argent de Mallory. Une maison d'un rose éclatant aux fenêtres encadrées de rouge. Il y avait près d'un an que je ne l'avais pas revue, et pour cause. Elle m'accusait sans cesse de lui voler son dû, alors que c'était elle qui avait toujours cherché à me prendre ce que j'avais. À commencer par Logan. J'eus droit à un accueil théâtral.

– Eh bien, quelle surprise ! s'exclama-t-elle en ouvrant la porte. Mademoiselle Casteel en personne qui s'amène chez sa sœur, la pouilleuse des collines !

– Je t'en prie, Fanny, ne commence pas ! Je suis trop heureuse pour avoir envie de me fâcher avec qui que ce soit.

– Ah oui ?

Elle se jeta sur le divan, l'attention en éveil.

– Logan et moi allons nous marier, en juin.

– Pour de bon ?

Elle s'affala littéralement, accablée par la déception. Pourquoi ne pouvait-elle pas se réjouir avec moi, pour une fois ? Faire preuve d'un minimum d'intérêt pour moi ? J'étais sa sœur, après tout !

– Tu savais très bien que nous nous étions revus et que nous sortions ensemble.

– Et comment je l'aurais su ? Tu viens jamais ici et on se parle presque plus.

– Tu es au courant de tout ce qui se passe en ville, Fanny, mais laissons cela. Je suis venue te demander d'être ma demoiselle d'honneur.

– Vrai de vrai ?

Un éclair brilla dans ses yeux, puis j'y vis reparaître le dépit que je connaissais si bien.

– Je peux pas encore te répondre, ma vieille, j'ai un emploi du temps tellement chargé ! Quand est-ce que tu te maries déjà ?

Je le lui répétai. Elle fit mine de réfléchir.

– C'est-à-dire... j'ai justement des projets pour ce week-end-là. Mon nouveau flirt me sort énormément, tu sais, dans les soirées, à l'université et tout ça. On verra. Est-ce qu'il faudra s'habiller ?

– Naturellement : tenue de soirée de rigueur.

– Alors t'achèteras une très belle robe à ta petite sœur chérie ? Et tu l'emmèneras en ville pour la choisir ?

– Bien sûr.

Elle médita quelques instants et finit par demander :

– Je pourrai amener Randall ? Tu sais bien, celui qui me fait la cour. Je suis sûre qu'il sera sensass en smoking ! Les hommes seront bien en smoking, au fait ?

– Mais oui, Fanny. Et je peux lui envoyer une invitation personnelle, si tu y tiens.

– Sûr que j'y tiens, et je vois pas pourquoi tu le ferais pas !

Et là-dessus, le chapitre fut clos.

*

La dernière invitation que je postai fut pour Pa. Ce matin-là, je quittai la cabane un peu plus tôt que d'habitude pour avoir le temps de passer à la poste avant la classe. C'était mon dernier jour et j'étais aussi émue qu'à mon premier matin d'école. Quand je poussai la porte, tous les visages se tournèrent vers moi, pleins d'une excitation joyeuse. Même ceux des enfants des collines trahissaient cette impatience fébrile : il y avait quelque chose dans l'air. Patricia Coons leva la main et annonça timidement :

– J'ai quelque chose pour vous, mademoiselle Casteel.

– Ah oui ?

Elle se leva et s'avança, à la fois gênée et fière d'avoir été choisie pour représenter la classe. Elle remuait gauchement les pieds et mordillait ses ongles déjà rongés.

– Avant que vous ne receviez vos autres cadeaux de mariage, nous voulions vous offrir ceci. De la part de tous.

Elle me tendit un paquet de papier bleu noué d'un ruban rose et ajouta :

– Nous avons même acheté le papier chez votre fiancé, Logan... je veux dire, chez Mr Stonewall.

Elle gloussa pour couvrir sa gêne et je répondis aussitôt :

– Merci, merci à tous.

J'ouvris le paquet. Il contenait une tapisserie très finement exécutée, montée dans un joli cadre de chêne. On y voyait la cabane dans son paysage naturel, et au-dessous, ces mots joliment brodés : « Là est le seul vrai bonheur. Dieu bénisse votre foyer. »

Pendant un moment, il me fut impossible de parler, mais je sentais que tous les yeux me fixaient, brillant d'excitation joyeuse et d'attente.

– Merci, mes enfants. De tous les cadeaux que je pourrai recevoir, aucun ne me sera plus précieux que celui-là.

Et aucun ne me fut aussi cher.

Entre ce dernier jour de classe et celui de mon mariage, le temps me parut se figer. Les minutes étaient des heures, les heures des journées entières. Ni les projets ni les préparatifs ne réussissaient à tromper l'impatience qui me dévorait. Au contraire, ils ne faisaient que l'accroître, et Logan me tenait compagnie aussi souvent que possible. Les réponses à nos invitations commencèrent à affluer. Je n'avais plus donné signe de vie à Tony Tatterton depuis mon départ de Farthinggale Manor, le jour où j'avais appris la mort de Troy. D'abord parce que je lui en voulais pour ce qui était arrivé, mais aussi parce que la vérité m'épouvantait. Cette vérité qui avait causé la mort de Troy.

Plus jamais je ne pourrais entendre la voix de Tony sans y déceler un écho de la mienne. Même après deux années, la révélation de ce qui s'était passé entre ma mère et lui me faisait courir des frissons dans le dos. Dire que j'avais pu vivre si longtemps dans ce mensonge ! Croire que le sang qui coulait dans mes veines était celui de Pa, l'homme qui m'avait rejetée. Pa dont je désirais l'amour plus que tout au monde. Découvrir enfin que, chaque fois que son regard se posait sur moi, je lui rappelais le premier amant de sa femme. Son amant et aussi son beau-père, mon propre père et soi-disant grand-père, Tony Tatterton.

La vérité me glaçait jusqu'à la moelle. Non seulement parce qu'elle n'était qu'imposture et façade, mais par tout ce qu'elle me révélait sur moi-même et les miens, la face honteuse et cachée de la fortune et du pouvoir. Je n'osais même pas en parler à Logan, son innocence n'y aurait pas survécu. Mais il y avait pis ! Ce dernier jour sur la plage, après m'avoir appris la mort affreuse de Troy, Tony m'avait jeté un regard où se lisait tout autre chose que le chagrin. Un regard de pur désir, si éloquent qu'il m'avait fait fuir. Je devais me tenir à distance, désormais. Voilà pourquoi je refusais de lui parler au téléphone, pourquoi je laissais sans réponse ses lettres qui s'empilaient sur ma table, et pourquoi je voulais que Pa assiste à mon mariage, et non lui. C'est Pa que je voulais comme père ce jour-là. Car en dépit de tout, et bien qu'il ne fût pas mon père par le sang, je désirais toujours aussi âprement son amour. Tony ne m'aimait que trop, lui !

Pourtant, malgré mon désir de cacher le honteux secret de ma naissance à Logan, j'envoyai scrupuleusement une invitation à Tony. Et lui, avec sa ruse habituelle, se garda bien de me répondre directement. C'est à Logan qu'il écrivit, pour décliner l'invitation. Jillian était trop mal pour qu'il songe à la quitter, expliquait-il. En revanche, il serait très heureux de nous recevoir à Farthinggale Manor, où il comptait donner une réception en notre honneur. À l'en croire, ce serait « une réception comme on n'en avait jamais vu dans toute l'histoire du Massachusetts ». Logan fut si transporté à cette idée que, bien à contrecœur, je dus accepter de changer nos projets. Au lieu de nous rendre directement à Virginia Beach où nous devions passer notre lune de miel, il fut entendu que nous séjournerions d'abord à Farthy, pour quatre jours. Nous comptions vivre ensuite dans une maison des collines, en attendant de faire construire la nôtre aux environs immédiats de Winnerow... Mais rien ne devait se passer comme prévu.

Le jour du mariage, à la première heure, on frappa à la porte de la cabane. Je n'avais pratiquement pas dormi, j'étais trop surexcitée pour cela. Et c'est en robe de chambre que j'allai ouvrir la porte au facteur venu délivrer un pli urgent.

– Courrier exprès ! s'exclama-t-il d'une voix joyeuse. Veuillez signer ici, s'il vous plaît, et bonne journée !

– Bonne journée !

C'en était une en effet, et pas seulement parce que c'était celle de mon mariage. Le ciel était d'un bleu saphir, sans un nuage. C'était mon grand jour et Dieu l'avait béni. Il l'avait voulu sans une ombre, lumineux, rayonnant. Dans ma joie, j'aurais embrassé le facteur. Il ferma son registre et porta la main à sa casquette avec un grand sourire.

– Merci, et tous mes vœux de bonheur !

– Merci à vous.

Je le regardai remonter dans sa jeep et agitai la main quand il disparut au tournant de la route. Puis je fermai la porte et me ruai dans la cuisine pour lire mon « pli urgent ». C'était sûrement une lettre de félicitations. Ou Tony qui annonçait qu'il pouvait venir, finalement. Je déchirai l'enveloppe, dépliai l'unique feuillet, et ma joie tomba d'un seul coup.

Je m'assis lentement près de la table, le cœur noyé de chagrin. Ses pulsations folles me heurtaient les côtes comme autant de coups. Le sourire s'était effacé de mes lèvres et mes larmes ruisselaient sur le papier, délayant les mots sous mes yeux.

« Chère Heaven,

» Malheureusement, mon travail me retient impérativement au cirque et je ne pourrai pas assister à ton mariage. Stacie et moi vous adressons à tous deux tous nos vœux de bonheur.

» Bien à toi,

» Pa. »

Une larme roula sur la page, effaçant un mot après l'autre. Je froissai la lettre dans mon poing et me renversai sur mon siège, donnant libre cours à mon chagrin. Les larmes inondaient mes joues, les coins de ma bouche, et j'en sentais le goût salé. J'avais bien des raisons de pleurer, mais surtout une, une entre toutes. J'avais tant espéré de ce mariage ! C'était une occasion unique de nous rapprocher, Pa et moi, d'être unis comme nous ne l'avions jamais été. Même si c'était Logan qui m'avait suggéré de l'inviter, ce geste répondait à mon vœu le plus cher. Je l'avais imaginé à mes côtés, si élégant et si beau dans son smoking. Et à la question rituelle prononcée par le révérend : « Qui donne cette femme en mariage ? » c'est lui qui aurait répondu : « Moi ! » Mon mariage devait sceller notre pardon réciproque. Lui me pardonnerait d'avoir causé la mort de son Ange, Leigh, en venant au monde. Et je lui pardonnerais de nous avoir vendus. Mais rien n'était plus possible, maintenant.

Je repris mon souffle et essuyai mes joues du revers de la main. Il n'y avait plus rien à faire, autant m'occuper de la cérémonie, et de Logan. Inutile de m'emporter ou de m'apitoyer sur moi-même. Entre Pa et moi, la séparation était accomplie : il y avait longtemps qu'il m'avait rejetée. C'est moi-même qui ferais don de ma personne à mon mari.

Environ une heure avant la cérémonie, Fanny et Randall Wilcox vinrent me chercher pour me conduire à l'église. Randall était un grand jeune homme timide et poli, aux yeux bleus comme le cristal et aux cheveux roux carotte. Son teint blanc était truffé de taches de rousseur. Je m'étais attendue à ce qu'il paraisse plus vieux que son âge, mais il avait l'air d'un gamin naïf et suivait Fanny comme un toutou. Elle l'attira à elle d'un geste possessif et s'exclama en se serrant contre lui :

– Ma parole, Heaven Leigh Casteel, tu ressembles à une vraie jeune fille comme ça, pas vrai, Randall ?

Elle, par contre, avec ses cheveux noirs crêpés en mèches folles, avait tout de la fille des rues. C'était précisément pour éviter cela que je lui avais suggéré (en vain) une coiffure relevée. Peu soucieux de donner la réplique à ses sarcasmes, le jeune homme nous regarda furtivement l'une après l'autre.

– Vous êtes ravissante, commenta-t-il prudemment.

– Merci, Randall.

Je jetai un coup d'œil au miroir, ajustai quelques mèches et vérifiai le nœud de mon bouquet.

– Voilà, je suis prête.

– Pour ça, oui ! ricana Fanny, qui ajouta d'un ton morne : Il y a assez longtemps que tu attends ça !

Malgré sa jalousie flagrante, j'eus un élan de compassion pour elle. Elle avait toujours cherché à attirer l'attention et à se faire aimer, mais elle ne savait pas s'y prendre. Et elle ne saurait sans doute jamais.

– Fanny, dis-je pour la radoucir, cette robe te va vraiment très bien.

Nous avions choisi sa toilette ensemble, à Winnerow : une vraie robe de demoiselle d'honneur, bleue, avec une ample jupe à volants. Mais Fanny avait changé quelques détails. Le corsage était maintenant outrageusement échancré et la jupe lui moulait la taille et les hanches.

– Ah oui ? Ma silhouette a embelli, pas vrai ?

Elle se caressa les hanches et le buste avec des œillades lascives en direction de Randall. Il rougit.

– Et j'ai pas perdu ma ligne après l'accouchement, moi, au moins ! Randall est au courant, t'inquiète pas, crut-elle bon de préciser. Et fais attention, Heaven ! Va pas te laisser abîmer par une nichée de petits Stonewall !

– Je n'ai pas l'intention d'avoir des enfants tout de suite, Fanny.

– Non ? Logan est peut-être d'un autre avis. Il voudrait une grande famille, d'après Maisie Setterton. C'est pas toi qui m'as dit ça, Randall ?

Je savais que Fanny n'avait mentionné Maisie Setterton que pour me rendre jalouse. Le pauvre Randall ne savait plus où se mettre.

– Eh bien, je... pas vraiment. En fait...

Je l'interrompis :

– Aucune importance, Randall. Fanny ne parlait pas sérieusement, n'est-ce pas, Fanny ?

– Ben... je répétais juste ce que Maisie a dit, c'est tout.

– Vous voyez bien !

Randall éclata de rire et Fanny comprit qu'elle faisait les frais de la plaisanterie. Elle se rattrapa comme elle put :

– Alors, si c'est pas toi qui me l'as dit, c'est quelqu'un d'autre, voilà tout ! Et en tout cas, Heaven...

Elle me lança un regard ambigu.

– Je peux toujours pas croire que tu vas laisser Waysie te marier !

– J'ai mes raisons, dis-je avec un sourire évasif.

Oh oui, j'en avais ! Et Fanny les connaissait. Le révérend Wise avait acheté Fanny à Pa, l'avait accueillie sous son toit, lui avait fait un enfant, pour prétendre ensuite que c'était sa femme qui l'avait mis au monde. J'avais essayé de lui racheter le bébé, en vain, ce que Fanny ne m'avait jamais pardonné. Elle et moi partagions le triste secret de cette naissance et je voulais pouvoir regarder le révérend Wise dans les yeux quand Logan et moi prononcerions nos vœux. Je voulais effacer les paroles qu'il m'avait assenées ce jour-là, à l'issue de notre longue discussion. « Vous ne me connaissez pas », lui avais-je affirmé. Ses yeux s'étaient rétrécis, son regard s'était aiguisé et il avait déclaré :

– Vous vous trompez, Heaven Casteel, je vous connais fort bien. Vous êtes même la plus dangereuse espèce de femme que je connaisse. Vous portez en vous les germes de votre propre destruction et vous détruisez tous ceux qui vous aiment. Et nombreux sont ceux qui vous aiment, pour votre visage enchanteur et les charmes de votre corps. Mais vous les découragez tous, parce que vous croyez toujours qu'ils vous ont trahie, les premiers. Vous êtes une idéaliste de l'espèce la plus dangereuse : une romantique, née pour détruire et pour se détruire elle-même !

Je voulais lui montrer une autre Heaven Casteel, et lui faire ravaler ses prédictions, son arrogance dévote et son hypocrisie.

– T'as sûrement tes raisons, concéda Fanny. Mais ce qu'il y a de sûr, c'est que Waysie va faire une drôle de tête en prononçant la formule de mariage. Bon sang, je voudrais déjà y être !

– Alors, répondis-je, si nous partions ?

*

La cérémonie combla tous mes rêves, et bien au-delà. Tous mes invités étaient présents, ou presque. Quatre de mes élèves étaient garçons d'honneur et je les avais dûment chapitrés. Ils avaient pour consigne de placer les gens pêle-mêle, dans leur ordre d'arrivée, sans tenir compte de la sacro-sainte ségrégation sociale. La colline et la vallée côtoyaient la ville dans les premiers bancs. Et nombreux furent les citadins qui durent s'accommoder du voisinage des rustres, tout au fond de l'église. Ceux des collines et de la vallée me souriaient, le visage illuminé de joie. La communauté citadine affichait un air digne et généralement approbateur. Aux yeux des bien-pensants, ce mariage conférait à la petite rustaude que j'avais été le statut de femme respectable. En quittant la cabane pour m'installer en ville, je reniais mes origines pour devenir l'une des leurs. Aucun d'eux n'en doutait, je le lisais sur leur visage. J'avais donc gagné leur respect, mais ils ne me comprenaient toujours pas. Ils étaient convaincus que je n'avais parcouru tout ce chemin que pour rejoindre leur troupeau.

C'est le père de Logan qui occupait à ses côtés la place du garçon d'honneur, celle qui aurait dû revenir à mon frère Tom. Mon cher Tom, mort si tragiquement sous la griffe d'un fauve... À ce souvenir, mon cœur se serra et mes yeux se mouillèrent. Fanny se tortillait devant moi, et la façon dont elle faisait bouffer ses cheveux et roulait des hanches fascinait tous les hommes valides de la paroisse. À part elle, aucun membre de ma famille n'était présent. Grandpa était mort et enterré. Luke et sa seconde femme étaient retenus par leur travail au cirque. Tom n'était plus de ce monde. Keith et Jane poursuivaient leurs études, et nos liens étaient loin d'être aussi étroits que je le souhaitais. Ma véritable grand-mère se terrait à Farthy, murée dans son passé et sa démence. Tony gouvernait l'empire Tatterton, et il devait être d'humeur bien sombre, aujourd'hui. J'allais appartenir à un autre que lui.

Debout derrière son pupitre, sa haute silhouette toujours aussi impressionnante, le révérend Wise leva les yeux de sa bible et me dévisagea. Dans son habit noir de la meilleure coupe, il paraissait aussi mince que jadis, la première fois que je l'avais vu. Et comme toujours il me fit peur, mais un bref instant seulement. Je fixai mon regard sur Logan et les mauvais souvenirs s'évaporèrent, comme des nuages dans un ciel radieux. C'était mon grand jour, mon mariage, l'heure unique où le soleil ne brillait que pour moi. Et Logan, beau comme j'ignorais moi-même qu'il pouvait l'être, attendait le moment de me prendre la main pour unir ma vie à la sienne.

Quelle ferveur merveilleuse pouvait atteindre le mariage de deux êtres qui s'aimaient sincèrement ! C'était quelque chose d'infiniment précieux, de sacré. Cela me dilatait le cœur, me transportait : je ne touchais plus terre. Je me souvins des nuits où Logan et moi contemplions le ciel étoilé, aimant à nous imaginer prince et princesse. Il était entré dans ma vie tel un chevalier de légende en armure étincelante, pour me servir et m'adorer. N'étions-nous pas prédestinés l'un à l'autre ? Mon cœur battit plus fort, je rougis sous mon voile. Le révérend Wise m'observait, silencieux. Puis il leva les yeux au ciel et commença :

– Prions. Remercions le Seigneur, car il s'est montré généreux. Il nous a donné l'occasion de réjouir nos cœurs. Un mariage est un commencement, l'aube d'une vie nouvelle, une chance qui nous est offerte de servir Dieu par de nouveaux moyens. Et cela est plus vrai que jamais pour Logan Stonewall et Heaven Casteel.

Il s'adressa à Logan.

– Logan Stonewall, devant Dieu et devant les hommes, acceptez-vous de prendre pour épouse Heaven Leigh Casteel, de lui jurer fidélité pour le meilleur et pour le pire, dans la maladie et la santé, la richesse et la pauvreté, jusqu'à ce que la mort vous sépare ?

Logan tourna vers moi un visage ému où se lisaient l'adoration et la ferveur.

– Oui, de tout mon cœur !

– Heaven Leigh Casteel, devant Dieu et devant les hommes, acceptez-vous de prendre pour époux Logan Grant Stonewall, de lui jurer fidélité pour le meilleur et pour le pire, dans la maladie et la santé, la richesse et la pauvreté, jusqu'à ce que la mort vous sépare ?

Je plongeai mon regard dans les yeux de Logan et murmurai :

– Oui.

– Qui a les anneaux ? demanda le révérend Wise.

Fanny s'avança aussitôt, bras tendus, paumes en l'air, une bague au creux de chaque main. Elle minauda :

– C'est moi, révérend, les voilà !

Puis elle recula, non sans s'être assurée que le regard du révérend plongeait dans son décolleté, et nous tendit les alliances. Logan me sourit avec une infinie tendresse et glissa à mon doigt la bague incrustée de diamants :

– Par cet anneau, je t'épouse, dit-il gravement.

Et je fis de même à mon tour.

– Au nom de Dieu et de Notre Seigneur Jésus-Christ, déclama le révérend, je vous déclare mari et femme. Que Dieu qui vous a réunis ne laisse personne vous séparer. Et maintenant, Logan, vous pouvez embrasser votre femme.

Jamais Logan n'avait mis autant de passion dans un baiser. Après cela, nous remontâmes la nef en nous tenant par le bras, jusqu'au portail, et le révérend Wise lança à la cantonade :

– Que tout le monde vienne féliciter Mr et Mrs Stonewall !

Nous fûmes aussitôt entourés par une foule de fidèles, surtout ceux de la ville. Comme si le service religieux, la formule rituelle et l'échange des anneaux m'avaient définitivement consacrée membre du troupeau.

Au-dehors, les violons avaient déjà attaqué une valse : Logan et moi n'attendions plus que la fin des traditionnelles félicitations pour ouvrir le bal. Je vis ceux des collines refluer en arrière, comme s'ils n'étaient pas tout à fait sûrs d'être à leur place, ni que la fête fût pour eux.

– Allons-y ! dis-je en déposant un baiser sur la joue de Logan.

Et je m'approchai du violoniste, un des meilleurs archets des collines.

– Jouez-nous un de nos bons vieux airs villageois, voulez-vous ? Une vraie danse de chez nous !

Dès qu'il eut commencé, des mains claquèrent en cadence, des pieds martelèrent le sol : ceux des collines s'ébranlaient. Instantanément, je fus ramenée aux jours anciens. Je saisis mon mari par la taille et me laissai porter par le rythme chaloupé. J'étais revenue dans mes Willies. Si les citadins se tenaient en retrait, les montagnards entraient un à un dans la danse. Logan fut happé par une de mes élèves, fort jolie fille, tandis que Race McGee, mon voisin de toujours, m'enlevait dans ses bras. L'exemple fut suivi, et peu à peu, ceux des collines entraînèrent les citadins dans leur tourbillon. Jamais je n'avais été aussi heureuse. Tout le monde riait, virevoltait, battait des mains. Winnerow et les Willies ne faisaient plus qu'un, enfin !

Soudain, je vis Fanny, moulée dans sa robe bleue, traverser la piste et taper sur l'épaule de la cavalière de Logan.

– Place à la demoiselle d'honneur, la belle-sœur du marié ! claironna-t-elle.

Elle jeta les bras autour du cou de Logan et se serra contre lui, écrasant ses seins sur sa poitrine. Ébahie, je vis ses mains descendre se plaquer sur les reins de Logan, qu'elle entraîna en tournoyant. Et quand la danse prit fin, elle annonça d'une voix retentissante :

– Et maintenant, le moment est venu d'embrasser le marié !

Là-dessus, elle darda sa langue entre les lèvres de Logan, en plein sous mes yeux ! Il réussit enfin à se dégager, mais le rire de Fanny domina la musique, comme un signal d'alarme. Et je compris le message. Mais c'était mon jour, mon grand jour, et personne ne pourrait me le gâcher. Pas même Fanny.

2

La maison de ma mère

À Boston, en quittant l'avion, Logan et moi pouffions comme des écoliers sur la passerelle. Nous étions tellement surexcités que le personnel du bord nous avait tout de suite repérés comme deux jeunes mariés.

– Et à quoi voyez-vous cela ? avait demandé Logan, amusé.

– À votre air, avait répondu l'hôtesse. Votre joie, votre façon de rire : vous débordez d'amour. C'est tellement flagrant que tout le monde le remarque, même les gens les plus indifférents. En vous regardant, on ne peut pas s'empêcher de sourire.

À l'entendre, on aurait juré qu'elle décrivait son propre rêve.

– C'est tout à fait nous, commenta Logan.

Et c'était vrai. Dans l'avion, nous n'avions pas cessé de nous enlacer, de nous embrasser, de glousser ou nous de regarder en soupirant. Toutes les hôtesses qui passaient près de nous souriaient, ou même riaient sans se cacher.

Et maintenant, nous nous hâtions le long du couloir d'accès. Main dans la main, nous courions vers Farthy, la réception promise, et ensuite... notre lune de miel.

Au dernier tournant, j'aperçus Tony, près de

l'entrée. Il portait un de ses éternels complets croisés en tussor bleu marine et tenait à la main un numéro plié du *Wall Street Journal*. Il l'agita pour me faire signe et je répondis à son geste.

– Voilà Tony ! Je pensais qu'il se serait contenté de nous envoyer Miles, le chauffeur.

– Drôle de façon d'accueillir des jeunes mariés, plaisanta Logan.

– Oui, tu as raison.

Mais tout en l'approuvant, je ne pus m'empêcher de serrer fortement la main de Logan : il y avait tant de choses qu'il ignorait ! Peut-être étais-je restée trop longtemps loin de Tony, ou peut-être la mémoire du cœur est-elle plus vraie que l'autre et le regard en dit-il plus long que les paroles ? En tout cas, le magnétisme de celui de Tony me ramena en arrière, comme je l'avais redouté.

Quelques mèches grises étaient apparues sur ses tempes mais ce n'était pas un désavantage : il avait plus grande allure que jamais. En approchant, je vis l'expression de son regard pénétrant passer de l'attention aiguë à la surprise.

– Leigh ? murmura-t-il, comme s'il avait reçu un choc.

Mais il se reprit presque aussitôt et s'avança à notre rencontre.

– Heaven ! Quel plaisir de te revoir ! Mais tu es blonde... tout à fait comme ta mère...

Sa voix se fêla, comme si le passé le happait, lui aussi. Je me hâtai de répondre :

– C'est vrai, j'avais complètement oublié !

– Personnellement, je la préfère en brune, intervint Logan. Je le lui ai dit.

Il tendit la main à Tony, toujours sous le choc, et je fis les présentations :

– Tony, voici Logan, mon mari.

Mais déjà Tony détaillait Logan comme pour le passer au crible, déceler ses moindres faiblesses, les points vulnérables qui le mettraient à sa merci.

– Soyez le bienvenu, Logan, dit-il enfin.

Puis son regard se posa à nouveau sur moi, avide, exigeant, comme s'il voulait m'attirer à lui pour me faire sienne.

– Je suis heureux de te retrouver, Heaven. Tu m'as terriblement manqué... (Sa voix se fit nostalgique.) C'est incroyable ce que tu peux lui ressembler. On dirait...

Il se reprit presque instantanément :

– Et je suis également très heureux de vous connaître, mon garçon. Soyez le bienvenu.

– Merci, monsieur.

Les yeux de Tony pétillèrent.

– Je vous en prie, appelez-moi Tony ! Tout le monde me donne du « monsieur » ici, j'en ai par-dessus la tête. Alors, et ce voyage ?

– Merveilleux, forcément : tout n'est-il pas toujours merveilleux, avec Heaven ?

Logan m'entoura les épaules de son bras et me serra contre lui, ce qui lui valut un regard amusé de Tony.

– Bravo, approuva-t-il avec un hochement de tête. Voilà ce que j'appelle de vrais jeunes mariés. Je suis enchanté que vous commenciez votre lune de miel à Farthy. La voiture nous attend. Ne vous faites pas de souci pour les bagages, j'ai envoyé quelqu'un pour ça. À Farthy, vous pourrez vous détendre et nous serons plus à l'aise pour faire connaissance. Alors, en route !

Je sentis à nouveau peser sur moi le regard impénétrable de Tony. Il s'était ressaisi en un clin d'œil, comme seul il savait le faire, et c'était lui qui contrôlait la situation. Comme toujours. Je m'informai presque timidement :

– Comment va Jillian ?

– Tu verras par toi-même, je préfère ne pas gâcher le moment de nos retrouvailles. J'ai prévu une réception fantastique pour vous deux, et il devrait faire un temps superbe. Le personnel est sur les dents et Farthy brille comme un sou neuf. Un vrai palace : il faut dire que l'occasion en vaut la peine. Cela n'arrive pas si souvent !

Tout en parlant, nous étions arrivés à la sortie.

– Je brûle d'impatience de voir Farthy, déclara Logan au moment où nous passions la porte extérieure.

Tony eut un sourire satisfait. Sa longue limousine noire était garée au bord du trottoir et Miles se tenait près de la portière, attendant notre bon plaisir. Je me précipitai vers lui et le pris par les épaules.

– Miles !

– Quel plaisir de vous revoir, mademoiselle Heaven. Tout le monde s'en réjouit.

– Merci, Miles. Voici mon mari, Logan Stonewall.

– Heureux de vous connaître, monsieur.

– Merci, dit Logan en se glissant à mes côtés sur le siège arrière.

Il s'adossa confortablement au dossier de cuir, étendit les jambes et déclara :

– Voilà ce qui s'appelle voyager ! (Il se pencha en avant.) Et ça, c'est un bar ?

– En effet, dit Tony. Vous voulez boire quelque chose ?

– Volontiers.

Et, à ma grande surprise, Logan, qui ne buvait presque jamais d'alcool, demanda un whisky-soda.

– Et toi, Heaven ?

– Rien, merci, Tony. Si je buvais maintenant, je risquerais de m'endormir.

Tony tendit son verre à Logan et, tandis que la voiture filait sur l'autoroute, son regard croisa le mien. Il avait un petit sourire étiré, presque amusé, qui me fit battre le cœur. Le paysage défilait derrière les vitres mais les images me parvenaient comme des flashes. Formes, sons, couleurs, tout était soudain vibrant, comme chargé d'électricité. J'interrogeai Tony :

– Avez-vous toujours Curtis comme maître d'hôtel et Rye Whiskey comme chef cuisinier ?

– Bien sûr ! Sans eux, Farthy ne serait plus Farthy.

– Rye Whiskey ? répéta Logan, amusé.

– En fait, son vrai nom est Rye Williams, mais tout le monde l'appelle Rye Whiskey, expliquai-je.

– Pas tout le monde, précisa Tony. Personnellement, j'ai toujours gardé mes distances avec les domestiques.

Je me tournai vers la vitre. Je voulais revoir Farthy tel qu'il m'était apparu pour la première fois. Cela m'impressionnait tellement, une maison qui avait un nom ! Mais Farthy ne pouvait pas ne pas avoir de nom : c'était un lieu vivant, une personne, avec une mémoire et un passé. Un peu comme une reine douairière, retirée du monde mais continuant à exercer son pouvoir. Et même s'il m'en coûtait de l'admettre, je revenais à la maison, vers cette partie de moi-même que j'avais cru laisser derrière moi en épousant Logan.

Nous roulions vers le nord, loin de la ville, entre les arbres magnifiques et les prairies somptueuses qui bordaient la route. Les feuillages éclataient de splendeur, l'été brillait dans toute sa gloire. C'était un jour dédié à l'espoir, un jour qui aurait dû marquer le début d'une vie nouvelle.

– C'est drôle, observa soudain Logan, je n'y avais jamais pensé mais la Nouvelle-Angleterre ressemble beaucoup aux Willies, sauf qu'il n'y a pas de montagnes. Ni de cabanes. Ces maisons n'ont pas exactement l'air de cabanes, n'est-ce pas, Heaven ?

– En effet. Mais sans elles, les Willies ne seraient pas les Willies.

– Nous comptons nous installer à Winnerow, expliqua rapidement Logan. Pour l'instant, nous vivrons chez Heaven mais nous avons l'intention de faire construire sans tarder. Quelque chose de plus grand, bien sûr.

– Ah bon ?

Tony observa Logan avec une attention nouvelle, comme s'il reconsidérait l'opinion qu'il s'en était faite. Je pouvais presque lire ses pensées : il avait flairé une possibilité inattendue. Il enchaîna :

– S'il vous faut quelque chose de plus grand,

vous n'allez pas être déçu. Farthy a été bâti par mon arrière-arrière-arrière-grand-père, et chaque fils aîné y apporte des améliorations.

– Vraiment ?

Logan m'interrogea du regard. Son visage reflétait la surprise émerveillée d'un petit garçon devant un jouet neuf.

– Nous arrivons, annonça Tony. Voyez vous-même.

Logan se pencha en avant, guettant la trouée dans les arbres, et Miles quitta la route pour s'engager dans l'allée privée. En franchissant le portail cintré où s'inscrivait en lettres ouvragées le nom de Farthinggale Manor, Logan observa d'un ton rêveur :

– Je suis déjà venu jusqu'ici, pour voir Heaven. Mais je n'ai jamais osé aller plus loin.

– Eh bien, dit Tony en me décochant un bref regard, il semble que votre patience ait été récompensée, finalement !

J'appuyai mon front sur la vitre et regardai défiler les mélèzes et les pins d'Écosse, jusqu'à l'allée circulaire. Puis la grande maison de pierre grise se dressa devant nous, grandiose, son haut toit de tuile rouge fièrement découpé sur le ciel d'outremer. Je retins mon souffle, étonnée moi-même de me sentir aussi émue. Un coup d'œil à Logan m'apprit qu'il était tout autant impressionné que moi.

– On dirait un château ! s'exclama-t-il.

– Et la princesse est de retour, sourit Tony en posant sa main sur la mienne.

Miles gara la limousine au bas des marches du perron, devant la grand-porte au cintre de pierre sculptée.

– La visite commence, annonça Tony.

À la façon dont il avala le reste de son whisky pour se précipiter hors de la voiture, je perçus l'excitation enthousiaste de Logan. Je sortis beaucoup plus lentement, presque effrayée maintenant, et jetai un regard furtif en direction du labyrinthe : derrière l'entrelacs des allées se dressait le cottage de Troy. Et malgré le soleil brillant dans le ciel clair, il me sembla qu'une brume planait entre les haies, comme pour protéger leur mystère.

Si Logan ignorait où menait le labyrinthe, il savait tout de ma passion pour Troy et de nos brèves et tragiques fiançailles. J'avais parlé de tout cela dans mon délire, quand il m'avait soignée et veillée, dans la cabane. C'est Troy que j'avais appelé, c'est à lui que je pensais quand j'ouvrais les yeux entre deux accès de fièvre. Et sur le visage de Logan tendrement penché sur moi, j'avais lu une souffrance que je n'avais pas oubliée. J'entendais encore sa voix aimante supplier, tandis qu'il écartait les mèches humides collées à mon front :

– Pourquoi n'as-tu pas confiance en moi ? Je t'ai vue avec ce Cal Dennison et j'ai failli l'envoyer valser à travers le mur. Je t'ai vue une fois avec ce Troy que tu tiens tant à appeler, et je l'ai détesté. Je me suis conduit comme un imbécile, Heaven, un pauvre imbécile, et maintenant je t'ai perdue.

Mais il ne m'avait pas perdue, et aujourd'hui le seul fait de regarder le labyrinthe m'emplissait de culpabilité. C'était à Troy que je pensais, et à l'amour qui lui avait coûté la vie. Son souvenir me tordait le cœur et les larmes me montaient aux yeux, sans que je puisse les retenir. Je détournai la tête pour les cacher à Logan. C'était malhonnête envers lui de penser à un autre amour, ne fût-ce qu'un instant.

– C'est incroyable ! s'exclama Logan, les mains sur les hanches, en embrassant du regard l'étendue des jardins.

– Rentrons, et quand vous vous serez un peu rafraîchi, je vous ferai faire le tour du propriétaire, offrit Tony... à moins que tu ne préfères t'en occuper, Heaven ? ajouta-t-il précipitamment.

– Moi ? Non, pas spécialement. Je crois que je ferais mieux d'aller voir Jillian d'abord, dis-je en levant la tête vers le premier étage.

C'était là-haut, derrière ces vastes fenêtres, que

ma grand-mère maternelle avait décidé de se cloîtrer.

– Entendu, dit Tony en nous précédant vers la porte, que Curtis ouvrit à point nommé.

– Bienvenue à la maison, mademoiselle, dit-il en souriant.

Je rougis et rencontrai le regard satisfait de Tony. J'aurais juré que c'était lui qui avait suggéré cette formule à Curtis !

Je lui présentai Logan, qui murmura quelques mots polis et s'avança dans le hall. À le voir tourner lentement sur lui-même, on eût dit un paysan débarquant de ses montagnes, et cela me rendit nostalgique. N'avais-je pas eu exactement la même réaction devant les impressionnantes merveilles de Farthy ? Comme cela me semblait loin, maintenant, et comme j'en avais vite pris l'habitude !

Je risquai un coup d'œil dans le grand salon et mon regard s'arrêta sur le piano à queue : Troy ne manquait jamais de s'y asseoir pour jouer, quand il venait à la grande maison... Pendant un bref instant, je crus entendre résonner une de ces romantiques mélodies de Chopin dont j'avais toujours subi le charme. Je crus voir les longues mains de Troy courir sur le clavier et je sentis que je tremblais.

– Heaven ?

J'émergeai de ma rêverie et me tournai vers Logan.

– Eh bien, où étais-tu partie ?

– Désolée, j'étais dans la lune. De quoi parliez-vous ?

– Je disais à Logan que votre appartement était prêt. Vous seriez mieux là-haut, non ? Vos bagages y sont certainement déjà.

– Oh oui, bien sûr. Merci, Tony. Nous montons.

En passant devant le salon de musique, Logan s'émerveilla du nombre de peintures murales :

– On se croirait dans un musée !

Tony eut un petit rire.

– Ma femme était illustratrice de livres pour enfants, avant de devenir folle.

Il s'éclaircit la gorge, comme s'il regrettait d'avoir prononcé ce dernier mot.

– Je crois qu'elle... s'est laissé entraîner un peu trop loin par son imagination. J'aurais dû y veiller plus tôt.

Logan contemplait le ciel peint sur le plafond voûté, les oiseaux, l'homme au tapis volant et le château dans les nuages.

– Cela doit beaucoup plaire aux enfants, non ? Cet endroit serait un paradis pour eux.

– C'est bien mon avis, s'empressa d'approuver Tony. Et j'espère qu'il y en aura un jour pour en profiter.

Une fois de plus, il me scruta de son regard perçant.

– Et si vous montiez vous rafraîchir un peu, les amoureux ? Vous avez certainement envie d'être un peu seuls avant le dîner.

Mais Logan poursuivait son examen du plafond, comme s'il n'avait rien entendu.

– Logan, dis-je en m'engageant dans l'escalier, j'aimerais bien prendre une douche. Logan ?

– Pardon ? Oh, oui, bien sûr !

Il se hâta de me rejoindre et nous gagnâmes mon ancien appartement. En passant la double porte, Logan eut un sifflement admiratif.

– Diable ! Une vraie suite royale !

On avait monté nos bagages et une femme de chambre était déjà en train de suspendre nos vêtements dans la penderie.

La pièce baignait dans la chaude lumière de l'après-midi. Et l'harmonie de verts, de bleus et de mauves, sur le fond de soie ivoire des murs, semblait plus vibrante que jamais. On aurait dit que ma chambre déployait tous ses trésors de charme, reprenait vie pour m'accueillir. Logan n'avait presque rien vu de Farthy, mais il était déjà séduit, ensorcelé par sa beauté majestueuse. Il se laissa tomber sur l'un des deux petits sofas et étendit les bras sur le dossier.

– Tu menais une vraie vie de princesse, ma parole ! Je ne peux pas croire que tu aies renoncé à tout ça pour une cabane des Willies.

– C'est pourtant ce que j'ai fait, et tu devrais t'en réjouir, rétorquai-je. Sans quoi, nous ne nous serions jamais retrouvés... Je suis très heureuse d'être votre femme, monsieur Stonewall, ajoutai-je plus tendrement.

Et je me penchai sur lui pour l'embrasser avec ardeur.

– Heaven, ma chérie... je ne sais pas ce que je serais devenu sans toi... si tu n'avais pas... (Il me saisit par les épaules.) Je t'aurais perdue pour toujours !

Nous recommencions à nous embrasser, quand je m'aperçus que la femme de chambre était toujours là. Une nouvelle venue dans la maison, la quarantaine ou pas loin, un peu trop guindée pour mon goût mais certainement sans reproche.

– Aurez-vous encore besoin de moi, madame Stonewall ?

– Non, je ne crois pas. Comment vous appelez-vous ?

– Donna.

– Merci, Donna. Il y a longtemps que vous êtes à Farthy ?

– Juste une semaine, madame.

– Engagée tout exprès pour nous, commenta Logan.

Et je me demandai s'il n'avait pas raison.

– Ce sera tout, Donna, je vous remercie.

Elle s'éclipsa et Logan entra en sifflotant dans la salle de bains, où il ne s'attarda guère. Revenu près du grand lit à baldaquin de dentelle, il ne put s'empêcher de répéter :

– C'est vraiment princier, il n'y a pas d'autre mot !

Je lui pris la main et l'attirai près de moi.

– Et le lit ? dis-je avec un rien de provocation. N'est-il pas royal ?

Il essaya le matelas, le déclara « fantastique » et se releva presque aussitôt pour reprendre son inspection des penderies et de la salle de bains.

– Les plus grands hôtels de la région n'auraient rien pu nous offrir de comparable, affirma-t-il pendant que je commençais à me déshabiller. C'est le rêve, pour des jeunes mariés !

– Cela reste encore à vérifier, monsieur Stonewall, qu'en dites-vous ?

Je me sentis rougir jusqu'à la racine des cheveux. Nous étions mari et femme et je brûlais d'impatience d'être à lui. Je n'étais plus vierge, et pourtant, je me sentais vierge pour lui. J'avais hâte de m'offrir à lui, mon premier amour : j'attendais cet instant depuis dix ans. Et il restait là, troublé et indécis, hésitant à laisser son amour juvénile se changer en un sentiment plus mûr : la passion d'un homme pour une femme. J'attendais qu'il me prenne dans ses bras pour me prouver de tout son corps l'amour que je voyais rayonner dans ses yeux. Mais ce furent des mots qu'il m'offrit :

– J'espère que l'hôtel de Virginia Beach sera aussi bien !

J'avais fini de me déshabiller, je ne portais plus que mon slip et mon soutien-gorge.

– Tu vas prendre une douche ?

Des mots, toujours... J'attachai sur lui un regard plein de tendresse et de douceur.

– Je pensais m'allonger et me reposer un moment. Tu n'es pas fatigué, mon amour ?

– Oh non ! Je suis bien trop surexcité pour ça. Je crois que je vais descendre un moment parler à Tony.

Je fis de mon mieux pour dissimuler ma déception.

– Si c'est vraiment ce que tu souhaites...

J'eus droit à un baiser bref et léger, et il disparut. Ce n'était pas exactement de cette façon que j'avais espéré passer l'après-midi ! Le fantôme de mon amour pour Troy hantait encore cette maison, et j'avais besoin de Logan pour le chasser. Je voulais qu'il me prenne dans ses bras. Je voulais rester près de lui et lui seul, mon premier amour. C'était à lui de me prouver que je pouvais trouver la véritable passion, la plus durable, dans les bras de mon mari. Et ce mari s'en allait explorer une maison, au lieu de goûter aux joies de cet amour merveilleux ? Je m'assis devant la coiffeuse, les yeux fixés sur mon reflet dans le miroir. Et soudain, j'éclatai de rire.

– Ma parole, Heaven Leigh Stonewall, tu es jalouse d'une maison ! Tu ne crois pas que c'est un peu ridicule ?

Mon image garda le silence.

*

Après m'être douchée et changée, je pris le chemin de l'appartement de Jillian. Il y avait bien deux ans que je n'étais pas allée chez elle. Je la voyais encore telle qu'elle était ce jour-là, debout dans l'embrasure de la fenêtre, la chevelure inondée de lumière. J'étais venue pour lui cracher mon mépris au visage et je pensais ne plus jamais la revoir.

Quand j'ouvris la porte du salon, Martha Goodman tricotait dans le grand fauteuil rustique de style français, près de la porte de la chambre. Elle se leva à mon entrée et vint à ma rencontre en souriant.

– Heaven, c'est si bon de vous revoir ! Mr Tatterton m'avait annoncé votre arrivée. Toutes mes félicitations pour votre mariage, et tous mes vœux de bonheur.

– Merci, Martha. Comment va… ma grand-mère ? Se rend-elle compte que je suis revenue, et que je suis mariée ?

– Je crains que non. Mr Tatterton ne vous a rien dit ?

Je secouai la tête.

– Vous allez la trouver changée, Heaven. Bien changée.

– Mais encore ?
– Il vaut mieux voir par vous-même.
Martha Goodman soupira, désigna du menton la porte de la chambre et ajouta tristement :
– Mrs Tatterton est assise à sa coiffeuse. Elle se prépare à recevoir ses invités.
– Ses invités ?
– Les gens qu'elle prétend avoir invités à la projection d'un film, dans son petit théâtre.
– Je vois.
Je fixai longuement la porte et frappai quelques coups discrets. La voix de Jillian ne me parvint qu'après quelques instants : une voix plus douce qu'autrefois, plus jeune aussi, plus heureuse.
– Oui ?
Je consultai Martha du regard. Elle m'adressa un petit signe d'assentiment et regagna son fauteuil. J'entrai. Jillian était assise à sa coiffeuse, vêtue d'une de ces amples robes de soie pêche ornées de dentelle qu'elle affectionnait. Ses cheveux teints en jaune criard se dressaient en mèches raidies par la laque et deux pastilles d'un rouge agressif fardaient ses joues fanées. On aurait dit un clown. Les traits épais qui soulignaient ses paupières retombaient au coin des yeux et la couche de vermillon qui lui barbouillait la bouche en effaçait les contours.
Mais ce n'était pas encore le plus horrible. Quand mon regard glissa de son visage à son miroir, il ne rencontra que le mur : le miroir avait disparu. Dans l'ovale d'un cadre vide, Jillian contemplait fixement l'image de ce qu'elle n'était plus.
Un monceau de robes s'entassait sur le lit, des douzaines de paires de chaussures jonchaient le sol. La lingerie débordait des tiroirs ouverts et les bijoux de leurs coffrets. Bracelets, colliers, broches et bagues s'éparpillaient sur la coiffeuse en cataractes scintillantes. Un vrai pillage… et qui portait la marque de la folie. J'en restai confondue. L'état de Jillian était infiniment plus grave que je ne l'avais supposé.

Elle sourit en m'apercevant, d'un étrange et inquiétant sourire qui la fit paraître encore plus pathétique, dans son comique involontaire. C'en était presque effrayant.

– Leigh ! s'exclama-t-elle avec une gaieté forcée, grâce à Dieu, te voilà ! C'est un vrai casse-tête de choisir ce que je vais bien pouvoir me mettre, j'en deviens folle. Tu sais qui j'attends, au moins ?

Elle poussa un profond soupir et regarda autour d'elle, comme si quelqu'un pouvait l'entendre.

– Toute la ville sera là, enfin tout ce qui compte en ville, je veux dire. Pour voir mon théâtre.

Je décidai d'ignorer ses divagations. Peut-être parviendrais-je ainsi à l'en sortir ? C'était toujours mieux que d'entrer dans son jeu.

– Bonjour, grand-mère, dis-je sans m'émouvoir.

Mes paroles ne parurent pas l'atteindre : elle poursuivit son dialogue imaginaire.

– Comment cela, tu ne tiens pas à venir ? Mais c'est pour toi que j'ai invité tout ce monde à Farthy, des gens triés sur le volet ! Il est temps que tu rencontres des jeunes gens de ton âge, c'est malsain pour toi de... d'être toujours avec Tony.

Je fis quelques pas à l'intérieur de la pièce.

– Grand-mère, je ne suis pas Leigh mais Heaven, ta petite-fille. Je viens de me marier, avec Logan Stonewall. Et nous sommes venus à Farthy pour la réception que Tony donne en notre honneur.

Rien à faire : ce n'était toujours pas moi qu'elle entendait.

– Et combien de fois t'ai-je dit de ne pas venir chez moi dans cette tenue : tu n'as même pas fini de t'habiller ! Tu n'es plus une enfant, Leigh. Tu ne peux pas te promener dans un tel négligé, surtout devant Tony. Aie un peu de respect pour toi-même, au moins, conduis-toi en femme bien élevée. Et va finir de t'habiller !

Je changeai mes batteries. Puisqu'elle détestait tellement que je l'appelle grand-mère, peut-être réagirait-elle mieux à son prénom ?

– Jillian, dis-je avec douceur, Leigh est partie. Elle est morte. Je suis Heaven.

Elle se raidit brusquement et battit des paupières. Sa voix se fit soudain plus rude.

– Je ne supporterai pas cela plus longtemps, Leigh. Tu cherches à monter tout le monde contre moi, mais tout le monde sait à quoi s'en tenir sur ton compte. Jalouse, moi ? Jalouse de ma propre fille ? C'est ridicule !

Elle se pencha vers son miroir imaginaire et s'adressa un sourire satisfait.

– Tu ne pourras jamais rivaliser avec moi, Leigh. Ma beauté est celle d'une femme mûre, et tu n'es qu'une gamine !

Les yeux fixés sur son invisible reflet, elle se mit à se brosser les cheveux et reprit son monologue.

– Oh, je vois bien ton petit jeu, Leigh ! Tony s'en est plaint d'ailleurs, alors n'essaie pas de nier. Tu t'es beaucoup développée, cela je ne le nie pas non plus. N'es-tu pas ma fille ? Il est normal que tu sois belle, et même très belle. Si tu m'écoutais, si tu soignais un peu plus ta coiffure et ta tenue, si tu te maquillais un peu, tu pourrais espérer devenir aussi belle que moi.

Elle lança brusquement la brosse sur la coiffeuse.

– À quoi veux-tu en venir avec Tony ? Si tu cherches à attirer son attention, tu y arriveras, mais ne te fais pas trop d'illusions sur ses sentiments. Je t'ai vue te frotter contre lui pour le provoquer, sois tranquille ! Rien ne m'a échappé.

Ainsi, elle reprochait toujours à ma mère ce qui s'était passé jadis ? Je n'y tins plus.

– Jillian, vous n'êtes qu'une vieille folle, vous déraillez. Ma mère ne s'est jamais conduite ainsi, c'est vous qui êtes responsable de tout. Ma mère était innocente et pure, je le sais ! (Je tremblais de rage : ma mère ne pouvait pas avoir agi ainsi, j'en étais sûre.) C'est votre jalousie qui l'a tuée ! Et votre folie n'y changera rien.

Je la vis se raidir et elle poursuivit :

– Pourquoi me regardes-tu comme cela ? Tu ne t'es jamais doutée que je t'avais suivie, n'est-ce pas ? Que j'étais sur le seuil de la pièce, cachée dans l'ombre, et que j'avais tout vu ? Je n'ai pas pu me résoudre à entrer, mais j'étais là… j'étais là !

La tirade de Jillian s'acheva en un murmure et je la dévisageai, médusée. Se pouvait-il qu'elle ait dit la vérité, que ma mère ait séduit Tony ? Je me refusais à le croire, et pourtant… j'avais bien séduit Troy, moi ! Ce feu qui courait dans mes veines, était-ce de ma mère que je le tenais ? Était-ce cela que le révérend Wise avait discerné en moi quand il m'avait prédit que je détruirais ceux que j'aimais, et qui m'aimaient ?

Je courus rejoindre Martha Goodman, qui tricotait toujours tranquillement dans son fauteuil.

– Faites quelque chose, ça ne peut pas durer ! Elle devient folle enfermée dans cette chambre, à se barbouiller comme un clown !

Martha sourit sans se troubler.

– Oh, elle va bientôt se fatiguer et je vais lui donner son calmant. Elle le prend très docilement si je lui dis que ce sont des vitamines pour rester jeune et belle. Ensuite je la débarbouillerai, je remettrai tout en ordre et elle fera une bonne sieste. Ne vous inquiétez pas.

– Mais est-ce que Tony se rend vraiment compte de son état ? Elle ne voit jamais de médecins ?

– Bien sûr que si, et ils pensent qu'il faudrait l'interner, mais Mr Tatterton ne veut pas en entendre parler. Ce n'est pas grave, d'ailleurs. Elle est très heureuse comme ça… enfin, la plupart du temps.

– Elle ne se rappelle même plus qui je suis ?

– Pas pour l'instant. Elle parle surtout de votre mère.

Martha baissa les yeux sur son tricot. Il était clair que les divagations de ma grand-mère lui en avaient beaucoup appris sur la sordide vérité. Je quittai précipitamment la pièce, fuyant ces fantômes du passé que Jillian avait réveillés. De retour dans ma chambre, mon premier soin fut de remettre la main sur l'album de photos de ma mère. Et une fois de plus, je me penchai sur les instantanés de l'époque où elle allait au lycée. J'espérais tellement y trouver la preuve qu'elle était bien telle que je l'imaginais : belle et innocente, farouche et pure. Si j'avais pu interroger son regard bleu, ne fût-ce qu'un instant, un seul instant, j'aurais su toute la vérité, j'en étais sûre. Mais tenais-je vraiment à la connaître ?

La voix de Logan m'arracha à ma rêverie.

– Ne me dis pas que tu es restée enfermée ici tout ce temps-là !

Depuis combien de temps au juste étais-je plongée dans le passé ? Je n'en savais rien moi-même. Je refermai brusquement l'album et bredouillai :

– Non, je... J'étais chez ma grand-mère.

Et je parvins à sourire pour ajouter :

– Alors, cette visite ? Qu'est-ce que Tony t'a montré ?

– Tout ! s'exclama Logan, admiratif. Chaque recoin de ce paradis nommé Farthinggale Manor. La piscine, le labyrinthe, le lac, les écuries, et tous ces hectares de terrain ! Quel paysage magnifique, quand même ! Sans compter la plage privée... c'est presque incroyable.

– Je vois que Tony t'a fait faire le tour du propriétaire.

– On dirait. Il est tellement fier de son domaine, de ce qu'il en a fait, de ce qu'il peut encore en faire. C'est un homme fascinant, brillant et au courant de tout. Je ne m'étais jamais rendu compte de l'importance de la Tatterton Toys, jusqu'ici.

– Vraiment ? dis-je avec un sourire mi-figue mi-raisin.

Je n'étais pas loin de trouver Logan puéril. Mais il sourit, et je lançai mes bras autour de son cou. Nous échangeâmes un long baiser passionné, puis son étreinte se resserra et un petit frisson me parcourut. Je me blottis plus étroitement contre lui et lui chuchotai à l'oreille :

– Chaque fois que je t'embrasse, je me rappelle notre premier baiser. Tu te souviens ?

– Oui, murmura-t-il. Je me souviens.

Mais c'était moi qui avais fait le premier pas ce jour-là. Après s'être battu pour défendre ma réputation, il m'avait raccompagnée à la maison et restait planté là, au bord du chemin. Et moi j'étais encore si émue que je n'avais pas pu attendre qu'il trouve le courage de me prendre dans ses bras.

– Tu as dit : « Logan, n'aurai-je pas l'air de copier Fanny si je t'embrasse, juste une fois, pour te remercier d'être exactement ce dont j'ai besoin ? » Et tu m'as embrassé, mais avec une telle passion...

Je me détournai si brusquement de lui qu'il demanda :

– Qu'est-ce qu'il t'arrive tout à coup ?

Je lui décochai un sourire provocant.

– Rien. Il nous reste un peu de temps jusqu'au dîner, tu sais ?

Si ma voix était aguicheuse, son sourire ne le fut pas moins.

– Assez pour commencer notre lune de miel ?

– Oh, Logan, je...

Il se remit à m'embrasser, puis commença à me déshabiller. Les yeux clos, les pensées en déroute, je m'abandonnai au plaisir de sentir ses mains sur moi, son corps bouger contre le mien. Plus rien n'existait, hormis notre joie d'être ensemble. Il me couvrait de caresses et de baisers, sa tendresse m'enveloppait, me portait comme un flot de douceur. Et les ombres menaçantes de ma passion interdite reculaient, chassées par l'éclat de ce nouvel amour. L'avenir était tout tracé : Logan et Heaven, réunis pour toujours. Logan qui m'aimait et me prouvait si tendrement son amour... Ce n'était plus la passion dévastatrice que j'avais connue avec Troy, celle qui vous coupe du monde et vous secoue comme une mer démontée, sans rien à quoi vous raccrocher, sinon elle-même. C'était un lac en plein été, calme et serein. Le paisible balancement des vagues, rassurant et doux, à l'image de la vie qui m'attendait près de Logan.

Bien plus tard, il s'endormit dans mes bras. Dans la clarté indécise du crépuscule, je laissai mon regard errer autour de moi. Voilà, j'étais de retour à Farthy et je venais de faire l'amour avec mon mari. Était-ce ainsi que, bien des années plus tôt, entre ces quatre murs, ma mère s'était donnée au mari de sa propre mère ? Avait-elle pressé avec la même ardeur son corps juvénile contre le sien, pour me lancer dans une existence tourmentée ?

Je fermai les yeux. Je comprenais comment les fantômes survivent et nous hantent : ils sont en nous. Ils sont cette pulsion, cette force irrésistible qui nous incite à répéter sans cesse les mêmes actes. Mais mes désirs étaient purs et clairs, maintenant. Je ne souhaitais plus que Logan, mon mari. Lui seul, et pour toujours. Il dormait à mes côtés, détendu, apaisé. Je me serrai tout contre lui et me blottis dans sa chaleur.

3

Lune de miel

Quand j'ouvris les yeux le lendemain matin, Logan était parti. Réveillée par un rayon de soleil, je me retournai et tendis les bras vers mon mari, pour recevoir ses premiers baisers : ma main ne rencontra qu'un oreiller.

– Logan ?

Levée d'un bond, je courus à la porte de la salle de bains et frappai quelques coups discrets.

– Logan ?

Pas de réponse. Pas le moindre bruit d'eau. Aucune de ces rumeurs familières qui accompagnent la toilette matinale d'un mari. Personne ne sifflotait joyeusement derrière cette porte. Quand j'étais enfant, j'avais souvent imaginé cette scène de bonheur conjugal : mon mari en train de se raser, et moi de le regarder, ne perdant rien de ce rituel masculin. Et j'étais frustrée de cette joie, le premier jour de ma lune de miel ! Inutile de me demander à qui je devais cela. Celui-là m'avait déjà volé un amour, comme s'il voulait le mien pour lui seul. Tony.

La veille, à table, il avait insisté pour emmener dès aujourd'hui Logan visiter la fabrique de jouets.

– Et tu peux venir aussi, Heaven, avait-il ajouté

avec un clin d'œil à Logan. Après tout, c'est toi qui hériteras de tout cela un jour.

Ce n'était pas la première fois que Tony posait des jalons pour m'associer à ses affaires, mais je n'avais pas l'intention de me laisser prendre à ses filets. J'avais répondu fermement :

– Non. Logan et moi comptons prendre le petit déjeuner au lit, et ensuite, flâner toute la journée dans Farthy. N'est-ce pas, chéri ?

Mais Logan était déjà pris au filet, lui. Appâté par les promesses de Tony, grisé par sa façon de le traiter comme un membre de la famille. Un héritier.

Je choisis une robe de mousseline à fleurs, achetée pour mon trousseau, et quittai l'appartement pour aller déjeuner : Logan était sûrement à table, avec Tony. Comme j'allais m'engager dans l'escalier, j'entendis la voix perçante et puérile de Jillian :

– Suis-je vraiment en beauté, aujourd'hui ? C'est un jour si exceptionnel ! Dites-moi, suis-je vraiment la plus belle ?

Puis, la voix rassurante de Martha Goodman :

– Mais oui, mais oui. La plus belle de toutes.

Mon mari disparu, et maintenant ces discours étranges... Il me sembla que l'univers étouffant de Farthy me reprenait dans ses dédales tortueux. Presque malgré moi, je me dirigeai vers l'appartement de Jillian. Où pouvait bien être Logan, et pourquoi avais-je accepté de revenir ici avant notre lune de miel ? J'aurais dû savoir qu'il n'y avait rien de bon à attendre : ici, tout n'avait pu qu'empirer. J'appelai Martha, qui se montra dans l'embrasure de la porte.

– Que se passe-t-il, Martha ?

On entendait toujours la voix de Jillian : tout le hall en résonnait.

– Oh, rien de particulier, Heaven. Mr Tatterton est venu voir Mrs Jillian hier soir, pour lui parler de la réception. Je ne pensais pas qu'elle s'en souviendrait mais elle est complètement surexcitée par ses préparatifs : elle ne fait que cela depuis ce matin.

– Alors elle sait que je suis là, et que je suis mariée ?

Martha secoua tristement la tête.

– Oh non. J'ai bien peur que non.

– Dans ce cas... comment Tony a-t-il justifié la réception ?

– Il lui a dit la vérité, mais elle l'a arrangée à sa manière.

– C'est-à-dire ?

– Je crains qu'elle ne s'imagine... qu'il s'agit de son propre mariage.

– Quoi ? (Je croisai les bras sur ma poitrine, étreignant mes épaules comme pour me protéger moi-même de la folie et de la jalousie de Jillian.) Je ne comprends pas... Son mariage ? À elle ?

– C'est ce qu'elle croit. Et elle se prépare pour la réception que Mr Tatterton a donnée en son honneur pour inaugurer leur vie à Farthy. Mais ne vous inquiétez pas, presque tous les invités sont au courant de son état. Tout se passera bien.

– Bien sûr, acquiesçai-je sans conviction. Si je peux vous aider en quoi que ce soit, dites-le-moi.

Là-dessus, je me précipitai dans l'escalier. J'avais hâte de retrouver Logan, de me sentir en sécurité dans ses bras et, surtout, d'éprouver la certitude que ma vie, désormais, c'était lui. Mais la table était déjà desservie et j'allai voir à la cuisine. Il ne pouvait pas être parti ainsi, sans un mot, au matin de notre nuit de noces ! Il n'était pas non plus dans la cuisine. Je n'y trouvai que mon vieil ami, Rye Whiskey.

– Mademoiselle Heaven ! s'exclama le chef cuisinier.

Le vieux Noir était toujours aussi vigoureux qu'autrefois, et manifestement heureux de me voir, mais je discernai une sorte de crainte dans ses yeux. Sa main plongea vers une salière et il jeta quelques grains de sel par-dessus son épaule. Je me gardai bien d'en rire : Rye avait conservé quelque chose de la superstition des esclaves, ses ancêtres.

– Je suis content de vous voir, mademoiselle Heaven, mais sur le moment j'ai cru voir un autre revenant.

Il m'avait toujours dit à quel point je ressemblais à ma mère, et ma couleur de cheveux devait renforcer l'illusion.

– Ne me dites pas que vous voyez toujours rôder des fantômes autour de Farthy, Rye ! Qui avez-vous vu cette nuit : mon mari ou Tony ?

– Je les ai vus, mademoiselle Heaven, et bien en vie, pour ça oui. Ils sont partis il y a une heure pour visiter les ateliers, aussi excités l'un que l'autre. Votre mari m'a l'air de bien s'entendre avec Mr Tony, pas vrai ?

– J'en ai peur, répondis-je.

Et c'était la vérité : personne n'aurait pu deviner à quel point j'avais peur. Mais je ne voulais pas laisser soupçonner ma détresse à Rye Whiskey, et je le lançai sur son sujet favori.

– Et combien de fantômes avez-vous vus ces temps-ci, au juste ? L'arrière-grand-père de Tony ou son arrière-arrière-grand-mère ?

– Ne parlez pas comme ça des trépassés, mademoiselle Heaven. Si vous troublez leur repos ils reviendront vous hanter. Ils m'ont déjà assez hanté comme ça.

J'étais convaincue que Rye Whiskey n'ignorait rien des sombres secrets de Farthy, mais, comme tous les serviteurs dévoués, il savait les garder pour lui. Il était aussi discret qu'un portrait de famille. Voyant tout, entendant tout, mais ne disant jamais rien.

– Vous ne vous en portez pas plus mal, on dirait.

À part quelques kilos en plus et quelques cheveux gris en moins, c'était toujours le Rye Whiskey de jadis. Il approchait des soixante ans mais en paraissait à peine quarante-cinq.

Il m'adressa un clin d'œil complice.

– Merci, mademoiselle Heaven. Mais il faut dire que... je m'entretiens.

– En buvant un petit coup de temps en temps, par exemple ?

– Juste pour prévenir les morsures de serpent, mademoiselle Heaven. Et vous savez quoi ?

– Je n'ai jamais été mordu ! récitai-je en même temps que lui, ce qui nous fit rire aux éclats.

– Je suis bien content qu'il y ait cette réception pour vous deux, demain. Il y a longtemps qu'il n'y a pas eu de monde à Farthy, ni de joie, ni de musique : ça manque. Oui, je suis rudement content que vous soyez là, mademoiselle Heaven !

– Merci, Rye.

Nous parlâmes encore un peu de la réception et je le quittai pour aller déjeuner. Et comme autrefois, je me retrouvai seule à table, avec Curtis pour me servir. Jillian ne m'avait jamais tenu compagnie, même quand elle allait bien. J'étais une femme mariée, maintenant. Je n'avais plus rien de commun avec la fillette craintive qui venait d'arriver à Farthy et n'osait pas manger devant un domestique. J'avais appris les bonnes manières, mais l'enfant effrayée vivait toujours en moi. J'avais peur de Farthy, et de son pouvoir.

Mais le jour était radieux, sans un nuage, et j'avais bien l'intention d'en profiter : je sortis aussitôt après avoir fini de déjeuner. Il y avait juste assez de brise pour tempérer la chaleur. J'aspirai avidement l'air marin et m'avançai au grand soleil.

Le parc était déjà grouillant d'activité. Les jardiniers mettaient la dernière main aux pelouses et à la taille des haies, transformées en bestiaire fantastique. Derrière la maison se dressait une immense tente rouge, plus vaste que le plus grand des chapiteaux dont Pa pourrait jamais rêver. Et l'estrade installée devant la piscine aurait pu accueillir l'orchestre symphonique de Boston au grand complet. Des piles de tables et de chaises en fer forgé laqué blanc s'entassaient dans plusieurs camions de livraison, attendant d'être déchargées. Et, comme si les parterres multicolores, les buissons de roses et les massifs de fleurs exotiques ne lui suffisaient pas, Tony avait commandé une décoration florale appropriée à l'occasion. On avait disposé et suspendu partout où cela était possible des couronnes et des fers à cheval de fleurs. Et l'on s'apprêtait à mettre en place, derrière l'estrade, le treillis où les mots « Meilleurs Vœux » s'inscrivaient en roses rouges.

Je m'éloignai du bruit, des cris, des ordres échangés à pleine voix et me dirigeai machinalement vers la plage. Peut-être voulais-je dire un dernier adieu à mon ancien amour ? Le souvenir de Troy m'obsédait, depuis mon retour à Farthy. Pendant un instant, la vue de l'océan me coupa le souffle. C'était à cet endroit même que mon amant s'était noyé. Les rouleaux gris qui se brisaient sur le rivage me semblèrent plus sinistres que jamais.

– Adieu, Troy, murmurai-je aux vagues mouvantes. Adieu pour toujours, mon amour. Pour toujours.

Mais la mer ne répondit pas. Je m'assis sur le sable, le regard perdu à l'horizon, là où se fondaient pour moi le passé et le présent comme la mer se fond dans le ciel. Et soudain, j'entendis mon nom.

Je me retournai et vis Logan s'approcher à grands pas de moi, le pantalon retroussé, pieds nus dans le sable chaud. Il était si jeune et si beau ainsi, si plein de confiance en lui-même : tous les espoirs lui semblaient permis.

– Qu'est-ce que tu fais là, Heaven ? appela-t-il. Il y a une demi-heure que je te cherche !

– Moi aussi je te cherchais, Logan. Où étais-tu passé ?

– J'étais trop énervé pour dormir et je ne voulais pas te réveiller. Tout ça est tellement excitant, tellement stimulant ! Quand je suis descendu, Tony était déjà prêt et nous avons décidé d'aller visiter l'usine tout de suite. Comme ça, je pourrais passer tout le reste de la journée avec toi. Oh, Heaven, c'était formidable ! Les ateliers, le siège de la compagnie, les magasins... Et la façon dont Tony s'y est pris pour conserver aux jouets Tatterton leur style inimitable ! Il a des idées merveilleuses, Heaven. Je veux que tu les écoutes, que tu y réfléchisses.

– Les écouter ? Y réfléchir... mais qu'est-ce que tu veux dire, Logan ?

Il était si emballé qu'il ne tenait plus en place.

– Rentrons, tu verras.

Il me conduisit directement au bureau de Tony et ouvrit la porte à la volée. Je m'empressai de le mettre en garde :

– Attention, Tony a horreur qu'on entre dans son bureau sans y être expressément invité.

– Justement, il m'y a invité. Je suis ici comme chez moi.

Je n'en croyais pas mes oreilles.

– Vraiment ? Qu'est-ce que cela signifie, Logan ?

Je n'étais pas au bout de mes surprises : il contourna le bureau de Tony et s'assit dans le grand fauteuil de cuir noir, comme si c'était le sien.

– Mais qu'est-ce qu'il te prend, à la fin ?

Il se renversa contre le haut dossier et posa les pieds sur la table de chêne patiné. Il arborait le sourire satisfait d'un homme promu à de hautes fonctions.

– Tout va bien, ne t'inquiète pas.

Je secouai la tête et me laissai tomber sur le canapé, complètement ébahie. Logan reposa les pieds par terre et se pencha en avant.

– Maintenant, laisse-moi parler et ne dis rien avant que j'aie fini. Tu vas m'écouter, promis ?

– Il faudra bien.

Je ris... pour ne pas pleurer. Je savais que la suite n'allait pas me plaire, que j'allais découvrir une nouvelle machination de Tony pour nous manipuler. Mais je ne voulais pas gâcher la joie enfantine de Logan. Il prit une profonde inspiration et annonça :

– Tony m'a fait une proposition que je crois devoir accepter.

– Une proposition ? répétai-je, méfiante. De quel genre ?

– Tu te souviens de ce dont il parlait à table, tous ces projets ? Eh bien, il ne peut pas s'y attaquer tout seul.

Mon cœur se mit à battre à grands coups. Je devinais ce qui allait suivre, mais j'objectai quand même :

– Il est entouré de gens très compétents, à tous les niveaux.

– Oui, mais il a surtout l'esprit de famille, et comme il le dit lui-même : « À quoi sert une fortune pareille, si on n'a personne avec qui la partager ? »

– Et en quoi es-tu concerné ? Tu es pharmacien, et tu travailles chez tes propres parents.

La dureté glaciale de ma voix le surprit, mais je n'y pouvais rien. C'était ici, dans ce bureau, que Tony m'avait avoué qu'il était mon père. C'étaient les paroles prononcées ici même qui avaient brisé mon amour. Et voilà que Tony resurgissait dans ma vie pour en dévier le cours et la reprendre en main !

– Je sais qui je suis, poursuivit Logan, l'important est de savoir si c'est suffisant. Pourras-tu te contenter, après avoir connu un tel luxe, d'une petite vie à Winnerow ? Avec l'officine de mes parents pour tout horizon, et rien d'autre à laisser à nos enfants ? Si Winnerow suffit à te combler, tant mieux, mais...

– Winnerow nous suffisait avant de venir ici, Logan, et je ne vois pas ce qui a changé. Que t'a promis Tony, au juste ?

Logan se carra dans le fauteuil, un sourire satisfait sur le visage : un visage que je ne reconnaissais plus. Un homme différent, plein d'ambition, avait pris la place du Logan que j'avais connu... il y avait si longtemps. Cet homme-là redressa les épaules et parcourut la pièce d'un regard de propriétaire.

– La vice-présidence du secteur commercial, annonça-t-il avec orgueil. J'ai fait quelques suggestions qui l'ont beaucoup impressionné. Les mots me venaient tout naturellement, Heaven ! Toutes sortes d'idées sur les débouchés, la publicité... comme si cela coulait de source !

Il s'était animé en parlant, et je l'observai pendant quelques instants avant de demander :

– Tu veux dire... que tu abandonnerais la pharmacie ?

– Oh, Heaven ! Mais qu'est-ce que j'abandonnerais, dis-moi ? Pense à tout ce que nous pourrions avoir. Ce que nous pourrions devenir.

J'avais envie de pleurer mais je refoulai mes larmes.

– Je sais ce que nous avons et ce que nous deviendrons. Et que diront tes parents ? Cela va leur briser le cœur !

Logan éclata de rire.

– Tu plaisantes ? Quand ils verront ce que je gagne au change ! Ils ne sont pas fous. Mon père continuera à travailler à la pharmacie jusqu'à sa retraite, et ils la vendront, voilà tout.

Je me raidis. Ma fierté reprit tous ses droits et ma déception fit place à la colère.

– Tout cela est peut-être parfait pour toi, Logan, mais je suis institutrice, figure-toi. À ma façon, je suis utile aux gens de Winnerow. C'était mon rêve d'accomplir quelque chose d'important pour eux, et je tiens à continuer.

Je me rejetai en arrière et laissai remonter en moi les souvenirs de notre mariage. Ils étaient si fiers ce jour-là, à l'église, ceux des collines et ceux de la vallée ! Cela se lisait sur leurs visages, dans leurs yeux brillants d'espoir. Ils savaient qu'ils comptaient pour moi et mon retour n'était pas un geste vain pour eux. Il me conférait une sorte de noblesse. Il avait un sens. Et Logan faisait fi de tout cela, il voulait que je renonce à tous mes rêves !

– Je comprends, Heaven, dit-il en se levant. Et j'ai expliqué tout cela à Tony. Il l'a compris lui aussi et il a fait une suggestion merveilleuse, et qui devrait te plaire.

– Ah oui ? dis-je d'un ton coupant. Et laquelle ?

– Implanter une usine de jouets à Winnerow, en utilisant les talents de sculpteurs des habitants. On y fabriquerait ces figurines en bois que façonnait si bien ton grand-père.

Logan contourna lentement le bureau.

– Imagine ce que cela représenterait pour Winnerow et pour les collines ! C'est là qu'on fabriquerait les pièces faites à la main. Cela fournirait du travail à tous ces gens qui tirent le diable par la queue, quand ils ne sont pas obligés de voler pour vivre. Ils pourraient se loger convenablement, habiller leurs enfants...

– Une manufacture ? À Winnerow ?

Logan se mit à arpenter la pièce et débita d'une voix enthousiaste :

– Oui. Un de nos premiers objectifs sera de reproduire l'univers des collines en miniature. Des gens comme tes grands-parents, dans leurs minuscules rocking-chairs. Lui en train de sculpter, elle qui tricote, les animaux, les enfants qui vont à l'école... et même une distillerie clandestine, pourquoi pas ?

– Ainsi, dis-je d'un ton rêveur, voilà à quoi rimaient toutes ces questions sur Winnerow, hier soir...

Logan hocha la tête et je me tus longuement. Il fallait bien admettre que ses arguments devançaient toutes mes objections. Encouragé par mon silence, il enchaîna rapidement :

– N'est-ce pas une idée fabuleuse ? Nous baptiserons la nouvelle collection « Les Willies ». Et le plus drôle, c'est que les riches paieront pour acheter une réplique des pauvres, et que leur argent ira dans la poche des employés de la compagnie Tatterton. Savoureux, non ? Heaven...

Une pointe de frustration perça dans la voix de Logan.

– Heaven, pourquoi ne dis-tu rien ? Est-ce que tu ne trouves pas tout cela passionnant ?

– Passionnant, en effet… mais tout cela me prend au dépourvu. Il faut que j'y réfléchisse. Nous ne devions rester que deux jours et partir pour Virginia Beach et, tout à coup, tout est changé. Notre vie bouleversée.

– Bien sûr, concéda-t-il, je te comprends. Cela fait beaucoup de choses à accepter d'un seul coup, mais c'est toujours comme ça dans les grandes circonstances.

– Il me semble entendre parler Tony !

– C'est en effet ce qu'il a dit.

– Je m'en doutais. Et où est-il passé, au fait ?

– Il avait des ordres à donner pour la réception.

– Comme c'est pratique, ironisai-je. Il savait ce qu'il faisait en t'envoyant plaider sa cause.

– Il ne m'a pas envoyé, Heaven. C'est moi qui ai insisté pour te parler le premier.

Je secouai la tête, hébétée. S'agissait-il vraiment d'un choix décisif pour nous deux, ou d'une nouvelle manigance de Tony ? L'impression persistait en moi qu'il m'avait intégrée dans ses projets et m'imposait sa volonté.

– Les hommes comme lui parviennent toujours à leurs fins, murmurai-je.

– Voyons, Heaven ! Qu'est-ce qui te déplaît dans tout ça ?

Je dévisageai Logan. Je comprenais son enthousiasme, son ambition, mais je n'aimais pas le changement qui s'était fait en lui. Il était littéralement fasciné par Tony et par l'argent qu'il lui offrait. Lui, que la fortune et son pouvoir avaient toujours laissé indifférent ! La force de persuasion de Tony me faisait peur.

– Très bien, Logan, fais ce que tu veux… dans la mesure où ta décision ne fait tort à personne.

– Et à qui ferait-elle tort ? objecta-t-il d'un ton plus calme. Tout le monde y trouvera son compte. D'ailleurs, ce serait arrivé, tôt ou tard. Que cela te plaise ou non, tu es l'unique héritière de la fortune des Tatterton. Il est normal que Tony ait tenu à nous y associer, comment peux-tu l'en blâmer ?

– Je sais tout cela, dis-je d'une voix lasse. Et je ne le blâme pas.

– Alors, qu'est-ce qui ne va pas ?

Que pouvais-je répondre ? Si seulement j'avais eu une enfance normale, entre des parents aimants. Si j'avais pu la vivre jusqu'au bout entre mes frères et sœurs, au lieu d'être trimbalée d'une famille abusive à une autre, peut-être n'aurais-je pas tant souffert d'avoir à prendre une telle décision ? Étais-je une Tatterton, comme Tony le souhaitait, ou une Casteel, comme je l'avais cru presque toute ma vie ? Serais-je toujours en train de fuir moi-même ? Je croyais avoir résolu le problème en devenant Heaven Stonewall. Je voulais n'être plus que la femme de Logan, élever nos enfants, oublier le passé. Mais l'émotion nouvelle que je lisais sur le visage de mon mari me faisait comprendre que tout cela n'avait été qu'un rêve insensé.

– Laisse-moi le temps d'y penser, Logan. S'il te plaît.

Il frappa dans ses mains d'un air satisfait.

– Bien sûr ! Et pour que tu aies toute la tranquillité nécessaire, voilà ce que je propose... si nous annulions Virginia Beach pour terminer notre lune de miel à Farthy ?

– Quoi ?

J'étais complètement ébahie. Me réservait-il encore beaucoup d'autres surprises comme celle-là ?

– Sérieusement, penses-y. Nous avons tout ce qu'on peut désirer, ici, et même plus. Une plage privée, pas de touristes encombrants. Nous pourrons faire du shopping à Boston, y passer nos soirées, aller au spectacle ou au restaurant. Faire du cheval pendant la journée, dans le parc ou sur la plage, aller pique-niquer... personne ne nous dérangera. Tony sera au bureau, ta grand-mère chez elle : Farthy sera à nous. Alors, qu'en dis-tu ?

Je regardai autour de moi, indécise. Tout arrivait si vite !

– Je n'en sais rien...

– À la fin de la semaine, nous irons à Winnerow annoncer notre décision à mes parents.

– Notre décision ? Mais... il nous reste tant de choses à décider. Par exemple, où allons-nous vivre ?

– Ici, naturellement, répondit Tony, surgi comme par enchantement. Désolé de vous interrompre, mais j'avais quelque chose à prendre dans mon bureau et j'ai entendu la dernière question.

Je rencontrai le sourire énigmatique de Logan.

– Qu'est-ce que tout cela signifie ?

– C'est la surprise que nous te réservions pour la fin !

Nous ? La surprise que *nous* te réservions ? Était-il déjà si inféodé à Tony ? Ils avaient l'air de deux conspirateurs. Tony venait-il vraiment d'arriver ou avait-il toujours été là, guettant ce fameux « nous » ?

– Et quelle surprise, cette fois ?

– Viens voir par toi-même, proposa Tony.

Logan me prit la main en souriant.

– Allons, viens. Tony a quelque chose à nous montrer.

Je me levai à contrecœur. J'avais le sentiment qu'une partie de mon avenir allait m'être dévoilée, et cela me faisait peur. N'importe qui aurait peur, s'il pouvait connaître les événements à l'avance. Pour l'instant, les événements me dépassaient. Je serrai la main de Logan et me laissai entraîner comme une somnambule dans le sillage de Tony.

– Tu te souviens de cette partie de l'aile sud ? demanda-t-il comme nous arrivions en haut des marches. Celle que nous n'utilisions jamais ? C'est là que mes grands-parents habitaient, autrefois. J'ai toujours souhaité en faire quelque chose de très spécial... j'espère que tu vois ce que je veux dire, Heaven ?

– Non, pas du tout.

Tony sourit et une lueur dorée dansa dans ses yeux bleus : il rayonnait. D'un geste théâtral, il ouvrit la double porte d'acajou que j'avais toujours vue fermée et s'effaça devant moi :

– L'appartement de Mr et de Mrs Stonewall, annonça-t-il.

Je croisai les bras sur ma poitrine, étreignant mes épaules en un geste de défense.

– Quoi ? Qu'est-ce que cela veut dire ?

Le sourire de Logan était toujours aussi énigmatique. Je me décidai à entrer.

L'appartement avait été presque entièrement refait à neuf. Le mobilier du salon, de style rustique français, était maintenant tapissé de damas bordeaux, ma couleur préférée. Je la retrouvais partout : dans les fleurs égayant le fond blanc du papier peint, l'épais tapis persan, les draperies soyeuses des fenêtres. Quand Tony ouvrit devant moi la porte de la chambre, je m'avançai sur un tapis grège si moelleux que je crus marcher sur des nuages. Le grand lit à colonnes lui-même semblait perdu dans cette immensité. Les fenêtres qui l'encadraient avaient été redessinées et le jour entrait à flots dans la pièce.

Ici, le blanc et l'orange dominaient, du baldaquin aux rideaux. Et les coussins jetés sur le lit étaient du même jaune abricot que le liséré de la courtepointe. La coiffeuse s'insérait dans le long comptoir de marbre blanc qui courait le long du mur de droite, coiffant un alignement de tiroirs de même couleur. Le reste du mur était presque entièrement recouvert par un immense miroir encadré d'or.

C'est à l'extrémité du comptoir que s'ouvrait la porte de ce qui devait être ma salle de bains. Une pièce récemment construite, apparemment, et dotée de l'équipement le plus moderne. La baignoire, avec son jet tourbillonnant, était encastrée dans un carrelage caramel. Tous les accessoires étaient plaqués or et les miroirs doublaient l'espace de la pièce. Et pourtant, j'en étais sûre, elle était plus grande que la salle de bains de Jillian. Je n'en avais jamais vu d'aussi vaste.

Je poursuivis mon exploration et poussai la porte qui jouxtait celle de la chambre. Elle donnait dans une penderie qui aurait pu contenir notre cabane, remplie de vêtements neufs. Je lançai à Tony un regard effaré.

– Je me suis livré à une orgie d'achats, expliqua-t-il en souriant. Mais s'il te manque quelque chose, nous irons l'acheter sans tarder, ne t'inquiète pas.

Je n'en croyais pas mes yeux. Il y avait même une collection de chaussures assorties aux toilettes, le tout à la dernière mode. Tony voulait toujours tout régenter, jusqu'à ma façon de m'habiller, et même de me maquiller. Mais ce qui retint surtout mon attention, ce fut une petite toile accrochée au-dessus du lit, sous le baldaquin. Elle représentait un paysage des Willies, avec une petite cabane à flanc de colline. Et les deux personnages qu'on pouvait voir sous le porche, assis dans leurs rocking-chairs, ressemblaient étonnamment à Granny et à Grandpa.

– Naturellement, tu es libre de changer ce que tu veux, observa Tony.

Je le dévisageai longuement et secouai la tête. Une pareille rénovation ne pouvait pas s'improviser. Il avait dû prévoir depuis longtemps que Logan et moi pourrions nous installer ici, c'est ce qu'il espérait. J'aurais dû être furieuse mais tout ce luxe, tous ces efforts faits pour me plaire me radoucirent. Tony s'était donné tant de mal pour que je me sente chez moi ! Je regardai Logan, debout à ses côtés : il était radieux. Se pouvait-il... qu'il ait été au courant de tout cela bien avant notre arrivée à Farthy ? Et qu'il n'ait fait que me jouer la comédie de la surprise ? Je ne le croyais pas capable d'une telle dissimulation, mais sous l'influence de Tony, tout était possible.

– Comment saviez-vous que vous aviez une chance de nous convaincre ? demandai-je à Tony. Nous pouvons toujours refuser.

Il haussa les épaules.

– De toute façon, les travaux n'ont pas été inutiles. Si vous n'habitez pas l'appartement, ce sera votre pied-à-terre quand vous viendrez à Farthy. Au fond, c'est un bon placement, conclut-il en souriant.

– Je ne m'inquiétais pas pour votre argent !

Je vis ses yeux se rétrécir et reportai mon attention sur le tableau.

– Qui a peint cela ?

– Un de nos artisans, que j'ai envoyé tout exprès dans les Willies. Pas trop mal, qu'en penses-tu ?

Je fus forcée de reconnaître que je trouvais le tableau merveilleux. Sa seule vue me réchauffait le cœur et ravivait mes souvenirs. Je pouvais presque entendre grincer le fauteuil.

– Alors, que décides-tu ?

Je les observai un instant, tous les deux. Logan commençait déjà à imiter l'attitude de Tony, sa façon de sourire.

– Je ne sais pas encore, tout cela est si soudain. Il faut que je réfléchisse à... à un tas de choses.

– Très bien, dit Tony en consultant rapidement sa montre. Quant à moi, je vais voir ce qui se passe dehors. Il ne reste plus beaucoup de temps pour les préparatifs de la réception. Ne sois pas fâchée contre moi, Heaven. Je ne pense qu'à ton bonheur.

Là-dessus, il disparut sans me laisser le temps de répondre. Je me retournai vers Logan.

– Logan Stonewall, étais-tu au courant de tout cela avant notre arrivée à Farthy ? Dis-moi la vérité.

– Moi ?... Bien sûr que non !... Comment veux-tu... ?

Ses mains levées proclamaient son innocence. Je l'étudiai attentivement pendant quelques instants et décidai qu'il disait la vérité.

– Enfin, Heaven, qu'est-ce qui t'inquiète ? Regarde autour de toi, c'est magnifique ici, non ?

– Je sais, mais rappelle-toi ce que je t'ai dit à propos des hommes comme Tony : ils arrivent toujours à leurs fins. Ces travaux ne datent pas d'aujourd'hui. Il a dû prévoir que nous vivrions ici, que tu travaillerais pour lui.

– Je n'en crois rien. Comment pouvait-il le savoir ?

– Il le savait, mais peu importe. Peut-être était-ce écrit d'avance. (Je jetai un dernier regard autour de moi.) Allons, viens. Il est temps de nous préparer pour dîner.

Logan me suivit, manifestement troublé. Comment aurait-il pu comprendre quelles forces étaient à l'œuvre à Farthy, quels fantômes redoutait Rye Whiskey ? Qu'aurais-je pu lui dire des mystères et de la magie de la grande maison et du domaine tout entier ? Moi-même, que le sang des Tatterton rendait si réceptive au passé, je ne comprenais pas clairement la nature du pouvoir qu'ils exerçaient sur moi.

Un instant, je songeai à fuir, partir loin d'ici, retourner dans les Willies et la sécurité de la cabane de Grandpa. Mais l'écho de cette pensée s'évanouit, chassé par celui de nos pas dans le corridor.

Comme une feuille charriée par le vent, je me sentais entraînée malgré moi, emportée par des forces que j'étais incapable de contrôler.

4

Le grand jour

Cadillac, Lincoln, Mercedes, Rolls Royce... le chemin privé qui menait à Farthinggale Manor était une véritable exposition de limousines. Tony avait battu le rappel de ses plus hautes relations et tout ce qui comptait dans la société, la politique et les affaires à une lieue à la ronde se trouvait réuni. Je compris que tout ce qu'il avait fait jusqu'ici pour nous impressionner, Logan et moi, n'était rien à côté de ce qui allait suivre.

Toutes les filles rêvent d'une réception grandiose pour leur mariage, mais celle-ci dépassait dc si loin mes rêves les plus fous que toutes mes réticences envers Tony s'évanouirent. C'était pour Logan et pour moi que tous ces gens élégants étaient venus dans leurs somptueuses voitures, et cela me grisait. Je débordais de reconnaissance.

De l'une de ces longues limousines noires, je vis soudain descendre Keith et *notre* Jane. Je courus vers eux, les bras tendus. À dix-huit ans, *notre* Jane était remarquablement belle. Juste un peu plus petite que moi, avec une silhouette superbe. Sa chevelure cuivrée flamboyait autour de l'ovale délicat de son visage et ses yeux de turquoise étaient si transparents, si émouvants de douceur fragile que, devant eux, le plus cynique des hommes se serait changé en agneau.

– Heaven ! s'écria-t-elle. Oh, Heaven, je suis si heureuse pour toi !

Keith n'était pas moins impressionnant. Aussi grand que Pa, ses cheveux auburn luisant de santé, le teint hâlé et lumineux, il portait un sweater de coton rayé bleu et blanc et un pantalon bleu marine. Le parfait étudiant de Harvard !

– Toutes mes félicitations, grande sœur ! dit-il avec un sourire éclatant.

Puis il remit sa pipe entre les dents. Quel homme séduisant il était devenu, maintenant, si plein d'assurance ! J'avais eu des échos de ses succès à l'université : c'était un élève brillant et un animateur de débats très écouté. J'avais peine à croire que c'étaient là les deux petits qui autrefois s'accrochaient à mes jupes, avec leurs petits visages émaciés et leurs yeux cernés. Il m'était presque impossible de me rappeler leurs voix plaintives appelant : « Hev-lee, Hev-lee ! » Pa nous avait abandonnés alors, nous laissant, à Tom et à moi, la charge de les nourrir et de leur servir de parents. Et c'était de faim que mes petits pleuraient.

C'était peut-être un bien que ces souvenirs se soient effacés. Il y en avait tant d'autres que j'aurais voulu oublier !

– Je savais que cela finirait par un mariage, vous deux, dit *notre* Jane. C'est tellement romantique : vous étiez faits l'un pour l'autre. Heaven, je... je suis si heureuse pour toi. La nouvelle va faire l'effet d'une bombe, à Winnerow.

– Et quoi de neuf, là-bas ? demanda Keith d'un ton un peu forcé.

Il ne gardait pas un tellement bon souvenir du pays, et je comprenais qu'il ne soit pas très pressé d'y retourner. Même pour un bref séjour.

Logan apparut comme par miracle à mes côtés. En smoking, les cheveux peignés en arrière, un œillet à la boutonnière : il était splendide.

– Le train-train habituel, répondit-il.

Notre Jane poussa un cri d'admiration :

– Logan Stonewall ! Quelle allure ! Tu es superbe.

– Je te retourne le compliment, *notre* Jane.

– Plus personne ne m'appelle comme ça, dit-elle en rougissant.

Logan se tourna vers Keith.

– On peut dire que tu as grandi depuis la dernière fois que je t'ai vu. Heaven me tient au courant de tes succès à l'université : elle est très fière de toi. Et de vous deux. Nous aurons bientôt besoin de jeunes gens comme vous à Winnerow : il y a de grandes choses qui se préparent.

– Vraiment ?

– Nous en parlerons plus tard. Pour l'instant, je vais nous chercher du champagne et quelque chose à nous mettre sous la dent. Tu permets, Heaven ?

Je l'embrassai et il s'éloigna, me laissant bavarder avec Keith et *notre* Jane.

– La réception s'annonce plutôt bien, observa-t-elle. Cela va être fantastique !

– Et nous avons des tas de choses à nous dire, *notre* Jane... pardon : Jane. J'ai tellement de mal à ne pas t'appeler ainsi, dis-je en la serrant à nouveau dans mes bras.

– Oh, mais toi, tu peux : je suis si heureuse de te revoir !

Elle battit des mains comme elle le faisait autrefois, pour manifester sa joie.

– Heaven, tu permets que j'aille faire un tour ? Je ne tiens plus en place. Il faut que je voie toutes ces fleurs, la piscine, les...

– Allez-y tous les deux, amusez-vous, c'est de votre âge. Nous parlerons plus tard.

Ils s'éloignèrent la main dans la main, riant et se parlant à l'oreille. Ils étaient si proches l'un de l'autre que les voir ainsi me fit mal : je les enviais presque. Ils me rappelaient tellement les liens étroits qui nous unissaient autrefois, Tom et moi. L'entente complice de Keith et de Jane réveillait en moi le vieux tourment de la solitude.

Serais-je toujours une orpheline, en quête d'un introuvable foyer ? Mais c'était bien le moment de m'attendrir sur moi-même ! Après ce que Tony venait de faire pour moi... peut-être le trouverais-je à Farthy, ce foyer tant désiré ?

Je cherchai Logan du regard. J'avais besoin de sentir son bras sous le mien, de l'avoir à mes côtés au cours de cette journée spéciale, notre grand jour. Mais chaque fois que je l'apercevais, Tony était près de lui, en train de le présenter à l'une ou l'autre des personnalités présentes. C'est-à-dire à toute la haute société de Boston.

Un peu triste, je me dirigeai vers la piscine. Tony détestait le rock and roll et avait engagé un orchestre classique. Les airs qu'il jouait n'avaient rien de l'exubérance des Campagnols, le groupe local de Winnerow, mais la musique était entraînante et créait une ambiance animée et de bon ton. Plusieurs couples se trémoussaient sur un air de jazz endiablé. De nombreux invités étaient attablés sous les parasols colorés et certains déambulaient d'un groupe à l'autre, à l'affût des potins.

Deux douzaines d'extras complétaient le personnel. Garçons et serveuses en uniforme rouge circulaient sur les pelouses, offrant des flûtes de champagne et des hors-d'œuvre sur des plateaux d'argent. L'assistance comptait au moins quatre cents personnes, toutes vêtues avec la plus grande recherche. On reconnaissait la griffe de quelques grands couturiers français et italiens, Chanel, Saint Laurent, Pierre Cardin ou Adolfo. La brise tiède emportait des bribes de conversations à travers tout le parc.

J'avais déjà rencontré certains de nos invités, mais c'est à peine si je parvenais à les identifier. Malgré leurs prétentions à l'originalité, l'uniformité de leurs manières les rendait semblables à mes yeux. Et je me surpris à pouffer en pensant qu'ils n'étaient rien d'autre qu'une armée de mannequins échappés de leur vitrine. Celle du plus élégant magasin de Boston, naturellement ! Soudain, je vis Tony chuchoter quelque chose à l'oreille du chef d'orchestre, qui se pencha vers le micro.

– Mesdames et messieurs, annonça-t-il, permettez-moi d'interrompre les festivités pour jouer un air qui vient de m'être demandé. Je vous prie d'accorder toute votre attention à la ravissante mariée et à notre hôte attentionné, Mr Tony Tatterton.

Il leva son bâton et l'orchestre attaqua les premières mesures de *Tu es le soleil de ma vie.* Tony traversa la piste de danse et vint à ma rencontre, la main tendue :

– M'accordez-vous cette danse, princesse ?

Je pris sa main et il m'attira doucement à lui.

– Heureuse ?

– Oh oui ! C'est une merveilleuse réception !

J'étais sincère, et pleine de gratitude envers Tony. C'était pour que je me sente chez moi qu'il s'était donné tout ce mal.

– J'espère que tu es vraiment heureuse, Heaven. Je n'ai pas d'autre but que de te plaire.

– Merci, Tony. Merci. Je suis heureuse.

– La fortune n'est rien, sans un être qu'on aime avec qui la partager. Veux-tu partager tout ceci avec moi, Heaven ?

Je regardai Logan, qui riait et bavardait avec ses nouveaux amis et m'adressait de temps à autre un petit signe de la main. Puis je levai les yeux vers la grande maison dont toutes les fenêtres reflétaient le ciel bleu traversé de nuages floconneux. Sa haute silhouette dominait toute la scène. Et je répondis :

– Oui, Tony.

Il m'embrassa sur la joue et m'attira plus près de lui, un peu trop près. Je perçus le parfum de son eau de toilette et, dans mon dos, la pression vigoureuse de ses doigts. À nouveau, ses lèvres effleurèrent ma joue – un peu trop près des miennes – et un petit frisson glacé s'insinua en moi. Un instant, le temps d'un éclair... mais assez pour trembler de peur.

– Cela n'est qu'un commencement, chuchota-t-il. Juste un commencement. Il y a tant de choses que je voudrais faire pour toi, Heaven. Si tu me le permets.

Je ne répondis rien. Il me serrait si étroitement contre lui, si fermement... Je pouvais sentir son désir de me garder près de lui, toujours, un désir si violent qu'il m'effrayait. J'aurais voulu pouvoir m'enfuir.

Au milieu du morceau, d'autres danseurs envahirent la piste. Quand il prit fin, Tony s'excusa d'avoir à me quitter pour rejoindre ses invités. Je restai plantée là, médusée, sourde aux bruits qui m'entouraient : conversations, musique, rires. Je n'entendais plus que les battements de mon cœur. Je me sentais aussi isolée dans cet immense parc que si j'avais été seule. Seule sous le vaste ciel bleu saphir, avec la brise qui murmurait à mes oreilles un mystérieux avertissement. Il me fallut quelques instants pour m'apercevoir que Logan était à mes côtés.

– Ça va ? Tu as l'air un peu perdue.

– Oh... oui, en effet !

Je ris pour cacher la frayeur dont je tremblais encore. Je sentais toujours la pression des doigts de Tony, dans mon dos.

– Je me sens un peu dépassée : tout ça est si étourdissant !

Keith et Jane accouraient justement vers moi pour m'embrasser.

– Tu étais absolument radieuse en dansant ! s'exclama Jane.

Et Keith renchérit aussitôt :

– Ça c'est bien vrai, sœurette : une vraie beauté !

Logan m'attira dans ses bras.

– Tony et toi formiez un couple magnifique. Il danse vraiment bien pour son âge.

– C'est possible, dis-je avec un rien de sécheresse.

J'aurais voulu qu'il pressente que quelque chose

n'allait pas, mais il ne voyait que ce qu'il voulait voir. Sa femme, le début d'une vie nouvelle, la promesse d'un merveilleux avenir. Il ajouta presque aussitôt :

– Oh, j'allais oublier : on te demande près de la piscine. Il va y avoir une annonce.

– Une annonce ?

– Je n'en sais pas plus que toi, affirma-t-il en haussant les épaules, un petit sourire aux lèvres.

Un sourire qui me fit comprendre qu'il en savait plus qu'il ne prétendait.

Tony était déjà sur l'estrade. Il s'avança près du micro et parcourut la foule du regard, jusqu'à ce qu'il nous ait vus approcher.

– Mesdames, messieurs, je propose de porter un toast aux jeunes mariés, commença-t-il en levant son verre. Nous boirons à leur avenir, un brillant et merveilleux avenir...

Il s'interrompit tout net et plusieurs personnes se retournèrent pour suivre la direction de son regard. Un murmure d'étonnement parcourut la foule : Jillian s'avançait vers l'estrade, Martha Goodman sur ses talons. Une Jillian en grande robe de mariée.

Son élégante silhouette n'avait rien perdu de sa sveltesse ni de sa grâce, et la robe lui allait aussi bien qu'au jour de son mariage avec Tony. Ses cheveux tombaient de chaque côté de son visage comme une botte de paille décolorée, en mèches raides frisées à l'extrémité. Elle était aussi fardée que le jour où je l'avais revue, avec deux plaques de carmin sur les pommettes, mais le rouge qui barbouillait ses lèvres était couleur de sang séché. Elle s'arrêta sur la première marche de l'estrade et se tourna vers l'assistance effarée.

– Merci d'être venus, merci à tous. Aujourd'hui est le plus beau jour de ma vie : je vais épouser Anthony Tatterton. Je suis heureuse que vous soyez venus si nombreux pour partager ma joie, et je vous souhaite une merveilleuse journée. Amusez-vous, mes amis !

Un silence stupéfait accueillit ces paroles; plus personne ne bougeait. Puis Martha chuchota quelque chose à l'oreille de Jillian, qui la fusilla du regard.

– C'est mon jour de fête, glapit-elle en rejetant en arrière ses cheveux de paille, et tous ces gens sont là pour moi ! Ils sont venus pour me voir, moi ! Et pour être témoins de ma promesse de fidélité éternelle à Tony Tatterton ! Et je...

Sa voix se brisa, et elle acheva dans un murmure :

– Je sais que son amour pour moi ne s'éteindra jamais.

Ses forces l'abandonnèrent d'un seul coup et elle s'affaissa sur l'épaule de Martha, incapable de se soutenir.

– Venez, madame Jillian, dit Martha d'une voix apaisante en la ramenant à la table qu'elle avait quittée.

La foule était médusée, mais Tony avait déjà repris son sang-froid.

– Mesdames, messieurs, enchaîna-t-il comme si rien ne s'était passé, je propose un toast en l'honneur des époux, Mr et Mrs Stonewall.

Les hommes de l'assistance firent chorus, masquant leur embarras sous les acclamations. Et quatre cents personnes burent à notre santé et à notre avenir.

– Heaven, Logan, reprit Tony, je vous souhaite une longue vie de bonheur. Et pour que vous conserviez le témoignage de ce vœu, voici mon présent de noces.

Il leva la main comme pour donner un signal et tous les yeux se tournèrent dans la direction qu'il indiquait : une étincelante Rolls Royce argentée tout enrubannée s'avançait lentement vers nous. Un murmure admiratif s'éleva sur son passage et je levai les yeux vers Tony : son expression résolue m'effraya.

Je sus qu'il ne reculerait devant rien pour m'attacher à lui, forcer le chemin de mon cœur. Et cet homme auquel m'unissaient des liens secrets, cet homme si beau m'apparut tout à coup comme le diable en personne. Mon propre père m'aimait d'un amour si possessif, si dévorant que, devant lui, je me sentais totalement désarmée. Je me tournai vers Logan pour voir sa réaction. Rouge d'émotion, les yeux brillants, il était tout simplement béat. Il m'entraîna par la main vers la voiture, pressé d'admirer le fabuleux cadeau de Tony, et je le suivis docilement. La joie qui rayonnait sur son visage me donnait presque envie de pleurer.

– Oh, Heaven ! Personne ne pourra jamais être aussi heureux que je le suis en ce moment. Jamais.

– Je l'espère bien !

Cher Logan, comme il était facile de le rendre heureux ! Comme il était loin des doutes et des soupçons qui ternissaient ma joie. Et comme j'avais besoin d'un homme tel que lui. J'aurais voulu pouvoir me blottir dans ses bras, ma vie entière.

– Logan, je t'aime ! Aime-moi toujours comme tu m'aimes en ce moment. Toujours !

– Toujours, promit-il en me serrant dans ses bras.

Et tout le monde fut témoin de notre baiser. Puis des acclamations et des vivats fusèrent et la fête reprit son cours. Laissant Logan et ses nouveaux amis examiner la Rolls Royce, je me tournai vers Tony pour le remercier, mais Jillian m'avait devancée et courait déjà vers lui. Sa voix domina la musique.

– Oh, Tony ! Quelle merveilleuse réception, et comme tu m'aimes !

L'attention générale se réveilla.

– Oui, Jillian, dit-il en l'entourant de son bras pour la ramener à sa table.

Une fois installée, elle se retourna et cria à la cantonade :

– Amusez-vous, mes amis, et prenez du bon temps !

La façon dont les gens chuchotaient en la regardant m'emplissait de pitié pour elle. Tony attendit que Martha lui ait apporté quelque chose à manger pour me rejoindre. Je l'entraînai à l'écart, à l'abri des oreilles indiscrètes.

– Comment avez-vous pu laisser se produire une chose pareille ? C'est affreusement gênant !

Il se retourna vers Jillian, comme si lui aussi venait de revivre le passé, oubliant la réalité présente.

– Gênant ? Peut-être, mais surtout tragique, à mes yeux tout au moins.

– Alors pourquoi l'avoir laissée s'exhiber ainsi ? Les gens doivent être en train de se moquer d'elle.

Il esquissa un bizarre petit sourire.

– Et alors ? Elle ne voit pas ce que nous voyons. Pour elle, pauvre folle, tous ces gens rient parce qu'ils s'amusent à sa réception de mariage.

– Mais...

– Mais quoi ? Pour qui est-ce le plus gênant, pour elle ou pour toi ? Aurais-je dû l'enfermer chez elle comme une bête malade, clouée entre quatre murs ? La laisser s'enliser dans ses souvenirs, jusqu'à ce qu'elle touche le fond de l'horreur et de la solitude ? Je ne peux pas supporter l'idée de la cloîtrer dans une... une institution spécialisée. Vois-tu...

Son regard se tourna un instant vers la grande maison, puis revint s'attacher à Jillian.

– Elle a été si belle autrefois ! À mes yeux, sa beauté était infiniment précieuse : je la comparais à une porcelaine de Chine. Elle redoutait plus que tout de vieillir et de cesser d'être désirable, c'est vrai. Et c'est sans doute la certitude de ne rien pouvoir faire pour empêcher cela qui l'a amenée où elle en est. Pourtant...

Il saisit mes deux bras, juste au-dessus du coude, et les serra avec force.

– Pourtant elle y est parvenue, à sa façon. Cela peut sembler étrange mais elle a su conserver cette jeunesse et cette beauté... au moins dans sa folie. Et cela, c'est merveilleux. C'est pourquoi...

Il me libéra et prit une profonde inspiration.

– Je pense que nous devrions surmonter notre

gêne et ignorer les railleurs. Ne peux-tu faire ce genre de sacrifice, Heaven ? Accomplir quelque chose de totalement désintéressé ? Je suis sûr que tu le peux... quand tu le veux.

– Tony ?

Il s'éloignait déjà et s'immobilisa aussitôt.

– Oui ?

Je regardai Jillian, confortablement installée et occupée à picorer dans son assiette. Elle tenait sa fourchette comme un cure-dent et saluait d'un sourire les invités qui passaient près d'elle.

– Et si elle me voit ?

– Quelle importance ? Pour elle, tu es Leigh, telle qu'elle était le jour de notre mariage. Elle avait douze ans et portait une robe de demoiselle d'honneur rose, avec un bouquet de roses à la main. Je n'oublierai jamais comme elle était belle, ce jour-là !

Il secoua la tête et me dévisagea d'un air rêveur.

– Aussi belle que tu l'es aujourd'hui, ajouta-t-il en s'éloignant pour rejoindre Jillian.

Je demeurai quelques instants songeuse, moi aussi. Tony paraissait toujours très amoureux de sa femme, et pourtant... pourtant quoi ? Mon impression était difficile à préciser. Mon malaise se mua en tristesse quand je vis Martha reconduire Jillian chez elle. L'imaginer seule dans sa chambre, contemplant son miroir absent, me fit presque frissonner d'effroi. La voix de Logan m'arracha à mes pensées moroses :

– C'est le moment de couper le gâteau !

Il m'entraîna vers la table dressée au centre de l'estrade, sur laquelle trônait une pièce montée de cinq étages décorée de guirlandes de fleurs. Un vrai gâteau de conte de fées, presque aussi haut que moi ! Radieux, Logan me prit la main et nous découpâmes ensemble une tranche de la première couche de pâtisserie. Quand il ouvrit la bouche pour que j'y fourre un petit morceau de gâteau, je ne pus m'empêcher de penser à cette glace fantastique qu'il m'avait offerte, le jour où il m'avait demandé ma main. Notre pièce montée était une merveilleuse création Tatterton, mais pour moi, c'était le château de Logan qui resterait mon vrai gâteau de mariage.

Quand tout le monde fut servi, après que l'on eut vidé d'innombrables coupes de glace et fait circuler toutes sortes de boissons, l'animation commença à baisser. La réception tirait à sa fin. Je commençais à ressentir les effets de la fatigue quand je vis Keith et Jane s'approcher de ma table. *Notre* Jane se pencha pour m'embrasser.

– Nous devons te quitter, Heaven, mais tu nous manqueras.

– Vous m'écrirez, c'est promis ?

– Toutes les semaines.

Je serrai Keith dans mes bras et les regardai s'éloigner à travers la pelouse, la main dans la main.

– Tu les aimes vraiment beaucoup, n'est-ce pas ? demanda Logan en m'embrassant.

Je me laissai aller contre sa poitrine.

– Montons dans notre chambre, Logan. Je n'en peux plus.

– Mais... toutes nos affaires ont été transportées dans le nouvel appartement !

– Quoi ? Mais quand ?

– Pendant la réception. Je voulais que ce soit une surprise. Tu es contente ?

L'idée qu'il ait pris une décision sans me consulter ne m'emballait pas, mais je savais à quel point cette surprise était importante pour lui. Je soupirai :

– Très contente, Logan. Tu as bien fait.

Il saisit ma main et son regard se fit suppliant.

– Et notre lune de miel, Heaven ? Tu veux bien que nous la terminions ici ?

– C'est vraiment ce que tu souhaites, Logan ?

– Oui, vraiment.

– Alors c'est entendu, acquiesçai-je à contrecœur. Pouvons-nous monter, maintenant ? Je suis morte de fatigue.

– Je te rejoins dans un moment, dit-il en m'embrassant. Il faut que j'aille dire au revoir à quelques amis.

Et il s'éloigna dans la foule qui commençait à se disperser. En me levant, j'aperçus Tony qui trônait dans un fauteuil, entouré de quelques-uns de ses associés. Il me fit un petit signe de la main et me suivit des yeux jusqu'à la maison. J'arrivai sur le palier au moment où Martha sortait de chez Jillian.

– Alors, comment va-t-elle ?

– Elle est heureuse comme tout, peut-être même autant que vous !

Et peut-être même plus, me dis-je. Mais je gardai mes réflexions pour moi et pris le chemin de notre nouvel appartement.

*

Tony tint parole et, jusqu'à la fin de notre semaine de lune de miel, il s'abstint de discuter affaires avec Logan. En fait, nous ne le vîmes presque pas. Il passa trois jours à New York et, comme je l'appris plus tard, il consulta plusieurs fois ses conseillers financiers à Boston pour mettre sur pied la succursale de Winnerow. Et comme Jillian restait cloîtrée chez elle, Logan et moi avions Farthy pour nous seuls.

Le matin, nous prenions le petit déjeuner au lit, puis nous descendions sur la plage ou nous rendions à Boston en voiture pour la journée, et quelquefois pour la soirée. Vers le milieu de la semaine, Logan me proposa une promenade à cheval.

Comme nous nous dirigions vers l'écurie, je sentis se réveiller en moi le souvenir d'un autre temps, d'un autre jour. Celui où Troy et moi avions fait l'amour pour la première fois. Je devins rêveuse, mais Logan n'en remarqua rien et nous descendîmes sur la plage pour chevaucher le long de l'océan. Après cette promenade romantique, nous nous installâmes pour pique-niquer dans un coin abrité qu'il avait découvert au cours de ses explorations. Nous avions apporté une couverture et ce fut très doux de faire l'amour sur le sable, bercés par le bruit du ressac. Tous mes souvenirs mélancoliques s'évanouirent pour faire place à un sentiment d'espoir et de renouveau. Passer notre lune de miel à Farthy n'était peut-être pas une si mauvaise idée, après tout ?

Jusque-là, la crainte n'avait pas cessé de me ronger, plus lancinante qu'un mal de dents. Nous installer à Farthy et voir Logan devenir vice-président ne me disait rien qui vaille. Mais cette semaine de tranquillité si parfaite, la tendresse et les attentions de Logan, et le charme des activités qu'il s'ingéniait à m'offrir firent taire toutes mes appréhensions. Nous étions prêts à partir pour Winnerow chercher le reste de nos affaires et annoncer la nouvelle aux parents de Logan, quand Tony rentra, à la fin de la semaine. Il nous trouva bronzés, reposés, heureux et constata :

– Vous avez l'air en pleine forme, tous les deux !

Logan me décocha un regard si éloquent que je me sentis rougir.

– Je voudrais que notre vie ne soit qu'une longue lune de miel à Farthy !

– Chaque jour comme au premier jour, bravo, Logan ! dit Tony en souriant de toutes ses dents. C'est la recette du bonheur... malheureusement, nous avons du pain sur la planche.

Les affaires, déjà ! Tony ne perdait pas de temps.

– Heaven, reprit-il aussitôt, la semaine dernière, Logan et moi avons décidé que tu irais à Winnerow chosir l'emplacement de la nouvelle usine. Quant au prix, je m'en remets entièrement à son estimation : il aura carte blanche.

– Oh, Tony ! objectai-je, n'est-ce pas une grosse responsabilité ? Et si je me trompais ?

– Non, tu ne peux pas te tromper. Si quelqu'un est en mesure de choisir l'endroit idéal, à la fois pour Winnerow et pour la Tatterton Toys, c'est bien toi.

– Je te donnerai quelques indications sur ce que nous cherchons, dit Logan.

– Ah oui ? Et d'où tiens-tu cette expérience, Logan Stonewall ?

Il rougit, et Tony éclata de rire.

– Eh bien... Tony m'a donné... quelques grandes lignes.

– Tu m'en diras tant !

– En tout cas, je n'ai pas à redouter de voir l'ambition vous monter à la tête, mon garçon : Heaven est là pour vous rappeler vos limites.

Logan eut un sourire désarmant :

– Inutile de me le dire !

Et cette fois, je joignis mon rire à celui de Tony.

Nous partîmes pour Winnerow dans notre Rolls flambant neuve, n'emportant qu'un minimum de bagages. Au moment où nous passions le grand portail, je vis Logan jeter un dernier coup d'œil dans le rétroviseur et sourire comme à une femme aimée. Et à nouveau, mon cœur tressaillit dans ma poitrine. Comme si le sentiment qui y couvait tel un feu sous la cendre venait tout à coup d'éclater : j'étais jalouse. Jalouse du pouvoir et de la beauté de Farthy.

– Je suis heureux que nous ayons passé notre lune de miel à Farthinggale, dit Logan. Maintenant, il fait partie de notre amour.

Il prit ma main et me sourit avec tant d'optimisme que j'en fus attendrie. Il ne serait jamais trop optimiste, car il lui fallait l'être pour deux ! Je serrai plus étroitement ses doigts et il attacha sur moi un regard plein de tendresse.

– Heureuse, Heaven ?

– Oui, Logan. Très heureuse.

– Tant mieux, car désormais, c'est la seule chose qui compte pour moi.

Silencieusement, je formai le vœu que cela soit toujours vrai.

J'éprouvais une impression étrange à me retrouver à Winnerow après cette semaine à Farthy, un peu comme de passer d'un rêve à un autre. Nous avions décidé que la cabane serait notre pied-à-terre à

Winnerow, mais nous allâmes tout droit chez les parents de Logan pour leur faire part de nos nouveaux projets. C'était l'heure du dîner, et Logan ouvrit la porte en appelant à pleine voix :

– Maman, papa, c'est nous ! Nous sommes de retour !

Sa mère accourut de la cuisine, en tablier imprimé et les mains pleines de farine.

– Logan, Heaven ! Nous ne vous attendions pas avant une semaine !

Elle eut un froncement de sourcils inquiet.

– J'espère que tout va bien, au moins ?

– Si tout va bien ? Encore bien mieux que cela, maman ! Tu as devant toi le vice-président du marketing de la compagnie Tatterton. Et le futur directeur de la manufacture de jouets Tatterton qui va s'implanter dans les Willies !

Logan exultait, fier comme Artaban. La réaction de sa mère fut toute différente. Elle baissa la tête et s'essuya nerveusement les mains sur son tablier, dans un effort manifeste pour dissimuler sa déception. Puis elle leva les yeux vers son fils :

– Je dois dire que pour une surprise... c'est une surprise. Mais que devient la pharmacie, là-dedans ?

– Maman, mais c'est la chance de notre vie ! Va chercher papa et je vous raconterai tout. Je sais que vous serez aussi emballés que moi, et pas seulement pour nous mais pour Winnerow.

Mais le père de Logan ne parut pas si emballé que cela.

– J'avais toujours cru que nous travaillerions ensemble, tous les deux, commenta-t-il sans enthousiasme.

La réaction du couple changea du tout au tout quand Logan eut exposé le nouveau projet sous toutes ses faces. J'eus même le sentiment très net que Mrs Stonewall me regardait d'un autre œil, tout à coup. Elle venait de comprendre que j'offrais à son fils un avenir infiniment plus brillant que celui qu'il pouvait espérer en épousant une fille de Winnerow pour s'installer en ville. Ce qui ne signifiait pas qu'elle m'estimait ou m'aimait davantage. Non, c'était ma fortune et ses avantages qui l'impressionnaient, et je ne pouvais pas l'en blâmer. Malgré ma jeunesse, j'en avais assez vu pour savoir qu'une telle attitude n'avait rien d'exceptionnel.

Avant de monter à la cabane, je rendis visite au directeur de l'école pour lui faire part de mon intention de démissionner.

– Les enfants vous regretteront, madame Stonewall, surtout ceux des collines. Mais vous avez sans doute raison d'agir ainsi. Vous pourrez leur être beaucoup plus utile en offrant du travail et le bien-être aux gens d'ici. Dieu sait s'ils en ont besoin ! Je vous souhaite beaucoup de succès dans cette entreprise.

Je le remerciai et Logan et moi prîmes le chemin de la cabane. Où que j'aille et si longtemps que je m'absente, je savais que je la retrouverais toujours pareille à elle-même. Même modernisée, c'était toujours la même cabane à mes yeux, dans ces bois que j'avais connus enfant et qui, eux, ne changeraient jamais. Ici, la nature était éternelle. J'entendais chanter les mêmes oiseaux que jadis dans les mêmes arbres tordus, je parcourais le même chemin dans l'ombre verte du sous-bois où le même ruisseau vagabond chantonnerait toujours. Et ce monde était à jamais sacré pour moi.

Je cuisinai un délicieux souper pour Logan ce soir-là. Puis, comme Granny et Grandpa, nous nous assîmes sous l'auvent pour parler de notre avenir, jusqu'à ce que nous tombions de fatigue dans les bras l'un de l'autre. Le lendemain matin, Logan regagna Winnerow aussitôt après le petit déjeuner pour poser les premiers jalons du projet. Et pour ma part, je commençai à explorer les alentours, en quête du site idéal pour la future manufacture de jouets. Logan m'avait expliqué l'essentiel. L'endroit devait être d'accès facile et assez près de la ville pour que les employés aillent y dépenser leur argent. « Quand les gens de Winnerow auront compris quels bénéfices ils peuvent attendre de l'usine, ils ne feront aucune opposition à son implantation », avait précisé Logan. Et j'avais deviné qu'il ne faisait que citer les paroles de Tony.

Je dénichai très rapidement ce qu'il nous fallait. Un vaste terrain plat, à moins de deux kilomètres de la ville et d'où l'on avait une vue merveilleuse sur les montagnes. Travailler dans un endroit pareil serait un véritable plaisir. Comme convenu, je retournai aussitôt à Winnerow pour annoncer ma découverte à Logan, mais il n'y était plus. Son père m'apprit qu'il avait dû monter à la cabane chercher des papiers qu'il avait oubliés. C'est moi qui avais déballé nos affaires et tout rangé, y compris les dossiers. Craignant qu'il n'ait du mal à s'y retrouver, je décidai de ne pas l'attendre et pris le chemin de la cabane.

Au dernier tournant du chemin, je ralentis instinctivement : la voiture de Fanny était garée près de celle de Logan. Je ne voulais pas lui faire signe avant d'avoir terminé mes démarches; mais apparemment, elle avait eu vent de notre présence et fait les premiers pas elle-même. Je me garai en douceur et m'approchai discrètement. Mais avant même d'atteindre la porte d'entrée, la voix de Logan me parvint, bizarrement suppliante :

– Je t'en prie, Fanny, ne t'exhibe pas comme ça ! Fais ce que tu es venue faire et va-t'en, mais ne nous crée pas de problèmes. Je t'en prie.

J'entendis le rire provocant de Fanny et ouvris la porte. Elle était là, à demi nue, une serviette autour des hanches, les bras levés et la chevelure en désordre. Image même de la séduction, elle déployait tous ses charmes pour détourner Logan de son devoir d'époux, lui qui venait à peine de se marier.

Elle me foudroya du regard, puis, devant mon expression sévère, éclata de rire.

– Grands dieux, Heaven ! Si tu voyais ta tête !

Tu chasserais le diable du corps d'un possédé, avec cet air-là !

– Arrête ton boniment ! Qu'est-ce que tu fabriques ici, à moitié nue ?

Je dévisageai Logan, attendant ses explications.

– Elle a débarqué sans crier gare en prétendant que sa plomberie était en panne et qu'elle avait besoin de prendre une douche. Il paraît qu'elle ne savait pas que nous étions là.

– Forcément que je le savais pas, Heaven. T'as même pas pris la peine de m'annoncer que vous étiez rentrés. Je pouvais pas deviner que vous habitiez ici !

– Nous n'habitons pas ici. Nous sommes là pour un jour ou deux en attendant de retourner à Farthinggale Manor. Mais cela ne m'explique pas ce que tu fais dans cette tenue devant mon mari.

– Une fois dans la salle de bains, je me suis aperçue que j'avais oublié de prendre une serviette. Je ne voulais pas embarrasser ton mari en lui demandant de m'en apporter une, alors je suis venue la chercher.

– Tu ne voulais pas l'embarrasser, vraiment ? Et qu'est-ce que tu t'imagines être en train de faire, en ce moment ?

Fanny décocha un sourire à Logan.

– Il a pas l'air tellement gêné, je trouve !

– Fanny ! criai-je en faisant un pas vers elle, file à la salle de bains et dépêche-toi de prendre ta douche !

– Bien sûr, ma petite Heaven. J'en ai pour une minute, et après, on pourra bavarder tranquillement, tous les trois.

Là-dessus, elle se dirigea vers la salle de bains en s'arrangeant pour dévoiler son anatomie sous tous les angles. Logan secoua la tête et se laissa tomber sur une chaise en rougissant.

– Je suis content que tu sois arrivée, elle devenait impossible !

– Il ne fallait pas la laisser entrer.

– Et comment l'en empêcher, Heaven ? Ce n'est pas à moi de lui interdire l'entrée de la cabane !

Il avait raison, ce n'était pas lui qui était à blâmer. Fanny était Fanny et elle ne changerait jamais. C'était plus fort qu'elle, il fallait toujours qu'elle me prenne ce que je désirais le plus. Comme le jour où Logan m'attendait près de la rivière : elle était arrivée la première et s'était déshabillée devant lui en le narguant pour qu'il essaie de l'attraper. Aussi confus qu'aujourd'hui, il m'avait affirmé qu'il n'aimait pas les filles comme Fanny et que j'étais son genre de fille : timide, belle et douce.

– Tu as raison, Logan. Je ne dois pas t'en vouloir si Fanny se conduit mal. Ton père m'a dit que tu étais venu chercher des papiers ?

– Oui, un rapport financier à terminer. Je l'ai trouvé où tu l'avais rangé, dans la commode, et j'allais sortir quand Fanny est arrivée.

– J'ai trouvé l'endroit qu'il nous faut, au fait. Et je tiens à te le montrer aujourd'hui même.

– Parfait.

– Pourquoi ne pas aller tout de suite déposer ton rapport à la banque et me retrouver ensuite au drugstore ? Disons… dans une heure ? Je reste ici pour parler avec Fanny.

Il eut un bref coup d'œil en direction de la salle de bains.

– Entendu.

Il m'embrassa avant de partir et j'allai attendre Fanny sous le porche. Elle ne tarda pas à reparaître.

– Où est Logan ?

Elle portait une robe paysanne en coton rouge, outrageusement décolletée et d'autant plus révélatrice qu'elle n'avait pas de soutien-gorge. Ce qui n'était pas pour m'étonner. Et je dus m'avouer qu'elle était toujours aussi séduisante, malgré sa vie déréglée. Son teint doré n'avait rien perdu de son éclat et offrait un contraste saisissant avec ses yeux bleu-noir et la masse de ses cheveux d'encre.

– Il avait un travail à terminer en ville, Fanny,

mais ce n'est pas de cela que je veux te parler. Ta conduite est inexcusable. Tu n'es plus une gamine, maintenant ! Logan est mon mari et je ne veux plus que tu te comportes ainsi avec lui.

Elle planta les poings sur ses hanches et pencha la tête de côté.

– Alors tu vas emmener ce vieux Logan loin de ses Willies pour en faire un de ces snobs de Boston, pas vrai ?

– Il ne fera que ce qu'il a lui-même décidé de faire, Fanny.

Elle me dévisagea longuement et son expression passa brusquement de la colère à la tristesse. Elle seule avait le don de passer ainsi d'une émotion à l'autre, en un clin d'œil.

– Ouais, vous allez mener la grande vie et me laisser avec les ploucs, comme d'habitude.

– C'est toi qui as décidé de t'installer ici, Fanny. Tu as fait bâtir ta maison avec l'argent de ton ex-mari.

– Parce que je voulais récupérer mon bébé ! Je croyais que tu allais m'aider, Heaven, mais penses-tu ! C'est toujours cette canaille de révérend et son hareng saur de femme qui ont ma Darcy. Et j'ai quoi, moi ? Même pas de famille, et personne me respecte. Tu m'as même pas invitée à ta réception à Farthy. Mais t'as pas oublié Keith et Jane, parce qu'ils vont dans des collèges chics et qu'ils font partie de ton monde, eux !

– Ce n'est pas mon monde, Fanny, protestai-je.

Mais je dus m'avouer qu'elle avait raison. Je n'avais pas voulu qu'elle assiste à cette réception, je ne la connaissais que trop bien. Elle aurait tout fait pour me mettre dans l'embarras, et elle y serait parvenue.

– Moi aussi je veux vivre à Farthy, gémit-elle. Pourquoi je pourrais pas rencontrer tous ces gros bonnets et me dénicher un papa gâteau comme le tien, Heaven ?

Je secouai la tête, découragée. À quoi bon essayer

de lui faire entendre raison ? C'était presque impossible.

– Je n'ai déniché aucun papa gâteau, Fanny. Et je ne peux pas t'inviter à Farthy uniquement pour faire la chasse au mari.

– T'as toujours voulu être mieux que moi, mais t'as une dette envers moi, Heaven Leigh Casteel. Parfaitement : Casteel. Je me fiche pas mal du nom que t'as pris, t'es toujours Heaven Leigh Casteel, une fille des Willies, comme moi, t'entends ? Quand Ma est partie, t'as promis de t'occuper de moi mais t'as pas empêché Pa de me vendre à ce cochon de révérend. Et quand je t'ai demandé de m'aider à reprendre mon bébé, tu l'as pas fait. T'avais qu'à lui offrir de l'argent pour ça mais tu l'as pas fait ! Tu l'as même pas fait !

– Tu n'es pas le genre de femme très maternelle, Fanny. Tu ne le seras jamais.

– Ah, tu crois ça ? N'en sois pas si sûre, Heaven. Toi qui es tellement sûre des autres, tu ferais bien de te regarder !

– Je ne suis pas si sûre de moi que cela, Fanny. Mais nous ne nous voyons pas toujours comme les autres nous voient, et peut-être ne tenons-nous pas à savoir qui nous sommes vraiment. Je regrette d'avoir à le dire, mais c'est la vérité. Maintenant, si tu permets, j'ai des affaires à régler à Winnerow et...

– T'as peur de me voir tourner autour de Logan, pas vrai ? T'as pas confiance en lui, alors ?

– J'ai la plus grande confiance en mon mari, Fanny, mais tu as raison. Je ne tiens pas à te voir rôder autour de lui, et te conduire comme tu viens de le faire. J'espérais que tout ce qui t'est arrivé t'aurait mis du plomb dans la cervelle, mais je vois que tu as encore beaucoup à apprendre.

– Ah oui ? Alors laisse-moi te dire une chose, madame Je-sais-tout. Logan avait pas l'air si fâché que ça, jusqu'à ce que tu t'amènes. Je lui ai demandé de m'apporter une serviette et il m'a dit de venir la chercher moi-même. C'est seulement quand il a entendu ta voiture qu'il a changé de ton.

– Tu mens, hurlai-je, tu mens comme tu respires ! Tu as inventé cette histoire pour me blesser, uniquement !

Un petit jeu auquel elle avait toujours été de première force. Elle se contenta de hausser les épaules.

– Crois ce que tu veux, mais si t'as confiance en un homme, c'est que t'es encore plus gourde que je pensais. Et c'est toi qui as encore beaucoup à apprendre, Heaven !

Elle pointa l'index sur moi, puis reprit sa pose arrogante, les mains sur les hanches.

– Il faut que je m'en aille, dis-je après l'avoir dévisagée un moment. Je n'ai pas de temps à perdre.

– Ben voyons ! T'es pressée de retourner dans ton château en me laissant croupir dans les Willies, c'est ce que t'as toujours voulu ! Mais tu te débarrasseras pas de moi comme ça, t'entends ?

Je me précipitai dans ma voiture et mis le moteur en marche. Fanny me rejoignit en criant :

– Non, tu te débarrasseras pas de moi comme ça !

Je démarrai, non sans lui avoir jeté un dernier regard dans le rétroviseur. Je ne pouvais m'empêcher d'éprouver de la compassion pour elle. Comme elle avait dû souffrir de sa jalousie ! Depuis le début de mes amours avec Logan, quand nous n'étions encore que des enfants, elle avait cherché à me le prendre. Pour s'en désintéresser dès que nos relations s'étaient interrompues. Elle n'avait vécu que dans mon ombre, et cela avait dû être pour elle une véritable torture. Aimerait-elle jamais un homme pour lui-même et non parce qu'il appartenait à une autre ? Connaîtrait-elle un jour la joie d'aimer et d'être aimée, honnêtement, simplement ? Ou la dureté de notre enfance dans les Willies lui avait-elle à jamais desséché le cœur ?

5

Fantômes du passé

C'est une clairière envahie de fleurs sauvages que je choisis comme site pour la future fabrique de jouets Tatterton. Je me rappelais l'endroit car nous aimions y passer après l'école, Tom et moi, pour nous étendre au soleil et partager nos rêves d'avenir. « Heaven, me disait-il souvent, si un jour je suis assez riche, je nous ferai construire une maison ici, avec une immense fenêtre panoramique. La plus grande qu'on ait jamais vue. »

L'emplacement offrait toutes les commodités, proximité du réseau électrique, des canalisations urbaines et des voies de communication. Logan le déclara parfait. Je le regardai arpenter le terrain, esquisser du geste les plans des futurs bâtiments avec une telle gravité qu'il me fit sourire. Il lui avait fallu si peu de temps pour se muer en chef d'entreprise, efficace et responsable : une vraie métamorphose. Mais je me gardai bien de laisser percer mon amusement : il se prenait tellement au sérieux ! Il nota quelques détails sur un carnet, traça un rapide croquis des lieux et nous nous rendîmes directement à l'étude de Barton Wilcox, qui cumulait les fonctions d'avoué et d'avocat.

Si nous avions voulu ébruiter la nouvelle, nous n'aurions pas pu mieux nous y prendre. Logan et moi n'avions pas encore quitté le bureau de Me Barton Wilcox que ses secrétaires avaient prévenu leurs amies, lesquelles s'étaient empressées d'en faire autant. L'information courait sur toutes les lignes téléphoniques, déclenchant une effervescence générale. Averti par Logan, Tony fit aussitôt virer sur un compte ouvert à cet effet à la Banque nationale de Winnerow la somme nécessaire aux opérations. C'est alors que Logan prit réellement la mesure de son importance et de ses nouveaux pouvoirs. En lui donnant une pareille preuve de confiance, Tony s'était acquis son dévouement le plus total.

Une entrevue eut lieu chez Me Wilcox entre Logan et le propriétaire du terrain, qui faillit s'évanouir à l'énoncé de la somme qu'on lui offrait. De mémoire d'homme, jamais affaire d'une telle envergure n'avait été traitée à Winnerow. Après une brève discussion, Logan ajouta cinq mille dollars pour arrondir les angles et le marché fut conclu. Le terrain était à nous. Un peu plus tard, quand nous fûmes seuls, Logan laissa éclater sa satisfaction.

– Tony va être vraiment content de moi, dit-il en se rengorgeant. Je crois que je m'en suis bien tiré, Heaven. Je viens de me rendre compte que j'avais le sens des affaires.

Il sourit, donna une chiquenaude à sa pochette brodée et prit ma main dans les siennes.

– Cela va être merveilleux, dit-il avec orgueil. C'est nous qui allons donner corps aux rêves les plus chimériques de tous ces gens ! Winnerow va devenir une ville importante, et ses habitants en seront fiers. Et tous ces pauvres montagnards, sans espoir, sans avenir… tu imagines quelle aide nous pouvons leur apporter !

Je lui souris. Il était si enthousiaste ! Le serait-il assez pour nous deux ? Là était la question…

– Tu as pris la bonne décision en choisissant d'habiter Farthy et de créer cette affaire, Heaven. J'en suis sûr.

– Je l'espère, Logan.

Mais j'étais moins optimiste que lui, surtout quand je pensais à notre future vie à Farthy. Je restais une enfant des Willies, et elles me manqueraient toujours. Et même si j'étais l'héritière des Tatterton, quelque chose me disait que je ne devais pas laisser Tony me voler mes rêves. Maintenant, il dépendait de moi que ce nouvel avenir réalise mon rêve, et non celui de Tony. Je décidai de surmonter mes craintes.

– Nous avons du pain sur la planche, dis-je d'un ton désinvolte. Tu as déjà un projet précis, pour l'usine ?

– Tony a pris contact avec un architecte de Boston, mais il tient à ce que tu aies ton mot à dire, toi aussi. Il dit que nous sommes les seuls à savoir ce que souhaitent vraiment les gens du pays. Mais quand les plans seront faits, nous engagerons des ouvriers de la région et nous achèterons les matériaux sur place. C'est de bonne politique.

– Et les artisans ?

– Je les recruterai sur place, eux aussi. J'ai l'intention de prospecter dans les collines aussi longtemps qu'il le faudra pour me rendre compte moi-même de leurs talents. Mais nous n'engagerons pas que des artisans : l'entreprise fournira du travail à toutes sortes de corps de métiers, comme tu le désirais.

– Alors tout est pour le mieux, Logan.

Nous regagnâmes la cabane pour que je puisse emballer ce que je voulais emporter à Farthy, et Logan retourna chez ses parents pour choisir lui aussi quelques effets personnels. Mr et Mrs Stonewall nous retinrent pour le dîner et insistèrent pour que nous passions la nuit chez eux. En reprenant la route de Farthinggale Manor, le lendemain matin, nous étions tous deux assez satisfaits de notre succès. La seule chose qui me laissât un arrière-goût d'amertume était le souvenir de l'exhibition éhontée de Fanny. J'espérais qu'il finirait par s'effacer de ma mémoire, comme tant d'autres que j'avais réussi à reléguer dans l'oubli. Et qu'il ne referait jamais surface.

*

À Farthy, Tony guettait notre arrivée. Il envoya un domestique décharger nos bagages et nous entraîna directement dans son bureau pour entendre le récit de notre voyage et de nos démarches. Quand il eut passé en revue tous les détails, il annonça :

– Logan et moi prendrons l'avion pour Winnerow après-demain, avec l'architecte. D'ici à une semaine, il devrait déjà avoir un projet à nous soumettre. J'imagine qu'on doit jaser, là-bas, non ? Tout le monde doit déjà être au courant ?

– Oh oui ! répondit Logan. Les nouvelles vont vite dans les petites villes. Et mes parents ont dû s'empresser de les répandre.

– Je suppose qu'ils voient votre décision d'un bon œil ?

– Ils sont ravis, affirma Logan en me regardant d'un air satisfait.

Et comment auraient-ils pu ne pas l'être, en voyant tout ce que Tony avait déjà fait pour leur fils ? On l'aurait été à moins.

– Vous vous êtes très bien débrouillé, Logan. Je sens que vous êtes l'homme de la situation.

Logan se carra dans son fauteuil et redressa la tête avec orgueil. Il était aux anges.

– Demain, je vous emmène chez mon tailleur, à Boston, déclara Tony. Un homme dans votre position se doit d'être dans la note.

– Cela me semble une bonne idée, dit Logan en quêtant mon approbation du regard.

Mais je n'étais pas très sûre d'aimer ce que je voyais. Un Logan tellement à la dévotion de Tony qu'il deviendrait un peu trop malléable entre ses mains. Des mains de maître.

– Comment va Jillian ? demandai-je pour changer de sujet.

– Toujours la même.

– Je passerai chez elle en montant, j'ai besoin d'un peu de repos. Je suppose que vous avez encore des tas de choses à discuter, tous les deux ?

Logan perçut une pointe d'irritation dans ma voix et demanda :

– Tu te sens bien au moins, ma chérie ?

– Mais oui, Logan. Juste un peu fatiguée par le voyage, mais ça va. Ne t'inquiète pas pour moi.

Je le laissai en compagnie de Tony et montai chez Jillian. D'emblée, je sus que quelque chose n'allait pas. Martha Goodman avait perdu son calme imperturbable et, pour une fois, semblait réellement inquiète.

– Je suis vraiment contente de vous revoir, madame Stonewall ! me chuchota-t-elle comme si elle craignait d'être entendue.

– Qu'est-ce qui ne va pas, Martha ?

Elle jeta un regard furtif vers la porte de la chambre.

– Elle a été très agitée ces derniers jours. Différente.

Sur le point d'entrer chez Jillian, j'hésitai.

– Différente ? Mais en quoi, au juste ?

– Eh bien... vous connaissez sa manie de prétendre qu'elle vit dans le passé et de s'imaginer toujours jeune et belle.

– Oui, et alors ?

– Elle n'a rien fait de tel ces jours-ci, et ne s'est même pas maquillée.

– Mais Tony... Mr Tatterton m'a dit qu'elle était toujours la même, justement.

– Je crains qu'il n'ait pas eu l'occasion de se rendre compte de son état. Il a passé presque tout son temps en ville et, quand il était à Farthy, nous ne l'avons pratiquement pas vu.

– Alors expliquez-moi. Que peut-elle bien faire, si elle ne s'imagine plus qu'elle vit dans le passé ?

– C'est encore plus effrayant : elle dit que les morts reviennent parmi nous !

Ces mots m'arrachèrent un sourire.

– C'est parce qu'elle m'a prise pour ma mère, Martha ! À cause de ma couleur de cheveux. Justement, je pensais à reprendre ma couleur naturelle et alors...

Martha me coupa la parole.

– Non, ce n'est pas ce que vous croyez, madame Stonewall. Jusqu'ici, elle se réfugiait dans le passé mais c'était toujours le même. Quand elle croyait reconnaître votre mère en vous, elle se voyait elle aussi à la même époque, elle était avec vous dans ce passé. Maintenant, elle vit au présent mais elle soutient que les trépassés sont revenus ! C'est difficile à expliquer mais attendez de l'avoir vue. Elle est en état de choc. Très calme en apparence, raisonnable... mais terrifiée. Et s'il faut l'avouer, moi aussi je commence à perdre mon sang-froid. Et depuis que je m'occupe de votre grand-mère, c'est bien la première fois que cela m'arrive !

– Voyons, Martha...

– Et ce n'est pas Mr Rye Whiskey qui arrange les choses ! poursuivit-elle sur sa lancée. Il ne parle plus que fantômes et revenants, au point que les domestiques en sont tous chamboulés. Ils voient des spectres partout !

Elle se tut et baissa les yeux, comme si elle n'osait pas poursuivre.

– Je sens que vous ne m'avez pas tout dit, Martha. Continuez, je vous en prie.

– C'est que... cela paraît tellement stupide, madame Stonewall. Je sais que c'est cette atmosphère qui m'influence mais...

– Mais ? Je vous écoute, Martha.

– Eh bien, l'autre nuit je me suis couchée tard et...

– Et quoi ?

– J'ai entendu de la musique. Du piano.

Je me figeai et pendant un moment je ne pus que la regarder fixement, sans mot dire. Mon sang s'était retiré de mes veines, j'étais glacée. Quand je réussis enfin à parler, c'est à peine si j'entendis ma propre voix.

– Votre imagination a dû vous jouer un tour, Martha.

– Je sais, madame Stonewall, et je n'en avais parlé à personne jusqu'ici. Mais comprenez-moi, votre grand-mère elle-même semble réagir ainsi, et c'est justement ce qui m'inquiète. Elle a changé. Elle passe des heures devant la fenêtre à regarder vers le labyrinthe.

– Le labyrinthe !

Martha hocha lentement la tête.

– C'est ce qu'elle est en train de faire en ce moment, dit-elle en s'effaçant pour que je puisse m'approcher de la chambre.

Elle semblait profondément troublée. Comment Tony pouvait-il ignorer à ce point ce qui se passait chez lui ? Ne voyait-il pas qu'il était sur le point de perdre Martha Goodman ?

– Je peux essayer de lui parler, Martha. Cela la ramènera peut-être à la raison ?

– Espérons-le, madame Stonewall. Mais si vous voulez mon avis, elle serait beaucoup mieux dans une clinique spécialisée.

Je tournai lentement la poignée et entrai dans la chambre de Jillian. Elle se tenait exactement là où Martha l'avait dit, devant la fenêtre, les yeux fixés sur le labyrinthe. Une capiteuse odeur de jasmin inondait la pièce et ce simple fait me fit comprendre que quelque chose n'allait pas. Au cours de ces journées passées à se maquiller devant un miroir absent, jamais Jillian n'avait songé à utiliser son parfum favori. Aujourd'hui, elle embaumait le jasmin.

Et contrairement à son habitude, elle ne portait pas de déshabillé vaporeux mais un chemisier et une sévère jupe noire. Elle n'était pas maquillée non plus et ses cheveux décolorés, peignés avec soin, étaient sagement ramenés en arrière. À ma vue, elle laissa échapper un petit rire.

– Alors te voilà revenue, toi aussi !

– Jillian...

– Et il aura fallu cela pour te tirer de tes montagnes ! Tu t'en vas sans crier gare, sans te soucier des dégâts que cela peut causer, pour aller jouer les institutrices dans un trou perdu. Et maintenant, tu regrettes ce que tu as laissé derrière toi, alors tu reviens, comme ça.

Sa tirade achevée, elle reprit sa contemplation du labyrinthe. Mais elle m'avait reconnue, elle ne m'avait pas prise pour ma mère ! Martha avait raison, elle avait changé. Tout en elle était différent : sa voix, son regard, sa tenue. C'en était fini des faux-semblants, des divagations, des rires étranges et un peu inquiétants. Jillian ne déambulait plus à travers la pièce avec ces gestes aériens qui lui donnaient l'air de danser. Elle avait brutalement regagné la réalité, comme si elle venait de subir un traitement de choc.

– Que cherchez-vous, Jillian ? Pourquoi restez-vous toute la journée devant la fenêtre, à regarder le labyrinthe ?

Elle pivota sur elle-même et deux larmes brillèrent au coin de ses yeux bleus, si pareils aux miens que j'en eus le frisson.

– Tout le monde me hait ! s'écria-t-elle. C'est à moi qu'ils reprochent ce qui est arrivé, tous autant qu'ils sont.

Elle exhiba un mouchoir de dentelle et se tamponna délicatement les paupières. Cela, c'était la vraie Jillian, celle que j'avais toujours connue. L'actrice en grande représentation, dans son numéro favori : « Pitié pour la pauvre Jillian ! » Je soupirai et demandai d'une voix lasse :

– Et pourquoi vous haïraient-ils, Jillian ? Qu'avez-vous donc fait de si mal ?

– Ils disent que j'ai chassé ta mère de cette maison. Que je me suis montrée trop froide envers Tony. Tout ça parce que j'ai voulu faire chambre à part, mais c'est normal, non ? Je ne pouvais pas courir le risque de voir mon corps s'abîmer pour satisfaire ses appétits ! Et les domestiques prétendent que tout est arrivé parce que j'ai voulu protéger ma jeunesse et ma beauté... oh, ils ont beau chuchoter, je les entends !

– Et vous croyez vraiment que les domestiques se soucient de cela ? Ils ont bien d'autres chats à fouetter !

J'espérais la dérider, mais elle eut un sourire glacé.

– Comme si tu ne savais pas qu'ils adorent Tony ! Ils l'ont toujours adoré. Rien n'est jamais de sa faute, c'est leur dieu. Et quand ta mère s'est jetée à sa tête, c'est à moi qu'ils ont donné tort. Parce que je m'étais montrée trop dure envers lui ! Tu ne vois pas qu'ils me rendent coupable de tout, même de la mort de Troy ?

– De la mort de Troy ! répétai-je en faisant un pas vers elle.

– Oui, même de cela, à cause du cheval qu'il a choisi. Comme si cela aussi, c'était ma faute. Et tu sais lequel ?

– Abdullah Bar, murmurai-je, comme si une voix venue du passé me soufflait la réponse.

– Parfaitement, Abdullah Bar, mon étalon. Le cheval que moi seule pouvais monter. Donc, tout est ma faute. Ma faute, répéta-t-elle en agitant son mouchoir, à nouveau tournée vers la fenêtre. Et maintenant ils reviennent tous pour me hanter et me punir.

Cette fois, je compris ce qu'elle voulait dire.

– Voyons, Jillian, tout cela n'est pas sérieux ! Les fantômes n'existent que dans la cervelle des gens naïfs et ignorants. Laissez à Rye Whiskey et à ses pareils ces contes à dormir debout, vous savez bien qu'il n'y a rien de vrai là-dedans. Ce sont des fariboles !

Je pris sa main entre les miennes et m'agenouillai à ses côtés, les yeux levés vers les siens. J'aurais tant voulu qu'elle me voie et m'entende réellement, me reconnaisse pour sa petite-fille et partage enfin avec moi ses sentiments les plus profonds. Si seulement nous pouvions nous rapprocher et nous comprendre, enfin ! Je désirais cela de toute mon âme.

– Je vous en prie, Jillian, ne vous tourmentez plus. N'avez-vous pas assez souffert ?

Soudain, elle sourit et me caressa les cheveux. Le premier geste d'affection que j'aie jamais reçu d'elle.

– Merci, Heaven. Merci de t'inquiéter pour moi, mais... il est trop tard. Trop tard.

Et son regard se détourna du mien.

– Jillian, Jillian, implorai-je. Grand-mère...

Mais elle s'était déjà retirée en elle-même, très loin de moi, dans une vision hantée par la folie. Elle fixait à nouveau le labyrinthe et mon regard suivit la direction du sien.

Une brume venue de la mer avait envahi les allées et noyé les contours des haies. Plus mystérieuses que jamais, elles semblaient avoir été englouties par les nuages. Le ciel noir laissait présager un orage d'été. Tout n'était que ténèbres. Je contemplai longuement ces ombres mouvantes avec le même regard que la malheureuse qui se tenait à mes côtés, la mère de ma mère. Comme si, moi aussi, j'adjurais les fantômes qui l'obsédaient de se montrer. Je ne pris conscience du temps qui s'était écoulé que lorsque Martha entra, et m'aperçus alors que je serrais toujours la main de Jillian. Je la lâchai et m'approchai de Martha pour lui chuchoter :

– Vous avez raison, elle a vraiment changé.

Martha eut pour Jillian un regard lourd de tristesse.

– Elle pourrait tomber en catatonie, madame Stonewall.

– C'est aussi mon avis. Je vais prévenir Mr Tatterton qu'elle a besoin d'un médecin.

– Je me sens soulagée, madame Stonewall ! Il y a quelques heures, quand je lui ai parlé de ce changement inquiétant, Mr Tatterton a promis de venir la voir mais il ne l'a pas fait.

– Il viendra, je vous le promets. J'y veillerai.

– Merci, madame Stonewall.

Pendant notre bref dialogue, Jillian n'avait pas bougé d'un cil.

– Rien n'est plus dur à supporter que la culpabilité, murmurai-je comme pour moi-même.

Martha m'entendit et m'approuva silencieusement.

J'étais presque en larmes quand je quittai la pièce. Je me ruai vers mon appartement, peu soucieuse de me montrer dans cet état aux domestiques. Je ne voulais pas que l'un d'entre eux puisse deviner ma terreur. Car j'avais peur. Tout ce que l'on reprochait à Jillian, elle aussi s'en accusait, je le savais. Ce sentiment de culpabilité, refoulé au plus profond d'elle-même, avait sournoisement attendu son heure. Celle où, échappant à tout contrôle, il exercerait son pouvoir destructeur sur sa personnalité. Et cette heure était venue, comme elle viendrait pour moi. Jusque-là, j'avais plus ou moins réussi à repousser dans l'ombre les pensées qui me hantaient, mais elles pouvaient en surgir à tout moment. Je le savais depuis que j'avais vu et entendu Jillian. Et moi aussi je verrais mon fantôme. Le fantôme de Troy. Je n'avais pas su le préserver du désespoir. Je n'aurais jamais dû quitter Farthy en le laissant seul dans son cottage, notre nid d'amour, où nous avions vécu de si beaux moments de bonheur.

Combien de nuits avait-il passées à m'attendre, à songer que je l'avais abandonné au destin qui le poursuivait ? Lui, si sensible et si prompt au désespoir, si doué pour la souffrance, je lui avais brisé le cœur. Je l'avais laissé désespéré, obsédé par la certitude que les sombres présages qui avaient empoisonné sa vie allaient se réaliser.

Et maintenant, le regard rivé à celui de Jillian, je partageais son agonie. Allais-je devoir endurer la même, à mon tour ? Me retrouver emmurée moi aussi, dans un enfer de solitude et de tourments ? Oh, Troy, mon cher Troy, ne savais-tu pas que je ne voulais te blesser pour rien au monde, toi moins que personne ?

Je fis un effort pour me reprendre, repousser loin de moi ces idées noires. La page était tournée, maintenant. J'étais la femme de Logan, et une seule chose comptait désormais : lui épargner les souffrances que Troy avait connues.

Je pris une douche, me changeai et descendis chez Tony pour lui demander de passer au plus tôt voir Martha Goodman. Il n'y avait personne dans son bureau. Quand je questionnai Curtis, il m'apprit que Tony et Logan étaient à Boston et l'avaient chargé de me prévenir. Malheureusement, il ne se rappelait plus très exactement le message.

– Je suis désolé, mademoiselle Heaven. Je crois qu'ils ont parlé de... quelque chose au sujet des plans de l'usine.

– C'est sans importance. Merci, Curtis.

Je ne savais pas si je devais rire ou pleurer de la dévotion dont Logan faisait preuve envers la compagnie Tatterton. Je savais qu'il était fatigué par le voyage, et Tony aurait dû le savoir, lui aussi. Pourquoi éprouvait-il le besoin de l'accaparer ainsi ? Il avait obtenu ce qu'il voulait : nous. Nous vivions à Farthy, Logan travaillait pour lui, et Jillian avait besoin de lui. C'est d'elle qu'il aurait dû s'occuper.

– Monsieur a dit qu'ils seraient rentrés pour dîner, précisa Curtis. Et aussi qu'il ne fallait pas vous inquiéter.

Ne pas m'inquiéter... si seulement je pouvais échapper à l'angoisse qui me gagnait malgré moi ! Je décidai qu'une promenade me ferait du bien et chasserait mes idées noires. L'air s'était rafraîchi, et ma blouse de coton beu était un peu légère. J'aurais dû monter chercher un pull, mais je n'en fis rien. Je me mis à déambuler dans le parc en étreignant frileusement mes épaules. J'étais tellement perdue dans mes pensées que je fus tout étonnée de me retrouver à l'entrée du labyrinthe. Je m'arrêtai net et me retournai vers la maison.

Jillian était toujours à la fenêtre, figée comme un mannequin.

Et malgré la distance qui me dérobait ses traits, je perçus la peur qui l'habitait. Son effet sur moi me surprit moi-même. Comme un enfant impatient de connaître la fin d'un conte terrifiant, je me précipitai dans le labyrinthe. Exactement comme je l'avais fait des années plus tôt, le jour de mon arrivée à Farthy. J'ignorais totalement ce qui m'attendait, ce jour-là. J'étais tellement intriguée, tellement sûre de résoudre l'énigme de ce dédale. J'avais tourné en tous sens, revenant sans cesse sur mes pas, tandis que l'ombre des haies grignotait peu à peu le jour déclinant. Quand j'avais découvert que j'étais perdue, la panique m'avait gagnée. C'est presque en courant que j'avais tenté de revenir sur mes pas. Finalement, je m'étais arrêtée pour reprendre mes esprits. Je guettais le bruit du ressac, qui aurait pu me servir de point de repère, mais c'est un autre que j'avais perçu : le tap-tap régulier d'un marteau. Guidée par le son, et après bien des détours, j'avais fini par déboucher juste en face du cottage de Troy. Exactement comme aujourd'hui.

Rien n'avait changé. Le petit cottage niché dans les pins noyés de brume ressemblait toujours autant à une illustration de conte de fées. Mais il n'y avait plus la moindre lueur derrière les vitres, et le petit marteau ne tintait plus. Autrefois, j'avais vu la clôture bancale se refléter dans les fenêtres. Elles étaient obscures aujourd'hui, ternes, sinistres, aveugles. Mais tel qu'il était, le cottage me fit battre le cœur.

Oh, Troy ! Si tout pouvait recommencer ! J'entrerais, comme je l'avais fait ce jour-là. J'essaierais de t'obliger à me parler, mais tu continuerais à te taire en me dévorant du regard. Comme je désirais la caresse de tes yeux noirs sur mon visage, sur mon corps tout entier. Troy, tu savais si bien me regarder ! Je sentais ton regard sur mes lèvres. Tu étais si ému, et cela me faisait prendre conscience de ma féminité. Sache-le, Troy : jamais je ne me suis sentie aussi femme qu'avec toi.

Brusquement, je m'aperçus que je m'étreignais moi-même. Mais que m'arrivait-il ? Comment pouvais-je penser au passé alors que je partageais la vie de l'homme qui m'aimait ? Troy n'était plus de ce monde. Et j'avais tort de permettre aux fantômes qui hantaient Jillian de venir rôder autour de moi.

Je laissai retomber mes bras le long de mon corps et m'approchai de la porte. Étrange... tout était aussi bien entretenu que du vivant de Troy. La pelouse était tondue, les rosiers taillés. Les carreaux reluisaient de propreté. Et tout au fond de moi, une voix chuchotait un avertissement. J'hésitai...

Et je tournai la poignée, poussai la porte et fis un pas à l'intérieur. Mon cœur bondit dans ma poitrine et le souffle me manqua : le fauteuil de Troy était à sa place habituelle, devant la cheminée. Un instant, j'espérai qu'il allait se retourner comme il l'avait fait ce jour-là, mais il n'y avait personne, bien sûr. Rien que le vide et le silence, encore plus insupportables que je ne l'avais redouté. Je pris une longue inspiration et me penchai sur les outils familiers, ceux que Troy utilisait pour construire ses merveilleux prototypes de jouets. Ils étaient toujours là, chacun à sa place dans une niche du mur : toute une collection de créations Tatterton.

Tout près de moi, le plancher craqua et je poussai un cri, comme si j'avais entendu marcher un revenant. Je me ruai au-dehors, sans savoir si les larmes qui ruisselaient sur mes joues étaient des larmes de terreur ou de chagrin. Je me précipitai dans le labyrinthe où je m'enfonçai en courant, incapable de me diriger. Et une fois de plus, je me perdis. Hors d'haleine, aussi affolée que la première fois, je regardai autour de moi. Toutes les issues me semblaient identiques, je n'aurais même pas pu retrouver le chemin du cottage.

J'eus recours à mon remède personnel contre la panique : me moquer de moi-même. « Tu peux être fière de toi, Heaven Leigh, me dis-je en réussissant à sourire. Avoir traversé ce labyrinthe les yeux fermés pendant tant d'années pour te perdre en plein milieu, bravo ! Et de quoi auras-tu l'air quand Logan et Tony reviendront ? Faudra-t-il qu'ils viennent eux-mêmes à ton secours ? Et comment expliqueras-tu cette stupide escapade ? »

Je repris mon errance, maudissant l'inventeur de ce dédale tortueux. Mais plus je marchais, plus je m'égarais, comme si j'avais tourné en rond. L'obscurité s'épaississait, j'avais perdu toute notion du temps. Je m'entendis pousser de petits cris plaintifs, sans pouvoir m'en empêcher. Je ne contrôlais plus mes nerfs. Où étais-je maintenant ? Près de Farthy ou près du cottage ? Les haies autrefois si familières me semblaient soudain hostiles. Elles se vengeaient. Elles me punissaient d'avoir jadis percé leur mystère.

L'idée me vint enfin de recourir à un moyen plus méthodique. En tournant systématiquement une fois à droite, une fois à gauche, je finirais bien par arriver quelque part. Je me remis en route et, après d'interminables minutes, j'entendis un cliquetis de cisailles. Les jardiniers ! J'étais sauvée. Guidée par le son, je parvins rapidement tout près d'un vieil homme occupé à tailler la haie. De crainte de l'effrayer en surgissant brusquement sous son nez, je m'arrêtai un instant et attendis qu'il m'aperçoive. Ma précaution ne servit à rien. Quand il leva les yeux, j'eus l'impression qu'il pâlissait de saisissement.

– N'ayez pas peur, ce n'est que moi, Mrs Stonewall. Heaven.

Je crus bon de donner cette précision car je ne l'avais jamais vu. Sans doute avait-il été engagé depuis mon départ.

– Oh, mademoiselle ! dit-il en plaquant sa main sur sa poitrine, vous m'avez fait une de ces peurs ! Je suis bien content que ce soit vous. Au moins vous êtes bien vivante !

– Je le suis, grâce à Dieu. Mais j'avoue que je

viens de passer un mauvais quart d'heure. Je m'étais perdue.

Je jugeai sage de m'attarder à bavarder de choses et d'autres pour lui donner le temps de se calmer. Sinon, Dieu sait ce qu'il pourrait raconter aux autres domestiques !

– Vous n'êtes pas la première, mademoiselle. Cela m'est arrivé aussi.

– Y a-t-il longtemps que vous êtes à Farthy ?

– Quelques mois, mademoiselle Heaven.

– Et le travail vous plaît ?

– En général, oui. Mais je n'aurais pas répondu ça il y a quelques minutes ! dit-il avec un rire soulagé. Pendant un moment, j'ai cru qu'un des revenants de Rye Whiskey venait me chercher.

J'eus un sourire indulgent.

– Oh, ce Rye Whiskey ! Il voit des fantômes partout.

– Et il n'est pas le seul, mademoiselle ! L'autre jour, j'ai entendu des pas de l'autre côté de la haie. Je les ai suivis jusqu'au croisement, là où la personne qui marchait devait forcément passer. Seulement...

– Seulement ?

– Il n'y avait personne. Et pourtant j'aurais juré sur une pile de bibles qu'il y avait quelqu'un !

– Voilà ce que c'est que d'écouter les sornettes de Rye ! À force d'entendre parler de revenants, on finit par y croire.

L'homme hocha la tête.

– C'est ce que je me suis dit, après coup. Et si vous cherchez le plus court chemin jusqu'à la maison, c'est simple : prenez d'abord à droite, puis deux fois à gauche et vous y serez.

– Merci beaucoup.

Je suivis ses indications et ne tardai pas à émerger du labyrinthe, à quelques mètres de l'endroit par où j'étais entrée. Le jour baissait, mais en levant les yeux je pus voir que Jillian était toujours à sa fenêtre. Et cette fois, elle bougea. Elle inclina la tête comme si mes déambulations dans le labyrinthe et ma réapparition concordaient avec les inventions de son esprit malade. Et elle m'adressa un sourire satisfait, avant de s'éloigner de la fenêtre.

Je me précipitai à l'intérieur, pressée de retrouver la chaleur, la lumière et la sécurité de la maison. J'arrivai avant Logan et Tony, heureusement ! J'allai droit à ma chambre et me baignai le visage à l'eau froide, ce qui eut l'effet désiré : je me calmai. J'étais tout à fait détendue quand Logan rentra.

– Où étiez-vous, tous les deux ? lui demandai-je pendant qu'il se déshabillait pour prendre une douche avant le dîner.

– Tony m'a présenté à l'un de nos représentants pour l'étranger, à qui j'ai parlé de notre projet. Il a été très intéressé. D'après lui, les Européens sont très curieux de connaître l'Amérique profonde, comme ils disent là-bas. Il nous a prédit un franc succès. Tony était enchanté.

– Vraiment ?

Quelque chose dans ma voix dut alerter Logan. Il me dévisagea attentivement.

– Vraiment... mais qu'est-ce qui ne va pas ? Tu parais toute triste.

– C'est Jillian qui ne va pas. J'étais descendue en parler à Tony mais vous étiez déjà partis. Tony n'a pas l'air de se rendre compte de son état. Et Martha Goodman est tellement inquiète qu'elle est sur le point de s'en aller.

– C'est si grave que cela ?

– Oui, si grave que cela. Il faut que je parle à Tony. Je t'attendrai dans le living-room.

– Entendu, je n'en ai pas pour longtemps.

Tony aussi était monté pour se changer, mais il fut prêt avant Logan. Son air radieux me frappa. Il était tiré à quatre épingles et sa veste de smoking bleu nuit soulignait sa prestance naturelle. Il semblait plus heureux que jamais.

– Heaven, que dirais-tu d'un cocktail avant dîner ?

– Non, pas maintenant, Tony, merci. Je voulais seulement vous parler. Êtes-vous passé voir Jillian ?

– Non. En fait je...

– Pourquoi évitez-vous toujours d'y aller ?

Il n'eut pas le temps de répondre : Curtis entrait. Il lui commanda un whisky-soda et j'attendis qu'il ait quitté la pièce.

– Pourquoi, Tony ?

– Mais je n'ai pas cherché à l'éviter, j'ai été très occupé, voilà tout. Pourquoi t'inquiéter à ce point ?

– Parce qu'elle a terriblement changé, ces jours-ci. Martha Goodman m'a dit qu'elle vous avait demandé de venir la voir. Elle est désemparée, elle pense même à vous quitter.

– Martha ?

– Oui, Martha. Et vous le sauriez si vous n'étiez pas aussi indifférent à ce qui se passe autour de vous. Vous devriez monter lui parler, et ensuite appeler un médecin. Jillian en a besoin.

– Mais qu'est-ce qui a changé, d'après toi ?

Je m'approchai du piano et effleurai le clavier.

– Tout. Elle ne vit plus dans le passé. C'est son passé qui envahit le présent.

– Ce qui signifie ?

– Elle croit voir des revenants, et elle se sent terriblement coupable de... de tout.

– Oh, je vois.

Il tourna la tête de façon à me dérober son regard, et je devinai la raison de son geste.

– Et vous la laissez porter ce poids toute seule ? Se reprocher sans cesse la mort de ma mère et celle de... de Troy ?

– Quoi !

Il se retourna et me regarda fixement. Ses yeux étaient deux flammes bleues, dont je pouvais presque sentir la brûlure.

– Je sais parfaitement ce que vous êtes en train de faire, j'en ai fait autant. Pas seulement avec Jillian, mais avec Luke. C'est tellement plus simple de se décharger de sa culpabilité sur les autres !

Mais c'est injuste, Tony, et nous avons tort. C'est Martha Goodman qui a raison. L'état de Jillian empire de jour en jour et, si cela continue, elle ne sera bientôt plus qu'un légume ! Vous ne pouvez plus ignorer votre responsabilité.

Il eut un rictus dédaigneux.

– C'est ridicule ! Et complètement faux. Je n'accuse pas plus Jillian que moi-même de la mort de Troy. J'ai fait tout ce qui était en mon pouvoir pour l'aider, mais tu le connaissais : c'était un dépressif, depuis toujours. Il vivait dans l'attente de la mort, il la voyait dans ses rêves. Et il savait très bien ce qu'il faisait en choisissant le cheval de Jillian. Je suis convaincu qu'il s'est suicidé.

Curtis revint avec le whisky et nous demeurâmes silencieux jusqu'à ce qu'il ait quitté la pièce. Je restai debout près du piano, mais Tony alla s'asseoir sur le canapé.

– Quant à Jillian, reprit-il quand nous fûmes seuls, j'ai fait tout ce que je croyais devoir faire pour elle aussi. Elle est heureuse et en sécurité dans sa folie. Mais pour la protéger, devais-je sacrifier ma propre raison ? Tu ne peux pas dire que je la néglige, ni que je l'accable. Je suis occupé ailleurs, c'est tout.

– Tellement occupé que vous n'avez rien vu de ce qui se passait sous vos yeux. Les domestiques sont en train de perdre la tête, à cause de Jillian.

Tony rectifia le pli de son pantalon et m'adressa un sourire glacé.

– Es-tu certaine que ce n'est pas toi qui perds la tête ? La présence de Jillian te trouble-t-elle à ce point ?

– Pas du tout. Je m'inquiète pour elle, simplement.

– Je vois. Eh bien, je ferai venir un médecin demain, si tu y tiens. Et s'il me conseille de l'interner dans une clinique spécialisée, que devrai-je faire, d'après toi ? La chasser de Farthy pour empêcher les domestiques de jaser ?

– Choisir ce qui sera le mieux pour elle, répondis-je.

Et malgré moi, je frissonnai.
– Cela va de soi.
Je me laissai tomber sur le tabouret du piano.
– Tony, le cottage de Troy est toujours... on dirait qu'il est toujours habité !
Une fugitive lueur d'effroi passa dans ses yeux.
– Alors tu y es allée ! Et à quoi t'attendais-tu ? À ce que je le brûle ?
– Bien sûr que non, mais...
– Tu as raison en un sens, dit-il, à nouveau maître de lui. Nous avons tous nos propres fantômes. J'en ai voulu à Troy de... de nous avoir quittés, mais cela ne veut pas dire que je l'oublie. Il me manque, Heaven.
Une boule se forma dans ma gorge et ma vue se brouilla. Tony reprit :
– Chacun de nous, à sa façon, se complaît dans son chagrin. Nous oublions que nous ne sommes pas les seuls à souffrir. Que d'autres ont pu avoir aussi le cœur brisé.
Le long silence qui s'établit entre nous ne fut rompu que par l'arrivée de Logan.
– Je meurs de faim, annonça-t-il.
Puis il nous observa tour à tour et s'inquiéta :
– Quelque chose qui ne va pas ?
Tony s'empressa de le rassurer.
– Non, rien de grave. Juste un petit problème qu'il sera facile de régler, n'est-ce pas, Heaven ?
Je laissai courir mes doigts sur le clavier.
– Oui.
J'entendis résonner en moi comme un écho de la musique de Troy. Je l'entendais encore quand je me levai pour suivre Logan et Tony dans la salle à manger.

6

Un visage dans l'ombre

Le médecin vint dès le lendemain examiner Jillian. Il la déclara en parfaite condition physique, mais jugea que sa confusion mentale s'était aggravée. Il prescrivit des tranquillisants et Martha Goodman, rassurée, consentit à demeurer auprès d'elle.

Le lendemain de cette visite, Logan et Tony se rendirent à Winnerow avec Paul Grant, l'architecte, pour inspecter le site de l'usine. La semaine suivante, je les y accompagnai pour donner mon avis sur les plans de Paul. Il me plut tout de suite et son projet aussi. Il avait construit une maquette, usine et environs compris. On aurait dit une création Tatterton.

– Voici comment je vois les choses, expliqua-t-il à mon intention. Tout d'abord, préserver la forêt : une allée circulaire suffira aux livraisons. Les bâtiments seront en bois, pour s'accorder avec l'environnement. Qu'en dites-vous ?

Je ne répondis rien mais il devina que je l'approuvais. Il me sourit et reprit son exposé. Il s'était arrangé pour respecter le style des cabanes des collines, en choisissant de construire en rondins. L'ensemble s'intégrait parfaitement au paysage. Il y avait une cafétéria, de vastes ateliers, des hangars pour le stockage, l'emballage et les livraisons. Sans oublier un bureau que Tony et Logan utiliseraient quand ils seraient sur place. Paul avait même prévu une aire de repos.

– J'aimerais avoir la maquette, quand vous n'en aurez plus besoin, lui demandai-je.

– Mais bien sûr, madame Stonewall. Je me ferai un plaisir de vous l'apporter moi-même.

Son intonation était presque trop galante, mais ni Logan ni Tony ne parurent s'en apercevoir.

Une période de travail intense commença pour Logan. Il faisait sans arrêt l'aller retour entre Farthy et Winnerow, où Tony l'accompagna quelquefois. Mais il y allait le plus souvent seul et assumait toutes les responsabilités. J'estimai inutile de faire le voyage avant que l'usine ne soit achevée.

Environ un mois avant l'ouverture du chantier, Logan commença à prospecter dans les collines pour recruter ses artisans. Au retour de ces randonnées, il me parlait des gens qu'il avait rencontrés et cela me rappelait Grandpa. Il me citait souvent des noms familiers. Il aurait voulu que je l'accompagne dans ces voyages-là, mais cela m'aurait fait trop de peine. À quoi bon raviver le souvenir de tout ce que j'avais perdu ? Peu à peu, je m'installai dans une existence douillette à Farthy. Pendant les absences de Logan, je dînais en tête à tête avec Tony. La conversation roulait presque toujours sur le théâtre et il m'offrit plus d'une fois d'y aller avec lui.

– Après tout, c'est à Boston que se fait la réputation d'une pièce. Elle n'est créée à New York que si elle a eu du succès chez nous.

Tous les arguments lui étaient bons pour me tenter. Pour ma part, je préférais lire, faire du cheval ou même aider Martha Goodman dans sa tâche. Jillian était beaucoup plus calme depuis qu'elle prenait des tranquillisants. Elle ne parlait pratiquement plus de ses fantômes.

Un samedi soir, à la fois par ennui et par curiosité pour une nouvelle pièce, j'acceptai enfin d'accompagner Tony au théâtre. Logan était à Winnerow et ne devait rentrer que le mercredi suivant. J'allai donc inspecter les vêtements dont Tony avait rempli ma penderie et que je n'avais pas encore passés en revue. Mon choix se fixa sur une robe noire à corselet de dentelle et jupe de satin plissé soleil. Le décolleté, à vrai dire, était un tantinet provocant. Tony avait le compas dans l'œil en matière de toilettes, je le savais depuis longtemps. C'est lui qui avait choisi mon trousseau quand j'étais entrée à Winterhaven, le collège le plus huppé de la région. Je m'empressai de passer la robe et me campai devant le miroir avec un frisson de plaisir : j'étais en beauté. Le bustier rehaussait ma poitrine et accentuait le creux de mes seins. Je me trouvai tout simplement irrésistible. Cette robe me révélait à quel point ma féminité s'était épanouie. Toute trace de mon innocence juvénile avait disparu.

Je relevai mes cheveux, ce qui soulignait l'attache délicate de mon cou, là où la peau est la plus douce. Un léger châle de laine ajouré suffirait à couvrir mes épaules, par cette chaude soirée d'été. Et pour tout maquillage, je me contentai d'une touche d'ombre à paupières et d'un soupçon de rouge à lèvres. Ces préparatifs achevés, je reculai d'un pas et jetai un dernier regard à mon miroir.

C'était bon de s'habiller, de se faire belle, de sortir. Depuis la fin de notre lune de miel, Logan avait été tellement occupé par ses nouvelles activités que nous n'avions pas eu le temps de faire grand-chose ensemble. Je ne regrettais pas d'avoir cédé aux instances de Tony. L'idée de passer une soirée au théâtre et de frayer avec la haute société de Boston avait quelque chose de stimulant.

Un coup discret à ma porte me tira de ma rêverie. C'était Tony, en smoking noir et chemise blanche éblouissante. Il resta un long moment silencieux, une lueur étrange dans les yeux.

– Que se passe-t-il, Tony ?

– Ce qui... oh, rien, c'est simplement...

Il se reprit aussitôt et m'adressa un sourire radieux.

– Le noir te va à ravir, comme à ta grand-mère. Franchement, Heaven, tu es à couper le souffle ! Ta grand-mère était belle. Ta mère était encore plus belle. Mais tu es la plus belle des trois.

– Je vous remercie, mais je...

– J'espérais que tu choisirais cette robe. Mais surtout, je voudrais te voir porter ceci.

Il me tendit une des plus somptueuses rivières de diamants de Jillian, avec les boucles d'oreilles assorties.

Je secouai la tête et fis un pas en arrière.

– Non, Tony, pas cela. Ce ne serait pas bien.

– Allons, ne sois pas stupide. À quoi bon laisser ces bijoux au fond d'un tiroir ?

Il passa derrière moi et m'attacha adroitement le collier autour du cou. Puis il me prit par les épaules et me tourna vers le miroir.

– Regarde. Ce ne sont pas les diamants qui t'embellissent, c'est toi qui les rends plus beaux.

Le contact des pierres scintillantes réveilla le petit frisson de plaisir que j'avais ressenti quelques instants plus tôt. Je retins mon souffle quand Tony laissa courir ses doigts sur les diamants. L'éclat de ses yeux bleus rivalisait avec celui des pierreries. La gorge serrée, j'articulai péniblement :

– Merci.

Il ferma les yeux et effleura mes cheveux de ses lèvres.

– Tu sens le jasmin, le parfum de Jillian. Leigh aimait le porter, elle aussi.

– C'est simplement que... il était là, alors...

– Tu as bien fait, ce parfum n'éveille en moi que d'heureux souvenirs. N'oublie pas les boucles d'oreilles, surtout !

Il les plaça dans ma main et la retint entre les siennes.

– Ne sois pas trop longue, j'aimerais arriver un peu en avance. Je veux avoir le temps de te montrer.

– Oh, Tony, je vous en prie...

– Je t'attends en bas. La voiture est prête.

Là-dessus, il s'éclipsa d'un pas allègre. Il avait rajeuni de vingt ans.

En attachant les boucles d'oreilles, j'observai pensivement mon image. S'il fallait en croire les divagations de Jillian, ma mère avait séduit Tony, mais elle avait trouvé en lui une victime consentante. En ravivant le souvenir qu'il gardait d'elle, n'étais-je pas en train de jouer avec le feu ?

Mais moi, je n'étais plus une enfant, j'avais une certaine expérience des hommes. J'étais parfaitement maîtresse de moi-même et je savais ce que je faisais. N'était-ce pas naturel de vouloir sortir, s'amuser, se montrer ? C'était bon de se sentir belle et admirée, toutes les femmes aimaient cela : alors, où était le mal ? La beauté n'était pas un péché.

Mais être amoureuse de son image, n'en était-ce pas un ? N'était-ce pas ce qui avait perdu Jillian ? Elle avait tout sacrifié à la fascination de la jeunesse et de la beauté, jusqu'à en perdre la raison. Sa folie n'était-elle pas son châtiment ? Et serait-elle aussi le mien, un jour ?

En drapant mon châle sur mes épaules, je crus voir, le temps d'un éclair, une autre image se substituer à la mienne dans le miroir. Celle de ma mère encore enfant, telle que je l'avais vue sur une photographie de son album. L'instantané avait été pris quand Jillian, divorcée depuis peu de Cleave Van Voreen, venait d'épouser Tony. Ce n'était plus Cleave, son père, qui posait aux côtés de maman, mais un homme beaucoup plus jeune et bien plus beau : Tony Tatterton. Et ce qui m'avait semblé le plus étrange sur cette photo, c'est que l'enfant radieuse qui jusque-là regardait l'objectif avec confiance et candeur ne parvenait même plus à sourire. Une ombre voilait son regard, celle que je retrouvais aujourd'hui dans le mien.

Quel souvenir étais-je en train de contempler : le sien ou le mien ? Cette image que je gardais d'elle semblait avoir été prophétique. En serait-il de même pour moi ? Ce reflet que j'interrogeais, que cherchait-il à me dire ?

Peu importait, je ne voulais pas le savoir. Rien ne devait ternir la joie que je me promettais de cette soirée. Gagnée par une allégresse insouciante, irrépressible, j'éclatai de rire au nez de cette Heaven dont l'esprit battait la campagne et courus rejoindre Tony. Mon rire résonna longtemps derrière moi, avant de s'effacer pour se confondre avec les échos fantomatiques dont bruissaient les recoins obscurs de Farthy.

*

J'adorai la pièce, une comédie de mœurs hilarante, sans un seul temps mort. On y décrivait les amours contrariées d'une jeune fille, promise en mariage à un vieux milliardaire gâteux. Naturellement, c'était le fils de cet homme qu'elle aimait. Mais le vieillard déshéritait son fils si la jeune fille ne l'épousait pas, lui. En fait, il mourait avant la fin du premier acte, mais les deux jeunes gens ne s'en apercevaient pas tout de suite. Comme il passait son temps à somnoler dans un fauteuil, on le croyait toujours vivant, et simplement endormi. Ce qui donnait lieu à des situations désopilantes. Et comme il se doit, tout finissait par le mariage des deux tourtereaux.

Sur le chemin du retour, Tony me demanda :

– N'aimerais-tu pas que la vie soit comme une pièce de théâtre, où tout finit toujours par s'arranger ?

– Si, bien sûr !

– Vois-tu, quand je pense à ma fortune, elle m'apparaît comme une sorte de forteresse. Il est vrai que le bonheur ne s'achète pas, mais l'argent permet au moins d'éloigner le malheur, et d'adoucir bien des choses.

– Comme vous l'avez fait pour Jillian ?

Il se tourna vers moi. Il faisait beaucoup trop sombre à l'intérieur de la voiture pour que je distingue ses traits, mais de temps à autre le pinceau d'un phare les éclairait. Et je pouvais lire alors la tristesse qu'ils exprimaient.

– Oui. Comme je l'ai fait pour Jillian.

– Et aussi pour moi.

– Pour toi... comment cela ?

– En achetant Logan, tout simplement.

– Heaven ! Tu ne penses pas vraiment...

– Si, pourquoi le nier ? Et si je vous ai laissé faire, c'est qu'au fond je le voulais bien, non ? Je voulais la richesse et le confort de Farthy. Malgré tout, je crois m'être rendue utile en encourageant Logan dans son entreprise. Tout ce que je souhaite, c'est que cela se termine bien.

Tony prit ma main et la serra dans la sienne, comme pour me rassurer.

– Je te le promets... mais nous voilà bien graves, tout à coup ! dit-il en se forçant à sourire. Ne gâchons pas cette soirée. Je l'ai trouvée fantastique ! Tous mes amis me lançaient des regards jaloux, tu as vu ça ? Ils ne t'ont pas reconnue tout de suite, ajouta-t-il avec un petit rire. Tout le monde se demandait qui tu étais.

Je l'avais rarement vu si gai, lui toujours si absorbé par son travail et ses projets. Il s'amusait comme un enfant. Pour la première fois, je pensai à lui comme à un homme et je me demandai quelle vie il pouvait mener avec Jillian. Que pouvait-on partager, avec une folle ? Il n'avait personne à qui parler, avec qui sortir ou s'amuser. Personne à aimer.

Leur vie était si gaie et si animée, quand j'étais arrivée à Farthy ! Ils voyageaient aux quatre coins du monde, donnaient des soirées brillantes, sortaient sans cesse... et d'un seul coup, tout avait pris fin pour lui. Il ne lui restait plus que son travail... et moi.

Au fond, la solitude était de loin le plus cruel des maux. Elle vous gelait le cœur. Ceux qu'elle atteignait n'avaient plus de but dans la vie, plus personne à qui se dévouer, pour qui se battre. Il ne leur restait que des rêves et des souvenirs, un peu d'espoir toujours déçu. Les paquets si joliment emballés qu'ils trouvaient sous leur sapin de Noël ne contenaient que des boîtes vides.

Et moi aussi j'étais cruelle d'en vouloir à Tony d'avoir acheté notre présence à Farthy. Troy était mort. Jillian était folle. Il ne lui restait plus que nous. Je comprenais maintenant sa jalousie envers tout ce qui me détournait de Farthy. Il était si différent de Luke ! Quand sa ravissante jeune femme était morte en me mettant au monde, Pa s'était remarié et avait eu d'autres enfants. Et quand sa seconde femme l'avait quitté, il avait vendu ses enfants pour en épouser une autre. Il nous avait abandonnés pour commencer une vie nouvelle. Tony était différent. Malgré son immense fortune, il n'avait pas renié le passé. Il avait tenu bon, solide comme un roc, et je ne pouvais qu'admirer sa loyauté. Même s'il était permis de penser que Luke, parti de si bas pour devenir propriétaire d'un cirque, s'en était finalement mieux tiré.

Nous étions presque arrivés à Farthy quand la voix de Tony m'arracha à ma rêverie.

– Que dirais-tu d'un petit verre de cognac avant d'aller au lit ? Il commence à faire un peu frais, cela nous réchauffera.

J'acceptai sans me faire prier et nous allâmes directement au salon, où Curtis avait préparé un bon feu. Il nous servit à boire et nous nous installâmes devant la cheminée pour bavarder. Nous parlâmes quelque temps de la pièce, des gens auxquels il m'avait présentée et de ses projets pour la nouvelle usine. Mais je me sentais très fatiguée et je ne tardai pas à m'excuser et à me retirer. Tony resta en bas à siroter son cognac, le regard perdu dans les flammes.

Sur le palier, j'aperçus Martha Goodman qui me faisait signe de loin. Elle était en robe de chambre et en pantoufles et semblait très inquiète. Je m'approchai et elle chuchota :

– Elle ne va pas très bien. C'est toujours comme cela quand le temps change !

– Lui avez-vous donné ses tranquillisants ?

– Oui, mais ils ne semblent pas lui faire beaucoup d'effet, ce soir.

Le vent de mer s'était levé et mugissait aux quatre coins de la maison. On aurait dit que l'océan lui-même battait le toit.

– Est-elle vraiment très agitée ?

– Oh oui ! Elle dit qu'elle entend Abdullah Bar hennir et galoper autour de Farthy. Elle en est tellement persuadée que j'ai fini par y croire, je l'avoue. Et j'ai envoyé Curtis vérifier si par hasard un cheval ne s'était pas échappé. Ce qui, bien sûr, n'était pas le cas.

– Mon Dieu ! Voulez-vous que je prévienne Mr Tatterton ?

– Non, c'est inutile. Je voulais simplement parler à quelqu'un d'autre qu'aux domestiques. Si vous les entendiez ! Ils divaguent encore plus que Mrs Tatterton. Je les trouve presque plus difficiles à supporter.

Martha prit ma main et la serra avec effusion.

– Ne vous inquiétez pas, madame Stonewall, tout ira bien maintenant. Nous pouvons aller nous coucher.

– Bien, mais appelez-moi s'il y a le moindre problème.

– Merci, madame Stonewall. Je me sens vraiment soulagée de vous savoir à l'autre bout du couloir !

– Bonne nuit, Martha.

Je lui tapotai affectueusement la main et regagnai mon appartement. J'allais me mettre au lit quand la pluie commença à tomber. Une pluie violente, serrée, qui cinglait à grand bruit les fenêtres. Au-dehors, tout était d'un noir d'encre. Et le paysage que révélaient de temps à autre de brefs éclairs était méconnaissable. La pluie déformait tout, arbres, buissons, massifs; le parc tout entier semblait se liquéfier, se muer en un décor de cauchemar. Par une nuit pareille, n'importe qui aurait cru voir des fantômes !

Je tirai soigneusement les rideaux et rabattis ma

courtepointe, impatiente de me blottir dans la chaude sécurité de mon lit. J'aurais déjà voulu être au lendemain matin, retrouver la clarté du soleil. Sitôt couchée, j'éteignis la lumière et ramenai frileusement mes couvertures jusqu'au menton. Par bonheur, je m'endormis presque immédiatement.

Je ne devais pas dormir depuis longtemps lorsque quelque chose m'éveilla. Un bruit imperceptible, celui d'une poignée qu'on tourne avec précaution. L'obscurité était totale, mais je devinai une présence. Et, après quelques instants passés à guetter dans le noir, je crus distinguer une forme imprécise.

– Qui est là ? chuchotai-je, la gorge nouée.

Mon cœur battait la chamade, la peur me glaçait le sang.

– Il y a quelqu'un ? C'est vous, Tony ?

Je perçus un léger bruit de pas et la porte fut ouverte, puis refermée. Pendant ce bref instant, j'entrevis une silhouette, beaucoup trop vague pour être identifiée. J'allumai ma lampe de chevet, bondis hors du lit, enfilai ma robe de chambre et sortis dans le couloir. Il n'était éclairé que par des veilleuses, qui déformaient et allongeaient les ombres. Je crus entendre une porte se refermer et m'aventurai un peu plus loin, l'œil et l'oreille aux aguets. Personne en vue. Était-ce Jillian qui errait ainsi dans les couloirs ? Ou encore Tony, qui serait venu me dire quelque chose et aurait changé d'avis en me trouvant endormie ? Je guettai encore quelques instants avant de revenir sur mes pas, et c'est alors que je sentis la moquette humide et froide sous mes pieds. Je me baissai pour la tâter du bout des doigts : elle était mouillée. Le mystérieux visiteur, quel qu'il soit, était venu de la pluie.

Perplexe et vaguement mal à l'aise, je retournai me coucher. Jusque-là, il ne m'était jamais venu à l'esprit de m'enfermer, mais cette fois je donnai un tour de clé. J'eus beaucoup de mal à retrouver le sommeil mais je finis par m'endormir, à mon grand soulagement. Les allées et venues matinales des domestiques me réveillèrent. Pendant quelques instants, je prêtai l'oreille à ces rumeurs familières, puis je m'assis dans mon lit.

Avais-je imaginé cette visite nocturne ? Était-ce un rêve ? Ou quelqu'un était-il réellement entré dans ma chambre ? J'enfilai ma robe de chambre et mes mules et courus à la porte : elle était fermée à clé. Je n'avais donc pas rêvé. J'allai ensuite examiner la moquette du corridor. Elle était sèche, mais j'y distinguai de légères traces de boue. Donc, quelqu'un était venu... Mais qui ? Je m'habillai à la hâte, bien résolue à éclaircir ce mystère. J'aurais voulu interroger Tony mais il était déjà parti pour son bureau. Je me rabattis sur Curtis et le mitraillai de questions, ce qui n'était sans doute pas la meilleure chose à faire. Je ne réussis qu'à le terrifier. Il était clair que mes propos confirmaient pour lui les contes à dormir debout de Rye Whiskey.

– Non, madame Stonewall, je n'ai vu personne. Mais ce n'est pas la première fois que des pas se font entendre la nuit, comme si quelqu'un rôdait dans la maison. Rye Whiskey dit que c'est une âme en peine, peut-être celle d'un des ancêtres de Mr Tatterton qui serait mort assassiné.

– C'est ridicule ! Dites à Rye Whiskey que je désire lui parler.

– Tout de suite, madame.

Curtis s'éloigna et, quelques minutes plus tard, Rye Whiskey se présenta devant moi, le visage défait. Il n'aurait pas eu plus triste mine s'il avait erré toute la nuit, lui aussi.

– À quoi riment ces histoires d'ancêtres assassinés, Rye ? Tous les domestiques en ont la chair de poule, et Martha aussi !

– Vous aussi, vous l'avez entendu la nuit dernière, mademoiselle Heaven ?

Il hocha la tête, comme s'il ne doutait pas de ma réponse. Je ne pus me résoudre à le regarder en face.

– J'ai entendu quelque chose et j'ai entrevu quelqu'un, oui. Mais certainement pas un fantôme.

– Moi aussi, je l'ai entendu.

Cette fois, je plantai mon regard droit dans le sien.

– Et vous avez noyé votre peur dans l'alcool, Rye ?

Qu'il en convienne ou non, cela ne faisait aucun doute !

– Les domestiques commencent à s'affoler, Rye. Voulez-vous que j'informe Mr Tatterton de ce qui se passe ?

– Il le sait déjà, mademoiselle Heaven. Je l'ai vu rôder la nuit lui aussi, comme s'il cherchait quelqu'un. Peut-être a-t-il rencontré son ancêtre, qui sait ?

Je n'en croyais pas mes oreilles.

– Cette fois, c'en est trop, Rye. Je n'aurais même pas dû aborder ce sujet avec vous.

– Désolé, mademoiselle. Puis-je retourner à la cuisine ? Je dois préparer le déjeuner de Mr Tatterton.

– Vous pouvez disposer, Rye. Je dois dire que vous ne m'avez pas beaucoup aidée.

Rye parti, je me tournai vers Curtis, figé comme un mannequin de vitrine, et lui lançai :

– Ne me dites pas que vous croyez à ces sornettes, vous aussi !

Mais ma propre voix me parut si peu convaincante que je préférai quitter la table et sortir. Une petite promenade m'aiderait à réfléchir. J'en avais bien besoin.

J'avais soigneusement évité le labyrinthe depuis que j'avais failli m'y perdre. Mais ce matin-là, je me sentis inexplicablement attirée vers lui. Sans doute étais-je encore sous l'influence des événements étranges de la nuit ? Dès mes premiers pas dans le parc, j'eus la bizarre impression de vivre un rêve. Un nuage masquait le soleil et le bleu du ciel s'était assombri. Le brouillard matinal s'était évanoui avec la rosée, sauf dans le labyrinthe. Il y flottait toujours cette brume qui semblait faire partie de son mystère. Un bref instant, je fermai les yeux et aspirai à pleins poumons le parfum pénétrant des haies. Puis, comme je l'avais fait tant de fois du vivant de Troy, je m'élançai à travers les détours familiers et courus d'un trait jusqu'au cottage. J'étais hors d'haleine quand j'y arrivai et je m'arrêtai pour reprendre mon souffle. Juste au moment où le nuage s'éloignait, démasquant le soleil. D'un seul coup, tout redevint clair et brillant autour de moi. Comme si j'avais quitté l'ombre pour la lumière, le désespoir pour l'espérance, le chagrin pour la joie de vivre. C'était cela, la leçon du labyrinthe. On courait le risque de s'y perdre, mais ce risque était le prix du bonheur. Et le jeu en valait la chandelle.

Le cottage était tel que je l'avais laissé, silencieux et vide, hors du temps. Les bras croisés sous les seins, j'avançai hardiment vers la porte bleue. Et là, j'hésitai. Pourquoi m'exposer à souffrir ? Pourquoi étais-je revenue à Farthy où tant de souvenirs vivaient encore ? Ces images, ces bruits, ces parfums familiers étaient restés si vivaces, ils ne pourraient que me torturer. Tenais-je donc tellement à me punir ?

Mais de quels péchés ? Était-ce un péché que d'aimer ? J'avais aimé Troy, mon oncle... était-ce mal ? Oui, je lui avais fait du mal. Je lui avais offert l'espoir et le lui avais retiré. J'étais loin de lui quand il avait le plus besoin de moi. Je l'avais abandonné à son désespoir, ne lui laissant d'autre issue que la mort. Dans sa détresse, il avait chevauché vers l'océan pour s'y noyer. La musique si douce et si vibrante qui chantait si bien sa joie s'était tue, à jamais.

Je jouais un jeu dangereux en revenant au cottage, mais j'y étais ramenée malgré moi : un fantôme me tenait par la main. Et malgré moi, j'ouvris la porte et pénétrai dans ce qui avait été l'asile de notre amour.

La dernière fois que j'y étais venue, j'avais fui. La réalité était si différente de ce à quoi je m'attendais ! Loin de paraître abandonné, le cottage était en parfait état, comme si Troy y vivait toujours. Et tellement semblable au souvenir que j'en gardais, que je n'avais pas supporté le choc. Aujourd'hui, je savais à quoi m'attendre, et pourtant... quelque chose avait changé. La maison n'était plus figée dans un passé immuable, elle vivait ! Aucun doute, j'entendais le tic-tac des pendules. Et, comme pour me prouver que je ne rêvais pas, la vieille horloge se mit à sonner l'heure et la boîte à musique y joignit son carillon. La maisonnette qui ressemblait si parfaitement au cottage ouvrit sa porte, découvrant sa petite famille au grand complet Et la mélodie familière égrena sa chanson douce, obsédante et nostalgique.

Je m'approchai de la table de travail de Troy. J'y découvris plusieurs cottes de mailles miniatures et plusieurs pièces d'armures qui n'attendaient plus que d'être assemblées. Mais ce qui m'étonna le plus, c'est qu'elles étincelaient de propreté. Pas un grain de poussière ! Les outils de Troy aussi se trouvaient là, et pourtant... j'aurais juré qu'à ma dernière visite ils étaient rangés dans leur niche. Tony avait-il engagé un autre artisan qu'il logeait au cottage ? Je décidai de pousser mon exploration plus avant.

À ma grande surprise, la cuisine était abondamment pourvue en provisions, et même en primeurs. Je tâtai la bouilloire : elle était chaude. Quelqu'un venait de se faire du thé ! Comment Tony pouvait-il permettre qu'un autre habite le cottage ? Quand nous en avions parlé, il semblait si désireux de le laisser intact, pour y conserver le souvenir de Troy... c'était incompréhensible.

Je repris mes investigations et découvris un grand nombre de créations nouvelles. Des châteaux du Moyen Âge avec leurs habitants, des huttes, une cathédrale inachevée. Et même une scène de tournoi qu'observait de loin une demoiselle éplorée, encadrée de ses minuscules dames d'honneur.

Ma découverte me glaça. Quelle duplicité de la

part de Tony ! Il m'avait laissé croire que la mémoire de son frère était sacrée pour lui, qu'il entretenait le cottage en souvenir de Troy. Alors qu'il y avait installé un artisan aussi doué que lui, pour continuer son travail. Tout cela par amour de l'argent, uniquement. Et il n'avait pas osé me l'avouer ! Je tombais de haut. Une veuve apprenant qu'on a vendu à son insu les biens de son défunt mari n'aurait pas été plus déçue.

J'étais sur le point de regagner Farthy pour dire son fait à Tony quand un détail attira mon attention. La porte de la cave était entrouverte. Je réfléchis quelques instants, intriguée... mais, bien sûr ! l'habitant du cottage devait savoir qu'il devait se cacher de moi. Tony avait dû le chapitrer. Et en m'entendant arriver, il s'était réfugié dans la cave. Eh bien, j'irais l'y chercher, et il faudrait bien qu'il s'explique !

Je me précipitai dans l'escalier, pour remonter presque aussitôt. J'avais oublié à quel point il faisait noir dans les souterrains qui communiquaient avec la grande maison. Munie d'une chandelle, cette fois, je m'aventurai dans l'immense salle sans fenêtres. Personne. Celui que je cherchais avait dû s'enfuir dans l'un des tunnels. Je m'engageai dans le plus proche, à la lueur jaunâtre de la flamme qui tremblotait sur les murs. J'avançais lentement, de peur qu'un courant d'air ne l'éteigne. La première fois que Troy m'avait montré ces passages, il m'avait avoué qu'ils l'effrayaient encore. Autant que lorsqu'il était petit et s'attendait à voir des monstres surgir de l'ombre à chaque tournant. Ou des fantômes.

Mais il s'agissait bien de monstres ou de fantômes ! C'était un homme que je cherchais. Un homme affolé à l'idée de perdre son travail si Tony apprenait que je l'avais découvert. Je savais qu'il était injuste de vouloir passer ma colère sur lui, mais j'étais hors de moi. Je ne supportais pas l'idée qu'un étranger touche les précieuses créations de Troy et dorme dans son lit. Pour moi, le cottage et tout ce qu'il contenait faisaient partie de lui.

Devant moi, je distinguai un bruit de pas. L'homme fuyait la lueur de ma chandelle, c'était certain. Je me baissai pour éclairer le sol et discernai des empreintes de pas, dont certaines étaient toutes fraîches. Les moins nettes pouvaient fort bien dater de la veille. Au jugé, je devais être à mi-chemin du cottage et de Farthy. Combien de temps allait durer cette poursuite, et comment le fugitif pouvait-il espérer m'échapper ? En tout cas, il n'avait pas peur d'avancer à l'aveuglette. À moins que, depuis mon retour, Tony n'ait pris l'habitude de le rencontrer dans les souterrains ? Je criai à la cantonade :

– Qui que vous soyez, montrez-vous ! Je sais que vous êtes là et je vous poursuivrai jusqu'à Farthy, s'il le faut. Je sais que vous étiez au cottage et que vous travaillez pour Tony.

J'attendis une réponse, qui ne vint pas. Je m'entêtai :

– Cette poursuite ne rime à rien, je sais ce que vous faites. J'ai vu votre travail.

J'attendis encore, toujours en vain.

– Très bien, vous l'aurez voulu !

Je me ruai en avant sans hésiter un instant sur la direction à prendre. Je savais où j'étais et où j'allais déboucher : au bas des marches de la cuisine. Il n'y aurait probablement personne à cette heure-ci. Le déjeuner était fini et la vaisselle faite. L'inconnu pourrait s'enfuir par une porte latérale. Je précipitai l'allure et ma chandelle s'éteignit mais je me dirigeai en tâtant le mur. Après le dernier tournant, je m'arrêtai net. Là, à quelques pas de moi, près de l'une des portes condamnées... il y avait quelqu'un.

Il ne faisait aucun mouvement, je n'entendais même pas son souffle. Une ombre parmi les ombres. Pourtant, mes yeux s'étaient suffisamment habitués à l'obscurité pour que je reconnaisse une silhouette. Celle d'un homme qui se plaquait contre le mur, comme s'il espérait passer inaperçu. La même forme imprécise que celle que j'avais entrevue la nuit précédente. Je l'aurais juré. Cette fois, ma voix s'entendit à peine :

– Qui est là ? Est-ce vous qui vivez au cottage ?

Il y eut un long silence et une voix aussi assourdie que la mienne répondit :

– Oui.

Mon cœur bondit dans ma poitrine et je tentai fébrilement de frotter une allumette. Mais je tremblais trop pour cela. Cette voix ne m'était pas inconnue !

– Allez-vous-en, reprit-elle sur un timbre différent, comme déguisée. N'allumez pas cette bougie, partez vite !

L'inconnu se protégea le visage de ses bras et s'engagea dans un souterrain sans issue. J'hésitai. La raison me soufflait d'obéir et de m'en retourner, de ne pas défier le destin. Elle me rappelait que l'audace est souvent punie. Que ce n'était pas la première fois que j'avais le choix entre deux routes, pour choisir la plus dangereuse. Mais cette fois, ce n'était pas seulement mon orgueil têtu qui me poussait. Ni même ma colère contre Tony. Non, c'était bien autre chose, une part de moi-même qui s'éveillait après un long sommeil et ouvrait les yeux, enfin ! Ce moi réclamait ses droits et voulait vivre. Son cœur battait au rythme du mien, c'était le mien. Je n'hésitai plus, frottai une allumette et l'approchai de la mèche. La lumière me donnerait la réponse que je cherchais.

Je pénétrai dans le tunnel obscur. Devant moi, la flamme écartait un rideau de ténèbres qui se refermait aussitôt, je le savais. Et je ne pouvais m'empêcher de penser aux terrifiantes histoires de Rye Whiskey. Si les morts revenaient en ce monde, ces souterrains étaient un passage tout indiqué pour eux ! Toutes mes frayeurs enfantines se réveillaient. L'âme de mon pauvre Tom errait-elle le long de ces chemins enfouis sous la terre, au plus profond de sa noirceur ? M'étais-je aventurée dans cette zone d'ombre où ma mère m'avait devancée ? Je me retournai et ne vis qu'obscurité derrière moi. Était-il trop tard pour revenir sur mes pas ? Avais-je déjà franchi la frontière interdite ?

Peu après le tournant, ma chandelle éclaira un mur : celui que Tony avait fait construire pour préserver Farthy des voleurs. Où était passé l'homme que je poursuivais ? Je ralentis le pas et levai ma chandelle à bout de bras. Je perçus comme un souffle d'air et me retournai juste à temps pour voir une silhouette émerger de l'ombre. J'abaissai la bougie, mais un poing se referma sur la flamme et l'éteignit.

Trop tard. Une brève lueur m'avait permis de voir le visage de l'homme. Et quand la flamme s'éteignit, je ne pus oublier l'éclat de ses yeux. Je les avais reconnus. Je les aurais reconnus n'importe où, sans hésiter une seconde.

– Troy !

– Heaven…

J'avais crié son nom, il avait murmuré le mien d'une voix à peine audible. Et pendant un instant encore je me demandai si j'avais affaire à une apparition ou à une création de mon esprit troublé par la peur.

Puis je rallumai la chandelle.

7

Troy

Un léger courant d'air agita la flamme et la lumière dansa sur le visage de Troy. Ses yeux sombres, si semblables à des lacs forestiers, parurent s'assombrir encore. J'étendis lentement la main et touchai son bras.

– Et Rye Whiskey qui croyait voir des fantômes !

Un sourire se dessina sur ses lèvres au contour si parfait.

– Parfois, je finis par me demander si je n'en suis pas un.

Je le dévorais du regard. Il portait un pantalon noir très étroit, et la lueur de la bougie jetait des reflets dorés sur sa blouse de soie blanche.

– Mais... qu'est-il arrivé ? Qu'est-ce qui nous arrive ?

Il perçut mon affolement dans ma voix et prit doucement ma main dans la sienne.

– Retournons au cottage, veux-tu ? Je te raconterai tout.

Je le suivis à travers les souterrains obscurs avec le sentiment d'échapper au royaume des morts. Ensemble, nous remontions vers la vie et vers la lumière. Derrière nous, le silence étouffait l'écho de nos pas. Mon cœur battait si fort que Troy devait en percevoir les pulsations au contact de mes mains.

Comme si je lui insufflais ma propre vie, qu'elle passait en lui de seconde en seconde. Au bas des marches de la cuisine, il s'effaça devant moi. Je me retournai avec effroi, redoutant de le voir disparaître à nouveau, happé par les puissances de l'ombre. Mais il était bien là, occupé à fermer soigneusement la porte derrière nous.

– J'allais justement faire du thé, dit-il avec simplicité. Tu en prendras ?

À l'entendre, les deux années qui venaient de s'écouler n'avaient jamais existé. Il se comportait avec le même naturel qu'à nos rendez-vous d'autrefois. Je me laissai tomber sur une chaise, les jambes molles.

– Oui, volontiers.

Et il alla rallumer la flamme sous la bouilloire. Je l'observais tandis qu'il s'affairait, sans regarder une seule fois de mon côté. Ce fut seulement en posant le plateau sur la table qu'il leva les yeux vers moi. Je frissonnai.

– Pauvre Heaven, dit-il en secouant la tête. J'aurais tellement voulu t'éviter cette rencontre... et en même temps je l'espérais tellement aussi !

– Oh, Troy !... pourquoi ?

Sa voix s'enroua.

– Tu sais très bien pourquoi. Tu l'as toujours su... mais je te le dirai quand même.

Il soupira et prit place en face de moi. Son col largement ouvert découvrait la naissance de la fine toison brune, sur sa poitrine. Il resta longtemps sans mot dire, tête basse. Puis, avec un nouveau soupir, il enfonça ses longs doigts dans la masse ondoyante de ses cheveux et leva vers moi un regard troublé. Il me parut encore plus pâle qu'autrefois, plus mince aussi. Ses cheveux avaient poussé mais ils bouclaient toujours autant. On aurait dit qu'il avait vécu une éternité loin de la lumière du soleil. J'éprouvai un besoin douloureux de le prendre dans mes bras.

– C'est sur cette table que je t'ai écrit ma dernière

lettre, commença-t-il. Celle où je t'expliquais tout ce que Jillian venait de m'apprendre. Que tu étais la fille de mon frère et que notre amour était condamné. Je te disais que j'allais partir, apprendre à vivre sans toi. Je pensais pouvoir y parvenir, et peut-être revenir un jour à Farthy pour y vivre comme avant. Avant toi et... et tout ce qui est arrivé.

La bouilloire siffla et il se leva pour aller la chercher. Je gardai le silence tandis qu'il versait l'eau dans nos tasses et plongeai mon sachet de thé dans la mienne. J'avais hâte de sentir le liquide brûlant circuler en moi et dissiper le froid qui m'étreignait. Troy se rassit et reprit aussitôt :

– Comme on a dû te le dire, je suis revenu à Farthy pendant que tu voyageais dans le Maine, après ton diplôme. Je voulais me consacrer à mon travail en attendant mon vingt-neuvième anniversaire. J'ai toujours cru que je mourrais avant trente ans, tu le sais. Et je t'avoue... (il leva vers moi un regard douloureux et las)... je t'avoue que j'en étais venu à le souhaiter. Quand je t'ai perdue, quelque chose est mort en moi. Depuis, je ne redoutais plus la mort : je l'attendais.

Il but une gorgée de thé, le regard au loin. Un étrange et calme sourire errait sur ses lèvres.

– Tony a voulu m'aider, comme toujours. Il a donné une fête pour chasser mes idées noires. Je ne lui en veux pas, au contraire. Sa vie n'a jamais été très gaie, à lui non plus. Il s'était promis de ne pas me laisser seul un seul instant et, ma foi, il y est arrivé ! La fille qu'il m'a trouvée était tellement collante que j'ai dû me réfugier dans la salle de bains !

Il rit pour la première fois et enchaîna :

– Elle n'a pas supporté mon indifférence, d'ailleurs. On voyait qu'elle était habituée au succès et qu'elle enrageait. Elle est devenue carrément insultante, mais je ne l'écoutais même pas. Je n'avais qu'un désir : me retrouver seul, loin de tout, loin de tous. C'était une erreur d'être revenu à Farthy.

Vivre près de toi, sans toi, était au-dessus de mes forces. Ta voix me hantait, je te voyais partout. Les autres filles n'existaient pas à mes yeux, parce qu'elles n'étaient pas toi. Je devenais fou et Jillian le savait. Chaque fois que nos regards se croisaient, elle souriait avec une satisfaction sadique.

» Je n'avais aucun plan précis en m'en allant. Je crois que c'est le souvenir de nos promenades à cheval qui m'a guidé vers les écuries. Et quand j'ai vu Abdullah Bar, j'ai eu l'impression qu'il me regardait de la même façon que Jillian. Il avait l'air provocant et méchant. Et j'ai décidé de lui montrer que je pouvais le mater, moi aussi.

» C'était puéril, je le sais, mais j'étais révolté, furieux contre moi-même et le monde entier. Pourquoi le sort s'acharnait-il ainsi sur moi ? Quand la vie m'offrait enfin une chance de bonheur, pourquoi m'était-elle enlevée, et justement par Jillian ? C'était trop injuste ! J'ai sellé Abdullah Bar et je suis parti au galop vers la plage. On aurait dit que je lui avais communiqué ma rage. C'était comme si...

Troy se pencha vers moi, le regard enfiévré.

– ...comme s'il savait qu'il m'entraînait vers la mort. Le vent soufflait dans mes cheveux, je sentais monter la terreur dans les yeux d'Abdullah Bar, et je l'ai délibérément guidé vers l'océan. Il a paru comprendre, me défier à son tour et s'y est jeté comme pour se suicider, lui aussi.

» Une lutte terrible a commencé entre les vagues, le cheval et moi. Nous étions emportés de plus en plus loin, roulés, soulevés, ballottés jusqu'à l'épuisement. Terrifié, Abdullah Bar me défiait toujours mais je lisais une accusation dans ses yeux fous. Et j'ai eu pitié de lui. Pourquoi détruisais-je tous ceux que j'approchais ? C'était à moi seul d'affronter la mort. J'ai fermé les yeux... et je me suis préparé à mourir.

Troy se renversa en arrière, ferma les yeux comme s'il revivait ces instants douloureux, et les rouvrit presque aussitôt. Son regard s'était voilé, comme empli de présages menaçants.

– Mais l'océan n'obéit à personne, et il n'a pas voulu de moi. Chaque fois que je m'enfonçais sous les vagues, elles me ramenaient à la surface et me portaient un peu plus loin. Je fus à nouveau roulé, secoué, entraîné et ballotté comme un bouchon. L'eau m'arracha mes bottes. Je vis Abdullah Bar regagner la côte et prendre pied sur la plage. Et je fermai les yeux pour la dernière fois, du moins l'espérais-je. Je me confiai à l'océan dont j'avais si souvent contemplé la beauté pour qu'il m'engloutisse dans ses profondeurs ténébreuses.

» Je dérivai longtemps, au gré des vagues, avant de perdre conscience. Et je me réveillai sur une plage où le flot m'avait roulé. L'océan m'avait refusé la mort, mais il m'offrait une chance inattendue : celle de passer pour mort. D'une certaine façon, j'avais tout de même échappé à ma misère. C'en était fini de mon passé. Personne ne saurait ce que j'étais devenu, pas même Tony. Surtout pas Tony. Je revins en cachette au cottage, pour la dernière fois, du moins le croyais-je. J'y pris ce qui m'était le plus utile et m'en allai pour ne plus revenir.

Au cours du récit de Troy, ma surprise avait peu à peu fait place à la colère. Comment avait-il pu me laisser croire à sa mort, m'infliger un pareil chagrin ? Et maintenant, il était trop tard. Trop tard pour nous deux, irrémédiablement.

– Oh, Troy, comment as-tu pu ! Tout le monde te croyait mort. As-tu songé à notre peine, à la mienne ?

– J'ai cru qu'il serait bien plus dur pour toi de me savoir vivant, alors que nous ne pouvions plus être amants. Et plus dur encore de savoir quels tourments j'endurais moi-même. C'était peut-être égoïste de ma part, mais j'ai cru bien faire.

Il hocha la tête et reprit d'un ton pensif :

– Et j'ai bien fait, Heaven. Tu as refait ta vie, tu as accompli quelque chose. Si tu avais su la vérité, tu n'aurais peut-être jamais quitté Farthy. Ou tu serais devenue comme Jillian, qui sait ? Je pense que c'était la meilleure solution pour nous deux, et j'espère que tu le comprendras. Je ne pourrais pas supporter que tu me haïsses, à présent.

Je lus dans ses yeux à quel point cette seule idée l'angoissait et m'empressai de le rassurer.

– Je ne te hais pas, Troy. Je ne pourrai jamais te haïr ! C'est au destin que j'en veux, pas à toi. Qu'es-tu devenu ensuite ? Raconte-moi.

Il se renversa en arrière, les mains croisées derrière la tête.

– J'ai voyagé. En Italie, en France, en Espagne... Au début, cela m'a distrait. J'espérais épuiser ma peine en la promenant à travers le monde. Et une nuit, en Angleterre...

Il se redressa brusquement et se pencha vers moi.

– C'était dans une auberge, près de Dover Beach, un endroit que j'avais choisi à cause de Matthew Arnold[1]. Tu te souviens de ses poèmes ? Je t'en ai lu, quelquefois. À cette époque, certains de ses vers me hantaient, ils semblaient écrits pour nous.

Amour, garde-nous fidèles l'un à l'autre
Car le monde qui s'ouvre à nous tel un beau rêve
Si neuf et si plein de merveilles
Ne nous réserve aucune joie, aucune paix,
Aucun abri, aucun réconfort pour nos peines...

» Cette nuit-là, j'écoutais la mer battre la plage en me répétant ce poème, quand j'ai cru entendre ta voix. Comme si tu m'appelais à travers l'océan. À cet instant précis, j'ai compris qu'il ne servait à rien de te fuir. Tu me suivais partout. Je ne pouvais pas t'échapper et je ne le voulais pas non plus : je te voulais, toi. J'étais prêt à défier les dieux pour te garder. Tant pis s'il nous fallait vivre en hors-la-

1. Poète et essayiste anglais du XIXe siècle. *Dover Beach* est un de ses plus célèbres poèmes. *(N.d.T.)*

loi. Nous pouvions nous passer de luxe, le cottage nous suffirait. Et si je devais mourir à trente ans, au moins je mourrais dans tes bras.

– Oh, Troy, mon cher Troy, mon amour ! Pourquoi ne m'as-tu pas écrit ? Pourquoi n'as-tu pas cherché à me joindre ?

– À quoi bon ? Quand j'ai pris cette résolution, tu étais déjà fiancée.

– Mais comment l'as-tu appris ?

Il sourit et avala une dernière gorgée de thé.

– Je suis allé incognito à Winnerow, et même à la pharmacie. J'ai entendu les gens bavarder et je suis resté jusqu'à ton mariage. J'y étais. Puis je suis rentré à Farthy pour vivre au cottage, comme je l'avais toujours fait. Le jour de la réception, j'étais caché dans le labyrinthe; j'ai tout vu. Tu étais si belle, et Tony semblait si heureux ! Je vous ai même épiés, Logan et toi, pendant votre lune de miel. Je vous observais de loin, en m'imaginant que c'était moi qui te serrais dans mes bras et t'embrassais. J'en rêvais tellement que je finissais par y croire ! C'était mal, je le sais, mais je ne pouvais pas m'en empêcher. Pardonne-moi.

– Te pardonner d'avoir souffert à ce point ? Bien sûr que je te pardonne !

Troy, mon cher amour, quel enfer il avait dû endurer ! Être témoin de mon mariage et ne rien faire pour l'empêcher ! Mais pourquoi, pourquoi n'avait-il rien dit ?

– J'ai eu si mal, Heaven. Tellement mal.

Pour la première fois, je vis reparaître dans ses yeux le feu qui les animait autrefois.

– Je voulais que tu me voies, que tu saches... mais le courage m'a manqué. La nuit dernière, comme je savais Logan absent, j'ai attendu ton retour et je suis entré dans ta chambre.

– J'ai perçu une présence, mais je ne t'ai pas reconnu. Il faisait trop sombre.

Il me dévisagea longuement avant de se décider à demander :

– Pourquoi es-tu venue aujourd'hui ? Tu pensais que cela pouvait être moi ?

– Non. Je suis venue presque malgré moi, comme une somnambule. Mais je ne m'attendais pas à te trouver, toi. Je croyais que Tony m'avait menti et avait engagé quelqu'un pour travailler ici. Je voulais trouver ce quelqu'un, et le confondre. Puis j'ai senti une présence étrange, presque comme s'il s'agissait d'un... d'un fantôme.

– C'est un peu ce que j'étais, Heaven, mais plus maintenant. Je suis là, je te vois et...

Il me contempla longuement avant de reprendre :

– Tu as changé, tu parais plus âgée et plus mûre. Ta beauté s'est épanouie. Cela me fait trembler de me sentir si près de toi, d'entendre ta voix, bien réelle cette fois !

Il se pencha, tendit la main vers mon visage et j'attendis sa caresse, mais il se redressa lentement.

– Je suis comme un enfant fasciné par le feu. Je sais qu'il va me brûler, mais je meurs d'envie d'y toucher.

– Oh, Troy !

Les larmes qui m'étouffaient ruisselèrent sur mes joues et, cette fois, je sentis ses doigts effleurer mon visage. Je fermai les yeux.

– Combien de fois devrai-je te perdre, Heaven ? Est-ce une nouvelle invention du destin pour me tourmenter ?

Je m'appuyai au dossier de la chaise, incapable de parler. Troy me tendit un mouchoir et je me tamponnai les yeux en reniflant, ce qui le fit sourire. Et ce sourire se mua en petit rire affectueux.

– Viens dans le living-room, dit-il gentiment. Ce sera plus confortable.

Je hochai la tête et allai m'asseoir sur le canapé, comme je l'avais fait si souvent. Et lui, exactement comme autrefois, s'étendit sur le tapis, les mains croisées sous la tête, et leva les yeux vers moi.

– Troy, dis-je d'une voix lente, j'ai l'impression

de vivre un rêve. Je peux à peine croire que tu es bien là, en train de me regarder, comme avant.

– Je sais.

– Et Tony, depuis quand sait-il que tu es en vie ?

– Pas depuis longtemps. Quand je suis revenu, en retrouvant le cottage tel que je l'avais quitté, j'ai compris que Tony ne pouvait pas se résoudre à accepter ma mort. La situation ne manquait pas d'ironie, mais j'ai pris conscience de son chagrin. Cela ne m'a pas facilité les choses. J'ai essayé plusieurs fois de lui dire la vérité, mais je n'ai pas pu.

Je compris soudain d'où venaient les visions de Rye Whiskey.

– C'était donc toi qui te promenais la nuit à travers tout Farthy !

– Oui. J'allais souvent m'asseoir au piano, dans l'espoir que Tony finirait par me trouver là, mais cela ne s'est jamais produit. Alors j'ai perdu patience et commencé à errer dans la maison. Je pensais que les domestiques m'avaient reconnu mais il fait si sombre la nuit dans ces immenses couloirs que j'ai dû leur faire peur.

– Ça, tu peux le dire ! Ils étaient terrifiés.

– Et une nuit, pendant que tu étais à Winnerow, je me suis trouvé nez à nez avec Jillian. Son infirmière avait dû s'endormir et elle venait de sortir de chez elle. Je n'oublierai jamais cette rencontre, ni son visage à cet instant-là.

Il se redressa et se concentra sur ses souvenirs.

– Je l'ai vue vieillir sous mes yeux, en quelques secondes. Le peu de jeunesse qu'elle avait réussi à conserver dans sa folie a disparu d'un seul coup. Elle a gémi : « Non, ce n'est pas ma faute ! Tu n'as pas le droit de m'accuser, j'ai fait ce que j'avais à faire ! »

Il leva vers moi un regard ému de compassion. Il était si délicat, si attentif à ne pas blesser les autres, même quand eux cherchaient à le blesser. Et en ce moment, il souffrait pour Jillian. « Pauvre cher Troy, pensai-je, tu es bien trop bon pour ce monde. Comment s'étonner que tu ne songes qu'à la mort ? » Déjà, il reprenait son récit.

– J'ai voulu la rassurer mais je n'ai réussi qu'à l'effrayer davantage. Dès que j'ai ouvert la bouche, elle s'est sauvée, affolée. Depuis, je crois qu'elle m'a vu dans le labyrinthe, de sa fenêtre.

– Mais Tony ne savait toujours rien ?

– Jillian ou l'infirmière ont dû lui parler de quelque chose car il est venu au cottage, très peu de temps après. Cela avait dû raviver ses souvenirs. Il y vient rarement, en fait, même s'il le fait entretenir.

– Comme un mausolée, murmurai-je.

Il approuva d'un hochement de tête et poursuivit :

– Mais ce jour-là, il est venu. Je l'ai entendu approcher mais je n'ai pas eu le courage d'aller l'accueillir. Comme un lâche, je me suis réfugié dans la penderie. De ma cachette, je l'observais et son expression douloureuse m'a frappé. Lui toujours si ferme semblait vulnérable maintenant. Il s'est arrêté devant la cheminée et il a balancé le rocking-chair, comme s'il m'imaginait assis dedans. Au bout d'un moment, il s'est retourné comme s'il voulait partir. Seulement...

Troy eut un sourire penaud.

– Depuis mon retour, j'avais travaillé. Que pouvais-je faire d'autre ? Ma maquette entamée, mes outils, tout était sur la table et Tony les a vus. Il a pris mes personnages un à un dans sa main et les a examinés, comme un chercheur d'or qui a trouvé une pépite. Puis il a relevé la tête et appelé : « Troy ? »

» Alors toutes mes appréhensions se sont évanouies. Il était transfiguré. Tu sais quels liens nous ont toujours unis, lui et moi. À deux ans, j'étais déjà orphelin et Tony est le seul parent que j'aie connu. Il était tout pour moi. Je l'adorais et lui m'entourait d'affection et de soins, et Dieu sait si j'en ai eu besoin ! Les choses n'ont changé qu'à l'arrivée de Jillian, car elle et moi étions jaloux l'un de l'autre.

» Et quand j'ai lu sa joie sur son visage, je n'ai plus pu y tenir. Je suis sorti de ma cachette.

– Et qu'a-t-il fait ?

– Il a fondu en larmes et m'a serré dans ses bras. Nous sommes restés ainsi un long moment, trop émus pour parler. Puis, quand notre émotion s'est un peu calmée, nous nous sommes assis sur ce divan et je lui ai raconté tout ce que je viens de te dire.

– Et comment a-t-il réagi ?

– Comme toi. Il s'est mis en colère. Mais je me suis expliqué et il a fini par comprendre mes raisons, lui aussi.

– Mais il ne t'a pas ramené à la maison et ne m'a pas dit la vérité à ton sujet.

– Non. Nous nous sommes engagés l'un envers l'autre.

– Engagés ?

– Au secret. Naturellement, il m'a tout dit sur vous deux et sur le rôle de Logan dans la compagnie. Je sais qu'il t'a décidée à revenir à Farthy. Il est terrifié à l'idée que tu pourrais à nouveau le quitter, et je le comprends. Si tu t'en vas, que lui restera-t-il ? Jillian est complètement folle, et moi... je suis moins certain que jamais de pouvoir rester.

– Et à quoi t'es-tu engagé ?

– À me tenir éloigné de toi, pour ne pas gâcher ton mariage, ni ta vie à Farthy. Et crois-moi, Heaven, je mourais d'envie de te revoir, de te parler, d'être avec toi. Mais j'ai donné raison à Tony. Lui m'a promis de me garder le secret, ce qui m'offre une chance de recommencer ma vie.

– Comment cela ?

– En allant m'établir ailleurs, sous un autre nom, pour continuer mon travail. Ce sera très dur, nous le savons tous les deux, mais c'est la seule solution.

Il leva vers moi un regard suppliant et j'approuvai silencieusement. Mon esprit vacillait sous le choc de toutes ces révélations.

– Je vois, dis-je enfin. Ainsi, Tony savait que Jillian ne déraillait pas en parlant de fantômes.

Voilà pourquoi il ne s'inquiétait pas ! Et les tranquillisants arrangeaient tout : ils l'empêchaient de parler à tort et à travers. Et tant pis si cela l'enfermait plus que jamais dans sa folie !

– Tant pis pour elle, en effet. Cela m'est bien égal.

La voix de Troy se chargea de mépris, ce qui ne lui ressemblait guère. Il poursuivit sur le même ton :

– Jillian ne m'a jamais aimé, elle a sauté sur la première occasion de me faire du mal. Et elle y est parvenue. Elle a mérité ce qui lui arrive. Je ne veux pas l'accabler, mais je ne la plains pas. Et je crois que Tony partage mes sentiments.

– Peut-être.

Après cela, nous restâmes longtemps silencieux. Une fois de plus, l'univers de Troy s'était refermé sur moi. J'étais si bien chez lui, enveloppée de bonté, de beauté, de douceur. Ses yeux me caressaient, son regard profond m'insufflait sa chaleur. Mes lèvres désiraient les siennes, mais je résistai à la tentation. L'image de Logan dansait devant moi. Logan, mon mari, mon amoureux fidèle.

– Oh, Heaven ! s'exclama Troy, comme s'il avait lu dans mes pensées. Pourquoi ne pouvons-nous être heureux qu'en faisant le malheur des autres autour de nous ?

– Je n'en sais rien. C'est comme si le destin prenait plaisir à nous briser le cœur.

Je me levai d'un bond et m'approchai de la fenêtre qui donnait sur le labyrinthe. Mon crève-cœur, à moi, était d'aimer deux hommes à la fois. Un silence s'établit entre nous et ce fut moi qui le rompis.

– Logan est tellement enchanté par sa nouvelle vie ! Il est à Winnerow, pour surveiller la construction de l'usine.

– Tony m'en a parlé, c'est une très bonne idée. J'ai même songé à apporter ma contribution au projet en créant quelques jouets pour vous.

– Vraiment ?

Je me retournai, le cœur battant. Des cris silencieux se formaient dans ma gorge et j'avais du mal à contenir mes larmes.

– Logan m'adore, dis-je avec effort. Il ressent et devine toutes mes émotions. Il était près de moi quand j'avais besoin de réconfort. Il a toujours été là.

– Je sais, Heaven. Et pour rien au monde je ne voudrais aggraver ton chagrin. Si je n'avais pas été si faible, j'aurais suivi les instructions de Tony, il a toujours raison. J'aurais dû partir avant que tu ne découvres ma présence. Je n'ai réussi qu'à augmenter ton désarroi. On dirait que je suis condamné à faire souffrir ceux que j'aime.

Je me précipitai vers lui.

– Non, Troy, ne crois pas cela ! Je ne souffre pas, je ne souffrirai plus jamais. Je te le promets.

Il fit un signe d'approbation, même si nous savions tous deux que c'était faux. Pourquoi fallait-il que nous nous mentions si souvent ? Par quelle ironie du sort ne pouvions-nous obtenir un peu de bonheur qu'en nous trompant nous-mêmes ?

– Je vais bientôt partir, de toute façon.

– Quand ?

Il se leva et marcha lentement jusqu'à la porte.

– Je n'ai pas l'intention de te le dire ni de te dire où j'irai. Ne me demande pas cela. Considère nos retrouvailles comme...

Il ébaucha un sourire.

– Comme un présent du ciel, un instant béni dérobé à la mort. N'en parle pas à Tony. Il ne doit pas savoir que j'ai rompu ma promesse.

– Bien sûr que je ne dirai rien ! Mais, Troy... penses-tu sérieusement que je vais tranquillement sortir par cette porte et t'oublier ?

– M'oublier, non. Mais il vaut mieux que tu fasses comme si j'étais... mort. C'est drôle, tu ne trouves pas ? Mon trentième anniversaire est passé, et je suis toujours là ! Tu avais bien raison d'être optimiste.

Nos regards se nouèrent.

– Troy...

– Si je t'embrasse, je ne pourrai plus te laisser partir. Jamais. Et tout finira par une tragédie. Tu briseras un mariage heureux et plein d'avenir, en échange de quoi ? D'un amour coupable dont tu ne peux attendre qu'un plaisir égoïste. Tu le sais aussi bien que moi.

Je baissai la tête mais il me releva le menton.

– Allons, souris. C'est cette image de toi que je veux garder.

Je souris à travers mes larmes, il ouvrit la porte... et je sortis. Il resta un long moment sur le seuil à me regarder puis referma soigneusement la porte. Je crus que mon cœur éclatait. Les joues ruisselantes de larmes, je serrai les poings et m'élançai dans le labyrinthe comme un animal blessé. Abdullah Bar galopant vers la mer ne devait pas courir plus follement que moi. Dans ma fuite éperdue, je m'entendais pousser des plaintes de bête aux abois. Elles ne cessèrent que lorsque je débouchai devant la façade de Farthy. Là, j'essuyai mes larmes de mes poings fermés et ralentis le pas. Puis je levai les yeux vers la fenêtre de Jillian. Elle était toujours là. Mais cette fois, elle arborait un sourire satisfait. Sa démence était perspicace, elle connaissait les vérités qui font mal. Celle dont elle se repaissait à présent datait du jour lointain où ma mère s'était donnée à Tony. C'est alors qu'était né cet amour coupable dont les conséquences devaient se prolonger en nous, insidieuses, vivaces, indestructibles. Comme la vigne vierge qui grimpait aux murs de Farthy et durerait aussi longtemps que la maison... et que nous-mêmes.

*

J'avais l'intention de monter directement chez moi, mais Curtis m'attendait dans le hall. Plus guindé que jamais, il me transmit un message de Logan.

– Mr Stonewall a appelé deux fois, madame. Son

dernier appel remonte à quelques minutes. Il vous a laissé ce numéro.

– Merci, Curtis.

Je pris le papier qu'il me tendait et me rendis dans le salon pour téléphoner. Ma main tembla en composant le numéro. Une voix masculine répondit, affairée, qu'on allait prévenir Logan sur-le-champ. Je perçus des bruits divers qui révélaient l'activité ambiante : cliquetis de machine à écrire, ordres échangés, grondements de moteurs. Puis, la voix de Logan :

– Heaven ! Où étais-tu passée ?

Cher Logan, ma force, ma certitude. Comme j'aurais aimé être près de lui en cet instant !

– J'ai fait un petit tour dans le parc, c'est tout. Qu'est-ce que c'est que tout ce bruit ?

– C'est mon quartier général ici, répondit-il avec fierté. Un bureau mobile qui me permet de couvrir tout le chantier. J'ai même un assistant, l'homme qui a pris ta communication. Frank Stratton, tu vois qui je veux dire ?

Ce que je voyais surtout c'était lui, bombant le torse, ébloui par sa propre réussite. Et si naïf !

– Le fils de Steve Stratton, précisa-t-il comme je me taisais. Le directeur des Bois et Charpentes.

– Je vois. Tu m'as l'air très occupé.

– Pour ça oui ! Tout marche comme sur des roulettes, Heaven. Je voudrais que tu sois là pour t'en rendre compte par toi-même. Le plus gros est fait, maintenant. Et j'ai déniché deux artisans qui pourraient sculpter une madone dans du petit bois. De vrais artistes !

– Tout cela me paraît très encourageant.

J'aurais aimé montrer plus d'enthousiasme, mais j'étais en état de choc. Une seule chose occupait mes pensées : Troy était vivant. Vivant !

– Au fait, j'appelais pour te dire que je ne pourrais pas rentrer ce soir. J'ai quelques problèmes urgents à régler. Cela va me retenir tout le week-end.

– Oh, Logan !

– Je sais, ma chérie. Je ne voulais pas te laisser seule si longtemps, mais personne n'ose prendre de décision sans moi, ici. Et si tu venais me rejoindre ? En avion, ce n'est pas long.

La proposition était tentante. J'avais tant besoin de Logan, en cet instant. Dans ses bras, je parviendrais à oublier Troy. Oui, il fallait quitter Farthy, et pourtant... Pourtant j'avais plus que jamais envie d'y rester, hélas ! Je m'efforçai de prendre un ton dégagé :

– Non, ce n'est pas la peine. Je dois pouvoir patienter un jour et demi, tout de même.

– Tu es déçue, je le sens bien, et moi aussi, tu sais. Mais je me console en me disant que tout cela, c'est pour toi. Uniquement pour toi.

– Quel beau parleur tu fais, Logan Stonewall !

Ma repartie le fit rire.

– À propos, j'ai parlé à Tony ce matin. Il m'a dit que vous aviez passé une excellente soirée au théâtre, hier.

– En effet.

– J'aurais aimé vous accompagner, mais je te promets que dès la fin de...

– Pas de promesses, Logan. Contentons-nous de prendre la vie comme elle vient.

Suivit un interminable silence.

– Heaven, dit enfin Logan, tu sembles vraiment triste. Y a-t-il... quelque chose d'autre ?

Je répondis un peu trop vite :

– Non. Simplement, je ne veux plus risquer d'être déçue.

– Oui, je comprends. Papa et maman t'envoient leurs amitiés.

– Remercie-les de ma part. Et Fanny, tu l'as vue ?

Je perçus son hésitation.

– Fanny ? Non, elle est... enfin je crois qu'elle passe la semaine avec Randall Wilcox.

– Ils se voient toujours ?

– De temps en temps, j'imagine. Bon, je t'appelle ce soir. Et n'oublie pas que je t'adore.

Ce fut sur ma promesse de ne pas l'oublier que notre conversation prit fin. Je restai longtemps immobile, les yeux fixés sur le piano, avant de me lever pour monter chez moi. J'avais l'esprit si confus que je m'étendis sur mon lit sans m'en rendre compte et m'endormis aussitôt. Bien plus tard, quelques coups légers à ma porte m'éveillèrent. J'avais dû dormir vraiment longtemps car le jour baissait déjà. J'allai ouvrir et me trouvai face à face avec Tony.

– J'apprends que tu as passé presque toute la journée chez toi, dit-il d'une voix inquiète. Tu n'es même pas descendue déjeuner. Tu ne te sens pas bien ?

Il me fixait de son regard pénétrant et je détournai le mien. Si je le laissais lire en moi, il saurait instantanément quelle pensée m'occupait tout entière. Celle de Troy, vivant et présent en moi ! J'avais juré de lui garder le secret, mais en aurais-je la force ? Il ne me serait pas facile de jouer l'ignorance, en sachant que Tony m'avait menti. Je lui en voulais toujours, même s'il avait agi pour mon bien.

– Ce doit être un rhume des foins, avançai-je en guise d'explication. J'ai pris de l'aspirine et me suis endormie.

– Tu as dû prendre froid en sortant du théâtre, hier soir. Est-ce que tu te sens mieux ?

– Un petit peu.

– L'appartement est assez chauffé, au moins ?

– Mais oui, je vous assure.

Il se tenait sur le seuil, visiblement mal à l'aise, mais je ne l'invitai pas à entrer. Je n'avais qu'une idée en tête : refermer la porte et me remettre au lit.

– Parfait, dit Tony. Tu as eu Logan au téléphone, je suppose ? Il y a eu un petit contretemps et je compte faire un tour à Winnerow demain. Aimerais-tu m'accompagner ?

– Non, je ne crois pas. S'il fait beau, je prendrai un bain de soleil. Cela me fera du bien.

– Comme tu voudras. Je te retrouve au dîner ?

– Si cela ne vous ennuie pas, je préférerais dîner ici. Voulez-vous demander qu'on me monte un plateau ? Je ne suis pas très en forme, ce soir.

Il haussa un sourcil et m'examina plus attentivement. Cette fois, il allait deviner, j'en étais sûre ! Je n'avais jamais su dissimuler, comme lui. Sur ce plan-là, je tenais de Jillian : mes sentiments se lisaient sur mon visage.

– Peut-être devrais-je appeler le Dr Mallen, suggéra-t-il.

– Non, c'est inutile, en tout cas pour ce soir. Si demain cela ne va pas mieux, je vous promets de vous laisser l'appeler.

– Très bien, je donnerai des instructions à Curtis. Mais tu vas me manquer.

Il me décocha un sourire complice.

– Ce n'est pas drôle de dîner seul dans cette immense pièce, avec Curtis au garde-à-vous derrière moi. J'ai toujours l'impression qu'il guette le moment où je laisserai tomber ma fourchette.

J'éclatai de rire. J'avais si souvent ressenti cela !

– À la bonne heure ! s'exclama-t-il d'un ton enjoué. Je te laisse, mais je reviendrai prendre de tes nouvelles.

Après son départ, je fus assaillie par un flot d'émotions contradictoires. Tony méritait-il ma pitié, ou ma haine ? Comme un enfant sur un manège, j'étais emportée par un tourbillon de pensées incontrôlables, jusqu'au vertige. Je souhaitais être seule, pour tâcher d'y voir clair, et en même temps je redoutais la solitude. Dans le silence de ma chambre, c'est à Troy que je pensais, et je luttais en vain contre son image obsédante. Là, sur ce lit où Logan m'avait serrée dans ses bras, embrassée, aimée; où nous avions échangé les plus tendres promesses... j'osais rêver d'un autre. Je désirais revoir les yeux de Troy, sentir ses lèvres sur les miennes, alors que l'odeur de Logan imprégnait encore nos draps ! Ma trahison n'en paraissait que plus horrible.

Je tentai de chasser ces visions interdites en ravivant mes premiers souvenirs de Logan, les plus beaux. Une femme peut-elle oublier la fraîcheur d'un premier amour ? Dussé-je devenir aussi vieille que Granny, plus vieille même, j'y penserais toujours avec la jeunesse du cœur. Il me suffirait d'évoquer les regards échangés par deux enfants émus, leurs doigts qui se frôlent timidement, pour échapper à la tristesse et à la solitude. Ceux qui ont aimé ainsi ne sont jamais seuls. Ces instants de joie si pure revivraient toujours dans ma mémoire, comme un arbre qui refleurit après l'hiver. Et Logan et moi serions toujours les enfants innocents, émerveillés, qui s'étaient aimés dans les Willies.

Comme elle était vivace en moi, cette image de Logan, le jour de son arrivée dans notre école. Il se tenait droit comme un arbre de Noël; je l'avais trouvé très élégant avec son pantalon gris au pli impeccable, son chandail vert, sa chemise blanche et sa cravate rayée vert et gris. Personne n'était jamais venu en classe habillé comme ça. J'entendais encore la voix de Tom vibrer de fierté en faisant les présentations :

– Et voici ma sœur, Heaven Leigh !

– Quel joli nom, avait dit Logan. Il vous va très bien. Je ne connais personne qui ait des yeux bleu ciel, comme les vôtres.

Et nous avions échangé un regard que nous ne devions jamais oublier.

Logan Stonewall, mon ami si beau, mon premier amour, comme il était différent de nous ! Pour moi, il venait vraiment d'un autre monde. Des générations de bonne bourgeoisie lui avaient transmis ce qu'aucun enfant des collines ne posséderait jamais : la distinction.

Je me réfugiai dans les souvenirs pour échapper à mes pensées coupables et j'y parvins assez bien. En tout cas jusqu'au dîner. J'engloutis presque toute la collation que Curtis me monta. Je venais de terminer quand Tony vint prendre de mes nouvelles.

Je le rassurai en affirmant qu'une bonne nuit de sommeil guérirait ce qui n'était certainement qu'un rhume.

– Je partirai trop tôt pour te voir demain matin, annonça-t-il, mais je t'appellerai dans la journée.

Il attendit quelques instants et je devinai très bien pourquoi : il aurait voulu en savoir plus. Mais je laissai le silence s'établir entre nous et il s'en alla sans insister. Je fermai la porte derrière lui et retournai me coucher, pour me replonger dans mes souvenirs. Seulement cette fois-ci, ma mémoire me trahit. Je ne me revis pas dans les collines avec Logan, mais à Winterhaven, avec Troy; le jour de la remise des diplômes. J'avais été affreusement déçue d'apprendre que Tony et Jillian seraient à Londres ce jour-là. J'avais atteint le but que je m'étais fixé et personne ne serait là pour assister à mon triomphe !

Les quarante lauréates gagnèrent gravement leurs places. J'étais la huitième de la file et je ne vis d'abord qu'une masse confuse de visages inconnus. Puis j'aperçus Troy qui me dévorait du regard, rayonnant de fierté. Mon cœur bondit de joie. Non seulement il était venu, mais il avait amené avec lui un groupe de cadres de la Tatterton Toys et leurs familles, pour remplacer la mienne. Tard dans la nuit, après le bal, il me ramena à Farthy.

– Croyiez-vous vraiment que je n'allais pas venir ? me demanda-t-il dans la voiture. Vous avez tellement besoin d'une famille que je vous en ai trouvé une, et de taille !

Il avait ri, et j'avais dû me retenir pour ne pas lui sauter au cou et l'embrasser. Je devais déjà l'aimer, sans le savoir. Notre amitié s'était insensiblement colorée d'affection, de compassion, puis de tendresse. Et c'est ainsi qu'à notre insu nous avions glissé vers l'amour. Cette nuit-là, nous avions marché dans le parc en bavardant, jusqu'à ce que la pluie menace. Troy aurait pu rentrer avec moi, mais il avait insisté pour retourner chez lui. On aurait dit qu'il me fuyait et j'avais voulu savoir pourquoi. Je n'avais pas oublié sa réponse :

– Parce que vous êtes jeune, saine et pleine de rêves que je ne pourrais combler !

L'avenir devait lui donner cruellement raison.

« Oh, Troy ! sanglotai-je, le visage enfoui dans mon oreiller. Troy, devrai-je te laisser mourir une seconde fois ? »

8

Le fruit défendu

Suspendue au-dessus de l'abîme, je m'accrochais désespérément au bord de la falaise. Les arêtes vives des pierres me blessaient les mains, j'avais si mal que je ne pus éviter le pire. Je lâchai prise. Et je commençai une chute lente, interminable... jusqu'où, jusqu'à quand ? Je m'éveillai en sursaut. Il était deux heures du matin. Le clair de lune tamisé par les rideaux répandait dans la chambre une clarté diffuse; comme si j'avais eu un bandeau de gaze sur les yeux.

Des heures durant, je m'étais retournée en gémissant dans mon lit, sans parvenir à m'endormir. Quand, harassée, j'avais glissé dans une sorte de torpeur, je n'y avais pas trouvé le repos tant désiré. Et l'illusion avait été si forte que je sentais encore la coupure des pierres tranchantes sur mes doigts. Je m'assis dans mon lit, ouvris et refermai les mains plusieurs fois de suite pour me convaincre que je ne rêvais plus. C'est alors que j'entendis monter dans le silence une série de sons légers, argentins. En bas, quelqu'un jouait du piano.

Était-ce mon imagination qui me jouait des tours... ou Troy errait-il à nouveau dans la nuit, à la recherche du passé ? Pleurait-il notre amour perdu ou m'appelait-il ? Et pourquoi ? Il avait exigé de moi la plus difficile des promesses, que me voulait-il à présent ?

Je me levai, enfilai mes mules de velours et allai ouvrir la porte du couloir. Mes doigts tremblaient en tournant la poignée. Mais j'eus beau tendre l'oreille : silence. Aucune lumière ne s'allumait, personne n'avait entendu. J'avais dû rêver. Pourtant, je ne refermai pas la porte et je ne retournai pas me coucher. Comme une somnambule, je m'avançai dans la pénombre le long du corridor. J'avais l'impression bizarre de ne pas toucher le sol.

En haut de l'escalier, je m'arrêtai un instant et scrutai l'obscurité. La grande maison semblait retenir son souffle. Je commençai à descendre les marches, toujours de ce pas ralenti et flottant, comme si mon cauchemar continuait. Je fis halte à nouveau à l'entrée du salon et regardai le piano : personne. Le couvercle était fermé. Tout était parfaitement calme, et pourtant... le sang me monta au visage comme si j'avais senti Troy tout près de moi, entendu son appel. Je désirais si follement l'entendre que je refusais d'admettre qu'il n'en soit rien. Il fallait qu'il m'ait appelée !

Je ne remontai pas chez moi. Une autre agissait à ma place : cette secrète part de moi-même qui venait de s'éveiller. Je traversai la salle à manger, puis la cuisine, et gagnai le petit escalier qui menait aux souterrains. Il y avait toujours un bougeoir sur une étagère, à l'entrée. J'allumai la bougie et suivis le sillon de lumière que la flamme ouvrait devant moi.

Plus j'avançais, plus l'obscurité se peuplait de présences. Des voix chuchotaient à mes oreilles des conseils ou des menaces. Sur les parois du tunnel, des visages surgissaient dans le halo de ma chandelle, inquiétante galerie de portraits vivants. Granny me mettait en garde contre les esprits du mal, si habiles à se dissimuler. Luke hochait la tête d'un air sévère, comme pour me dire que ma conduite ne le surprenait pas, que je ne pouvais pas agir autrement. Tom était là, lui aussi. Mon cher Tom, si beau et si bon ! Il me suppliait de ne pas oublier Logan. Et Fanny souriait d'un air canaille, en m'invitant à satisfaire mes désirs. Puis une Jillian outrageusement maquillée m'avertissait que je grandissais trop vite. Enfin Logan, affolé et jaloux, m'implorait de revenir en arrière.

Je franchis un dernier tournant et tous ces visages disparurent, happés par la nuit. J'étais seule, dans un silence si profond que j'entendais battre mon cœur. Puis il se tut. Ou plutôt, ce fut autre chose que j'entendis : les accords mélodieux d'un piano. Était-ce mon rêve qui continuait ?

Dans la cave du cottage, je m'arrêtai. Il était encore temps de m'en retourner. J'hésitais toujours quand un courant d'air souffla brusquement ma chandelle, me laissant dans une obscurité totale. Et dans ce noir d'encre, un trait de lumière attira mon regard, en haut des marches. Troy avait laissé la porte de la cuisine entrouverte.

M'attendait-il, ou espérait-il simplement ma venue ? Peut-être rentrait-il de Farthy, après avoir joué pour moi ? Il devait savoir quelle magie recelait sa musique. Sans cela, aurait-il laissé cette porte ouverte ? Je lançai un dernier regard en arrière et m'engageai dans l'escalier, le cœur battant à tout rompre. Comme j'arrivais en haut des marches, la silhouette de Troy se découpa dans l'encadrement de la porte. Son visage restait dans l'ombre, mais je vis ses mains se tendre vers moi.

– Oh, Heaven ! Tu n'aurais pas dû venir.

Comme il était beau, comme sa beauté m'était chère ! Je le buvais des yeux.

– Je sais, chuchotai-je en prenant sa main.

– Va-t'en, avant qu'il ne soit trop tard.

Sa voix m'implorait, mais son regard démentait ses paroles.

– Il est déjà trop tard.

Il protesta encore :

– Non, il ne faut pas !

Mais en prononçant ces mots il m'attira à lui et me serra contre sa poitrine.

– Oh, Heaven... gémit-il, comment pourrais-je te renvoyer ?

Et il m'enleva dans ses bras et me porta jusqu'à son lit. Combien de fois avais-je rêvé de tels instants, depuis le jour où Tony m'avait appris la mort de Troy ? Même quand Logan avait recommencé à me faire la cour, je m'abandonnais à cette joie secrète : m'imaginer dans les bras de Troy. C'était ma façon à moi de le garder vivant dans mon cœur. Et maintenant, blottie contre lui, les yeux rivés aux siens, baignée de sa tendresse... je me demandais si je ne rêvais pas.

Il essaya encore de protester, mais je lui fermai la bouche avec un baiser. Ces quelques moments dérobés au destin étaient trop précieux et je veillais sur notre joie. Une partie de moi-même se défendait encore et me rappelait que j'étais la femme d'un autre, pour le meilleur et pour le pire. Mais dans les bras de Troy, sous ses baisers ardents et passionnés, ma résistance ne dura guère.

Peu m'importait, je l'aimais. Je l'aimerais toujours. Je voulais me brûler à son amour, m'y consumer tout entière. Mourir dans les bras l'un de l'autre me semblait la meilleure chose qui pût nous arriver. Jamais il ne m'avait aimée si follement, et jamais je n'avais ressenti une exaltation pareille. L'interdit qui pesait sur notre amour aiguisait notre joie jusqu'à l'éblouissement. Je me rendis sans conditions.

– Troy, chuchotai-je entre deux baisers, j'ai tant souhaité cet instant ! J'en rêvais. Tu vivais dans mes rêves.

– Je t'aime toujours, Heaven, mon adorée, mon Paradis. Encore et toujours et pour toujours.

Et l'amour flamba entre nous, encore et encore, jailli du plus profond de nous, dévorant, inépuisable. Toute notion de bien et de mal était abolie. L'extase qui nous unit fut si intense qu'elle m'arracha des larmes.

Quand elle se fut apaisée, nous restâmes longtemps immobiles dans les bras l'un de l'autre, détendus, heureux. Puis Troy dit en me caressant les cheveux :

– Le sort nous joue un bien mauvais tour, Heaven. Comment un bonheur aussi merveilleux peut-il être un péché ?

– Cela m'est bien égal ! Tout ce qui compte pour moi est d'être dans tes bras, tout contre toi. Je voudrais y rester la vie entière.

Il rit et m'embrassa sur les paupières.

– Comme je te retrouve ! La petite Heaven que j'ai connue n'aurait pas parlé autrement. Tu es restée la même... mais les choses ont changé. Et j'ai peur que tu ne finisses par regretter ce qui est arrivé. Je te demande pardon, c'est ma faute.

Je l'étreignis plus fort que jamais.

– Non, Troy ! Je ne regretterai jamais de t'aimer, de te désirer, de m'être totalement donnée à toi.

Il s'assit et repoussa ses cheveux en arrière. La lumière argentée de la lune rendait sa beauté presque irréelle. Mais quand il parla, sa voix était triste à pleurer.

– Heaven, je te connais sans doute mieux que tu ne te connais toi-même. Pense à Logan, à tout ce que vous avez entrepris ensemble. Vas-tu renier tout cela pour quelques instants d'un bonheur interdit ?

– Interdit ou pas, il restera mon plus précieux souvenir, aussi longtemps que je vivrai.

– Et si Tony découvre la vérité ? Il est capable de casser tous vos projets, de renoncer à la nouvelle usine. Les gens de Winnerow voudront savoir pourquoi, et ils sauront. Ce n'est pas moi qui vais t'apprendre comment on considère l'inceste, dans les campagnes. Tu seras mise au ban de la société, on ne te pardonnera pas d'avoir ruiné tant d'espoirs. Tu ne pourras plus rentrer chez toi, Heaven. Et tu seras plus seule que jamais.

Je m'accrochai désespérément à lui.

– Mais je ne serai jamais seule, avec toi !

– Et Logan, tu l'oublies ? Il n'a pas mérité cela ! Tu m'as dit toi-même que tu étais tout pour lui. Il t'adore. Et c'est ainsi que tu lui rendrais son amour ?

– Oh, Troy !

Ses paroles me déchiraient, mon beau rêve éclatait comme une bulle de savon. Je me torturais la cervelle pour trouver un moyen d'éviter l'inévitable. Troy se leva, s'approcha de la fenêtre et son regard se perdit dans la nuit. Dès ses premiers mots, je fondis en larmes.

– Ne t'imagine pas que je ne désire pas autant que toi ce que tu souhaites, Heaven. En tout cas, une partie de moi-même le désire. Je te l'ai dit, c'est pour vivre avec toi que je suis revenu. Mais c'était avant... tout cela. Maintenant, nous causerions trop de mal autour de nous. Oh, nous pourrions être heureux quelque temps, sans doute, mais...

Il soupira et se retourna pour me faire face.

– Ni toi ni moi ne pourrions supporter d'infliger tant de peine à quelqu'un. Tu sais que c'est vrai, n'est-ce pas ? Tu le sais ?

Je hochai la tête, sans mot dire. Il s'approcha de moi, caressa mes cheveux et embrassa mes joues mouillées de larmes. J'eus un dernier cri de révolte.

– Je ne peux pas te quitter, Troy ! Je ne peux pas.

Sa voix se fit apaisante, cajoleuse.

– Ma pauvre, ma douce, ma chère petite Heaven.

Brusquement, je me redressai, les yeux brillants d'excitation.

– Troy, pourquoi n'aurions-nous pas une double vie, à l'insu de tous ? Ne quitte pas Farthinggale, reste au cottage. Les souterrains seront notre lien secret, je viendrai chaque fois que je pourrai.

– Oh, mon amour, ne vois-tu pas quel supplice ce serait pour nous ? Nous vivrions dans la crainte. Et quelle agonie, chaque fois que tu me quitterais pour retourner près de Logan ! Et lui, crois-tu qu'il mettrait longtemps à deviner que tu te gardes pour un autre ?

» Un homme sent ces choses, tu sais. Quand il rentrerait, le soir, avide de chaleur et de tendresse, tu ne pourrais plus répondre à son attente. Il te faudrait tricher et mentir, et cela aussi il le sentirait. Peut-être irait-il jusqu'à te faire espionner par les domestiques. Peut-être se plaindrait-il à Tony, qui aurait vite fait de comprendre. Et quand la vérité serait découverte, que deviendrais-tu ? Comment pourrais-tu encore regarder Logan en face ?

» Non, ma chérie, cette vie clandestine serait la pire chose qui puisse nous arriver. Notre amour si beau, si précieux, serait sali, avili. Il deviendrait sordide. Et toi... tu finirais peut-être par m'en vouloir !

Troy se tut et effleura doucement ma joue de sa main.

– D'où te vient cette grande sagesse ? demandai-je à mi-voix.

– Peu importe, et je m'en passerais bien ! Mais tu sais que j'ai raison, n'est-ce pas ? Tu sais ce qu'il m'en coûte de m'éloigner de toi ?

– Oui, car c'est la même chose pour moi.

Nous nous dévisagions, à la lumière argentée de la lune. Si proches, et pourtant aussi loin l'un de l'autre que deux étoiles dans la nuit. Troy eut un soupir accablé.

– Va-t'en maintenant, Heaven.

Je le fis taire en posant mes doigts sur ses lèvres.

– Non, pas encore. Cette nuit nous appartient, je veux la vivre à tes côtés jusqu'au matin. Alors je te quitterai pour toujours. Pas avant.

Il ne répondit rien, ne résista plus. Il m'embrassa dans le cou, me renversa en arrière et s'étendit à mes côtés.

Plus tard, bien plus tard, le sommeil nous surprit dans les bras l'un de l'autre. Je m'éveillai au point du jour, comme je l'avais prévu, et je vis se lever le matin. J'aurais voulu que cette nuit n'eût pas de fin, mais c'était l'aube. Sa lumière éclairait la réalité, la vérité à laquelle nul n'échappe. On ne triche pas avec le temps, et Troy savait cela. Notre amour précieux et fragile ne survivrait pas à l'absence. Heure après heure, jour après jour, année après année, le temps aurait raison de lui.

Troy était profondément endormi. Son visage paisible était celui d'un enfant rêvant du paradis. Errait-il dans un monde magique, où rien ne peut séparer ceux qui s'aiment ? Le cœur lourd, je me dégageai doucement de son étreinte. Je me levai, enfilai mon déshabillé et mes pantoufles et allai chercher des allumettes à la cuisine. Quand je revins, Troy n'avait pas bougé et je me retins de lui donner un dernier baiser. J'avais peur de l'éveiller. Mieux valait partir maintenant, sans adieu. Peut-être, à son réveil, s'imaginerait-il que tout cela n'était qu'un rêve ? Et moi, une fois recouchée, qui sait si je ne penserais pas la même chose ? Peut-être avions-nous rêvé, après tout ?

Je fermai soigneusement la porte derrière moi et refis le chemin en sens inverse. Tout était calme, cette fois. Plus de visages dans la nuit, plus de voix menaçantes : notre amour les avait réduites au silence. Je parvins sans encombre dans la grande cuisine, où régnait le même silence tranquille. La grande maison dormait encore.

À l'étage, le soleil éclairait déjà les corridors, dissipant la fraîcheur de la nuit. J'allais entrer chez moi quand un cri perçant me fit tressaillir. Je pivotai pour voir Martha Goodman surgir de l'appartement de Jillian, les mains plaquées sur les joues. Elle hurla :

– Heaven, venez vite ! Vite !

Je m'élançai pour la rejoindre au moment où Tony sortait de chez lui, en robe de chambre de soie bleue. Il me lança un regard interrogateur et j'écartai les bras en signe d'ignorance. Derrière Martha, nous entrâmes ensemble dans la chambre de Jillian. Et nous comprîmes ce qui avait plongé l'infirmière dans un tel état d'hystérie.

Jillian était affalée sur le siège de sa coiffeuse,

devant le cadre vide du miroir. Elle portait un tailleur noir bordé de vison, dont l'échancrure révélait une blouse de soie brillante. Je l'avais déjà vue habillée ainsi, autrefois, et je me rappelais quelle allure elle avait alors. Elle était d'une beauté stupéfiante dans cet ensemble : un diamant sur un écrin de velours noir.

Une entêtante odeur de jasmin imprégnait la pièce, comme si Jillian avait pris un bain de parfum. Il était clair qu'elle avait consacré beaucoup de temps à sa toilette, comme elle avait toujours aimé le faire. Ses cheveux étaient relevés par deux peignes de perles, et son visage était enduit d'une épaisse couche de maquillage. Mais cette fois, elle n'avait accompli ce rituel que pour sa soirée d'adieu. Elle était morte. Je saisis le bras de Tony en apercevant le flacon tombé près de la coiffeuse : une bouteille de tranquillisants, vide. Martha pleurait à petits sanglots convulsifs. Je m'approchai d'elle et m'efforçai de la consoler.

– Qu'est-il arrivé ? demanda Tony, comme s'il refusait encore de croire ce qu'il voyait.

Il s'agenouilla près de Jillian, prit sa main et leva les yeux vers son visage figé. Ce n'était plus qu'un masque où la mort imprimait un sourire grotesque. Et, toujours comme s'il avait besoin de s'entendre confirmer que tout cela était bien réel, Tony répéta :

– Qu'est-il arrivé ?

– Oh, monsieur Tatterton ! Moi qui croyais qu'elle ignorait ce que je lui donnais ! Je lui disais toujours que c'étaient des vitamines, pour la décider à les prendre. Et elle acceptait toujours gentiment, en souriant.

– Et alors ?

Martha me jeta un regard perplexe. Pourquoi s'obstinait-il à ne pas comprendre ? Elle se tourna résolument vers lui.

– À mon avis, elle a toujours su de quoi il s'agissait. Elle a dû se lever pendant mon sommeil, s'emparer du flacon et... et faire ce qu'elle a fait.

Je n'ai rien entendu, rien soupçonné. C'est seulement en me levant pour voir comment elle allait que je l'ai trouvée dans cet état. Mais il était trop tard, trop tard !

À nouveau, Martha fondit en larmes et je fis de mon mieux pour la réconforter.

– Voyons, Martha, ce n'est pas votre faute. Vous n'avez rien à vous reprocher.

Avec des gestes pleins de douceur, Tony entreprit d'essuyer le maquillage de Jillian.

– Tu vas pouvoir te reposer maintenant, mon amour, dit-il avec tendresse. Aucun fantôme ne viendra plus te hanter.

Il porta la main inerte de Jillian à son front, le corps secoué de sanglots silencieux. Martha cessa de pleurer et nous le regardâmes sans mot dire. Je ne l'aurais pas cru capable d'être bouleversé à ce point. En fait, j'avais toujours cru qu'il avait cessé d'aimer Jillian quand elle avait perdu la raison. Mais il la pleurait comme si elle était morte au plus beau moment de leur amour, et la vérité m'apparut. Si étrange que cela puisse paraître, il avait toujours refusé de voir ce qu'elle était devenue. Il aimait toujours la Jillian d'autrefois. Et il l'avait gardée à Farthy en caressant l'espoir que celle qu'il avait aimée lui reviendrait.

– Je ne peux pas croire qu'elle soit partie, répétait-il sans cesse. Je ne peux pas le croire.

Il la regardait comme il le faisait jadis, à l'époque de mon arrivée à Farthy. Ils menaient une vie active et trépidante en ce temps-là. Jillian était la plus belle femme que j'eusse jamais vue, et lui, l'homme le plus élégant que j'eusse rencontré jusque-là. Ils formaient un couple merveilleux, le Prince Charmant et sa bien-aimée vivant dans leur château de conte de fées. Et c'était le même homme qui maintenant se tournait vers moi en gémissant :

– Jillian, ma Jillian... dis-moi que ce n'est pas vrai.

– Allons, Tony... peut-être est-ce la chose qu'elle souhaitait le plus : le repos ? Cette vie n'en était plus une pour elle. Dites-vous qu'elle s'est endormie en conservant l'illusion d'être toujours jeune et belle. Elle est morte heureuse, j'en suis sûre.

– Oui, tu as sans doute raison.

Il déposa un baiser sur les doigts de Jillian et se releva. Pendant un instant, il garda les mains plaquées sur les yeux, puis il repoussa ses cheveux en arrière et redressa la tête.

– Bien, dit-il d'une voix ferme, à nouveau maître de lui. Il faudra quand même appeler un médecin. Il y a toujours une enquête dans ces cas-là.

– Ô mon Dieu ! murmura Martha. La pauvre femme !

– Je vous en prie, lança abruptement Tony, pas d'attendrissement. Il y a toutes sortes de démarches à faire, des gens à prévenir. Il est temps d'y songer. Heaven, tu crois que tu pourras...

Je l'interrompis :

– Oui, Tony. Martha et moi nous soutiendrons mutuellement. Tout ira bien. Faites ce que vous avez à faire et, si je peux vous aider en quoi que ce soit, comptez sur moi.

Il eut un dernier regard pour Jillian.

– Merci, Heaven. Je vais prévenir les domestiques et appeler le médecin.

Après son départ, les sanglots de Martha redoublèrent. Je l'accompagnai jusqu'à sa chambre et lui conseillai de s'habiller.

– Et je vais en faire autant, de mon côté, ajoutai-je.

– Vous avez raison, il faut que je me reprenne. Merci de votre aide, Heaven. Vous êtes si forte !

Je regagnai mon appartement comme une somnambule. Que d'émotions, en si peu de temps ! Troy revenu d'entre les morts, mon bel amour ressuscité, et maintenant, Jillian... la mort me suivait comme une ombre.

Mais ce n'était pas Jillian que je plaignais le plus. C'était Tony. Il avait tout fait pour se raccrocher à la meilleure part de sa vie, la préserver à tout prix. Et il se retrouvait devant l'irrévocable, plus seul qu'il ne l'avait jamais été.

Ma toilette achevée, j'appelai Logan pour le mettre au courant des événements. Il promit de prendre le premier avion pour Boston et me demanda des nouvelles de Tony.

– Pour l'instant, il est absorbé par toutes les formalités. C'est après que le contrecoup se fera sentir.

Je parlais par expérience, hélas !

– Et toi, comment vas-tu ?

– Cela ira, ne t'inquiète pas.

– Je reviens aussitôt que possible, promit-il. Tu sais que tu peux toujours compter sur moi.

Quand il eut raccroché, les larmes que je n'avais pu verser jusque-là me suffoquèrent. Sa sollicitude était sincère, et elle me rappelait à quel point j'avais besoin d'une famille. J'avais si ardemment souhaité que Jillian devienne une vraie mère pour moi ! Mes espoirs avaient été déçus, mais je n'avais jamais cessé de désirer son amour.

Ma famille s'était dispersée et je l'avais perdue. Je n'avais jamais connu ma mère. L'homme que je prenais pour mon père ne m'avait jamais pardonné la mort de sa femme bien-aimée. Ma chère Granny avait vieilli avant l'âge, tuée à petit feu par la rude vie des collines. Grandpa avait appris à m'aimer, mais il avait perdu la raison. Et mon frère préféré, mon cher Tom, était mort dans un cirque, et par ma faute ! C'était moi, la responsable de l'accident auquel il avait succombé. Moi et mon obstination stupide à attirer l'attention de Pa, pour obtenir de lui un seul regard d'amour !

Mais l'amour m'avait toujours fuie. Autant chercher à saisir un nuage avec mes mains, jamais il ne s'était laissé prendre. Un seul être m'avait promis fidélité et tenu sa promesse : Logan. Chaque fois que j'avais eu besoin de lui, il s'était trouvé à mes côtés. Et Troy… Oh, Troy ! En pensant à lui, mes larmes redoublèrent. Je pleurai sur lui, sur Jillian, et sur moi-même. Je pleurai sur Granny et Grandpa, et sur Tom, et sur la mère que je n'avais pas connue. Et finalement, je ne pensai plus qu'à Jillian. En s'asseyant pour la dernière fois devant ce miroir imaginaire, était-ce la vérité qu'elle y avait découverte ? Avait-elle entrevu la mort à ses côtés, qui l'attendait avec le même sourire patient qu'avait eu Granny au dernier instant ? Je pouvais presque l'entendre parler à ce fantôme, venu pour l'accompagner à cette ultime soirée de fête… la plus grande soirée de sa vie.

– Ô mon Dieu, disait sa pauvre voix démente, vous êtes déjà là ? Laissez-moi le temps de me préparer, je ne suis pas encore prête.

Je la voyais si bien choisir l'ensemble qui lui allait le mieux, pour être en beauté dans cette occasion toute spéciale.

– Tony m'aime beaucoup dans ce tailleur noir. Qu'en pensez-vous ?

Mais la mort ne répondait rien, et Jillian achevait sa toilette devant elle. Elle s'inondait de jasmin, fixait dans ses cheveux ses peignes ornés de perles, les plus beaux.

– C'est un cadeau de Tony, il a toujours aimé me faire des surprises. Il m'adore, vous savez ?

Oui, la mort savait cela. Jillian la fit attendre longtemps, des heures peut-être, jusqu'à ce qu'elle soit satisfaite. Puis elle s'était levée pour étudier son image sur toutes les coutures et s'était rendue chez Martha. Elle avait pris le flacon. Elle était revenue s'asseoir devant son miroir et avait avalé les pilules une à une, en bavardant avec la mort. Bavardage futile, sur les invités qui l'attendaient, leurs toilettes élégantes ou non, démodées ou dernier cri. La mort était patiente, elle savait attendre et écouter. Elle avait dû rendre très doux les derniers moments de Jillian, jusqu'à l'ultime aveu :

– Je suis très fatiguée, vous savez ?

Et la mort, enfin, avait cessé d'attendre et l'avait prise par la main. Jillian s'en était allée au son d'une douce musique, ponctuée de rires amicaux. Elle n'était plus seule, toute une foule l'entourait. La foule des grands soirs, brillante, distinguée, et Tony se tenait à ses côtés. Il était fier de sa ravissante femme, l'héroïne de la soirée. Une soirée qui ne finirait jamais.

J'essuyai mes larmes et montai chez moi pour me baigner le visage. Personne ne devait me voir pleurer. Il fallait me montrer forte aux yeux de Tony, de Logan et des domestiques. Je n'étais plus une enfant des collines, désormais. J'avais des responsabilités, et je saurais les assumer.

Quand je redescendis, la plupart des formalités étaient accomplies. Le médecin avait déjà rédigé le certificat de décès et fait conduire le corps de Jillian à l'hôpital le plus proche. Comme il s'agissait d'un suicide, une autopsie était nécessaire et il avait fallu informer la police. Pour Tony, ces démarches obligatoires étaient une diversion salutaire et il y consacrait toute son énergie; mais le chagrin rôdait dans la maison.

Les domestiques étaient en proie à l'abattement le plus profond. Au-dehors, le soleil brillait, mais Farthy était en deuil. Curtis avait tiré tous les rideaux, tout le monde avait les larmes aux yeux et parlait bas. Martha Goodman s'était enfermée dans sa chambre, où j'allai lui rendre visite deux fois dans la journée. Elle avait décidé de quitter Farthy aussitôt après les funérailles.

Ce fut Tony qui se chargea de prévenir la famille de Jillian. J'avais déjà rencontré sa mère, Jana Jankins. Elle avait maintenant quatre-vingt-six ans et vivait dans une maison de repos pour personnes âgées, presque sénile. Restaient deux sœurs (qui habitaient ensemble) et un frère. Prévenues par Tony, les deux sœurs se chargèrent d'annoncer la nouvelle à leur frère. Elles promirent qu'ils viendraient tous à l'enterrement. D'après Tony, leur empressement trahissait leur espoir de faire un héritage substantiel.

– En quoi elles seront fort déçues, me confia-t-il. Jillian ne les estimait guère et ne leur a rien laissé. Par contre, elle ne t'a pas oubliée.

– Ne parlons pas de cela maintenant, je vous en prie !

– Mais il le faut, Heaven. C'est une décision qu'elle a prise après nous avoir dit toute la vérité sur sa fille, à Troy et à moi. Elle m'avait fait promettre de ne pas t'en parler, de crainte de paraître vouloir acheter ton affection. Et quand elle est devenue... ce que tu sais, j'ai complètement oublié ce détail. Jusqu'à maintenant.

– Il semble que nous l'ayons bien mal connue, alors.

– Aucun de nous n'est tout à fait ce qu'il paraît être. Nous sommes déchirés par nos contradictions, tiraillés entre l'amour et la haine. Je me demande parfois s'il ne vaudrait pas mieux être... enfin...

Il buta sur les derniers mots et acheva péniblement :

– ... ce qu'elle est devenue. Enfermée dans une illusion.

Il me dévisagea longuement et ajouta encore :

– Tu lui ressembles de plus en plus, tu sais ? Je crois la revoir, à l'âge où elle était si belle. Dieu, qu'elle était belle !

Il me regardait avec une intensité qui me mit mal à l'aise.

– Puis-je vous aider en quoi que ce soit ? demandai-je pour faire diversion.

La sonnerie du téléphone me tira d'embarras.

– Non, dit Tony en décrochant, tout ira bien, merci. Logan ne devrait pas tarder à arriver.

Après cela, il s'enferma dans son bureau et n'en sortit même pas pour déjeuner. Tout ce qu'il consentit à avaler fut une tasse de thé. Restée seule, je calculai qu'il me restait une heure à occuper avant le retour de Logan. Le temps d'aller chez Troy, pour lui annoncer l'affreuse nouvelle. Tony n'avait pas dû y penser.

Je traversai le labyrinthe en toute hâte, sans une hésitation. Le cottage était toujours ensoleillé, à cette heure de la journée. Plus que jamais, il m'apparut comme une demeure enchantée, hors du temps et de la réalité. Une bien cruelle réalité, cette fois !

Je frappai, tournai doucement la poignée et trouvai porte close. Je frappai encore, intriguée : il n'était pas dans les habitudes de Troy de s'enfermer. Il n'avait jamais redouté les voleurs, même quand il s'absentait longtemps. Je tendis l'oreille : aucun bruit de pas. J'allai voir à la fenêtre : aucun signe de vie. En désespoir de cause, j'appelai :

– Troy ! Es-tu là ?

Silence. Je contournai donc la maison jusqu'à la fenêtre de la cuisine et fouillai la pièce du regard. Personne. Mais sur la table, quelque chose attira mon attention. Une enveloppe blanche était posée contre la salière, bien en évidence. D'où j'étais, je pus distinguer mon nom. Et je vis que la porte de la cave était restée ouverte. Troy n'avait pas prévu que je puisse emprunter un autre passage que les souterrains. J'essayai d'entrer par une fenêtre mais elles étaient toutes soigneusement fermées. Affreusement déçue, et terrifiée à l'idée de ce que pouvait contenir cette lettre, je me ruai dans le labyrinthe. Je pénétrai comme une voleuse dans la cuisine déserte de Farthy, dévalai les marches et traversai les souterrains tout d'une traite. J'étais hors d'haleine en arrivant au cottage. Je saisis la lettre d'une main tremblante et me laissai tomber sur une chaise, le cœur battant. Il me fallut plusieurs secondes avant de pouvoir déchirer l'enveloppe et déchiffrer le message qu'elle contenait.

« Ma bien aimée, mon bel amour perdu,

» En cet instant plus que jamais, notre nuit m'apparaît comme un rêve. Pendant un an, j'ai si souvent caressé cette chimère ! Maintenant qu'elle fait partie du passé, je peux à peine croire que tout cela soit arrivé.

» Je suis resté longtemps assis là où tu dois te trouver en ce moment, à revivre notre merveilleuse nuit. Je me rappelais tout, chacun de tes regards, la douceur de ta peau, l'ardeur de ton étreinte... tout, dans le moindre détail. J'ai fini par me lever pour chercher quelques-uns de tes cheveux dans mon lit, et Dieu merci, j'en ai trouvé ! Je les garderai dans un médaillon, sur mon cœur. Ainsi, je conserverai au moins quelque chose de toi et cette idée me réconforte.

» J'avais décidé de rester encore un peu, même si ce devait être un supplice. T'épier de loin m'avait causé autant de peine que de joie et c'était enfantin de ma part, je le sais.

» Mais ce matin, peu après ton départ, Tony est venu m'apprendre la nouvelle. Je sais que tu viendras, toi aussi, mais je serai parti. Il peut sembler cruel de ma part de quitter Tony en ce moment, mais je l'ai consolé du mieux que j'ai pu. Je ne lui ai rien dit de ta visite, il ne sait pas que tu sais. Lui en parler n'aurait fait qu'ajouter à sa peine. Peut-être, un jour, sentiras-tu qu'il peut et doit savoir la vérité. Je te laisse juge.

» Tu dois te demander pourquoi j'éprouve le besoin de partir si tôt après la mort de Jillian. Je vais te le dire, même si cela peut te sembler difficile à comprendre. Je te dois un aveu, Heaven. Je me sens coupable de ce qui est arrivé. J'ai pris plaisir à la tourmenter. Comme tu le sais, elle m'a aperçu plusieurs fois, ce qui l'a profondément troublée. J'aurais pu lui dire la vérité, mais j'ai préféré lui laisser croire qu'elle voyait un revenant. Je voulais lui donner des remords. Ce n'est pas sa faute si tu es la fille de Tony, c'est vrai. Mais je lui en veux d'avoir dressé cette hideuse vérité entre nous deux. Elle a toujours été jalouse de l'affection que Tony me portait, même quand j'étais enfant.

» Maintenant je me sens terriblement coupable. Je n'avais pas le droit de la punir. J'aurais dû comprendre que je vous ferais souffrir, Tony et toi.

Je n'ai fait que du mal à ceux que j'aimais, toute ma vie. Tony dit que c'est faux, il ne voulait pas que je parte mais j'ai fini par le convaincre.

» Je t'en prie, reste près de lui dans ces moments difficiles. Il aura tellement besoin de toi. Console-le, fais cela pour nous deux.

» Toi et moi ne revivrons jamais ce que nous avons vécu cette nuit, la dernière. Mais ton souvenir est gravé en moi et, partout où j'irai, tu seras près de moi.

» Avec toi, tout à toi pour toujours,

» Troy. »

Je repliai délicatement la lettre, la glissai dans l'enveloppe et me levai. Puis je sortis par la porte bleue, la refermai soigneusement et m'éloignai sans un regard en arrière. Les sanglots m'étouffaient quand je m'élançai entre les hautes haies, en courant de plus en plus vite. Je fuyais. Je fuyais cet autre moi-même qui jusque-là vivait un rêve. Désormais, il était condamné à errer sans fin, à jamais prisonnier du labyrinthe.

9

Éternel retour

J'étais au lit quand Logan rentra, enfin ! J'avais sangloté jusqu'à l'épuisement de mes forces, avant de sombrer dans le sommeil. Je m'étais éveillée la gorge rauque, le cœur lourd, anéantie par le chagrin. Immobile, les yeux fixés au plafond, je ne me tournai même pas vers Logan lorsqu'il traversa la chambre. Il se laissa tomber à mes côtés et m'enveloppa dans ses bras.

– Heaven !

Je me sentis défaillir, et pourtant, j'accueillis avec joie son étreinte. C'était bon de sentir sa force, sa chaleur. Le parfum familier de son eau de Cologne me réconfortait.

– Ma pauvre petite Heaven, murmura-t-il d'une voix apaisante, cajoleuse.

Il se mit à me caresser la nuque et je posai la tête sur son épaule. J'étais bourrelée de remords de lui laisser croire que c'était seulement Jillian que je pleurais, mais je ne le détrompai pas. Je ne l'empêchai pas non plus de presser son visage contre le mien, de m'embrasser et de me consoler :

– Comme cela a dû être dur pour toi ! J'aurais tant voulu être à tes côtés. Tony est vraiment choqué, lui aussi. Je l'ai vu en arrivant mais c'est à peine s'il m'a dit un mot. Y a-t-il quelque chose que je puisse faire pour me rendre utile ?

– Non, je ne crois pas.

Cher Logan, si fidèle, si loyal et si fort. Rien ne pouvait entamer son énergie, son optimisme, son ardeur. Ses yeux bleus rayonnaient d'espoir et de vie. Même en ces instants difficiles, je le retrouvais tel que je l'avais vu pour la première fois, ferme et solide comme un roc.

Il était si différent de Troy, toujours en proie à l'angoisse et aux idées noires. Certes, il n'avait rien de sa sensibilité raffinée, poétique, mais ce n'était pas ce dont j'avais besoin pour l'instant. L'un était l'ombre et l'autre le soleil, et j'avais besoin de soleil. Comme les fleurs des collines, sous le couvert des sous-bois, j'étais assoiffée de chaleur et de lumière. Logan était tout cela, tout ce qui me manquait. Ma force, mon soutien et mon salut.

Pendant ces longs jours de deuil, il resta en contact étroit avec son bureau de Winnerow, mais il eut le tact de ne jamais y faire allusion. Pour Tony, il n'y avait qu'un sujet de conversation possible : Jillian.

Dès le lendemain de sa mort, les visites affluèrent et ce fut à moi qu'incomba le rôle d'hôtesse. La veille des obsèques, il y avait près d'une centaine de personnes à Farthy. Rye Whiskey se mit en quatre pour préparer d'innombrables plateaux de victuailles et de boissons. Les domestiques se montrèrent très coopératifs et d'un dévouement exemplaire envers Tony. Je pus me rendre compte à quel point ils le respectaient et l'aimaient, tous, sans exception.

De son côté, Logan sut l'entourer comme s'il avait été son propre frère. J'étais fière de lui, de la façon dont il savait parler à tous, du réconfort chaleureux qu'il apportait à Tony.

Le frère et les sœurs de Jillian ne se manifestèrent que le matin des funérailles. Dès leur arrivée, Tony les emmena dans son bureau pour leur lire le testament de Jillian. Leurs mines s'allongèrent quand ils apprirent qu'elle ne leur laissait rien, et Tony prit presque plaisir à voir leur déconfiture. Il me dit plus tard que le spectacle aurait réjoui Jillian. Elles tombaient de haut.

– Elles l'ont toujours férocement jalousée, tu comprends. Il n'est pas surprenant qu'elles soient restées vieilles filles, elles étaient si peu attirantes ! De vraies petites-bourgeoises, affreusement terre à terre, amères et aigries. Jillian ne pouvait plus les supporter. Quand elles ont fait entrer leur mère en maison de repos, Jillian n'a été prévenue que des mois plus tard. C'est dire si elles s'entendaient bien !

L'église de Boston où eut lieu le service funèbre était pleine à craquer d'une foule élégante et distinguée. Il y eut même des gens qui durent assister à la cérémonie debout au fond de la nef. Quand la longue procession de limousines prit lentement le chemin du cimetière, je ne pus m'empêcher d'évoquer ma réception de mariage. Les mêmes luxueuses voitures avaient ainsi défilé dans la grande allée de Farthy. Mais ensuite, en voyant tous ces gens si richement vêtus se saluer, ce fut aux pauvres gens des Willies que je pensai. À l'air misérable et désolé avec lequel ils regardaient leurs chers défunts descendre dans la tombe.

Si simples et si frustes qu'ils soient, on sentait qu'ils formaient une grande famille : celle des déshérités. Le malheur était leur lot commun, et même si c'était un voisin qu'on portait en terre, ils le pleuraient comme un des leurs. Puis ils retournaient dans leurs sordides cabanes, s'attelaient de nouveau à la tâche. La misère rendait leur vie bien précaire et la mort était chez elle, dans les collines. On la connaissait et on la redoutait. Mais ces gens riches, si sûrs d'eux et si arrogants, ne redoutaient-ils donc rien ? Ne tremblaient-ils pas de voir une femme riche, belle et comblée comme Jillian disparaître aussi brutalement ?

Troy m'avait recommandé de faire pour Tony ce

qu'il aurait voulu faire lui-même, et je restai à ses côtés quand on descendit le cercueil dans la tombe. Sa main serra la mienne mais il ne se permit pas une larme. Je le sentis frissonner, puis nous quittâmes le cimetière.

– Au moins, elle est en paix, dit-il d'une voix morne en montant dans la limousine. Pour elle, l'épreuve est terminée.

Ni Logan ni moi ne répondîmes et le retour à Farthy s'acheva dans le plus grand silence. Rye Whiskey avait préparé un repas chaud, mais Tony ne mangea presque rien. Il prit congé des amis et relations qui nous avaient accompagnés et monta se reposer chez lui. Je n'étais plus seule pour remplir le rôle d'hôtesse, j'avais Logan à mes côtés. Il fut à la hauteur des circonstances et trouva les paroles qu'il fallait dire à chacun, jusqu'à ce que tout le monde se fût retiré. Parmi les personnes venues présenter leurs condoléances se trouvait une de mes anciennes condisciples de Winterhaven, Amy Luckett. Elle s'était montrée bonne pour moi, à l'époque où toutes ces pimbêches me regardaient de haut. Elle n'était toujours pas mariée et rentrait d'un long voyage en Europe. Amy promit de revenir me voir et fut une des dernières à s'en aller.

– Pas trop fatiguée ? me demanda Logan quand nous fûmes enfin seuls.

– Si.

– Moi aussi, dit-il en m'entourant les épaules de son bras.

– Monte te reposer, je te rejoins bientôt.

– Ne sois pas trop longue, surtout.

Restée seule, je sortis prendre l'air un instant. C'était l'heure que Granny appelait « entre chien et loup ». La nuit était presque tombée, la nature entière se préparait au sommeil. Mon regard dériva vers le labyrinthe et je me demandai où pouvait bien être Troy, en ce moment. Là où il était, où que ce soit, il pensait certainement à moi...

Ma rêverie fut coupée net par l'arrivée de la

limousine. Miles se gara devant le perron et Curtis apparut, deux valises à la main, précédant de peu Martha Goodman. Je courus à sa rencontre.

– Oh, Martha ! m'écriai-je en la prenant dans mes bras. J'avais oublié que vous partiez ce soir. Où comptez-vous aller ?

– L'agence m'a déjà procuré une nouvelle place à Boston. Je vous écrirai dès que je serai installée, et si jamais vous venez en ville…

– Mais bien sûr, nous pourrons déjeuner ensemble.

Elle approuva d'un sourire, puis son visage s'assombrit.

– J'ai frappé chez Mr Tatterton, mais il n'a pas répondu. Vous voudrez bien lui dire au revoir de ma part ?

– Je n'y manquerai pas. Et surtout, prenez bien soin de vous, Martha, dis-je en l'embrassant.

Elle se dirigea vers la voiture puis se retourna brusquement.

– Au fait, ce piano que nous entendions la nuit, Madame et moi… ce n'était pas une hallucination, n'est-ce pas ?

Nous nous dévisageâmes longuement sans mot dire, puis je me décidai à répondre.

– Non, Martha. C'était bien le piano.

Elle hocha gravement la tête et monta dans la voiture. Je la suivis des yeux jusqu'au dernier tournant et allai rejoindre Logan.

Ce fut cette nuit-là que j'appris qu'un homme et une femme pouvaient chercher dans l'amour autre chose que le plaisir des sens. Cette nuit-là, c'est un réconfort mutuel que nous apporta notre étreinte. Logan était déjà couché quand j'entrai dans la chambre. J'expédiai ma toilette et, sitôt en chemise de nuit, je me glissai à ses côtés. Il me prit dans ses bras, m'embrassa, et je pleurai sur son épaule. Je pleurai Jillian, Tom, Troy et tous ceux que j'avais perdus. Mais je pleurai aussi sur moi-même, sur Logan, et sur l'enfant que j'avais été.

Je pleurai la fillette candide qui avait grandi trop vite. Celle qui avait dû tenir lieu de mère à une nichée de frères et de sœurs; qui avait vu, la mort dans l'âme, ses chers petits s'en aller pour être vendus. Celle qu'on avait vendue à son tour pour servir d'esclave à Kitty Dennison, une femme dévorée de jalousie. La gamine séduite par Cal, le mari de Kitty. L'innocente si affamée d'amour qu'elle n'avait pas compris le tort qu'on lui faisait... Et surtout, je pleurai sur Troy, le bien-aimé que je n'avais pas su garder.

Logan m'embrassa jusqu'à ce que j'aie séché mes larmes, comme l'avait fait Troy, et je lui rendis ses baisers. J'avais besoin de me rassurer, de me sentir aimée, chérie, désirée. Chaque baiser, chaque caresse me rendait un peu de foi en moi, un peu d'espoir en l'avenir. J'étais lasse du chagrin, de la solitude et des larmes. Je voulais autre chose, une chose que l'acte d'amour me donnerait.

Je voulus éveiller chaque parcelle de mon corps à la vie, vibrer tout entière de la joie d'aimer. Je voulus sentir les caresses et les baisers de Logan courir sur ma chair et l'embraser, me donner entièrement à son amour. Mon exigence exalta son ardeur et il se montra plus passionné qu'il ne l'avait jamais été. La fougue de mes baisers le surprit, tout autant que l'intensité et la durée de mon étreinte. Mais je ne pouvais pas contrôler l'impatience qui me consumait. Et notre extase fut si aiguë qu'elle nous laissa longtemps sans forces, incapables de parler.

– Heaven, dit enfin Logan en me posant une main sur l'épaule, il faut que tu saches...

– Non, ne dis rien, tu romprais le charme.

Je ne désirais plus qu'une chose : me laisser glisser dans le sommeil. Ce que je fis. C'est à peine si j'entendis Logan me souhaiter une bonne nuit. Mes paupières s'alourdirent et les ténèbres se refermèrent sur moi. Demain... demain serait un autre jour.

*

Dès le lendemain des funérailles, un changement spectaculaire s'opéra sur Tony. Lui qui avait vingt ans de moins que sa femme, et sur qui l'âge n'avait pas de prise, parut vieillir à vue d'œil. Ses cheveux semblaient gris, ses yeux plus sombres, les rides de son front plus accusées. Ce port hautain que je lui avais toujours connu fléchissait. Sa démarche même avait l'air plus lente. Et il ne se préoccupait plus du tout de sa tenue vestimentaire. Le matin, il descendait en chemise et sans cravate, ce qui ne s'était jamais vu, et son pantalon avait souvent besoin d'un coup de fer. Il ne se coiffait plus, ne se rasait même plus. C'est à peine s'il avalait une tasse de café en guise de petit déjeuner, puis il s'enfermait dans son bureau. Et là, il passait des heures à fouiller dans de vieux cartons, à éplucher de vieux dossiers, à manipuler d'anciennes photos et toutes sortes de souvenirs du passé. Il ne supportait pas qu'on le dérange et Logan et moi ne le voyions pratiquement plus.

On l'appelait sans cesse de Boston, mais il ne prenait pas la peine de répondre. Logan faisait de son mieux pour le remplacer mais il ne connaissait pas grand-chose aux affaires en cours. Et surtout, il avait hâte de retourner à Winnerow superviser les travaux de l'usine. Je sentais qu'il rongeait son frein et finis par lui conseiller de partir; ce qu'il n'accepta pas sans protester :

– Je ne tiens vraiment pas à te laisser seule en ce moment ! Ne peux-tu pas venir avec moi pour quelques jours ? J'aimerais t'avoir près de moi, et de plus...

Je ne le laissai pas achever.

– Je ne crois pas que ce soit très indiqué de quitter Tony maintenant, Logan. C'est lui qui a le plus besoin de moi pour l'instant.

Logan hocha gravement la tête.

– Je ne le sais que trop ! J'ai essayé de lui parler de certaines questions concernant l'usine et il m'a répondu : « Quelle usine ? » Puis il s'est replongé dans ses cartons. Lui toujours si réaliste, si efficace, s'enfermer ainsi dans ses fantasmes... qui aurait cru cela !

– Le visage que nous offrons aux autres et ce que nous sommes au fond de nous-mêmes sont deux choses différentes, Logan. Nous avons tous nos fantasmes secrets.

Ses yeux s'agrandirent et il me considéra longuement, visiblement troublé. Puis il haussa les épaules.

– Bon, j'imagine qu'il me faudra assumer toutes les responsabilités moi-même. Et c'est bien ce que je vais faire.

– C'est aussi ce qu'aurait voulu Tony, affirmai-je. S'il t'a confié ce poste, c'est qu'il a toute confiance en toi.

– Tu as sans doute raison, admit Logan. Bon, je serai là pour le week-end et je t'appellerai tous les soirs. N'hésite pas à en faire autant si tu as le moindre problème.

Je le lui promis et il monta faire ses préparatifs. J'étais seule dans le salon quand il revint, son sac de voyage à la main. Nous échangeâmes un baiser et il me quitta. Je ne pouvais pas lui en vouloir de son empressement à s'éloigner; Farthy était tellement lugubre !

Après son départ, je fis quelques tentatives pour secouer l'abattement de Tony. Et chaque fois, je le trouvai plongé dans ses papiers, ou en train de feuilleter un vieil album de photos. De guerre lasse, je me décidai à intervenir.

– Vous ne devez pas vous laisser aller comme cela, Tony. La meilleure façon de surmonter votre chagrin est de reprendre votre vie de tous les jours. Et pour commencer, il faut vous alimenter régulièrement. C'est essentiel.

Il leva les yeux vers moi, comme s'il venait juste de remarquer ma présence, puis son regard fit le tour de la pièce. Elle était sombre, poussiéreuse, sinistre. Le beau soleil d'après-midi qui brillait au-dehors n'y pénétrait pas; les rideaux étaient tous soigneusement tirés. Seule la petite lampe de bureau jetait une lueur blafarde sur le visage de Tony. Il se carra dans son fauteuil, releva ses lunettes sur son front et lança un bref coup d'œil en direction de l'horloge.

– Quelle heure est-il, au fait ? Il me semble que je suis enfermé ici depuis un bon moment.

– En effet. Et vous n'avez rien mangé de solide, pendant tout ce temps-là.

Il sourit et son visage s'anima.

– C'est gentil à toi de t'inquiéter pour moi. Ta mère n'y pensait jamais.

Ma mère ? Que venait faire ma mère là-dedans ? C'était presque une enfant quand elle avait quitté Farthy, ce n'était pas son rôle de s'occuper de Tony !

– Ma mère ? dis-je à haute voix, laissant percer ma surprise.

Le sourire de Tony s'effaça. Il se frotta les yeux comme s'il venait de s'éveiller et prit une longue inspiration.

– Excuse-moi, je crois que je songe un peu trop au passé, en ce moment. Tu étais dans l'ombre et je t'ai prise pour Leigh. Tu as raison, il faut que je me secoue. Je ferais mieux de me doucher, de m'habiller et de prendre un vrai repas. Vois-tu...

Il s'interrompit et reprit bientôt d'un ton coupable :

– Je ne sais plus très bien où j'en suis, Heaven. Je me sens responsable de ce qui est arrivé à Jillian.

– Mais vous ne l'êtes pas, Tony ! Vous avez fait l'impossible pour elle. Elle a été parfaitement soignée, entourée et...

– ... et enfermée dans sa folie, coupa-t-il. Tout cela par pur égoïsme de ma part. J'aurais dû la faire soigner dans une maison de santé. Mais j'ai voulu la garder, en espérant qu'elle me reviendrait.

– Et vous lui avez donné tout le bonheur qu'elle pouvait encore éprouver. Dans une clinique, elle n'aurait sans doute pas mis fin à ses jours, mais elle n'aurait pas vécu non plus. Cela aurait été une autre façon de mourir.

Il me dévisagea longuement, d'un air pensif, et hocha la tête.

– Tu es devenue une jeune femme remarquable, Heaven. Quand je pense à notre première discussion, dans ce bureau, le jour où tu m'as avoué la vérité sur ton passé ! Tu n'étais à mes yeux qu'une petite sauvageonne que je voulais dompter, modeler à mon image. Et où cela m'a-t-il mené ?

» À découvrir que tu avais une volonté et une personnalité bien à toi, et que tu n'en ferais qu'à ta tête. Ni mes ordres, ni mes cadeaux, ni mes menaces n'ont pu te détourner du chemin que tu t'étais tracé. Après tout...

Il eut un petit rire étouffé.

– Bon chien chasse de race ! Je n'aurais pas dû douter de toi. J'aurais même dû te révéler la vérité à ce moment-là.

– Peut-être.

Je n'étais pas très convaincue. À Farthy, la vérité n'était jamais la bienvenue. J'aurais pu avouer à Tony que je savais Troy vivant, mais ce n'était pas le moment. Ses blessures étaient encore à vif. Et puis, je lui en voulais toujours d'avoir gardé le silence, même s'il avait d'excellentes raisons pour cela. Je ne voulais pas laisser percer ma rancune. Pas maintenant.

– Où est Logan ? demanda-t-il tout à coup.

– À Winnerow, sur mes conseils. Il appelait là-bas toutes les cinq minutes, j'ai jugé préférable qu'il y aille.

– Ah oui, Winnerow... tout cela me semble si lointain. Je me sens aussi vaporeux que si j'avais reçu un coup sur la tête.

– C'est un peu ce qui vous est arrivé, d'ailleurs.

– Oui, et pour m'en remettre je vais commencer par prendre une bonne douche. Dis à Rye de me préparer quelque chose, tu veux bien ?

– J'y vais, mais je suis certaine qu'il a déjà ce

qu'il faut. Il a toujours quelque chose de prêt, à toute heure de la journée.

Tony eut un hochement de tête approbateur.

– Merci, Heaven. Merci pour ton aide et pour ta force. Je sais maintenant que, le temps venu, tu pourras me remplacer à la tête de la compagnie. Et j'en suis heureux.

– Vous voyez loin ! Nous n'en sommes pas encore là.

Il me regarda longuement, sans répondre. Puis il contourna le bureau, me prit dans ses bras et me serra contre lui.

– Grâce à Dieu, tu es revenue ! murmura-t-il en m'embrassant sur le front. Merci, Heaven, merci !

Il me garda encore un moment contre lui et s'en alla sans ajouter un mot. Décidément, les hommes étaient de bien étranges créatures. Au moment où vous les jugiez durs et sans cœur, ils se révélaient sensibles et vulnérables à vous arracher des larmes. Tous ceux que j'avais connus étaient plutôt difficiles à comprendre. Mais n'en allait-il pas de même pour nous, les femmes ? J'étais bien placée pour le savoir.

En quittant le bureau de Tony, je transmis ses instructions aux domestiques et montai me reposer. Logan appela dans la soirée, impatient de me raconter ce qui s'était passé là-bas en son absence. Ce ne fut qu'après m'avoir abreuvée de détails qu'il songea à me demander des nouvelles de Tony. Je feignis une confiance que j'étais loin d'éprouver et commençai à le rassurer, mais il n'écoutait déjà plus. Il avait autre chose à me dire.

– Je ne pourrais pas rentrer avant samedi, Heaven. Je dois surveiller les travaux d'électricité qui commencent ce matin. C'est important, maintenant que tout démarre pour de bon.

– Si c'est vraiment indispensable...

Je n'étais pas très enthousiaste, mais il ne parut pas le remarquer.

– Bon, dès que j'ai fini, j'accours ! promit-il.

Comme tous les hommes, il n'entendait que ce qu'il voulait bien entendre. Nous en restâmes là.

Le lendemain matin, Amy Luckett appela pour demander si elle pouvait venir me voir. J'accueillis avec plaisir cette distraction imprévue et l'invitai à déjeuner. Tony partit travailler, mais quelques heures après son départ je reçus un appel de ses bureaux. Personne ne l'avait vu. J'étais vraiment inquiète et sa secrétaire promit de m'avertir dès qu'il serait là. En fait, elle n'appela pas, mais je n'y prêtai attention que beaucoup plus tard. Amy Luckett était arrivée et sa compagnie me fit oublier toute autre préoccupation.

Amy avait beaucoup grossi depuis Winterhaven, sauf aux bons endroits. Peu de poitrine, le visage rond, les hanches larges, elle portait toujours son petit chignon sévère et bien tiré. Et elle avait gardé son bon sourire, son regard chaleureux et ses taches de rousseur sur le nez. Je me souvenais d'elle comme d'une petite boulotte timide, toujours un peu en retrait. Parmi toutes ces arrogantes pimbêches, c'était bien la seule qui ne fît pas miroiter sa richesse et ses relations.

Il faisait un temps magnifique, avec juste ce qu'il fallait de brise. Aussi décidâmes-nous de déjeuner sur la terrasse, où nous aurions vue sur la piscine et le belvédère. Curtis installa des parasols et Rye Whiskey nous apporta un plateau de ses délicieux sandwiches. Je pris plaisir à entendre Amy raconter ses voyages et toutes ses découvertes. Mais elle aborda bientôt un autre sujet.

– Au fait, quand j'étais à Londres, j'ai reçu une lettre de Faith Morgantile. Elle me parlait de toi.

– De moi ? Faith Morgantile ? Au collège, elle me traitait en vraie paria !

– Parce qu'elle t'a toujours jalousée, en fait ! C'est elle qui m'a appris que tu étais mariée et que tu étais revenue à Farthinggale. Sa jalousie transpirait entre les lignes. Elle aurait écrit avec du sang, si elle avait pu.

Nous éclatâmes de rire en même temps.

– Tu sais, Amy, j'aime mieux ne pas penser à ces filles, cela me fait voir rouge. Elles ont été tellement cruelles avec moi !

– Par jalousie, répéta Amy d'un ton convaincu.

Elle aussi, d'ailleurs, avait suivi le mouvement, du moins au début. Si elle ne l'avait pas fait, on l'aurait persécutée à son tour. Cette belle jeunesse haïssait tout ce qui ne faisait pas partie de son clan. Et pour mon malheur, ma différence sautait aux yeux. Je n'avais jamais voyagé, je me distinguais même par mes vêtements. Tony avait cru bon de m'habiller comme les jeunes filles de son temps, bon chic bon genre. Mais un genre qui n'était pas celui de ces demoiselles, hélas !

– Elles me jalousaient, c'est vrai... mais je me demande bien pourquoi. Elles appartenaient toutes à des familles fortunées, influentes, alors que pouvaient-elles m'envier ?

– Tout, c'était plus fort qu'elles. Surtout quand elles t'ont vue avec Troy Tatterton. Tu leur as même dit qu'il s'ennuierait avec des filles comme elles, tu te souviens ?

Le seul nom de Troy me fit mal et je dus prendre sur moi pour paraître amusée.

– Et comment ! C'était juste avant qu'elles ne mettent mon trousseau en pièces. Elles savaient bien qu'elles n'encouraient aucune sanction. Mrs Mallory aurait eu trop peur de perdre une aussi bonne clientèle !

– Ça c'est bien vrai, convint Amy en mordant dans son troisième sandwich.

– Et le soir du bal, quand elles m'ont fait boire cet affreux laxatif ?

Mon estomac se contracta à ce souvenir, de douleur autant que de honte. Les deux étaient encore si vives en moi ! Toute l'école était au courant de ce qui se préparait, et j'avais justement choisi une robe rouge collante au possible.

– J'ai essayé de t'empêcher d'y aller, dit Amy en cessant un instant de mastiquer. Tu t'en souviens ?

– Parfaitement.

Amy prit un air affligé, puis son visage s'éclaira.

– En tout cas, tu t'es bien vengée ! Cette chère Prue qui voulait t'obliger à descendre dans le toboggan à linge sale... c'est toi qui l'as forcée à y passer, et quand je pense à ce qui l'attendait en bas ! C'était vraiment dégoûtant.

– Et très piquant comme vengeance. Après ça, elles m'ont laissée tranquille. Je n'ai pas rejoint leur bande mais j'y ai gagné leur respect.

Amy approuva d'un hochement de tête, et je devinai qu'elle allait en venir au sujet qui lui tenait à cœur. Elle y vint.

– Tu sais, elles continuent à m'écrire et nous nous voyons assez souvent, eh bien... elles sont toujours jalouses de toi. Et même plus que jamais. Elles trouvent que tu as une chance insensée.

– Tiens donc ! Et pourquoi ça ?

– Tu vis à Farthinggale, avec un mari très séduisant, tu es l'héritière d'une immense fortune...

À l'entendre, c'était elle, la plus jalouse de toutes. Malgré sa richesse, son éducation, ses grands voyages, elle était toujours seule. Et manifestement en quête du grand amour. Elle compensait ses frustrations par des excès de nourriture, ce qui n'arrangeait rien. Je la vis tendre la main vers un sandwich, le cinquième.

– Tu ne devrais pas manger autant, Amy. Cela ne te fait donc rien de te laisser grossir comme ça ?

– Si, seulement j'ai de telles fringales quelquefois... mais tu as raison, dit-elle avec un petit rire.

Elle reposa le sandwich et se carra dans son fauteuil.

– Quelle magnifique journée, tu ne trouves pas ?

– Superbe.

– Tu ne te promènes jamais dans ce labyrinthe ? Moi je mourrais de frayeur !

– Cela m'arrive.

Elle se tut et je laissai durer le silence. Je savais ce qu'elle était venue chercher : des informations de première main qu'elle pourrait resservir toutes chaudes à ses amies. Elle savourait déjà l'importance qu'elle en retirerait, et cette idée m'attristait. J'étais profondément déçue. Elle trouva enfin le courage d'en venir au fait.

– Dis-moi... tu peux bien m'en parler après tout ce temps... pourquoi Troy Tatterton s'est-il suicidé ?

– D'abord, dis-je d'un ton distant, ce n'était pas un suicide mais un accident. Son cheval s'est emballé. Ensuite, je n'étais pas à Farthy pour jouer les psychanalystes amateurs, comme ces horribles commères. Elles se croient tout permis parce qu'elles possèdent une vague teinture de psychologie, pas moi.

– Mais je ne voulais pas...

– Peu importe, je n'ai pas l'intention d'encourager ce genre de ragots, et tu ne devrais pas t'y prêter, Amy. C'est indigne de toi.

– Oh, je t'approuve entièrement ! J'étais seulement... un peu curieuse, voilà tout.

– Le malheur des autres ne devrait pas nous servir de sujet de distraction, déclarai-je en jetant un coup d'œil à ma montre. Et maintenant, Amy, si tu veux bien m'excuser... J'ai encore beaucoup de choses à faire. Je suis sûre que tu comprendras.

– Mais bien sûr, et j'espère que nous nous reverrons bientôt. Je ne pars pas avant l'automne.

Elle se rengorgea et ajouta avec orgueil :

– Pour Paris. Je vais étudier les beaux-arts.

– Magnifique ! Eh bien, je t'appellerai dès que je serai un peu plus libre, d'accord ?

Je mentais effrontément, mais n'étais pas fâchée de me débarrasser d'Amy. Elle était de loin la meilleure de toutes, pourtant. Mais notre conversation avait réveillé trop de souvenirs douloureux. Il m'avait fallu du temps pour oublier Winterhaven, et j'y avais en partie réussi. Voir resurgir ces images déplaisantes, même pour cinq minutes, c'était encore trop pour moi.

Après le départ d'Amy, je demandai à Curtis si

Tony était rentré ou s'il avait téléphoné. Apprenant qu'on était toujours sans nouvelles de lui, j'appelai son bureau : même réponse. Je devins sérieusement inquiète. Tony se comportait si bizarrement depuis la mort de Jillian... où pouvait-il être allé ? J'y réfléchissais, affalée dans un fauteuil du salon, quand une idée me traversa l'esprit. Je bondis sur mes pieds, gagnai la porte d'entrée et m'élançai vers le labyrinthe.

La première chose que j'aperçus en en sortant fut la voiture de Tony, garée devant le cottage. Un désagréable pressentiment me fit battre le cœur. Je m'approchai avec précaution de la petite fenêtre encadrée de roses et épiai par le carreau. Tony était là, face à la cheminée, assis dans le rocking-chair de Troy. Il avait dû y passer presque toute la journée, à broyer du noir en pensant à son frère. Ou, au contraire, avait-il trouvé un certain réconfort à s'attarder dans cet endroit encore imprégné de sa présence ?

Un instant, je fus sur le point d'entrer, puis j'y renonçai. Tony n'aurait pas aimé que l'on troublât sa solitude. Le déranger en un pareil moment eût été d'une indiscrétion impardonnable. Et il serait devenu impossible de nous mentir plus longtemps l'un à l'autre. Prudemment, je m'éloignai de la fenêtre et repris le chemin de Farthy.

Tony rentra juste avant le dîner et prétendit avoir été retenu par son travail. Je n'eus pas le cœur de lui avouer qu'on l'avait appelé toute la journée de Boston. Curtis lui communiqua quelques messages qu'il écouta sans mot dire. Puis il annonça qu'il mourait de faim et monta dans ses appartements en déclarant qu'il descendrait dîner. À mon tour, je me retirai pour prendre une douche et m'habiller.

Je sortais de la salle de bains quand le téléphone sonna. Je décrochai, persuadée que c'était Logan, mais mon attente fut déçue. C'était Fanny. Nous ne nous étions plus parlé depuis notre altercation à la cabane, que pouvait-elle avoir à me dire ? Je me préparai à m'entendre reprocher de l'éviter, comme d'habitude. Mais là encore, je me trompais. Ma chère sœur avait trouvé beaucoup mieux, ce qu'elle avait toujours cherché : le moyen de me briser le cœur.

– Je suis désolée pour ta Granny, nasilla-t-elle. Ou peut-être que tu l'appelais pas Granny ? Tu lui donnais un nom plus chic, je suppose, comme les richards de la ville ?

– Je l'appelais par son nom, tout simplement. Ou bien encore grand-mère. Mais toi, que deviens-tu ?

– T'en auras mis du temps pour le demander, ma parole !

Il y eut un silence, puis elle reprit d'une voix suave :

– Dis donc, Heaven Leigh, t'es pas encore enceinte ? Tu le serais déjà, si t'étais restée dans les Willies.

– Non, Fanny, je ne suis pas enceinte. Je ne me sens pas encore prête à fonder une famille.

– Alors, tiens-toi bien, jubila-t-elle. Moi, je le suis.

– Vraiment ?

Je m'assis pour attendre la suite. Apparemment, elle avait enfin réussi à piéger Randall. Je fus bien vite détrompée.

– Et c'est pas ma faute, Heaven. C'est la tienne !

C'était donc ça ! J'allais avoir droit à la litanie habituelle. Pourquoi l'avais-je abandonnée après avoir promis de veiller sur elle. Pourquoi avais-je laissé Pa la vendre au révérend. Pourquoi n'avais-je pas su racheter son bébé... bref, j'étais la seule coupable de ce qui lui était arrivé, une fois de plus !

– Ouais, c'est ta faute. T'aurais dû rester ici. T'aurais dû t'inquiéter un peu plus de ce qui se passait, ma vieille !

Sa voix avait un tel accent de triomphe que j'en eus froid dans le dos. Non, ce n'étaient pas ses jérémiades habituelles que j'allais entendre. Ce serait quelque chose de pire, je le sentais.

– M'inquiéter ? M'inquiéter de quoi ?

Je m'efforçais de le prendre de haut, mais l'angoisse m'étreignait.

– De quoi veux-tu parler au juste, Fanny ?

– T'inquiéter de ton mari, Logan.

Mon cœur manqua un battement.

– Logan ? Qu'a-t-il à voir là-dedans ?

– C'est lui qui m'a mise enceinte, voilà ce qu'il a à y voir. Et c'est moi qui aurai un gosse de ton mari, pas toi !

10

Chantage

Le rire de Fanny résonna comme un cri de triomphe, torturant, interminable. Mais j'étais aussi incapable de lâcher l'écouteur que s'il avait été rivé à mes oreilles. Les jambes coupées, glacée d'horreur, je dus endurer le supplice. Je pouvais presque voir le regard haineux de Fanny, son sourire cruel et pervers. Encouragée par mon silence, elle m'informa d'un ton léger, presque insouciant :

– Si c'est un garçon, je l'appellerai Logan. Et Heaven si c'est une fille.

C'était bien d'elle de passer sans transition du sarcasme au badinage, comme on change de programme de télévision. Mais je ne pouvais toujours pas répondre. Mes mâchoires étaient si contractées que j'aurais pu grincer des dents. La gorge nouée, je faisais de prodigieux efforts pour avaler ma salive. Et toutes sortes d'hypothèses défilaient dans ma tête à la vitesse de l'éclair.

Fanny pouvait très bien mentir, par pure jalousie. Pas au sujet de sa grossesse, non. J'étais certaine qu'elle était enceinte. Mais l'enfant n'était pas de Logan, probablement de Randall. Et c'était la présence de Logan à Winnerow, juste au bon moment, qui avait suggéré à Fanny ce plan diabolique. Enfin, elle tenait un moyen de nous séparer, Logan et moi ! Quand je retrouvai la parole, ma voix me parut si tranchante que je la reconnus à peine.

– Je ne te crois pas, c'est un mensonge ignoble. Et cela ne me surprend pas du tout de ta part, Fanny.

Je parvins à me maîtriser et poursuivis d'un ton plus calme :

– J'aurais dû m'attendre à ce que tu continues tes manigances pour essayer de nous séparer. Tu ne penses qu'à cela depuis que nous nous connaissons, Logan et moi. Tu n'as jamais pu supporter qu'il me préfère à toi.

Elle eut un rire insultant et plein de condescendance. Un rire qui signifiait clairement que c'était moi, cette fois, la victime des circonstances. Sa victime. La pauvre idiote qui n'avait rien compris. Et elle me faisait bien sentir qu'elle avait le droit de le prendre de haut : elle était le chat et moi la souris. J'en tremblais de rage. J'aurais voulu l'avoir à portée de ma main pour la gifler ou lui crêper le chignon.

– Tu peux rire, Fanny ! As-tu oublié la façon dont Logan a accueilli tes tentatives de séduction ? Je vais te rafraîchir la mémoire ! Le jour où il m'attendait près de la rivière et où tu t'es débrouillée pour arriver avant moi, ça ne te dit rien ? Tu t'es déshabillée devant lui pour l'aguicher, sans grand résultat, si je ne me trompe ?

– C'est seulement parce qu'il t'a entendue arriver, Heaven ! C'est lui qui m'a demandé d'enlever ma robe. J'ai dit « chiche ! » et je l'ai fait. Et quand tu es arrivée, il a paniqué.

– Tu mens comme tu respires, Fanny. Et le jour où je t'ai trouvée à moitié nue devant lui, à la cabane ? C'était lui qui t'avait demandé de te déshabiller, peut-être ?

– Non, mais il se rinçait l'œil, fais-moi confiance. Il n'attendait qu'une occasion pour me sauter dessus.

– C'est grotesque ! C'est le mensonge le plus ridicule que...

J'aurais dû me taire. L'âpreté de ma voix me faisait horreur, je me trouvais stupide de mordre à l'hameçon de Fanny mais la colère m'emportait. C'était plus fort que moi.

– Alors pourquoi a-t-il fait la cour à Maisie Setterton quand il pouvait si facilement t'avoir, toi ? Tu peux me le dire ?

– Sûr que je peux, parce que c'est lui qui me l'a dit. Il voulait te rendre jalouse parce qu'il croyait que t'étais toujours avec Cal Dennison. T'as voulu savoir, eh ben tu sais. Et j'ai bien l'intention de tout raconter, maintenant. Je m'occupe de moi et tant pis pour les autres.

– Tu mens, répétai-je une fois de plus.

Mais je ne trouvai rien d'autre à dire. Aussi loin que je me souvienne, Fanny avait toujours su trouver mes points faibles. C'était une vocation chez elle : me faire souffrir.

– Je mens ? Alors demande à Logan pourquoi il a été si gentil avec moi quand je suis allée le voir au chantier. Demande-lui pourquoi il a pas refusé que je lui apporte à manger à la cabane. Et demande-lui pourquoi il m'a pas dit de rentrer chez moi, cette nuit-là.

» Et puis non, lui demande pas, je vais te le dire ! Il a toujours eu envie de moi, mais il te trouvait mieux. Et c'est vrai que t'es meilleure, que moi. T'es instruite, t'as des bonnes manières. Mais t'es jamais là quand il a besoin de toi. T'aurais pas pensé à ça, hein ? C'est marrant qu'une fille intelligente comme toi soit tellement gourde avec les hommes !

– Je ne te crois pas, protestai-je sans conviction.

– Ah non ? Alors écoute ça. Il m'a tout raconté sur votre bel appartement à Farthy, le tableau qui est accroché au-dessus de votre lit, les...

– Tais-toi !

– D'accord, je me tais. Pour l'instant. Mais j'attends un bébé de Logan et faudra qu'il s'occupe de moi, t'entends ? Jusqu'à la fin de mes jours. Il m'a même pas demandé si c'était dangereux cette nuit-là. Il m'a juste prise dans ses bras et...

Je raccrochai brutalement, ce qui dut plutôt amuser

Fanny que la vexer, pensai-je avec dépit. Pendant quelques instants, je ne pus que fixer d'un œil absent le tableau accroché devant moi. Puis je m'effondrai sur mon lit et éclatai en sanglots convulsifs.

J'étais trahie une fois de plus, et par le seul homme à qui je croyais pouvoir me fier. Celui sur qui j'avais toujours compté. Il était comme les autres, aussi malhonnête que les autres ! Quelle malédiction me faisait accorder ma confiance à ceux dont je désirais l'amour pour qu'ils finissent par me trahir ? Fanny avait raison, j'étais loin d'en savoir autant qu'elle sur les hommes. Oh, Logan, comment avais-tu pu me faire cela, comment ?

Peu à peu, mes larmes s'apaisèrent et je m'assis sur mon lit, les yeux rouges d'avoir pleuré. Je m'obligeai à respirer lentement jusqu'à ce que les battements désordonnés de mon cœur se calment. Puis, reprenant mes esprits, je me reprochai d'avoir prêté le flanc aux perfidies de Fanny. Elle pouvait très bien avoir tout inventé. Il fallait qu'elle ait tout inventé, j'avais trop besoin de le croire.

D'un doigt tremblant, je composai le numéro de la cabane. Le téléphone sonna et resonna interminablement, mais Logan ne répondit pas. J'appelai l'usine, même silence. Peut-être était-il chez ses parents ? Je tentai ma chance, et ce fut Mrs Stonewall qui décrocha.

– Non, mon petit, il n'est pas ici en ce moment. Nous l'avions invité à dîner mais il mange à la cantine du chantier, avec son contremaître et quelques fournisseurs. Y a-t-il quelque chose qui ne va pas ? Pouvons-nous vous aider ?

– Dites-lui de m'appeler aussitôt que possible, s'il vous plaît. Peu importe l'heure.

– Je le préviens tout de suite, mon petit. Comptez sur moi.

Moins de cinq minutes plus tard, le téléphone sonna. C'était Logan qui appelait de Winnerow.

– Que se passe-t-il, Heaven ? Des ennuis avec Tony ?

Ma réponse fut des plus froides.

– Non, Logan. Avec Fanny.

– Fanny ?

Je l'entendis avaler péniblement sa salive et perçus son hésitation. Mon cœur se serra. Et sa maladresse n'arrangea rien.

– Euh... mais... de quoi veux-tu parler ?

– Tu le sais aussi bien que moi.

Il y eut un silence, que je me gardai d'interrompre.

– Non, Heaven, je ne vois pas. Que se passe-t-il avec Fanny ?

– Tu ferais mieux de rentrer, Logan.

Nouveau silence, puis la voix de Logan :

– Heaven, qu'est-ce que Fanny t'a raconté ? Tu sais qu'elle cherche toujours à tout gâcher entre nous.

– Elle est enceinte, me bornai-je à répondre.

– Enceinte ? Mais...

– Je ne tiens pas à discuter de cela par téléphone, Logan.

– Très bien, dit-il en soupirant. J'arrive.

L'aveu était on ne peut plus clair.

Je reposai délicatement le récepteur et me tournai vers le mur tapissé de miroirs. Mon reflet me fit peur. L'émotion avait provoqué une éruption de taches rouges qui marbraient ma poitrine et mon cou. J'avais le visage enfiévré, les yeux injectés de sang. Mes cheveux, que je venais de laver, pendaient en mèches humides sur mes joues et mes épaules. On aurait dit Jillian en pleine crise de folie.

Cette image produisit sur moi un effet de choc. Ma colère se mua en révolte puis en apitoiement sur moi-même. Mon mari avait couché avec ma sœur ! La jalousie maladive de Fanny avait enfin trouvé le moyen de m'atteindre. Quelle revanche ! J'étais ulcérée, blessée à mort. L'amour pourrait-il survivre à une telle trahison ? Le pourrait-il ? N'importe qui aurait pu lire sur mon visage ce qui venait de m'arriver. Quelle aubaine pour une fille comme Amy Luckett ! Sitôt connue d'elle, la nouvelle se répandrait à la vitesse de la foudre. J'entendais déjà ricaner le chœur des harpies de Winterhaven. « Le mari de Heaven l'a trompée. La pauvre Heaven ! » Et leur joie perverse me déchirait le cœur.

Soudain, aussi vite qu'il était venu, ce sentiment de pitié pour moi-même fit place à un autre, bien plus difficile à supporter : la culpabilité. Troy ! Mon bien-aimé, mon amant si désirable, si passionné. J'avais trahi Logan avec Troy. Mais ce n'était pas la même chose, pas du tout ! Moi, j'aimais Troy, de tout mon cœur et de toute mon âme. Comment aurais-je pu le repousser ? Non, je n'étais pas coupable. Troy avait resurgi dans ma vie, fantôme de notre amour perdu, pour un unique et merveilleux instant. J'étais sa vie comme il était la mienne. Le renier eût été me renier moi-même, tuer ce que j'avais de meilleur. Il était revenu du monde du mystère et de l'oubli pour y retourner aussitôt, et personne n'en saurait jamais rien. Ce qui nous était arrivé n'avait rien à voir avec la sordide aventure de Logan et de Fanny. Logan ne l'aimait pas, elle. Il avait succombé au désir sexuel, comme elle n'avait agi que par jalousie et par vengeance. Chez elle, tout passait par l'instinct le plus bas. C'était une mangeuse d'hommes, une garce pure et simple ! À cet instant, je la haïs comme je n'avais jamais haï, pour avoir avili ce que je possédais de plus beau et de plus pur. Et cette haine me donna la force de surmonter la crise.

Non, je ne m'abaisserais pas à comparer mon amour pour Troy à leur banale petite coucherie ! Logan était un homme comme les autres, pétri de chair et d'instincts. Pas Troy. Troy appartenait à un autre monde, où dominent le rêve et l'esprit. Fanny avait raison, elle en savait plus long que moi sur les hommes. Mais il y avait un domaine dans lequel elle n'avait rien à m'apprendre : l'aptitude à survivre. Et je survivrais, même à cela.

*

À table, j'évitai toute allusion à ce sujet. J'avais décidé de laisser Logan expliquer lui-même son retour inopiné, comme il pourrait. Tony devrait toujours ignorer la vérité. Ce soir-là, je me composai une attitude calme et sereine et je vis que Tony semblait décidé à reprendre le dessus, lui aussi. Il portait un de ses élégants complets d'été bleu clair et s'était coiffé avec soin. Mais il ne parla que très peu au cours du repas. Il se contenta de me jeter de temps à autre un coup d'œil à travers la table, l'air absent et comme perdu en lui-même. Entre les plats, il attendait patiemment, le menton posé sur les mains. Ou bien il tambourinait machinalement de ses longs doigts sur la nappe, ce qui mettait mes nerfs à rude épreuve. Je n'avais pas grand appétit non plus, mais je me forçai à manger un peu pour ne pas attirer l'attention sur moi ni provoquer de questions. Notre seule véritable conversation eut lieu quand je proposai à Tony de prendre quelques jours de vacances.

– À mon avis, un changement de décor vous ferait le plus grand bien, affirmai-je.

Il réagit immédiatement.

– Est-ce que tu m'accompagnerais ?

– Ce ne serait pas possible, Tony. Logan est tellement pris par son travail qu'il ne sait plus quand il doit s'arrêter. Je vais m'arranger pour passer un peu plus de temps avec lui.

– Tu me rappelles Jillian. Elle me demandait toujours de lui offrir un voyage de noces, et je n'avais jamais le temps. Quand je lui répondais que j'avais trop de travail, elle me disait de me décharger sur Troy. Comme si Troy était un homme d'affaires !

» En tout cas, sans elle, je n'aurais peut-être pas trouvé le temps de voyager du tout. Ni de donner toutes ces fêtes ou de sortir comme nous le faisions. Elle était si gaie, si jeune d'esprit, si brillante ! Je crois encore entendre son rire et sentir flotter son parfum.

» Oh, je sais qu'elle était un peu trop centrée

sur elle-même ! Mais c'était si bon de vivre dans ce tourbillon de jeunesse et de beauté, même si ce n'était qu'une illusion.

Tony se renversa en arrière et sourit d'un air lointain.

– C'est drôle, mais quand elle s'enfermait chez elle pour se maquiller et s'inonder de parfum, j'étais heureux de la savoir là. Quand je passais devant sa porte, une seule bouffée de jasmin suffisait à raviver mes souvenirs.

Son regard vacilla et se fixa sur moi, comme s'il venait seulement de me voir. Ses yeux avaient repris leur expression douloureuse et sa voix elle-même parut s'éteindre et s'assombrir.

– Maintenant sa porte est fermée, le couloir est désert et son parfum s'est évanoui. Son appartement est aussi vide et aussi triste que tout le reste de cette vieille maison.

– C'est bien pourquoi je vous propose de changer d'air, Tony. Ne serait-ce que pour quelques jours. Expliquez-moi les affaires en cours et je m'en occuperai. Je vous assure que j'en suis capable.

– Je le sais bien, et ce n'est pas cela qui me tracasse !

Il prit une longue inspiration et soupira :

– Enfin, j'y penserai...

Après le dîner, il se retira dans son bureau pour travailler et je tâchai de me distraire en lisant. Mais le rire narquois de Fanny me poursuivait et m'empêchait de me concentrer. Je finis par y renoncer et montai attendre Logan dans notre appartement.

Il ne revint que très tard dans la nuit. Je m'étais endormie tout habillée mais je me réveillai dès qu'il poussa la porte. Il avait les yeux rouges, les épaules affaissées, les cheveux emmêlés. Il ne s'était pas rasé, son complet n'était pas repassé et sa cravate pendait d'un col déboutonné. On aurait dit qu'il portait encore sur toute sa personne la marque de Fanny.

Nous nous regardâmes pendant quelques instants,

sans mot dire. Puis je m'assis, rejetai mes cheveux en arrière et passai à l'attaque.

– Je veux la vérité, Logan. As-tu fait l'amour avec Fanny ?

– L'amour ? répéta-t-il avec un mépris amer. J'hésiterais à donner ce nom à ce qui s'est passé entre nous.

– Pas de jeux de mots, je t'en prie ! Ce n'est pas le moment. Fanny a téléphoné pour me dire qu'elle attendait un enfant de toi. Est-il de toi, oui ou non ?

Il ôta sa veste et la jeta négligemment sur une chaise.

– Comment savoir, avec une fille comme Fanny !

Je me détournai, accablée. Je me sentais glisser dans un gouffre, sans rien à quoi me raccrocher. Comme si la glace fragile d'un étang gelé avait cédé sous mon poids et que je m'enfonçais sous l'eau, privée de force et peu à peu engourdie par le froid. Jusqu'à quelle profondeur allions-nous être entraînés, Logan et moi ?

– Dis-moi ce qui s'est passé, m'entendis-je demander.

– C'est arrivé quand les travaux ont démarré, commença-t-il. J'étais débordé, je n'avais plus l'esprit très clair. Ta sœur a pris l'habitude de venir rôder sur le chantier et de tourner autour des ouvriers. Au début je n'y faisais pas attention. Je ne pensais même pas à la chasser, sauf une fois ou deux où j'ai dû lui dire de ne pas déranger mes hommes.

Il s'interrompit et se mit à arpenter la pièce, pour s'arrêter enfin devant le miroir. Il me tournait le dos.

– Continue, je t'écoute.

– Un jour, elle m'a annoncé qu'elle me préparerait un repas chaud et me l'apporterait à la cabane, pour dîner. Elle prétendait que c'était pour se faire pardonner le mal qu'elle nous avait causé. Elle voulait que nous la traitions comme un membre de la famille, que nous l'aimions comme avant.

Il se retourna brusquement.

– Et je l'ai crue, Heaven. Elle était si convaincante, si… pathétique.

– Fanny a toujours été une excellente comédienne, je sais.

– Elle s'est mise à pleurer en parlant du bébé qu'elle avait perdu. Du chagrin qu'elle éprouvait en vivant si près de sa petite fille sans pouvoir l'approcher. Elle m'a parlé aussi de Keith et de Jane, qui l'ignoraient complètement. De son mariage d'intérêt avec le vieux Mallory, et de sa solitude. Elle paraissait si sincère que j'ai vraiment cru qu'elle avait changé, Heaven.

– Et tu as fait l'amour avec elle ?

Il secoua la tête.

– Mais non, ça ne s'est pas passé comme ça ! Elle est arrivée avec son fameux plat chaud et m'a servi un bon dîner. Nous avons bavardé et elle m'a fait rire en me parlant du bon vieux temps et… de toutes les vilaines choses qu'elle faisait à l'école.

Il s'interrompit à nouveau, comme s'il hésitait à évoquer certains détails. Mais je voulais tout savoir. Même le pire.

– Et ensuite ?

– Eh bien, elle avait aussi apporté deux bouteilles de vin, tu comprends. Je crois que je devais être un peu gai et… je ne dis pas cela pour m'excuser, Heaven. Je sais que je n'ai pas d'excuse. Mais je veux que tu saches exactement ce qui s'est passé.

– Je t'écoute, dis-je d'une voix morne.

Il ne put soutenir mon regard.

– Euh… voilà. Il faisait très chaud et Fanny portait une de ces robes légères qu'elle affectionne, très décolletée et très vague. Je ne me suis pas rendu compte qu'au fur et à mesure que nous parlions les bretelles glissaient et… enfin bref. Elles glissaient de plus en plus bas. Je ne sais pas comment cela s'est fait mais tout à coup, elle s'est retrouvée tout près de moi, à moitié nue et les bras autour de mon cou.

» Elle n'arrêtait plus de parler. De sa solitude,

de la mienne, de son besoin d'être aimée. Elle disait qu'une nuit, ça ne comptait pas dans une vie, des choses comme ça. J'étais un peu ivre et, sans savoir comment, je me suis retrouvé au lit avec elle. Je t'assure, Heaven, c'est presque comme si elle m'avait violé !

– Pauvre Logan, dis-je d'un ton sarcastique. Comme tu as dû souffrir.

Il eut une moue accablée.

– Je sais, je n'ai pas d'excuse. Mais crois-moi, cela ne s'est produit qu'une fois. Quand j'ai pris conscience de ce que nous avions fait, j'ai été horrifié. J'ai dit à Fanny de s'en aller et de ne plus remettre les pieds à la cabane, ni sur le chantier. Pour moi, c'était une aventure sans lendemain. Une erreur que je pensais pouvoir oublier, comme un cauchemar.

» Je t'en prie, Heaven, crois-moi. Je n'aime pas Fanny, je ne peux même pas la supporter. Mais je suis un homme, avec ses faiblesses, et cela, c'est une chose qu'elle sait exploiter. Sur ce plan-là, elle est vraiment diabolique ! Depuis cette nuit-là, je l'ai évitée comme la peste. Elle est revenue plusieurs fois au chantier mais je n'ai même pas voulu la voir.

Logan s'assit au bord du lit, tout près de moi.

– Je sais que c'est exiger beaucoup que te demander de me pardonner, mais je te le demande, Heaven.

Il prit ma main et je la lui abandonnai, mais sans le regarder.

– Je ne sais vraiment plus quoi faire, maintenant. Tout ce que je peux te dire, c'est que tu es tout pour moi. Et si tu te détournes de moi ou si tu veux me quitter, ma vie n'aura plus de sens. C'est la pure vérité.

Je ne disais toujours rien et il baissa tristement la tête. Ce qu'il ne pouvait pas savoir, c'est quelle lutte j'étais en train de livrer contre moi-même. Je me sentais coupée en deux. Une partie de moi voulait se montrer cruelle et sarcastique envers

Logan et le chasser. Ce moi impitoyable le soupçonnait fortement de maquiller la vérité pour accabler Fanny, comme tout autre eût fait à sa place. Les hommes étaient si égoïstes et si retors !

Et un autre moi, le meilleur, comprenait la souffrance de Logan et n'aspirait qu'à pardonner. Il avait réellement peur de me perdre. Peut-être était-il sincère. Peut-être ne s'agissait-il que d'une aventure sans conséquence, qu'il regrettait amèrement. Peut-être s'était-il vraiment senti très seul sans moi.

Et moi, pourquoi ne l'avais-je pas accompagné ? Parce que je ne pensais qu'à Troy et à revivre le passé, à rendre possible l'impossible. J'étais aussi coupable que lui, je ne pouvais pas ne pas pardonner.

– Heaven, implora-t-il encore en pressant ma main sur sa joue, s'il te plaît, crois-moi. Je n'ai jamais cherché à te blesser.

– Elle dit que l'enfant est de toi, répétai-je, obstinée.

– Alors, dis-moi ce que je dois faire. Je t'obéirai en tout.

– Non, c'est toi que cela regarde. Quant à Fanny, elle n'en fera qu'à sa tête. Et pour commencer, elle claironnera partout que vous avez couché ensemble.

– Et qui la croira ? Tout le monde sait qu'elle couche avec n'importe qui !

– Justement. Si elle couche avec n'importe qui, pourquoi pas avec Logan Stonewall ? Les gens seront ravis de le croire. Certains parce qu'ils sont toujours prêts à nous salir, d'autres parce que nous sommes riches, d'autres parce que nous sommes des Casteel *et* riches. Ce qu'ils n'ont jamais encaissé. Et en plus, ils voient grandir notre fortune sous leur nez.

– Es-tu en train de me dire que nous allons devoir céder au chantage de Fanny ?

– Cet enfant peut très bien être le tien, n'est-ce pas ?

Logan se mordit la lèvre.

– Je me charge de Fanny, déclarai-je. Il lui suffit

de savoir son avenir assuré et de m'avoir blessée pour être heureuse. C'est tout ce qu'elle cherche.

Logan se cacha le visage dans les mains, effondré.

– Ô mon Dieu, Heaven ! Si tu savais comme je regrette !

Je fus tentée de le consoler, mais quelque chose en moi se rebella.

– Trouve une excuse pour expliquer ton retour, dis-je avec sécheresse. Ce n'est pas le moment de parler de cela à Tony.

– Entendu. Je lui dirai que tu me manquais trop et...

Je m'écartai de lui si brusquement que les mots lui restèrent dans la gorge.

– Pas maintenant, Logan. Tout ce que je souhaite pour l'instant, c'est de dormir. Demain, j'espère avoir trouvé un moyen de me reprendre et de faire face. Peux-tu comprendre cela ?

Il hocha la tête, l'air si penaud et si repentant que je me sentis faiblir.

– Très bien, dis-je d'une voix radoucie.

Et je me déshabillai pour me mettre au lit.

Un peu plus tard, il se glissa à mes côtés en prenant bien soin de ne pas me toucher. On aurait dit un petit garçon puni, qu'on a envoyé se coucher sans souper. Il essayait même de ne pas respirer trop fort, de crainte de s'attirer un châtiment supplémentaire.

Son attitude me fit réfléchir. Et si c'était moi qui lui avais avoué ma rencontre avec Troy, m'aurait-il pardonnée ou haïe ? M'aurait-il comprise ou repoussée loin de lui, sans me laisser la moindre chance de me racheter ? Je pleurai beaucoup cette nuit-là. Pour nous tous, et même pour Fanny, si envieuse et si jalouse qu'elle était prête à tout détruire pour m'atteindre, y compris sa propre vie. Cet enfant serait une arme venimeuse entre ses mains. Elle ne perdrait pas une occasion de me rappeler qui était son père, pour le plaisir de me torturer. Mon seul espoir était que le bébé ressemble à Randall Wilcox, mais même cela ne changerait rien. Dès que j'aurais signé mon premier chèque pour Fanny, elle nous tiendrait à sa merci.

Eh bien, me dis-je avec résignation, au moins l'argent ne sortirait pas de la famille ! La famille. Ce mot prit soudain une signification hideuse, sinistre. Et c'est encore ce qui me fit le plus mal.

*

Tony était encore si perdu dans ses pensées le lendemain matin, qu'il ne prit même pas garde au retour inopiné de Logan. C'est à peine s'il écouta ses explications. Et en un sens, ce retour tombait bien. Logan accompagna Tony à Boston et se chargea de toutes les démarches que Tony ne se sentait pas encore capable d'assumer.

Jusqu'à la fin de la semaine, Logan revint chaque soir avec un présent pour moi. C'étaient tantôt des fleurs, des chocolats, une robe, un bijou... il ne savait comment s'y prendre pour regagner mon cœur. Mais il ne faisait rien pour hâter le moment du pardon. Il se contentait de m'offrir humblement ses cadeaux, et d'attendre. Et un soir, en rentrant de Boston où il avait passé la journée avec Tony, il me trouva en larmes dans notre chambre.

Je le laissai me prendre dans ses bras, caresser mes cheveux et m'embrasser. J'écoutai ses supplications et ses paroles de tendresse. Je ne l'interrompis pas quand il me promit de m'aimer toujours et me supplia de le pardonner. Et quand il prit mes lèvres avec ferveur, je ne le repoussai pas.

J'avais peur que nous ne puissions plus jamais faire l'amour, sinon de façon purement physique, machinale. Mais mon désir d'être aimée et d'oublier ces turpitudes était aussi vif que celui de Logan d'être pardonné. Et notre rapprochement fut si passionné que nous fondîmes en larmes dans les bras l'un de l'autre.

– Oh, Heaven, je suis si malheureux de t'avoir

blessée ! Je me jetterais au feu pour réparer ce que j'ai fait.

– Je ne t'en demande pas tant. Embrasse-moi, aime-moi, et ne cesse plus jamais de penser à moi !

– Jamais. Tu seras si présente en moi que nous serons toujours unis, même séparés. Quand tu seras malade, je souffrirai. Quand tu seras fatiguée, je le serai. Quand tu seras gaie, je rirai. Nous serons comme deux jumeaux, si étroitement liés l'un à l'autre que l'Amour lui-même en sera jaloux. Je le jure !

Il m'embrassa avec une telle fougue amoureuse que mon corps entier frémit de joie. Sa reconnaissance était si vive qu'elle me rendit foi en moi. J'étais à nouveau sa bien-aimée, son trésor, son soleil. La princesse de son château merveilleux, celle qui tenait sa vie et son bonheur entre ses mains.

Cette nuit-là, nous rattrapâmes le sommeil de toute une semaine. Et quand nous descendîmes déjeuner, il nous sembla que la maison venait de quitter le deuil. Tony lui-même se montra plus alerte, et comme impatient de se remettre au travail. Logan et lui parlèrent longuement de la nouvelle usine, avec l'enthousiasme des premiers jours. Nous décidâmes de partir tous les trois pour Winnerow le jour même. Une bonne occasion pour moi de rendre visite à Fanny.

Logan devina parfaitement où j'allais quand je les quittai après avoir visité le chantier. Je roulai tout d'une traite jusqu'à la colline qui faisait face à la nôtre, de l'autre côté de la vallée. C'est là que Fanny s'était fait bâtir une maison ultramoderne, avec l'argent du vieux Mallory. Depuis son divorce, elle vivait uniquement sur sa pension alimentaire. Ce qui ne pouvait pas durer éternellement.

Quand je me garai, deux grands danois se ruèrent en aboyant sur ma voiture. Fanny dut les enfermer dans leur niche pour que je puisse descendre, ce qui parut l'amuser beaucoup.

– Ça, au moins, c'est des vrais chiens de garde !

s'exclama-t-elle avec satisfaction. On ne sait jamais qui peut débarquer, si tu vois ce que je veux dire ?

– Contente-toi de les éloigner, c'est tout ce que je te demande.

Les pauvres bêtes n'avaient que la peau sur les os : Fanny n'avait jamais aimé les animaux. Elle ne les avait achetés que pour se protéger, mais même les chiens de garde ont besoin de soins et d'affection. Elle ne semblait pas s'en soucier.

– Voyez-vous ça ! lança-t-elle quand je pus enfin quitter ma voiture. Quelle bonne surprise !

– Ce n'est pas une surprise, Fanny. Pas pour toi.

Elle rejeta la tête en arrière et éclata de rire.

– Tu vas pas me garder rancune, Heaven ? Des sœurs, ça doit se serrer les coudes.

– Oui, en principe. Et des sœurs ne devraient pas chercher à se voler leurs maris.

Elle ne fit que rire de plus belle.

– Alors, tu rentres, ou est-ce que ma maison n'est pas assez belle pour toi ?

Je la suivis sans mot dire. Elle n'avait pas beaucoup amélioré son intérieur, depuis ma dernière visite. En jetant un regard autour de moi, je sentis qu'elle m'observait.

– C'est pas le grand luxe, mais c'est confortable. Je vais peut-être pouvoir me mettre en frais, maintenant ?

– Je croyais que tu touchais une pension alimentaire ?

– Alors t'es pas au courant ? Le vieux Mallory a cassé sa pipe et a tout laissé à ses enfants. Ils se fichaient pas mal de lui, d'ailleurs. Mais comme tous les hommes, il se faisait des illusions.

– Je vois.

– Excuse-moi si je t'offre rien, mais je vis pas dans un palace, moi. J'ai pas d'argenterie, ni rien d'assez bon pour toi.

– Je ne suis pas venue pour les mondanités, Fanny, tu le sais très bien.

Je m'assis sur le canapé et l'observai à mon tour.

Malgré mon aversion pour elle, je dus m'avouer qu'elle était vraiment séduisante. Ses cheveux de jais étaient coupés à hauteur d'épaule et ses yeux bleu-noir brillaient d'un éclat inaccoutumé. Quant à son teint doré et sans défaut, il était plus lumineux que jamais. Parfaitement consciente de mon admiration, elle posa les mains sur les hanches pour faire valoir sa silhouette. Sa grossesse ne se voyait pas encore et elle avait conservé sa ligne de sirène. Une vraie beauté.

– On dit que la grossesse fait du bien aux femmes, annonça-t-elle. Qu'est-ce que t'en penses ?

– Tu m'as l'air en parfaite santé, Fanny. Je suppose que tu as vu un médecin ?

– Et comment, j'ai même pris le plus cher. Mon bébé aura tout ce qu'il y a de mieux. Quant à la note, je lui ai dit de te l'envoyer.

Elle sourit et prit place en face de moi.

– Alors, t'as eu une petite conversation avec Logan ?

– Je ne suis pas venue pour discuter de cela avec toi, Fanny. Ce qui est fait est fait. Et pour l'instant, rien ne permet d'affirmer que le bébé soit de Logan.

– Ben voyons ! Je couche avec tellement de monde qu'on peut pas savoir, c'est bien ce que tu veux dire ? Te gêne pas, ça m'est bien égal ce que tu penses. En attendant, j'avais pas vu Randall depuis un mois et j'ai couché avec personne depuis. Les docteurs savent calculer ces trucs-là, Heaven. Et ce bébé-là...

Elle pointa l'index vers son ventre.

– Je te garantis qu'il est de Logan Stonewall !

Je me crispai. Moi qui étais venue offrir à Fanny une solution qui ménagerait tout le monde... elle se souciait bien de ménager qui que ce soit ! Ses yeux sombres me fixaient avec une satisfaction mauvaise, butée.

– Je n'ai pas l'intention de te proposer des tests pour savoir la vérité, Fanny. Cela ne ferait que blesser tout le monde.

– Tu n'as pas l'intention de me proposer…

Elle se renversa en arrière et me décocha un sourire féroce. Les paupières plissées, elle m'épiait entre ses cils épais.

On eût dit un chat sauvage guettant sa proie.

– Et qu'est-ce que tu me proposes, Heaven Leigh ?

– De payer les honoraires du médecin, pour commencer.

– J'espère bien ! Et puis ?

– De pourvoir à tous les besoins de ton enfant.

– Ce qui veut dire aux miens, naturellement. Je vais pas me laisser marcher sur les pieds, figure-toi. Je veux être traitée en vraie dame, comme toi. Non mais, qu'est-ce que ça signifie de venir me proposer de t'occuper du bébé ! Et moi, alors ? C'est moi que ton mari est venu voir quand il se sentait seul, alors faut payer.

Elle étendit les jambes devant elle et reprit sa position favorite, les poings sur les hanches.

– Va bien falloir que je vive avec le bébé, pas vrai ? Je serai coincée à la maison, d'accord ? Et comment je ferai pour me trouver un homme, pendant ce temps-là ?

Je ne pus m'empêcher de sourire.

– Fanny, es-tu certaine de tenir à garder l'enfant ?

– Toi, je te vois venir ! Tu crois pouvoir te débarrasser de moi avec un paquet de fric, une fois pour toutes. Et même faire passer cet enfant pour le tien, peut-être bien. Et moi j'aurai plus rien à dire et tu me couperas les vivres. Très futé, mais je ne me laisserai plus avoir comme la première fois. C'est fini, ce temps-là !

– Mais tu viens de dire que cet enfant serait une gêne, qu'il t'empêcherait de refaire ta vie !

Elle eut un sourire pervers, mais même ainsi elle était belle. Le contraste entre ses dents étincelantes et son teint d'Indienne était impressionnant.

– Tant pis, je prends le risque !

La colère me gagnait mais je parvins à me contrôler.

– Mais quelle sorte de mère seras-tu, pour cet enfant ? Te sens-tu vraiment capable de l'élever ?

– Ne remets pas ça sur le tapis, Heaven Leigh ! Ça t'a déjà servi d'excuse pour laisser ma Darcy au révérend.

Cette fois encore, je réussis à ne pas élever la voix.

– Ce n'était pas une excuse, Fanny. Tu le sais très bien.

Elle m'étudia d'un air concentré et décréta :

– Tu es exactement comme Pa, au fond. Toujours prête à vendre ou à acheter des enfants, juste pour t'éviter des ennuis.

– Non, Fanny, absolument pas. C'est au bien de l'enfant que je pensais.

– Et tu voulais me l'acheter et l'emmener, c'est ça ?

– Non, ce n'était pas mon intention.

– Je m'en moque bien, de ton intention ! La réponse est : non. Je garde le bébé et vous payez. Mon enfant aura tout, les plus beaux habits, les meilleures écoles. Comme si c'était le tien, t'as compris, Heaven ?

– Parfaitement. Alors que demandes-tu, au juste ?

La précision de ma question la prit au dépourvu. Elle hésita, et j'insistai :

– Eh bien, combien réclames-tu par mois, Fanny ?

– Euh... je ne sais pas... mettons quinze cents dollars ? Non, deux mille !

– Deux mille dollars par mois ?

Elle m'étudia pour savoir si j'étais ennuyée ou soulagée mais je restai de marbre.

– Euh... le vieux Mallory m'envoyait quinze cents, mais pour moi toute seule. Alors disons deux mille cinq, le 1er de chaque mois. Ça devrait pas être trop dur pour toi, Heaven. Surtout avec l'usine et tout ça !

– Très bien, dis-je en me levant. Tes deux mille cinq cents dollars te seront versés chaque mois sur un compte ouvert à ton nom, à Winnerow. Mais je te préviens, pas de chantage. Si tu fais la moindre allusion à cette histoire, je te coupe les vivres instantanément. Et tiens-toi à l'écart de Logan, désormais. Si tu as un problème, parle-m'en sans passer par lui. C'est compris ?

Elle me lança un regard brûlant de haine et de jalousie, puis son expression changea du tout au tout. Avec sa mobilité déconcertante, elle afficha un air peiné très convaincant.

– Je suis vraiment déçue, Heaven. Moi qui croyais que tu allais me plaindre ! C'est encore moi la victime, les hommes se sont toujours servis de moi. Je vis seule avec mes deux chiens, et toi tu as tout. Une grande maison, des domestiques, un mari, plein d'argent, et qu'est-ce que tu fais ? Tu débarques chez moi pour me traiter comme une voleuse. Moi, ta petite sœur qui a tant souffert avec toi, dans la cabane ! T'aurais quand même pu faire plus, non ?

– La vie ne m'a pas été aussi douce que tu le crois, Fanny. Moi aussi, j'ai souffert, et tu n'étais pas là pour m'aider. J'étais aussi seule que toi.

– Tu avais Tom, il t'a toujours aimée. Moi, personne ne m'a aimée, jamais. Ni Tom, ni Keith, ni Jane.

– Tu auras ton argent, dis-je en me levant.

Je me dirigeai vers la porte, Fanny sur mes talons.

– C'est uniquement pour ton fric et tes grands airs qu'ils s'intéressent à toi. Même quand on traînait la savate tu te donnais déjà des grands airs. Et moi, tu m'as toujours traitée en parent pauvre. Tu m'as jamais aimée comme une sœur !

Je me précipitai vers ma voiture mais elle me suivit en hurlant :

– T'as jamais supporté d'avoir une sœur comme moi. T'avais honte de moi, à l'école, partout !

Je me retournai et nous nous dévisageâmes longuement. Il était inutile de mentir, c'était elle qui avait raison. Elle sentit son avantage et enfonça le clou sans pitié.

– La vérité, c'est que t'as toujours été jalouse de

moi, Heaven. Pa m'aimait, moi ! Il me prenait dans ses bras et m'embrassait, mais pas toi. Il t'a jamais pardonné d'avoir tué son Ange, et tu pourras jamais rien y faire ! Tu peux vivre dans un palace et construire autant d'usines que tu voudras, ça y changera rien.

Les bras croisés sous les seins, elle afficha un sourire triomphant. Je constatai avec amertume :

– C'est triste à dire, Fanny, mais tu me fais penser à une fleur dans un tas de fumier.

Sur ce, je m'engouffrai dans la voiture et démarrai en trombe, poursuivie par le rire cinglant de Fanny.

11

La vie s'en vient, la vie s'en va...

Ce soir-là, je racontai à Logan mon entrevue avec Fanny et l'accord que nous avions conclu, dans les moindres détails. Je m'exprimai avec la plus grande concision, sachant que tout cela lui était aussi pénible qu'à moi. Il m'écouta en silence, les yeux fixés sur le verre qu'il tournait et retournait entre ses mains. Quand j'eus terminé, il poussa un profond soupir et se renversa en arrière.

– Heaven, dit-il simplement, je ne veux plus retourner à Winnerow sans toi, tu me manques trop. Que dirais-tu d'y acheter une maison ? Pas n'importe quelle maison, une qui ferait pâlir d'envie toute la ville. Je veux que tu vives avec moi, Heaven.

– Mais... pourquoi pas à la cabane ? C'est le seul endroit où je me sente vraiment chez moi. Tu trouves qu'elle ne nous suffit pas ?

– Non, plus maintenant. Nous dirigerons la plus grosse entreprise de la région, penses-y. Il nous faut une maison en rapport avec notre nouvelle situation, où nous pourrons donner des dîners et des réceptions. Nous pourrions garder la cabane pour quand nous voudrions être seuls. Et surtout... (Il se redressa et poursuivit d'un ton résolu :) Il nous faut prendre un nouveau départ, Heaven. Nous en avons besoin, tous les deux.

Il n'avait pas tout à fait tort. Fanny nous avait empoisonné la cabane, vivre ailleurs nous aiderait à oublier. Et ce n'était pas tout. Je savais depuis toujours que la mère de Logan souhaitait le voir s'installer dans un endroit plus luxueux. À ses yeux, vivre dans les collines était dégradant. Comme ceux de la ville, elle estimait qu'en habitant chez moi Logan s'abaissait à mon niveau, au lieu de m'élever au sien.

La fortune et le sentiment de sa nouvelle importance avaient transformé Logan. Il ne sortait plus qu'en complet, portait une montre de grand luxe et un diamant au petit doigt. Il se laissait pousser la barbe, la faisait tailler tous les deux jours et recourait fréquemment aux soins d'une manucure. Quand je m'en étais étonnée, il m'avait répondu :

– Un homme qui roule en Rolls Royce se doit d'être aussi élégant que sa voiture !

Quant à moi, mon dégoût de la cabane était en rapport direct avec l'épisode Fanny. Je n'aimais pas penser à ce qui s'était passé entre eux là-haut, même si Logan minimisait l'incident. Et j'étais tentée de donner raison à Fanny, quand elle m'accusait d'avoir négligé Logan. Si nous avions eu notre propre maison à Winnerow, j'aurais passé plus de temps près de lui. Je me rangeai donc à son avis.

– Ton idée n'est pas mauvaise, mais à quoi pensestu au juste ? À faire construire ou à acheter ?

Il se pencha en avant et plaqua les mains sur la table.

– Acheter, dit-il avec un sourire mystérieux.

– Et tu as déjà une idée en tête, c'est ça ?

Ses yeux étincelèrent et son sourire s'élargit.

– Ça se pourrait.

– Vas-y, je t'écoute. Quelle maison vises-tu ?

– La maison Hasbrouck, annonça-t-il pompeusement.

– Quoi ? Tu plaisantes !

– Pas du tout : elle est à vendre.

La maison Hasbrouck appartenait à une des plus

vieilles familles du pays ! Les ancêtres d'Anthony Hasbrouck étaient déjà établis à Winnerow avant la guerre de Sécession !

– Cela m'étonnerait beaucoup qu'Anthony Hasbrouck veuille la vendre !

– C'est pourtant le cas. Il a fait de mauvaises affaires et il a besoin d'argent liquide.

C'était donc ça. Maintenant, Logan frayait avec les plus gros brasseurs d'argent de la ville, il tenait forcément la nouvelle de bonne source. Je n'aurais pas été surprise qu'il ait déjà fait une offre d'achat. Et pour tout dire, l'idée était loin de me déplaire. La maison Hasbrouck ! Nous l'avions si souvent admirée, Tom et moi. C'était une de ces somptueuses demeures coloniales comme on les décrit dans les romans. Façade à colonnes, parc immense, porte en chêne à double battant, rien n'y manquait. On ne pouvait que rêver aux merveilleuses réceptions qui se donnaient dans ce décor fastueux, et Tom et moi ne nous en privions pas. Combien de fois, en imagination, nous étions-nous partagé la maison ! Chaque membre de la famille y avait sa chambre, naturellement. Et chacun jouait son rôle. En tant que fille aînée, c'était moi qui invitais les visiteurs à venir siroter des *mint juleps* sous les ombrages du parc, en toilette de châtelaine. Et tandis que je me pavanais avec nonchalance, Tom surveillait son écurie de courses... Oh, Tom, mon cher Tom ! Qui eût dit que nos rêves d'enfants seraient un jour à portée de ma main, et que tu ne serais plus là ?

Cette pensée m'arracha un sourire pensif et le visage de Logan s'éclaira.

– Alors tu es contente ? J'en étais sûr... ou presque. Demain, nous avons rendez-vous pour la visiter, qu'en dis-tu ?

Mes sentiments étaient mitigés. Il me déplaisait que Logan ait pris cette décision sans m'en parler. C'était trop dans la manière de Tony. Et en même temps, je me sentais fière de Logan. Il avait si vite appris à agir en chef, en homme indépendant et responsable. Et puis, n'était-il pas toujours le garçon prévenant dont j'étais tombée amoureuse et dont j'avais tellement besoin ? Je surmontai bien vite ma déception.

– C'est une très bonne idée, Logan. Tu as bien fait.

Le lendemain matin, Anthony Hasbrouck nous fit faire le tour du propriétaire. Se souvenait-il qu'il nous avait chassés un jour comme des miséreux, Tom et moi ? Il vint à notre rencontre en élégante tenue d'intérieur et nous reçut avec une courtoisie parfaite. Il m'appela par mon prénom, qu'il prononçait Heavenly, en entier, avec un accent du Sud très marqué. Je lui rendis la politesse.

– C'est très aimable à vous de nous faire visiter la maison, monsieur Hasbrouck.

– Mes amis m'appellent Sonny.

– Comme vous voudrez, Sonny.

Je me tournai vers Logan et murmurai, juste assez haut pour qu'Anthony Hasbrouck l'entende :

– Il nous faudra refaire entièrement la décoration, cette maison tombe en ruine !

Et je m'étendis avec complaisance sur toutes les transformations que j'apporterais, et que je qualifiais d'indispensables. Il n'était pas dans mes habitudes de faire valoir ma richesse, mais cette fois-ci, c'était différent. J'avais une revanche à prendre. Et en pensant à notre humiliation passée, aux rêves de mon cher Tom crevés telle une bulle de savon, je jubilais. Comme nous traversions le parc, je pris le bras de Logan et lançai une dernière flèche :

– Naturellement, il nous faudra beaucoup de domestiques. Je n'ose pas penser à ce que serait devenue cette propriété si nous n'étions pas intervenus !

Anthony Hasbrouck devint cramoisi, mordilla sa moustache et grinça des dents. Mais il avait besoin d'argent, je le savais. Il lui faudrait avaler la pilule. Je me préparai à la lui rendre plus amère encore.

– Sonny, dis-je d'une voix suave, j'adore votre maison mais je crains...

Je fronçai les sourcils d'un air ennuyé.

– Je crains que le prix ne soit un peu trop élevé pour nous.

Logan en resta pantois.

– Mais, Heaven... voyons, ma chérie...

Rouge comme une pivoine, Anthony Hasbrouck intervint.

– Votre charmante femme a raison, mon cher. Heavenly, je dois reconnaître que vous êtes dure en affaires !

Dès que nous eûmes regagné la voiture, Logan me prit dans ses bras.

– Non seulement tu es la plus jolie femme de la ville, mais tu es la plus habile qui soit ! Quand Tony saura comment tu as enlevé ce marché, il n'en reviendra pas. Je voudrais déjà être à Farthy pour le lui dire.

L'occasion d'informer Tony se présenta trois jours après, quand il nous accueillit dans son bureau pour nous souhaiter la bienvenue.

– Tony, annonça fièrement Logan, Heaven et moi venons de prendre notre première grande décision. Nous avons acheté une maison.

La réaction de Tony me laissa perplexe. Son visage trahit la surprise, la tristesse, la solitude, puis se figea. Et cette fois, je compris ce qu'il éprouvait : un sentiment d'abandon. Il venait de comprendre que nous avions notre propre vie et qu'il n'en faisait pas partie. Maintenant, il allait être vraiment seul.

*

Je m'attendais à passer les semaines suivantes dans la fièvre des préparatifs, mais il en alla tout autrement. J'aurais dû commander du mobilier, des rideaux, des papiers peints, veiller à la décoration de notre nouvelle maison... et voilà que je m'en découvrais incapable. Moi, toujours si active, j'étais tout le temps fatiguée. Plus rien ne m'intéressait. Je ne savais plus ce que je voulais, ni si je voulais vraiment quelque chose. J'en vins à me demander si l'achat de cette maison n'était pas une erreur. Sinon, comment expliquer ce dégoût soudain pour tout, cette lassitude qui ne me quittait pas ? Me lever le matin me demandait un effort et je faisais de plus en plus souvent la grasse matinée. Je m'obligeai à aller plusieurs fois à Boston pour faire la tournée des magasins d'ameublement. J'en revins chaque fois épuisée, sans avoir rien commandé. Mon état finit par alarmer Logan. Un soir, après que je lui eus annoncé mon intention de me coucher tôt, il me fit part de son inquiétude.

– Heaven, tu es sûre que ce déménagement n'est pas une charge trop lourde pour toi ? Tu es si fatiguée, ces temps-ci.

Je le rassurai de mon mieux, mais il insista :

– Je préfère que tu voies un médecin, Heaven. Tu n'es plus toi-même, je le vois bien. Tu iras dès demain, promis ?

J'allai donc voir un médecin. Et son diagnostic faillit me laisser sans voix.

– Enceinte ? Vous... vous êtes sûr ?

– Aucun doute, confirma-t-il en souriant.

C'était donc ça ! Quelle idiote j'avais été de n'y avoir pas pensé plus tôt ! La joie me dilatait le cœur. Moi qui avais tant rêvé d'une vraie famille, j'allais avoir un bébé, mon bébé à moi ! Une fille, j'en étais sûre. Une petite fille qui ne connaîtrait jamais la misère et le chagrin qu'avaient endurés ses frères et sœurs. Logan et moi n'avions rien calculé, mais l'événement tombait à pic. Après la nouvelle usine et la nouvelle maison, notre premier enfant. La paternité arracherait Logan à ses affaires, elle me rendrait mon amoureux d'autrefois.

La voix du médecin me ramena sur terre.

– Madame Stonewall, il faut que je vous examine pour déterminer de quand date votre grossesse.

C'est absolument nécessaire pour bien vous préparer à la naissance.

Mon cœur manqua un battement. Je subis l'examen en tremblant et attendis la conclusion du Dr Grossman comme un verdict. C'en fut un.

Deux mois. Mon bébé avait deux mois, semblait-il. Et il y avait deux mois que Troy et moi... Seigneur ! De qui était cet enfant ?

– Madame Stonewall, vous ne vous sentez pas bien ?

Je fis un effort pour me ressaisir.

– Mais si, docteur, tout va bien. Je suis simplement... un peu surprise. C'est tellement merveilleux, tellement inattendu ! Je ne comprends pas comment j'ai pu ne pas m'en rendre compte.

Je quittai le cabinet du Dr Grossman dans un état second et me réfugiai avec soulagement dans la voiture. Pendant tout le trajet, je ruminai la même question : de qui était l'enfant ? Mais le pire n'était pas de ne pas savoir. C'était de ne pas vouloir savoir. Et je dus m'avouer que je ne voulais pas.

Quand la limousine franchit la grille de Farthy, la question était résolue pour moi. Que le bébé soit de Logan ou de Troy, peu importait : je les aimais tous les deux. Et je savais que Logan serait pour lui le meilleur des pères. Moi, j'avais grandi sans connaître le mien, et Luke ne m'avait pas aimée comme j'aurais voulu l'être. Devais-je avouer la vérité à Logan ? Courir le risque de le voir traiter cet enfant comme je l'avais été ? Si je lui parlais, il aurait toujours des doutes. Il serait amer et malheureux. Et puis, le bébé pouvait bien être de lui... Non, décidai-je. Je ne dirais rien. Et ce secret-là, comme tant d'autres, resterait enfoui au plus profond de mon cœur.

En rentrant, je trouvai Logan dans le bureau de Tony, en pleine conversation téléphonique.

– Logan, peux-tu venir à l'appartement tout de suite, s'il te plaît ? J'ai quelque chose à te dire.

Il couvrit le combiné de sa main.

– Cela ne peut vraiment pas attendre, Heaven ? Il s'agit d'une affaire très importante. Donne-moi, disons... une demi-heure, ça va ?

– Deux minutes, Logan Stonewall, pas plus. Il s'agit de la plus importante affaire de ta vie !

Sur ce, je tournai les talons avant qu'il n'ait le temps de lire la vérité dans mes yeux. Deux minutes plus tard, il se montrait sur le seuil de la chambre, les bras croisés, le front plissé. Il était clair que je l'avais dérangé.

– J'espère que c'est vraiment sérieux, Heaven, parce que...

Je me jetai à son cou et plongeai mon regard dans le sien.

– Tu vas être père, Logan !

Son visage s'illumina, ses pommettes rosirent : il rayonnait comme un soleil.

– Heaven ! Et tu m'annonces cela comme ça, tout tranquillement !

Il m'écarta de lui à bout de bras et détailla ma silhouette, comme si j'avais pu changer brutalement. Puis il me ramena contre lui en riant comme un enfant.

– Ça, c'est une bonne nouvelle ! Attends un peu que je prévienne Tony, et mes parents ! Nous allons fêter l'événement comme il mérite de l'être. Ce soir, nous dînons en ville. Oh, ce que je suis content d'avoir acheté cette maison ! Je vais tout de suite faire préparer une chambre d'enfant, et engager une nurse.

Il battit des mains, puis les joignit au-dessus de sa tête et les secoua en un geste de triomphe. Pour un peu, il aurait dansé la gigue.

– Quand le bébé sera né, reprit-il avec animation, nous donnerons deux fêtes magnifiques. Une à Farthy et une à Winnerow. Tu vas être mère, Heaven, et moi... papa ! Oh, que tu es belle, Heaven, tu es radieuse. Quelle merveilleuse surprise ! Oh, merci, merci !

Il referma les bras sur moi, se laissa glisser à mes genoux et, brusquement, fondit en larmes.

– Heaven, je suis le plus heureux des hommes et je... je ne mérite pas ce bonheur. Pardonne-moi.

Je lui caressai les cheveux, longuement, tendrement. J'aurais voulu partager sa joie. Mais plus il l'exprimait, plus je m'interrogeais. Avais-je le droit de lui donner l'enfant d'un autre ? Me taire, c'était mentir, et pourtant je ne pouvais pas parler. Un nouveau départ s'annonçait pour nous, il n'était pas question de le manquer. Nous en avions trop besoin.

Soudain, Logan bondit sur ses pieds et s'élança comme un fou hors de la chambre. Instantanément, mes scrupules s'évanouirent. C'était à moi de me mettre au diapason de son bonheur. Il n'était pas question de le lui gâcher. Quelques instants plus tard, il était de retour, mais pas seul. Tony l'accompagnait. Ses yeux brillaient de joie et d'orgueil.

– Qu'est-ce que j'entends ? Il paraît que je vais être grand-père ?

– Il paraît.

Il s'approcha et me prit dans ses bras.

– Félicitations, Heaven. Tu as bien choisi ton moment. Cet enfant sera un rayon de soleil et d'espoir. C'est un cadeau du ciel.

Logan se montra plus matérialiste.

– Et ce soir, nous dînons au Cap Cod, annonça-t-il.

C'était un des meilleurs restaurants de Boston. Mais comme si cela ne suffisait pas, il ajouta fièrement :

– Homard, champagne et tout le tremblement, n'est-ce pas, Tony ? Il faut faire les choses en grand !

Tony sourit comme s'il trouvait l'idée lumineuse.

– Naturellement. Une bonne nouvelle, cela s'arrose. Il n'en arrive pas si souvent ! Ce sera bon d'entendre à nouveau des rires et des cris d'enfant à Farthy. La lignée des Tatterton continue.

Ces derniers mots me firent frémir. La lignée continuait, en effet. Et sans doute pas seulement par les femmes. Je me hâtai d'écarter cette pensée fâcheuse. Ce fut facile : l'allégresse de Logan était on ne peut plus contagieuse. Ce fut dans cet état d'exaltation joyeuse que nous allâmes nous habiller. Elle ne baissa pas d'un cran pendant le trajet. Et nous étions déjà ivres de bonheur avant même d'avoir levé notre premier verre à la santé du bébé.

Tony et Logan vidèrent une bouteille et demie pendant cette soirée de fête. Mais chaque fois que je tendais la main vers ma coupe, l'un d'eux m'arrêtait aussitôt.

– Attention, prudence. Il faut vous surveiller maintenant... petite maman.

Ces deux derniers mots avaient le don de déchaîner leur hilarité. Et comme ils les répétaient souvent, notre table fut bientôt le point de mire des regards. Notre enthousiasme complice dura toute la soirée et nous rentrâmes à Farthy dans une véritable euphorie. C'était si bon de se laisser aller au bonheur, après tant d'épreuves et de chagrins. Sur le chemin du retour, nous abordâmes la question des prénoms. Tony déplora le goût moderne, qui faisait fi de la tradition.

– Les jeunes donnent n'importe quels prénoms à leurs enfants, maintenant. On ne sait plus si ce sont des héros de mélodrame ou des chevaux de course ! Si c'est un garçon, pourquoi ne pas l'appeler Wilfred, ou Horace ? Ce sont des noms de ma famille. Et comme second prénom, Théodore, par exemple, ou...

Je l'interrompis :

– Ou Anthony ?

– Ma foi, cela ne sonnerait pas trop mal.

– Et si c'est une fille, ce sera Annie, comme ma grand-mère, annonçai-je avec emphase. Parfaitement. Annie.

– Accordé, déclara Tony sur le même ton. Tant que tu ne l'appelles pas Cunégonde ou Eulalie...

Logan et lui éclatèrent de rire en même temps, et Logan hocha gravement la tête. Il était légèrement gris et aurait approuvé n'importe quoi. Nous riions encore en entrant dans le hall de Farthy, mais l'accueil de Curtis coupa net notre bonne humeur. Sa mine lugubre ne laissait présager rien de bon.

Tony fronça les sourcils.

– Que se passe-t-il, Curtis ?

– Un télégramme est arrivé pour vous, monsieur. Puis un coup de téléphone d'un certain... (il consulta son carnet de notes)... un certain Mr Steine, avoué de Mr Luke Casteel.

Tony pâlit en s'emparant du télégramme et je le dévisageai sans comprendre. Pourquoi l'avoué de Pa lui adressait-il un télégramme, à lui ? Logan saisit ma main tandis que je regardais Tony déchirer la bande et parcourir le papier des yeux. De pâle qu'il était, son visage devint livide.

– Mon Dieu ! souffla-t-il en me tendant le message.

Il ne me fallut que quelques secondes pour lire :

« Luke et Stacie Casteel victimes grave accident de la route. Pas de survivants. Lettre suit. J. Arthur Steine. »

Sans un mot, je tendis le télégramme à Logan. Il m'entoura les épaules de son bras et me serra contre lui.

– Ô mon Dieu, Heaven !

Je me dégageai, lui fis signe que tout irait bien et courus vers le salon. J'étais glacée. Le sang se figeait dans mes veines et le sol tanguait sous mes pieds.

– Curtis, ordonna brièvement Logan, un peu d'eau pour Mrs Stonewall, je vous prie.

Il me rejoignit pendant que Tony allait téléphoner dans son bureau. Je me laissai tomber sur le canapé et me renversai sur le dossier, les yeux fermés. Logan s'assit à mes côtés et prit ma main entre les siennes.

– Ce sont de terribles nouvelles, Heaven, mais il faut penser à toi... et au bébé.

Je trouvai la force de murmurer :

– Tout ira bien, ne t'inquiète pas. Tout ira bien.

Mais Pa était mort. Pa. Luke Casteel. L'homme

dont je n'avais jamais su gagner l'amour. Pourtant, les images qui remontaient à ma mémoire étaient des souvenirs de bonheur. Tom et Pa jouant au base-ball devant la cabane. Tom en train de lever sa batte, la seule trace qui soit restée de l'enfance de Pa. Je le revoyais dans la cour, ses cheveux d'ébène luisant au soleil d'été. Qu'il était beau ! Quand il prenait la peine de s'habiller et de se raser, toutes les femmes se retournaient sur lui. Et moi, j'aurais donné n'importe quoi pour qu'il me regarde avec amour. Quand ses yeux se posaient sur moi, ce qui n'arrivait pas souvent, je savais que c'était son Ange qu'il voyait. Leigh, ma mère, et non moi. Et pourtant, mon cœur sautait de joie dans ma poitrine.

Pa, si beau et si inaccessible, l'homme que j'aimais et haïssais tout à la fois... je l'avais perdu pour toujours. Il était trop tard pour nous comprendre maintenant. Trop tard pour espérer la douceur du revoir, l'apaisement du pardon. Jamais nous ne jouerions la scène merveilleuse que je répétais depuis des années.

Luke et moi échangerions un long regard et saurions que le moment était venu. Nous sortirions et marcherions côte à côte, moi et le père que je n'avais jamais eu. Tout d'abord, nous nous tairions, puis Luke se déciderait à parler. Il me dirait combien il s'était mal conduit quand nous vivions dans les Willies. Il confesserait ses péchés et sa négligence envers moi. Il avouerait son plus grand tort : m'avoir reproché d'être née. Il implorerait mon pardon et je le lui accorderais.

Puis, à mon tour, je lui demanderais le sien. Pour avoir sottement cherché à me venger en voulant ressembler à son Ange. Et, en le poursuivant jusque dans son cirque, pour avoir causé la mort de Tom. Je lui dirais que j'étais seule responsable de l'accident qu'il se reprochait. Qu'il n'avait pas tué Tom. Alors il me prendrait dans ses bras, nous nous consolerions l'un l'autre. Ce serait juste avant le soir. Nous regarderions le soleil s'abaisser vers la mer et mon cœur chanterait, gonflé d'une joie presque insoutenable.

Puis, la main dans la main, nous reviendrions sur nos pas, vers une vie nouvelle.

Maintenant je serais seule sur le chemin, et les mots tant espérés ne seraient jamais dits. Les larmes me brouillèrent la vue, ruisselèrent sur mes joues. Logan me serra tout contre lui et nous restâmes longtemps ainsi, sans bouger, sans rien dire. Puis Curtis revint avec un verre d'eau et Tony entra derrière lui. Il s'assit en face de nous pendant que je me tamponnais les joues pour sécher mes larmes.

– C'était une collision, nous apprit-il d'une voix désolée. Luke et sa femme revenaient du cirque, installé tout près d'Atlanta, quand un chauffard ivre a traversé l'autoroute. D'après le rapport de police, ils ne se sont rendu compte de rien. L'autre voiture devait rouler à cent cinquante à l'heure.

Mon estomac se révulsa. Je parvins cependant à demander :

– Et... et Drake ?

– Grâce à Dieu, il était chez eux avec Mrs Cotton, la nurse. C'est elle qui le garde, en ce moment. La femme de Luke était fille unique et n'a plus que sa mère, qui vit dans une maison de retraite.

– Alors je pars immédiatement pour Atlanta. Je m'occuperai de toutes les formalités et ramènerai Drake. Désormais, il vivra avec nous.

Je lus sur le visage de Logan qu'il m'approuvait.

– Naturellement, Heaven. J'irai avec toi.

– En ce qui concerne les funérailles, intervint Tony, toutes les formalités sont faites. L'avoué s'en est chargé pour moi.

Je le dévisageai, perplexe. J'aurais eu bon nombre de questions à lui poser, et une en particulier. Pourquoi était-ce lui qu'on avait prévenu par télégramme, et non moi ? Mais il y avait plus urgent. Il fallait avant tout aller chercher Drake.

– Je dois prévenir Keith et Jane, annonçai-je. Et... et Fanny. Quand aura lieu l'enterrement ?

– Après-demain. Étant donné les circonstances, mieux vaut en finir au plus vite. Cela devrait nous laisser le temps de régler les problèmes matériels qui pourraient se présenter.

– Je m'en occuperai, Tony. Dès demain, je parlerai moi-même à cet avoué.

Tony me regarda fixement, puis jeta un bref coup d'œil à Logan.

– Dans ton état, tu ne crois pas que tu devrais nous laisser ce soin ? Je prendrai le premier vol pour Atlanta et...

– Je suis enceinte, Tony. Pas malade, ni invalide. Je tiens à m'occuper de cela, pour Drake et... pour Luke. C'est mon devoir et je le ferai.

– Comme tu voudras. Si tu as besoin de moi, je serai là. Tu n'auras qu'à appeler.

– Merci, Tony. Maintenant, il faut que je prévienne mes frère et sœurs. Logan, veux-tu t'occuper des réservations ?

– Bien sûr !

– Tu peux téléphoner de mon bureau, offrit Tony.

Je le remerciai d'un signe de tête et sortis pour aller téléphoner. Keith et Jane accueillirent la nouvelle avec calme, comme je l'avais prévu. Ils n'avaient jamais vraiment connu Luke. Et qu'était-il pour eux, sinon l'homme qui les avait vendus ? Ils demandèrent s'ils devaient venir aux funérailles, mais je ne jugeai pas cela nécessaire. À mes yeux, il était plus important pour eux de réussir leur nouvelle vie. Une vie que Luke n'aurait jamais osé rêver leur offrir. Je sentis que ma décision les soulageait. Et je les compris.

Avec Fanny, ce fut une autre histoire.

– Pa est mort ? demanda-t-elle d'une voix troublée.

Elle paraissait vraiment choquée, comme si elle doutait de la réalité et devait se faire répéter les détails pour s'en convaincre.

– Comment peux-tu être sûre qu'il est vraiment mort ? Peut-être qu'il est seulement blessé. Peut-être...

– Non, Fanny. Cela ne sert à rien de nourrir de faux espoirs. Il n'y a pas eu de survivants.

Elle éclata en sanglots.

– Ô doux Jésus ! Et moi qui voulais justement aller le voir ! Je voulais lui montrer que je devenais une fille bien !

– L'enterrement a lieu après-demain, Fanny. Je pars cette nuit pour Atlanta, chercher Drake.

– Drake... pauvre petit bonhomme. Il va lui falloir une autre maman, maintenant.

– Je vais m'occuper de tout, Fanny.

– Bien sûr que tu vas t'occuper de tout ! Sa majesté Heaven Leigh Stonewall peut se permettre ça, non ? Avec toute la fortune des Tatterton !

– Mais, Fanny...

– On se reverra à l'enterrement, Heaven.

Et voilà. Une fois de plus, c'était sur moi qu'elle déversait son amertume et sa rancœur. Elle avait raccroché depuis un moment quand Logan entra. Je tenais toujours le combiné à la main.

– Si nous nous dépêchons, nous pouvons avoir le prochain vol pour Atlanta. Miles nous attend.

Je reposai le combiné et courus à l'appartement, Logan sur mes talons. Nous rassemblâmes en hâte tout ce qui nous serait nécessaire pour la cérémonie. Moins de vingt minutes plus tard, nous roulions vers l'aéroport de Boston. La voix de ma chère Granny faisait écho à mes pensées moroses.

– La vie, c'est comme les saisons, petiote ! Faut savoir profiter de son printemps, il ne dure pas longtemps. Un jour en fleurs, un jour fanée, voilà ce qui t'attend. Le froid prend les gens aussi bien que les pierres, ma fille. Il rentre partout.

Le froid me pénétrait, moi aussi. Une nouvelle vie se formait en moi, et pourtant, je me sentais vide et glacée. Je frissonnai et me blottis contre Logan, la tête sur son épaule. Je dormis pendant le reste du trajet, et pendant presque tout le voyage. Nous arrivâmes chez Luke au petit jour. Malgré l'heure matinale, Mrs Cotton nous attendait.

C'était une grande et forte femme d'allure presque virile, vieillie avant l'âge par le travail. Elle s'avança à notre rencontre, drapée dans une vieille couverture en guise de châle.

– Je suis Heaven Stonewall, madame Cotton. Et voici Logan, mon mari. Mr Casteel était... mon père.

Mrs Cotton recula pour nous laisser entrer.

– Je sais, Mr Steine m'a déjà prévenue. Vous pouvez prendre la chambre d'amis. Juste après la cuisine, à droite.

– Merci. Comment va Drake ?

– Il dort. Je n'ai pas cru nécessaire de le réveiller pour lui apprendre cette affreuse nouvelle. Et puis, tiré du sommeil comme ça, en pleine nuit, il n'aurait rien compris, de toute façon.

– Vous avez bien fait.

Elle ne parut guère se préoccuper de mon approbation et s'éloigna en haussant les épaules.

– Faut que je dorme un peu, moi aussi. Le petit se réveille tôt.

– Soyez tranquille, je m'en occuperai.

– Comme vous voudrez.

Décidément, elle me plaisait de moins en moins.

– En fait, madame Cotton, vous pourrez partir demain à l'heure qui vous conviendra. Dites-moi simplement ce que vous devait Luke et...

– C'est réglé. Par Mr Steine. Et je pars cet après-midi. On doit venir me chercher.

Eh bien, on pouvait dire qu'elle ne perdait pas de temps !

– À droite après la cuisine, daigna-t-elle répéter.

Et là-dessus, elle se retira.

– Charmante créature, observa Logan.

– Oui, et dire que c'est une nurse !

Pendant qu'il transportait nos bagages dans la chambre d'amis, j'allai jusqu'à celle de Drake. Il y avait des années que je ne l'avais pas vu, mais, tout enfant déjà, il était le portrait vivant de Luke. Sur la pointe des pieds, je m'approchai de son lit et me penchai sur lui. Comme il était émouvant, dans son sommeil ! Il devait avoir un peu plus de cinq ans, et ressemblait plus que jamais à son père. Mêmes cheveux d'ébène, mêmes longs cils noirs ombrant la peau dorée des Casteel, colorée par leur sang indien. J'écartai de ses joues quelques mèches sombres et il gémit doucement, sans s'éveiller. J'eus un élan de compassion pour lui en pensant au choc douloureux qui l'attendait à son réveil. Peut-être ne s'en remettrait-il jamais. Je savais ce qu'il éprouverait, je pouvais déjà partager sa souffrance. Même si je n'avais pas connu ma mère, elle m'avait toujours manqué. Et Pa, le seul père que j'aie connu, avait su être un véritable père pour son petit Drake. Pauvre Drake. Il ne serait plus jamais le même, toute sa vie allait changer. Mais j'étais bien résolue à la lui rendre aussi douce, aussi facile, aussi heureuse que possible.

Logan et moi réussîmes à dormir un peu avant qu'il ne s'éveille. Puis j'entendis Drake se lever et Mrs Cotton lui préparer son déjeuner. Elle ne lui avait même pas dit que nous étions là. Les premiers mots de l'enfant furent pour demander :

– Où est maman ?

Mrs Cotton se contenta de répondre :

– Ta mère n'est pas là.

Levée d'un bond, j'enfilai précipitamment ma robe de chambre. Il n'était pas question de laisser cette femme lui annoncer brutalement une pareille nouvelle ! Il demanda encore :

– Où est-elle ? Est-ce qu'elle dort ?

– Oh oui, elle dort. Elle ne...

– Bonjour tout le monde !

Je fis irruption dans la cuisine. Drake pivota et me scruta de ses grands yeux noirs. Il avait bien les traits fermes et élégants de Luke, et jusqu'à sa carrure. En grandissant, il deviendrait aussi beau que lui.

– Je suis Heaven, expliquai-je, l'aînée de tes demi-sœurs. Tu ne te souviens pas de moi mais je suis déjà venue te voir. Je t'avais apporté des jouets.

Il m'observait toujours, sans répondre. Mrs Cotton haussa les épaules et retourna à ses fourneaux.

– Je n'ai pas de jouets, dit enfin Drake, en levant vers moi ses mains vides.

Son geste enfantin, adorable, m'alla droit au cœur. Je m'agenouillai à ses côtés et le serrai dans mes bras.

– Oh Drake, mon pauvre petit Drake ! Tu auras tous les jouets que tu voudras, à moteur, à roulettes, et toute la place qu'il faudra pour jouer avec !

Cette explosion de tendresse l'effraya. Il se dégagea et regarda par-dessus mon épaule, vers le couloir.

– Où est ma maman ? Où est mon papa ?

Ses yeux s'agrandirent en voyant apparaître Logan.

– Voici Logan, Drake. C'est mon mari.

– Je veux ma maman !

Il repoussa sa chaise et s'élança dans le couloir avant que j'aie pu faire un geste. Je secouai la tête avec résignation. Que savions-nous du chagrin des enfants ? C'était un oiseau sauvage, trop grand pour que leurs petites mains puissent longtemps le retenir.

Je rejoignis Drake dans la chambre de ses parents. Il contempla fixement le lit non défait, puis leva vers moi un regard angoissé. Je connaissais ce regard : c'était exactement celui de Keith au même âge. Et, comme je l'avais fait tant de fois pour Keith, je le pris dans mes bras et le couvris de baisers pour le consoler.

– J'ai quelque chose à te dire, Drake. Il va falloir bien écouter, comme un grand garçon.

Il serra son petit poing et écrasa les larmes qui perlaient au bord de ses cils. Cette force de caractère était bien l'héritage de Pa. À cinq ans, dominer ainsi sa peur et son chagrin ! Sans le lâcher, je m'assis sur le bord du lit.

– Drake, as-tu entendu parler d'un endroit qu'on appelle paradis ? C'est là que les gens vont, quand ils meurent.

À son air intrigué, je devinai à quoi il pensait.

– Oui, je sais, on a dû te dire que Heaven, dans la Bible, veut dire paradis. Tu connais cet endroit ? C'est là que vont ceux qui... qui partent pour toujours. Tu le savais ?

Il secoua la tête.

– Eh bien, il arrive que certaines personnes doivent y aller... un peu plus tôt qu'elles n'auraient voulu.

Logan se montra sur le seuil et Drake lui jeta un regard soupçonneux. Il y répondit par un sourire chaleureux et Drake reporta son attention sur moi, curieux de connaître la fin de l'histoire. Je l'imaginais sans peine dans les bras de sa mère, comme il se tenait dans les miens, en train d'écouter un conte de fées. Mais cette fois, il ne s'agissait pas d'une histoire, et c'était à moi de le lui faire comprendre.

– La nuit dernière, Dieu a appelé ton papa et ta maman dans son paradis, Drake. Ils ne voulaient pas te quitter mais ils n'avaient pas le choix : c'était un ordre.

Il fut aussitôt sur ses gardes.

– Et quand est-ce qu'ils reviennent ?

– Ils ne reviendront pas, Drake. Quand Dieu nous appelle auprès de lui, c'est pour toujours.

– Alors je veux y aller aussi ! s'écria-t-il en se débattant pour m'échapper.

– Non, mon chéri, tu ne peux pas. Dieu ne t'a pas appelé. Tu dois rester ici, sur terre. Je t'emmènerai dans une belle maison, tu verras. Tu auras tellement de jolies choses que tu ne sauras plus quoi en faire.

– Non ! Je veux mon papa et ma maman !

– C'est impossible, mon trésor, mais je vais te dire ce qu'ils voudraient, eux. Ils voudraient que quelqu'un veille sur toi, te rende heureux et t'aide à devenir un jeune homme bien élevé. Veux-tu faire cela pour eux ?

Il se raidit et je vis rosir ses joues à mesure que montait sa colère. Ses yeux se rétrécirent. J'y retrouvai l'expression de Luke, aussi rageuse et aussi butée que si Pa en personne me foudroyait du regard.

– Ne me hais pas pour t'avoir dit ces choses, Drake. Je t'aime et je veux que tu m'aimes, toi aussi.

Il se débattit de plus belle et hurla :

– Je veux mon papa ! Je veux aller au cirque ! Laisse-moi partir, laisse-moi partir !

Et soudain, il m'échappa et s'élança comme un bolide hors de la chambre. Logan fit de son mieux pour me consoler.

– Laisse-lui un peu de temps, Heaven. Ce n'est qu'un enfant mais il en a besoin, lui aussi.

– Je sais.

Je parcourus tristement la pièce du regard. Il y avait un portrait de Luke et de Stacie sur la table de nuit; un instantané pris devant la maison. On les voyait dans les bras l'un de l'autre, rayonnant de jeunesse et de bonheur. Comme ce Luke était différent du Pa que j'avais connu ! S'il avait pu être aussi heureux dans les Willies, nous l'aurions tous été.

– Heaven ? Il serait temps de déjeuner et de nous habiller, tu ne crois pas ? Surtout si tu veux voir cet avoué avant de passer aux Pompes funèbres.

Je me levai et regardai pensivement le grand lit vide. C'était là que Luke et sa femme s'étaient aimés et avaient juré de ne jamais se quitter. Ils étaient ensemble, maintenant. À six pieds sous terre, dans les ténèbres glacées.

J'espérais n'avoir pas menti à Drake. Je voulais croire qu'ils étaient vraiment dans un monde meilleur. J'avais besoin de croire au paradis.

12

Dernier adieu

Drake s'entêta dans sa bouderie. Il refusa de me laisser l'habiller et Mrs Cotton dut s'en charger. Ce fut le dernier travail qu'elle exécuta pour Luke et Stacie Casteel. Drake rechigna pour nous accompagner à Atlanta, mais l'animation de la ville dissipa sa mauvaise humeur. Il fut bientôt si absorbé par ce qu'il voyait par la fenêtre qu'il me laissa le prendre sur mes genoux sans protester. J'écartai les mèches qui lui tombaient sur le front et étudiai son visage. Stacie ne lui avait pas coupé les cheveux, et je la comprenais. Ils étaient si beaux ! J'embrassai Drake sur la joue et le serrai tout contre moi. Fasciné par le spectacle, il ne s'en aperçut même pas.

Les bureaux d'Arthur Steine étaient situés dans l'un des immeubles les plus luxueux de la ville. Le choix d'un tel avoué me parut étrange, de la part de Luke. Son cirque était sans doute une bonne petite affaire, mais sans plus. Comment pouvait-il s'offrir les services d'une firme pareille ?

Drake ne se posait pas tant de questions : il était captivé par l'ascenseur. Nous nous arrêtâmes au douzième étage, pour découvrir une somptueuse salle d'attente. Des clercs entraient et sortaient d'un air affairé, des dossiers sous le bras. Deux secrétaires trônaient derrière leurs bureaux où clignotaient des appareils téléphoniques. La plus proche de la porte était chargée de la réception. Elle nous fit asseoir sur un immense canapé de cuir et annonça notre arrivée à Mr Steine. Je venais de choisir un magazine pour Drake quand l'avoué s'avança pour nous saluer.

C'était un homme de haute taille, à l'allure distinguée, dont les yeux bruns étincelaient derrière ses lunettes. J'eus l'impression de l'avoir déjà vu quelque part, mais cela n'avait rien d'étonnant. Avec son complet anthracite, sa chaîne de montre en or, ses tempes grises, il était le parfait spécimen d'homme d'affaires que fréquentait Tony. Il nous présenta ses condoléances et dévisagea Drake par-dessus ses lunettes.

– Et voici le petit Drake, je suppose ?

Le petit Drake lui lança un regard noir. Son hostilité était si évidente que je crus bon d'intervenir.

– En effet. Dis bonjour à Mr Steine, Drake.

L'enfant toisait toujours l'adulte, avec une arrogance bien au-dessus de son âge.

– Je veux rentrer à la maison, annonça-t-il.

– Mais bien sûr, répondit l'avoué en se tournant vers la réceptionniste. Colleen, n'auriez-vous pas une délicieuse sucette rouge à offrir à ce jeune homme ? Cela l'occupera pendant que je m'entretiendrai avec Mr et Mrs Stonewall.

– C'est bien possible, dit la secrétaire en souriant.

Elle fouilla dans un tiroir, en tira une sucette et la tendit à Drake, qui vint aussitôt la chercher.

– On dit merci, Drake, observai-je avec douceur.

Il me dévisagea, réfléchit, lança un bref « merci » et retourna s'asseoir. Il ne parut pas du tout inquiet de rester seul. Il était bien trop occupé à décortiquer sa sucette.

Pilotés par Arthur Steine, nous traversâmes une salle de conférences, une bibliothèque et deux grands bureaux avant d'arriver dans le sien. Les vastes baies dominaient la ville et la rue était particulièrement belle, ce jour-là. Le ciel lumineux semblait entrer dans la pièce. Mr Steine nous désigna les deux fauteuils de cuir gris qui faisaient face à son bureau :

– Asseyez-vous, je vous en prie.

Il attendit que nous y ayons pris place pour s'asseoir à son tour.

– Vous ne devez pas vous souvenir de moi, mais j'étais à Farthinggale Manor, pour votre réception de mariage. Quelle fête magnifique, madame Stonewall !

– Il me semblait bien vous avoir déjà vu, mais il y a quelque chose qui m'échappe. Vous étiez l'avoué de Luke Casteel ?

– En fait, je représente Mr Tatterton.

– Mr Tatterton ? Pourriez-vous m'expliquer...

– Certainement. Je croyais que vous étiez au courant mais s'il en est ainsi... Voilà. Il y a quelque temps, j'ai négocié pour Mr Tatterton l'achat d'un cirque appartenant à un certain...

Arthur Steine consulta un papier sur son bureau.

– ... un certain Winderbarron.

Je lançai un bref coup d'œil en direction de Logan, qui se contenta de hausser les épaules.

– Mais je croyais que le cirque appartenait à Luke !

– Et c'était bien le cas.

Nouveau coup d'œil à Logan, nouveau haussement d'épaules.

– Je comprends de moins en moins.

– C'est pourtant simple. Devenu propriétaire du cirque, Mr Tatterton l'a vendu à Luke Casteel pour la somme on ne peut plus raisonnable de... un dollar.

– Quoi !

– On peut considérer cela comme une donation, en fait. Toutefois, Mr et Mrs Casteel étant décédés, la propriété de l'affaire revient à Mr Tatterton. Hier soir, pendant notre entretien téléphonique, il m'a demandé de vendre le cirque et de placer l'argent au nom de Drake Casteel. Il m'a également chargé d'agir de même avec les biens immobiliers de ses parents. La maison sera mise en vente et le revenu placé au nom de l'enfant. J'espère que vous approuvez ces dispositions, madame Stonewall ?

J'en restai sans voix.

– À vrai dire, reprit Arthur Steine, les capitaux en jeu ne présentent aucun intérêt pour une firme comme la nôtre. Mais il y a si longtemps que nous sommes en affaires avec Mr Tatterton qu'un mot de lui nous a suffi. Soyez tranquille, nous veillerons à tout.

Je ne comprenais toujours pas. Pourquoi Tony avait-il agi ainsi ? Pourquoi avait-il gardé tout cela secret ?

– Tous les documents sont prêts, m'informa Arthur Steine. Vous n'avez qu'à signer. Naturellement, ces démarches prendront un certain temps, mais si vous souhaitez les superviser...

Je retrouvai enfin la parole.

– Mr Tatterton a vraiment donné le cirque à Luke ?

– Mais parfaitement, madame Stonewall.

Arthur Steine observa un instant de silence et enchaîna :

– Maintenant, venons-en au sujet des funérailles. Les corps seront exposés à l'Établissement funéraire Eddington. Le service aura lieu demain matin à onze heures.

– Et Tony a réglé tout cela en un coup de fil ?

Je voulais être sarcastique, mais ma voix trahit surtout ma surprise. Voilà donc ce qu'avait fait Tony ! Il s'était approprié Luke, jusque dans la mort, jusqu'à ce dernier adieu. Il m'avait volé Pa.

J. Arthur Steine laissa éclater sa satisfaction.

– Comme je vous le disais, madame Stonewall, Mr Tatterton est un de nos meilleurs clients. Nous sommes heureux de pouvoir vous aider de notre mieux.

– C'est ce que Tony a voulu faire pour toi, dit Logan.

Je lui jetai un regard apitoyé. Il était si crédule ! Il ignorait que Tony était mon véritable père. Qu'il agissait par jalousie et non par bonté. Et il ne devait pas le savoir. C'était notre problème, pas le sien. Je me bornai à demander :

– Luke n'aurait-il pas préféré être enterré dans les Willies ?

Je ne pouvais pas oublier la tombe de ma mère, où figuraient ces simples mots :

ANGEL
La femme très aimée de Thomas Luke Casteel[1]

– Je n'en sais rien, répondit Logan. Il avait choisi Atlanta et n'aurait sans doute pas aimé être ramené dans les Willies.

À l'entendre, on aurait pu croire qu'il s'agissait de « ramener » Luke à une condition inférieure, à laquelle son statut de propriétaire lui avait permis d'échapper.

– Non, sans doute pas.

– Et puis, il y a Stacie, n'oublie pas, ajouta Logan.

Je m'adressai à l'avoué :

– Et Drake, que devient-il dans tout cela ?

– À ma connaissance, sa mère n'avait aucun parent qui soit susceptible de le prendre en charge. Et du côté de Mr Casteel ?

– C'est la même chose. Je vois mal comment ses frères pourraient s'occuper de lui : ils ont fini tous les cinq en prison.

– Dans ce cas, il ne devrait pas y avoir de problèmes. Vous êtes sa demi-sœur et, si vous désirez obtenir sa garde, je me chargerai des démarches. Mr Tatterton m'a recommandé de suivre vos instructions.

– Parfait. Naturellement, je tiens à être reconnue tutrice de l'enfant. Et en tant que telle, pour toute affaire le concernant, je vous serais très obligée de vous adresser directement à moi et non à Mr Tatterton.

La sécheresse de ma voix fit se raidir l'avoué.

– Entendu. À Farthinggale Manor, je suppose ?

1. Voir *Les Enfants des collines,* éd. Flamme, p. 11. *(N.d.T.)*

– Si vous y tenez, mais nous avons aussi une adresse à Winnerow. Vous agirez pour le mieux.

Il me dévisagea longuement et hocha la tête. Pour moi, il ne faisait aucun doute qu'il bondirait sur le téléphone dès que nous aurions tourné les talons, pour conférer avec Tony. Je notai l'adresse de la maison Hasbrouck sur un feuillet que je lui tendis.

– Savez-vous si… si nous serons autorisés à voir le corps de Luke ?

– Je crains que non, madame Stonewall, et ce ne serait pas un plaisant spectacle. Les cercueils seront fermés, et je crois que cela vaut mieux.

Je fermai les yeux et sentis la main de Logan se poser sur mon bras.

– Heaven ? Tu ne te sens pas bien ?

– Si, dis-je en me levant. Cela ira. Merci, monsieur Steine.

L'avoué contourna son bureau.

– Je suis navré que notre deuxième rencontre ait eu lieu dans de si tristes circonstances, croyez-le. Bonne chance à tous deux, et surtout au petit bonhomme. Je vous tiendrai au courant de mes démarches.

Nous nous séparâmes et je regagnai la salle d'attente en tremblant. Drake nous accueillit d'un regard anxieux. Il était entièrement barbouillé de sucre rouge.

– Eh bien, constata Logan, quand il mange une sucette, il y va de bon cœur !

Je m'empressai de demander à la secrétaire où se trouvaient les lavabos et d'y emmener Drake. Il se laissa laver le visage sans protester, ses grands yeux bruns fixés sur moi. Devinait-il tout l'amour que j'éprouvais pour lui ? Il n'ouvrit la bouche que pour demander :

– Est-ce qu'on rentre à la maison, maintenant ?

– Oui, mon chéri, nous rentrons à la maison. Et après, je t'emmènerai dans une autre maison. Là où rien ni personne ne pourra plus te faire de mal.

Il continua à me regarder, sans mot dire. Je ne

voulais pas pleurer, et pourtant, une larme roula sur ma joue. Et soudain, comme s'il venait enfin de comprendre ce qui lui arrivait, Drake tendit le doigt et suivit le tracé de cette unique larme.

*

À peine avions-nous ouvert la portière, en arrivant devant la maison, que Drake bondit hors de la voiture. C'était moi qui avais les clés de chez Luke. Mrs Cotton me les avait remises avant notre départ, sachant qu'elle ne serait plus là à notre retour. Drake trouva la porte fermée et se retourna vers nous, stupéfait.

– Où est maman ? Où est papa ?

Son petit visage était ravagé de désespoir. Qu'aurais-je pu lui répondre ? J'avais la gorge trop serrée pour parler, de toute façon. Dès que la porte fut ouverte, il se rua dans la maison en appelant :

– Maman ! Maman ! Maman !

Le martèlement de ses petits pieds résonna dans toutes les pièces, l'une après l'autre.

– Papa ? Maman ?

Sa voix me perçait le cœur. Mes yeux se remplirent de larmes.

– Ce n'est peut-être pas une si bonne idée de passer la nuit ici, suggéra Logan en m'entourant les épaules de son bras. Nous ferions mieux de louer une chambre dans un hôtel d'Atlanta.

– Sans doute, mais cela me fait peur de l'arracher si tôt à son décor familier. À moins que nous ne réussissions à lui présenter ce changement comme une passionnante aventure ?

Ma voix tremblait mais ce n'était pas le moment de me laisser aller. Je me ressaisis.

– Va voir si tu peux trouver des valises, pendant que je rassemblerai quelques vêtements de Drake. Juste un minimum : j'ai l'intention de renouveler sa garde-robe.

Logan parti, je me mis à la recherche de Drake.

Je le retrouvai à la même place que le matin, devant le lit vide de ses parents. Quand je le soulevai dans mes bras, il ne m'opposa pas la moindre résistance. Les yeux fixes, le pouce à la bouche, il laissa rouler sa tête sur mon épaule.

– Voilà ce que je te propose, mon chéri. Nous allons aller dans ta chambre où tu choisiras tout ce que tu veux emporter. Logan et moi mettrons tout ça dans une valise et nous irons à Atlanta, dans un bel hôtel. Tu as déjà été à l'hôtel ?

Il secoua imperceptiblement la tête.

– Je suis sûre que tu vas adorer ça. Nous irons dans un bon restaurant, et ensuite, nous prendrons l'avion. Tu as déjà pris l'avion ?

Le mot « avion » eut un effet magique. Drake secoua la tête beaucoup plus vigoureusement que la première fois.

– Alors écoute, dis-je en l'emmenant dans sa chambre. Nous allons monter dans un bel avion, puis dans une grande voiture, pour aller dans la plus grande maison que tu aies jamais vue.

– Est-ce que maman y sera ?

– Non, mon chéri.

– Et papa ?

L'espoir qui perçait dans sa voix me serra le cœur.

– Non, Drake, rappelle-toi ce que je t'ai dit : Dieu les a appelés dans son paradis. Ils sont là-haut, maintenant. Ils te regardent et ils sourient, parce que quelqu'un prend soin de toi. Tu comprends ?

Je le posai par terre et commençai l'inspection de son placard. Logan avait trouvé plusieurs valises, mais je n'en remplis qu'une. J'avais dit à Drake d'aller chercher ses jouets préférés, et il ne tarda pas à revenir. Il se campa devant moi, une voiture de pompiers dans les bras. Je la reconnus instantanément. C'était un jouet Tatterton, une réplique des premiers fourgons d'incendie jamais construits. Un bel objet en métal plein, dont chaque partie fonctionnait, du tableau de bord à la pompe à eau. Les petits pompiers étaient exécutés avec un souci de réalisme saisissant. Leurs visages offraient toute une gamme d'expressions, de l'inquiétude à l'optimisme. Et ils étaient intacts. Quelqu'un avait pris grand soin de ce jouet : mon premier cadeau au petit Drake.

– Quel magnifique camion, Drake ! Tu sais d'où il vient ?

Il secoua la tête.

– C'est moi qui te l'ai envoyé, il y a très longtemps. Je suis contente que tu en aies pris soin et que tu l'aies choisi pour l'emporter. Mais maintenant... (Je repoussai une mèche de son front.)... Tu vas avoir une véritable armée de jouets, qui marcheront aussi bien que celui-là. Et sais-tu pourquoi ? (Nouveau geste de la tête : Drake n'était pas bavard.) Parce que Logan et moi dirigeons une usine de jouets. C'est vrai, je t'assure. Tu verras. En attendant, va porter ce camion à Logan et dis-lui que tu veux l'emporter.

Il obéit et je quittai la chambre à mon tour pour me rendre dans celle de ses parents. Je voulais y prendre leur portrait. Je le désirais autant pour moi que pour Drake.

– Heaven ? appela Logan de la cuisine. Je fais du thé, tu en prendras ?

– Non, merci. Mais demande à Drake s'il ne veut pas manger quelque chose.

– Je m'en occupe. Alors, Drake... si nous regardions ce qu'il y a pour déjeuner ?

Rassurée, j'entrepris un examen minutieux des tiroirs. Peut-être contenaient-ils des objets de valeur que je pourrais garder pour Drake ? Je trouvai les bijoux de Stacie, en imitation pour la plupart, une montre et d'autres photos du couple. Dans l'un des tiroirs de Pa, bien caché sous une pile de chaussettes, je découvris un des petits lapins de Grandpa. Je le revis, balançant son rocking-chair en parlant à son Annie disparue, et les larmes me vinrent aux yeux. Mais je n'étais pas au bout de mes surprises. Pa avait également conservé une coupure du *Boston*

Globe, annonçant mon mariage avec Logan. Et les trois mots : « institutrice à Winnerow » étaient soulignés en rouge.

Je me laissai tomber sur le lit, le papier sur mes genoux. Ainsi, non seulement Luke s'intéressait à moi, mais il était fier de moi ! Alors pourquoi n'était-il pas venu à mon mariage ? Pourquoi n'avait-il plus jamais cherché à prendre contact avec moi ? Maintenant il n'était plus là, ni Stacie, ni même Mrs Cotton. Pour cette dernière, la perte n'était pas grande. Elle ne devait pas avoir grand-chose à dire. L'avoué non plus, les questions de droit mises à part. Qui pourrait me renseigner, désormais ? Me dire tout ce que je voulais savoir ?

Tony ! Oui, Tony saurait, j'en étais sûre. D'une façon qui m'échappait encore, il était mêlé à la vie de Luke. Mais comment ? J'étais dévorée d'impatience de connaître la réponse. Croyait-il me protéger ? Je n'étais plus une enfant, il n'avait pas le droit de me cacher la vérité.

Je rassemblai tous les objets que je voulais emporter, sans oublier la coupure. Je m'apprêtais à ouvrir la penderie quand le carillon de la porte d'entrée retentit. Je tendis l'oreille et ne tardai pas à entendre une voix familière. Fanny ! Elle n'était pas seule, et je connaissais aussi la voix de son compagnon : Randall Wilcox. Le temps que je quitte la chambre, ils étaient déjà dans la cuisine.

– Drake, mon petit chou, roucoula Fanny de sa voix traînante, je suis ta sœur. Fanny, la préférée de ton Pa !

Et avant qu'il ait pu faire un geste, elle le souleva dans ses bras et constella son visage de rouge à lèvres, depuis le menton jusqu'au front.

– Ce qu'il est beau ! Le portrait craché de Pa !

J'articulai d'une voix éteinte :

– Bonjour, Fanny.

Elle arborait un fourreau de dentelle noire sans manches assorti d'un grand chapeau de paille. Malgré cette toilette moulante, sa grossesse était à peine visible. Seul un œil averti aurait pu remarquer l'épaississement de sa taille. Elle avait relevé ses cheveux en chignon et, comme d'habitude, était exagérément maquillée. Elle bougonna :

– Bonjour. Tu pourrais saluer Randall, quand même !

Il se tenait toujours sur le seuil de la pièce, son chapeau dans les mains. Il me parut plus vieux que dans mon souvenir. La vie avec Fanny ne devait pas être drôle tous les jours ! Il nous décocha un sourire timide.

– Bonjour, Heaven. Logan...

Logan se contenta de hocher la tête, ce qui déclencha les foudres de Fanny.

– Vous pourriez être un peu plus accueillants, non ? Randall a eu la gentillesse de m'accompagner dans ces tristes circonstances, et quand on pense...

Sans lâcher Drake, elle glissa un bras sous celui de Randall et baissa modestement les yeux.

– Quand on pense à ma situation plutôt... délicate, vous voyez ce que je veux dire ?

J'ignorai l'allusion. Mon seul souci pour le moment était de retirer Drake de ses griffes.

– Logan, est-ce que tu n'allais pas faire manger Drake ?

Complètement figé depuis l'arrivée de Fanny, Logan retrouva brusquement ses esprits.

– Si, justement. Son sandwich est prêt. J'ai préparé aussi un lait chocolaté. C'est bien ce que tu voulais, bonhomme ?

Drake hocha la tête et Fanny dut, bon gré mal gré, le reposer sur sa chaise. Puis elle jeta autour d'elle un regard aigu.

– Alors, tu as déjà raclé la maison jusqu'à l'os, pas vrai ?

Je restai de glace.

– Il n'y avait rien à « racler », comme tu dis si bien. Tout ce qui a de la valeur sera vendu, et l'argent placé au nom de Drake. L'avoué s'en occupe.

– Tu parles, qu'il s'en occupe ! Qu'est-ce que je t'avais dit, Randall ? Je savais qu'elle aurait déjà tout pris en main avant qu'on arrive !

– Je n'ai rien eu à prendre en main, Fanny. Les démarches étaient déjà commencées à mon arrivée, l'avoué avait des instructions.

J'évitai de préciser qu'il les tenait de Tony. J'ignorais d'ailleurs quel rôle il jouait dans cette histoire.

– Et l'enterrement, c'est pour quand ?

– Le service sera célébré demain à onze heures à la cathédrale Kingsington d'Atlanta. L'enterrement aura lieu dans le cimetière de l'église.

– C'est toi qui paies ?

– Je t'ai déjà dit que l'avoué s'occupait de tout, Fanny.

– Vous dormez ici, ce soir ?

Elle chercha le regard de Logan, qui parut soudain très pressé de débarrasser la table. Je tenais à ce qu'il soit bien clair que Fanny n'avait affaire qu'à moi seule, et ce fut moi qui répondis.

– Non, nous passons la nuit à Atlanta. Mais tu peux rester et fouiller la maison de fond en comble, si tu y tiens.

Elle s'obstina.

– Ben quoi, c'était mon Pa, et c'est moi qu'il aimait le mieux ! J'ai bien le droit, non ?

Je répondis sans me fâcher :

– Je suppose que oui. Tiens, voilà les clés. N'oublie pas de les apporter demain, pour les remettre au fondé de pouvoir.

Je laissai tomber les clés dans sa paume. Elle me regarda avec stupéfaction, puis se tourna vers Drake.

– Et toi, mon chou ? Tu veux rester ici avec Randall et moi ? Comme ça, demain, on ira tous les trois à l'enterrement.

Drake l'observa longuement en silence. Puis son regard se posa sur moi, et à nouveau sur elle.

– Je vais dans un hôtel, annonça-t-il enfin. Et après dans un avion. Et après dans une usine de jouets.

– Alors c'est comme ça ? Tu l'emmènes dans ton château ?

– *Nous* l'emmenons, Fanny. Nous lui donnerons un foyer.

Elle attacha sur moi un regard vide que je ne lui avais jamais vu. Ses yeux semblaient opaques, indéchiffrables. Puis elle se tourna vers Drake.

– Alors, mon chou, tu ne veux pas dormir dans ton petit lit, ce soir ?

– Ne le perturbe pas, Fanny, je t'en prie ! Il l'est déjà assez comme ça.

Ses yeux étincelèrent et, cette fois, je reconnus, ma sœur. Une vraie furie.

– Moi, je le perturbe ? Qu'est-ce que tu racontes ?

– Elle a raison, hasarda timidement Randall.

Il n'eut que le temps de le regretter. La rage de Fanny se concentra sur lui.

– Ben voyons ! Elle a raison si tu le dis ! T'as toujours été de son côté si ça se trouve ? Avoue-le.

– Allons, calme-toi, voyons. Viens, nous irons dans un bon restaurant, et nous reviendrons plus tard. D'accord ?

Elle me lança un regard venimeux, qui disparut presque instantanément. Et j'eus droit à son plus gracieux sourire.

– Randall a raison. J'ai eu tellement de chagrin que j'ai presque rien avalé. Et il faut que je mange pour deux, maintenant. Pas vrai, Heaven ?

Mais c'était Logan qu'elle fixait en disant cela, et la tension qui s'établit entre eux parut déconcerter Randall. Elle ne s'en inquiéta guère et revint à la charge.

– Tu veux venir avec nous au restaurant, mon petit Drake ?

– Fanny, laisse-le finir son sandwich !

Elle fourragea dans les cheveux de Drake.

– Je suis sûre que tu préférerais aller au restaurant, pas vrai, mon bébé ?

Il rejeta la tête en arrière et gronda :

– Je ne suis pas un bébé.

– Bien sûr, trésor. C'est pas ce que je voulais dire.

– Fanny, implora Randall, allons déjeuner s'il te plaît. Nous reviendrons.

– Voilà, j'arrive ! glapit-elle. Vous deux, on se reverra.

Puis son sourire reparut, elle s'agenouilla près de Drake et l'embrassa sur la joue.

– Quel amour d'enfant, il est aussi beau que son père !

Drake la regarda se relever et rejoindre Randall, sans desserrer les dents.

– À demain, Fanny, dis-je avec sécheresse. À onze heures à l'église.

Elle se suspendit au bras de Randall d'un geste théâtral.

– Ô mon Dieu, j'oubliais ! Pauvre Luke, c'est tellement affreux de penser à lui ! Randall, mon chéri, prête-moi encore ton mouchoir, s'il te plaît.

Elle baissa la tête et se tamponna délicatement les yeux.

– À demain, dit brièvement Randall.

Après leur départ, je m'obligeai à respirer lentement pour retrouver mon calme. Fanny m'avait mis les nerfs à vif. Logan, lui, n'en menait pas large. Sa mine coupable faisait pitié.

– J'emporte les affaires de Drake dans la voiture, annonça-t-il. Nous pouvons partir dès qu'il aura fini.

Je m'assis auprès de Drake et entrepris d'effacer de ses joues le rouge à lèvres de Fanny.

*

Nous arrivâmes de bonne heure à l'église, le lendemain. Nous y entrâmes comme une vraie famille, Drake entre nous deux, tenant chacun une de ses petites mains dans la nôtre. Tout le personnel de Luke était là, foule étrange qui emplissait presque toute la nef. On y voyait des géants et des nains, une femme à barbe, des dresseurs d'animaux à la crinière en désordre. Le groupe des acrobates se mouvait avec un tel ensemble qu'on les aurait crus attachés l'un à l'autre. Les assistantes du magicien affichaient une élégance voyante. Et le visage des clowns était d'une tristesse qu'aucun maquillage n'aurait pu leur donner.

Tous connaissaient Drake. À sa vue, un soupir gonfla toutes les poitrines et l'assemblée fondit en larmes. Nous gagnâmes le premier banc et nous assîmes en face des deux cercueils. Les yeux bruns de Drake s'agrandirent. Il regarda autour de lui d'un air anxieux.

– Est-ce que papa et maman vont venir, eux aussi ?

Je serrai plus fort sa main dans la mienne.

– C'est ici que tu pourras le mieux leur dire au revoir, Drake. C'est un endroit exprès.

Son regard glissa sur les vitraux, les cierges, puis s'arrêta sur les cercueils. La femme à barbe, en larmes, se penchait sur celui de Luke pour y déposer une rose. Elle soupira bruyamment :

– Lui qui a toujours été si bon pour moi !

La voix de Drake me déchira le cœur :

– Pourquoi tante Martha a parlé à la boîte ? Le magicien a enfermé quelqu'un dedans ? Qui est-ce ?

Je l'embrassai tendrement sur le front.

– Personne, mon chéri. Il n'y a personne.

– Je ne te crois pas, je veux ouvrir cette boîte ! Je sais que mon papa est dedans. Lâche-moi, lâche-moi, je veux le voir !

Il se débattit pour m'échapper et s'élança vers le cercueil de son père. Devant lui, il s'arrêta brusquement et colla son oreille à la paroi.

– Papa, tu es là-dedans ? Papa ?

Je me précipitai vers lui, mais la femme à barbe me retint gentiment par le coude.

– Laissez-moi faire. Nous sommes de vieux amis, Drake et moi.

Elle le prit dans ses bras et il se blottit contre elle.

– Tante Martha, est-ce que mon papa est là-dedans ?

– Ton papa est au paradis, mon trésor. Ce qui est là-dedans, c'est seulement son enveloppe, son apparence. Mais ne t'inquiète pas pour lui. Le paradis est comme un grand cirque, le plus beau que tes parents aient jamais vu. Ils y seront très heureux. Et ils veulent que tu sois heureux, toi aussi. Que tu sois en bonne santé et étudies bien en classe, pour...

Les larmes la suffoquèrent et elle acheva en pleurant :

– Pour devenir chef de piste, comme ton papa !

– Je veux être chef de piste, et aussi dompteur !

– Et moi, je veux que tu retournes t'asseoir à côté de ta sœur, pour l'instant. Elle t'aime très très fort, tu sais ?

Elle lui donna un dernier baiser et s'éloigna. Il m'annonça alors avec orgueil :

– Quand je serai grand, je serai dompteur !

– J'en suis sûre, Drake. En attendant, nous allons retourner nous asseoir et écouter le service, d'accord ?

Il hocha bravement la tête et serra ma main comme s'il craignait de me voir disparaître, moi aussi. Je sentis que la vue de tous ces visages familiers le rassurait et le réconfortait. Je parcourus l'assemblée du regard et m'étonnai de ne pas y voir Fanny, ni Randall. Je n'eus cependant pas le temps de m'inquiéter de leur retard. Logan m'entoura les épaules de son bras et j'essayai d'écouter le service. Mais je ne pouvais penser qu'à Luke, et ne parvenais pas à détourner les yeux de son cercueil.

Les premiers accords de l'orgue retentissaient quand un bruit de porte me fit me retourner : Fanny et Randall se hâtaient vers les premiers bancs. Fanny portait la même robe que la veille, le même maquillage outrancier. Mais quand elle eut pris place à mes côtés, elle aperçut le cercueil. Sa main saisit violemment la mienne. Les larmes ruisselèrent sur ses joues, délayant ses fards en coulées noirâtres et bourbeuses. En cet instant, j'éprouvai pour cette sœur qui n'avait jamais cherché qu'à me blesser une compassion fraternelle.

Le pasteur fit un remarquable éloge des défunts, pour quelqu'un qui ne les avait pas connus. Mr Steine avait dû lui fournir tous les détails nécessaires. Il établit une habile comparaison entre le cirque et la vie, dont Dieu était le chef de piste. Selon lui, Il avait appelé Luke en Son paradis pour lui confier des responsabilités plus hautes. Je fus sensible au fait qu'il ait employé les mêmes mots que les miens. Quand il entendit le pasteur affirmer : « Dieu l'a appelé près de Lui », Drake leva vers le ministre un regard plein de gravité. Il se souvenait de mes paroles.

Puis le pasteur parla de Stacie, épouse et mère parfaite, et de l'amour que Luke et elle éprouvaient l'un pour l'autre. Un amour si fort que Dieu lui-même n'avait pas voulu les séparer.

Les sanglots de Fanny se firent plus violents, et Randall tenta de la consoler. Ou de la faire taire, ce que je pouvais comprendre. Son chagrin était vraiment trop bruyant.

Pourtant, il était sincère, je le lus dans ses yeux. Luke lui manifestait beaucoup d'affection, quand elle était enfant. Et depuis, elle en avait été plutôt sevrée. La mort de Luke était une perte vraiment terrible pour elle.

Nous suivîmes les cercueils dans le cimetière, où une pierre tombale était déjà préparée. Elle était gravée très sobrement. Au sommet, un seul nom : Casteel. Au-dessous, les prénoms de Pa et de Stacie, les dates de leur naissance et de leur mort. Et tout en bas, cette simple phrase : « Qu'ils reposent en paix. »

Quand tout fut terminé et que la foule commença à se disperser, nous revînmes vers l'église. Plus sanglotante que jamais, Fanny souleva Drake dans ses bras.

– Oh, Drake, mon petit trésor ! Nous sommes tous orphelins, maintenant. Comme toi !

Trop abasourdi pour protester, Drake s'était laissé faire, mais j'estimai que Fanny en rajoutait un peu trop. Je lui repris Drake sans ménagements.

– Il n'est pas orphelin. Nous allons lui donner un foyer, et une vraie famille.

Fanny recula, happa le mouchoir de Randall et s'essuya les joues. Ses yeux brillaient de rage concentrée.

– Il devrait retourner dans les Willies, là où vivait son père.

– Certainement pas. Son père a quitté les Willies pour se faire une vie meilleure, et c'est ce qu'il souhaiterait pour son fils.

Quelques employés du cirque commencèrent à s'attrouper autour de nous. Randall intervint timidement :

– Viens, Fanny. Nous n'allons pas discuter de cela ici !

Elle regarda autour d'elle et son sourire reparut.

– D'accord. À bientôt, Heaven Leigh. Au revoir, mon trésor !

Elle envoya un baiser à Drake, pivota sur ses talons et s'éloigna au bras de Randall.

Nous allâmes directement à l'aéroport. Drake fit le trajet sur mes genoux, aussi sage qu'une poupée de chiffon. Mais une fois au terminal, il parut reprendre vie. Tout l'attirait, tout l'intéressait. Nous déjeunâmes sur place, juste avant de monter dans l'avion. Je le plaçai près du hublot, ce qui mit le comble à son excitation. Les questions pleuvaient dru.

– Est-ce que nous volons plus haut que les oiseaux ? Est-ce qu'on va se poser sur la lune ?

Logan lui expliqua une infinité de choses sur les avions, l'atmosphère, les nuages, et il l'écouta avec une attention passionnée. Les voir ainsi me réchauffa le cœur. Drake serait heureux chez nous. Logan l'avait déjà adopté.

Ils ne tardèrent pas à s'endormir, presque en même temps. Cela m'attendrit de voir la tête bouclée de Drake sur les genoux de Logan. J'aurais voulu partager leur tranquillité, mais l'inquiétude me rongeait. Que signifiait cette histoire de donation ? Pourquoi Luke conservait-il cette coupure de journal ? J'entendais faire table rase du passé avant de commencer une nouvelle vie avec Logan, Drake et notre enfant. Mais trop de choses restaient dans l'ombre. J'avais bien l'intention d'obliger Tony à les tirer au clair.

Il n'était pas à Farthy pour nous accueillir. Curtis nous apprit qu'il avait été appelé en ville pour affaires et ne rentrerait pas avant le lendemain après-midi. De nombreux messages téléphoniques attendaient Logan. Aussi, dès que nous fûmes installés, il se retira dans le bureau pour appeler ses correspondants. J'en profitai pour faire le tour de la maison avec Drake.

Les peintures du salon le ravirent. Mais ce qui l'impressionna le plus, ce fut l'immensité des lieux.

– Alors c'est un château, Heaven ? Est-ce que je vais être prince ?

Il en béait d'admiration.

– Oui, mon chéri, dis-je en le serrant contre moi. Tu seras le prince du château et tu auras tout ce que tu voudras.

J'avais fait préparer pour lui la chambre la plus proche de notre appartement, et Logan y avait apporté quelques modèles de jouets. Mais Drake était si fatigué par le voyage et le changement qu'il s'endormit aussitôt après le dîner. Je le bordai dans son lit et restai un long moment près de lui, à le regarder dormir. Il était si beau, si innocent ! Il me faisait fondre le cœur. Je me promis d'être une véritable mère pour lui. De veiller à ce qu'il ne se sente jamais étranger au cercle de famille. Et d'effacer toute trace du passé.

Mon amour était assez fort pour cela. Il balaierait l'amertume et la rancœur. Même ma haine pour Luke serait oubliée.

Fanny avait raison, nous étions tous orphelins,

mais j'allais fonder une famille. L'enfant qui grandissait en moi serait réellement le frère ou la sœur de Drake. Et lui, je l'aimerais comme Luke n'avait jamais su m'aimer.

Je remontai la couverture sous son menton, déposai un baiser sur sa joue et rejoignis Logan. Il venait juste de reposer le récepteur sur son socle, et paraissait très contrarié.

– Heaven, cela m'ennuie d'avoir à te dire ça, mais je dois absolument retourner à Winnerow demain. Il y a eu un accrochage entre les couvreurs et le contremaître et si je n'y vais pas moi-même...

– Ne t'inquiète pas pour moi, Logan. Je ne me sentirai pas seule avec Drake, et les occupations ne me manqueront pas. D'ailleurs, je tiens à être là au retour de Tony. Il me doit quelques explications et j'entends les obtenir...

La sécheresse de ma voix parut l'alarmer.

– Voyons, il avait certainement de bonnes raisons d'agir ! Il t'aime, et il ne voudrait rien faire qui puisse te déplaire, surtout en ce moment.

– Je l'espère.

L'espérais-je vraiment ? Il y avait tant de choses que Logan ignorait. Lui pouvait espérer, mais moi...

Il dormit du sommeil du juste, cette nuit-là, mais je ne pus pas fermer l'œil. Tout ce que je refoulais pendant le jour, tous mes secrets sortaient de l'ombre et me hantaient; je ne pouvais pas les ignorer. Il me fallut les ressasser, sans fin. Et j'aboutis à quelques constatations bien étranges.

Quelle ressemblance troublante entre le destin de Drake et le mien, ou encore entre moi et l'enfant que je portais. Lui non plus ne saurait pas qui était son père. Nos vies s'entrelaçaient en un réseau compliqué, dont presque tous les fils conduisaient... à Tony. Tony qui avait violé ma mère, causé la folie de Jillian, condamné mon amour pour Troy; et qui avait tenté de régenter la vie de Luke comme il régentait la mienne. Mais pourquoi ? Il ne savait rien de Luke avant ce coup de fil qui lui annonçait mon arrivée à l'aéroport de Boston, sous prétexte de connaître ma famille. Il n'avait pratiquement plus mentionné son nom depuis lors, et pourquoi l'aurait-il fait ? Ils ne vivaient pas sur la même planète.

Pourtant c'était lui qu'on avait prévenu par télégramme, c'était lui qui s'était chargé de tout. Pourquoi avait-il offert le cirque à Luke, et à mon insu ?

Je renonçai à chercher le sommeil et me levai avec précaution. Logan dormait paisiblement, à l'abri des doutes et des soucis. J'enfilai ma robe de chambre et mes pantoufles et me glissai dans le corridor.

Mon premier soin fut de m'assurer que Drake dormait bien, lui aussi. Je remontai les couvertures qu'il avait repoussées en s'agitant et sortis sur la pointe des pieds. Mais au lieu de regagner ma chambre, je descendis.

Les veilleuses n'éclairaient qu'à peine, le silence était total. Une ombre immense me suivait le long des murs, tel un grand ange noir. Parvenue en bas des marches, j'hésitai. Jusqu'ici, je n'avais jamais cherché à savoir, mais cette nuit... cette nuit, c'était différent. Je voulais savoir et je saurais.

J'allai droit au bureau de Tony et allumai la lumière; la pièce était dans son désordre habituel. Tony ne supportait pas que l'on touche à ses papiers, et surtout pas pour les ranger. Il avait son propre système de références et de repères et s'en trouvait fort bien. Je parcourus du regard les papiers qui jonchaient le bureau, puis les dossiers alignés sur les étagères. Par chance, Tony respectait l'ordre alphabétique ! S'il y avait un dossier Casteel, il ne devait pas être loin.

Mais je ne trouvai rien à la lettre C. Déçue mais non découragée, je réfléchis un instant et cherchai le H. C'était bien là : HEAVEN ! Un frisson électrique me courut dans les veines. Je tirai le dossier à moi et allai m'asseoir au bureau de Tony.

Tout d'abord, je ne découvris rien d'intéressant.

Des bulletins scolaires, quelques documents concernant essentiellement mes études. Puis j'en aperçus un très différent des autres et dont la vue me glaça le sang. Un contrat. Un contrat passé entre Anthony Townsend Tatterton et Luke Casteel. Il conférait à ce dernier l'entière propriété du cirque Winderbarron, pour la somme de un dollar et sous certaines conditions. Luke s'engageait « à ne jamais chercher à prendre contact, d'aucune manière que ce soit, avec Heaven Leigh Casteel ». Faute de respecter ces conditions, il perdrait tous ses droits sur le cirque.

Je m'effondrai littéralement dans mon fauteuil, incapable de réagir. J'étais bien au-delà de la colère ou des larmes. Cela dépassait tout. Luke m'avait vendue pour la deuxième fois.

13

La vérité sans fard

Le jour venait de se lever quand un trottinement de petits pieds me réveilla. Drake me regardait timidement du seuil de la chambre, que j'avais laissée ouverte au cas où il appellerait. Il était tout ébouriffé et encore barbouillé de sommeil. Je m'assis dans mon lit et lui souris.

– Bonjour, Drake. Tu as faim ?

Ses paupières battirent et il continua à me dévisager.

– Bonjour, Drake, dit Logan en se levant. Je ne sais pas si tu as faim, mais moi je suis affamé !

Drake ne pleurnicha pas, ne gémit pas. Il dit simplement :

– Je veux rentrer à la maison.

Je me levai, m'agenouillai près de lui et pris ses mains dans les miennes. Il continua à me fixer de ses grands yeux bruns, la lippe boudeuse.

– Mais tu es à la maison, Drake. À partir de maintenant, ta maison, c'est la nôtre. Où que nous allions, tu seras chez toi. Tu te souviens de tout ce que nous avons vu et dit, hier ?

Il fit un signe affirmatif et je le serrai dans mes bras.

– Très bien. Alors voilà ce que nous allons faire. Tout d'abord, nous laver, nous habiller et prendre un bon petit déjeuner. Ensuite, nous irons explorer Farthy, tous les deux. Cette grande maison et son parc s'appellent Farthinggale Manor, mais nous disons Farthy, c'est plus simple. Tu verras, il y a une piscine, un kiosque, des tennis et de grands jardins.

Les yeux bruns de Drake s'animèrent.

– Alors je pourrai me baigner ?

– Bien sûr, mon chéri, mais pas en ce moment. Il fait trop froid. Nous irons explorer le labyrinthe mais, rappelle-toi : il ne faudra jamais y entrer seul. Tu t'y perdrais. En rentrant, tu pourras t'amuser avec les jouets que Logan t'a donnés hier. Et après le déjeuner, Miles nous conduira à Boston dans la limousine. Nous irons dans les magasins et je t'achèterai toutes sortes de vêtements. Alors, qu'en dis-tu ?

Il leva les yeux vers Logan, déjà en train de se raser.

– Et si tu commençais par prendre un bon bain ? proposai-je en me levant.

– Non. Je ne veux pas.

Je le ramenai quand même jusqu'à sa chambre et mon regard tomba sur un jouet posé sur une chaise. C'était une réplique parfaite du paquebot *Queen Mary,* qui flottait aussi bien que le vrai.

– Mais si, tu veux. Ce sera très amusant de mettre à l'eau les canots de sauvetage, tu verras.

Ce détail éveilla son intérêt et le reste alla tout seul. Il me laissa même lui laver les cheveux et subit le séchoir sans protester. Je l'habillai assez chaudement, car l'automne s'annonçait frais, et le quittai pour aller faire ma toilette. Il jouait toujours sagement quand je revins le chercher pour le petit déjeuner.

Logan était déjà à table. Et, tout comme le faisait Tony chaque matin, il parcourait le *Wall Street Journal.* La tentation m'effleura de lui faire part de ma découverte, et même de lui dire tout ce que je lui avais tu jusque-là. J'hésitais encore quand il leva les yeux et me sourit.

– Deux sous pour tes pensées, ma chérie. Eh bien ?

Seigneur ! Étais-je donc si transparente ? Je souris à mon tour, pour lui cacher ma gêne. Il ne me laissa d'ailleurs pas le temps de répondre.

– Tu me dois deux sous, car je sais à quoi tu penses.

Mon cœur s'accéléra. Comment se pouvait-il...

– Tu penses au bébé, c'est ça ?

– Je pense à mes deux enfants, dis-je en ébouriffant les cheveux de Drake. Et tout spécialement à ce jeune homme.

Et cette fois, je pus sourire sans contrainte.

Les domestiques avaient fait de leur mieux pour que Drake se sente chez lui, en particulier Rye Whiskey. Le vieux chef avait inventé un dessert aux fruits et tenu à l'apporter lui-même. L'ensemble évoquait la silhouette d'un éléphant, et nous valut le premier vrai sourire de Drake. Son visage s'illumina, comme celui de Luke lorsqu'il était heureux. Jamais il n'avait autant ressemblé à son père. Par contre, il parut surpris quand Logan, pressé par l'horaire, nous embrassa l'un après l'autre avant de partir. Luke n'avait jamais dû le quitter ainsi, peut-être n'avait-il jamais reçu un seul baiser de son père. C'était de lui qu'il tenait ce refus de laisser deviner son émotion. Le sentiment, c'était bon pour les femmes. Du moins aux yeux de la plupart des hommes des Willies.

Après le petit déjeuner, j'emmenai Drake faire le grand tour promis à travers le parc et les bois. Les arbres n'avaient pas encore perdu leurs feuilles, ils offraient une palette de couleurs rutilante. La fraîcheur de l'air avait un mordant bienfaisant et tonique. On pressentait l'hiver, la nuit et le froid, la longue attente du renouveau. Avec quelle joie nous écoutions l'eau courante bouillonner sous la glace, dans les Willies ! Je l'entendais encore, ce frémissement de vie qui annonçait le printemps.

À Farthy, on se préparait pour l'hiver. On avait

vidé la piscine, dont un jardinier repeignait les parois. D'autres taillaient des bûches, émondaient les arbres ou colmataient les fissures de la terrasse. Toute cette activité fascinait mon petit Drake : il n'en perdait pas une miette.

En arrivant au labyrinthe, je lui renouvelai mes recommandations de prudence. Il écouta attentivement mes explications et fronça les sourcils.

– Qui a bien pu inventer une chose pareille ? Et pourquoi ?

Sa curiosité me ravit. Je n'avais enseigné qu'un an, mais je pouvais déjà reconnaître en lui un véritable appétit de connaissances. Sans doute Luke et Stacie n'avaient-ils pas su y répondre, faute de patience ou d'expérience. Moi je saurais. Quand Drake se serait habitué à cette nouvelle vie, j'étais certaine qu'il se montrerait avide d'apprendre. Et je me promis de me consacrer à son éducation, jusqu'à ce qu'il soit en âge d'aller à l'école.

– C'est un peu comme un puzzle, répondis-je. Une sorte de jeu pour les grandes personnes, tu vois ?

Il hocha gravement la tête.

– Et tu ne dois jamais y aller seul. Promis ?

– Promis.

Je le serrai dans mes bras et, pour la première fois, je vis une pointe d'émotion dans ses yeux.

– Est-ce que mon papa me regarde et sourit ?

– Oui, Drake. J'en suis sûre ! affirmai-je. Et maintenant, allons voir ce qui se passe du côté de la piscine.

Je me relevai et l'entraînai loin du labyrinthe.

Nous partîmes pour Boston juste après le déjeuner. Je me rappelais encore cette fameuse journée où Tony avait choisi mon trousseau de pensionnaire. Des vêtements ultraclassiques, tels qu'en portaient les étudiantes de sa génération. À cause d'eux, on m'avait regardée comme une bête curieuse à Winterhaven. J'étais bien décidée à ne pas commettre la même erreur avec Drake. Il aurait une garde-robe de la meilleure qualité, mais à la mode. Des vêtements faits pour jouer et se sentir à l'aise, et non pour parader. J'avais trop souffert de mes tenues bon chic bon genre pour lui infliger le même supplice.

Tout l'après-midi, Miles nous escorta dans les magasins et empila des paquets dans la voiture. En rentrant à Farthy, Drake et moi étions aussi fatigués l'un que l'autre. Je laissai les domestiques monter les paquets mais je tins à les déballer moi-même. Je voulais faire sentir à Drake l'intérêt que je prenais au moindre détail de sa vie. Pendant que je rangeais ses vêtements dans les placards, il s'assit sur le tapis et joua avec ses voitures. Mais chaque fois que je regardais de son côté, je surprenais son regard attentivement fixé sur moi.

Je devinai très vite ce qui le tracassait. Il se demandait comment il devait me considérer. Comme une belle-mère, une demi-sœur, une gouvernante ? Il se sentait déjà beaucoup plus à l'aise avec moi, mais se tenait encore sur la réserve. Et cela aussi, je le comprenais. Commencer une nouvelle vie, dans une nouvelle maison, était pour moi une expérience familière.

Au dîner, il se montra un peu plus bavard, surtout au sujet du cirque.

– Tu sais, Heaven, il y avait une femme qui tournait en l'air comme une toupie, suspendue par les cheveux ! Et quelquefois, c'était moi qui donnais à manger aux éléphants. Mais ce que je préférais, c'était quand papa me laissait mettre mon costume de clown et monter sur le chameau. Il s'appelait Ishtar, drôle de nom, tu trouves pas ?

Il me demanda quand il retournerait au cirque et je lui promis de l'emmener en voir un. Peut-être même un plus grand, affirmai-je. Mais tous ces souvenirs lui rappelaient cruellement ses parents et il sombra bientôt dans la mélancolie. L'apparition de Rye Whiskey sauva la situation. Le chef noir apportait un énorme gâteau au chocolat, décoré de fraises, de façon à former un visage de clown. Drake en eut le souffle coupé.

– Wouaoh ! Qu'est-ce que c'est que ce truc ?

Rye Whiskey sourit de toutes ses dents.

– Un choco-Drake, mon petit monsieur. Goûtez-moi ça !

– Je peux avoir le morceau avec le nez ?

Le vieux chef fit mine de prendre le nez de Drake entre ses doigts repliés et gloussa :

– Certainement, si vous me donnez le vôtre.

Et il le servit copieusement.

La journée avait été rude, je ne tardai pas à emmener Drake se coucher. Il voulut jouer un moment après sa toilette, mais la fatigue eut bientôt raison de lui. Je le bordai, l'embrassai sur la joue et le quittai pour la nuit. Sa deuxième nuit à Farthy. Puis je descendis au salon pour attendre Tony.

Le temps avait changé, comme si le ciel s'associait à ma colère. Au-dehors, tout était sombre. Pas une étoile. Seuls, des éclairs sillonnaient la nuit, de plus en plus rapprochés. Puis la pluie se mit à crépiter et à cingler les vitres, lourde, impitoyable comme un flot de larmes.

Bientôt, des pneus gémirent dans un crachement de boue. Une portière claqua, la porte d'entrée s'ouvrit et j'entendis la voix de Curtis. Il souhaita le bonsoir à Tony, lui communiqua les messages téléphoniques et lui fit part des dernières nouvelles. Tony s'attardait toujours un instant dans le salon. Il y entra, comme à son habitude, et sourit en m'apercevant.

– Je suis désolé de n'avoir pu être là pour vous accueillir, dit-il en s'avançant vers moi. Cela n'a pas été trop dur ?

– Si, et plus que cela. Très triste et plein de surprises. De très mauvaises surprises.

Tony regarda autour de lui comme s'il cherchait un allié.

– Où est Logan ?

– À Winnerow. Il y a eu des problèmes à l'usine.

Si nous allions dans votre bureau, Tony ? Nous y serions mieux pour discuter.

Il me jeta un regard perplexe, vaguement soupçonneux.

– Très bien, dit-il en s'effaçant devant moi. Justement, j'y allais.

Je le précédai, allumai la lumière au passage et m'assis tranquillement dans le fauteuil qui faisait face à son bureau.

Il le contourna, prit place dans son propre fauteuil et fit mine de fouiller dans ses papiers.

– Ainsi, tu as eu une entrevue avec J. Arthur Steine.

À l'entendre, cela expliquait tout.

– Oui, Tony. Et maintenant, j'attends de vous quelques éclaircissements. Pourquoi avoir acheté le cirque et l'avoir vendu à Luke, pour un dollar ?

Il se renversa en arrière, forma un triangle de ses doigts et les pressa contre ses lèvres. On aurait dit qu'il priait.

– Je voulais... je cherchais un moyen de te ramener à Farthy, commença-t-il. Je n'acceptais pas que tu t'enterres dans un trou où les gens n'appréciaient même pas tes talents.

– Je ne le faisais pas pour les gens, mais pour les enfants.

– Je sais. Mais j'étais prêt à tout pour t'attacher à moi. J'ai cru que, si j'aidais Luke, tu m'en serais reconnaissante et que... tu reviendrais.

– Mais vous ne me l'avez jamais dit. Plutôt illogique, comme raisonnement, non ? Cela ne vous ressemble guère.

– Je l'admets. Mais une fois l'affaire conclue, j'ai... j'ai eu peur de paraître vouloir acheter ton affection. Je me suis tu et n'y ai plus pensé. Cela ne représentait pas de gros frais pour moi, d'ailleurs. Et puis ce télégramme est arrivé et... tu sais le reste. Si tu me parlais plutôt du petit bonhomme ? Je suis sûr que...

– Je veux la vérité, Tony. Toute la vérité, de votre bouche.

Je le dévisageai d'un œil glacial, impitoyable. Moi aussi je savais me montrer ferme. J'étais du même acier que lui. Une Tatterton, moi aussi. Et il ne me ferait pas plier. Pendant ce qui parut durer une éternité, son regard bleu soutint le mien, fixe et impénétrable.

– Explique-toi, dit-il enfin. Je crois t'avoir donné la raison de mes actes.

Le croyait-il vraiment ? La vérité portait tellement de masques, à Farthinggale Manor. Peut-être ne savait-il plus très bien distinguer la réalité de l'illusion.

– Vous ne m'avez pas dit la vérité, Tony.

– Mais que veux-tu savoir de plus ?

– Le véritable mobile de vos agissements, dans cette affaire.

– Je te l'ai dit. J'ai fait cela pour toi.

– Non, Tony. Pas de détours, au fait. Quelle a été la réaction de Luke, quand vous lui avez offert le cirque ?

Il haussa les épaules.

– Mais, la reconnaissance, naturellement ! Il a d'abord cru que l'idée venait de toi, mais je l'ai détrompé. Quand je lui ai demandé de ne rien te dire, il a paru troublé, mais il a accepté. Et puis, comme je te l'ai dit, je n'y ai plus pensé. Alors...

– Et que lui avez-vous demandé d'autre ?

Mes paroles l'atteignirent comme un coup au cœur. Il blêmit.

– Comment sais-tu que je lui ai demandé autre chose ? C'est J. Arthur Steine qui te l'a dit ?

– Non, Tony. J. Arthur Steine vous est dévoué corps et âme. J'ai réfléchi, c'est tout. Si vous aviez été là à notre retour, je vous aurais interrogé, mais vous étiez absent. La nuit dernière, comme je ne pouvais pas dormir, je suis descendue ici pour trouver la réponse moi-même.

Son visage se décomposa. Le temps d'un éclair, son regard dévia vers l'étagère puis revint se poser sur moi.

– Tu as fait quoi ?

– Vous avez compris. J'ai fouillé dans vos dossiers et j'ai trouvé le contrat. Et maintenant, je veux savoir pourquoi vous avez commis une action aussi ignoble.

Garder mon calme exigeait de moi un tel effort que j'en tremblais. Mon cœur battait à tout rompre et je refoulais mes larmes. Tony se taisait, accablé. Il dut baisser les yeux, incapable de soutenir mon regard. Quand il parla, ce fut d'une voix lente, comme un homme perdu dans ses rêves.

– C'était ignoble, je l'avoue. J'ai vécu tout ce temps avec ce secret, en me promettant de te parler. Et quand ce télégramme est arrivé, quand j'ai compris que je ne pourrais plus réparer mes torts...

Il se décida à lever les yeux.

– Je n'ai pas été appelé à Boston pour affaires, Heaven. J'ai eu peur d'affronter tes questions. J'espérais qu'à mon retour tu aurais cessé de penser à tout cela, mais je me trompais. Tu ne renonces jamais. Il te faut traquer la vérité jusque dans ses derniers retranchements, même si elle doit te détruire. Tu avais raison, à propos de Jillian. Je me berçais d'illusions à son sujet, et j'ai essayé d'en faire autant avec toi. J'aurais dû savoir qu'une Tatterton ne s'avouerait jamais vaincue.

– Mais pourquoi m'avez-vous séparée de Luke ? Pourquoi ?

Il laissa errer son regard dans le vague, comme s'il rassemblait son courage.

– Tu n'imagines pas ce qu'a été ma vie après la mort de Troy. Ni combien tu m'as manqué. Tu étais devenue si importante pour moi ! Je ne te l'ai jamais dit, mais te voir, te parler, te savoir près de moi comptait plus que tout. La soirée que nous avons passée au théâtre a été l'une des plus belles de ma vie, Heaven !

Il soupira longuement.

– Quand tu m'as annoncé ton mariage, j'ai repris espoir. Il me semblait que les choses pourraient s'arranger entre nous, que tout redeviendrait comme avant. Alors quand j'ai appris que tu avais invité Luke à la cérémonie...

Ma fierté se rebella.

– Mais comment l'avez-vous su ? Je ne vous ai rien demandé, il me semble ! J'ai tout payé de ma poche.

– C'est Logan qui me l'a dit.

– Mais vous ne l'aviez jamais vu !

– Je l'ai appelé dès que tes fiançailles ont été annoncées. Nous nous sommes parlé plusieurs fois par téléphone. Je lui ai demandé de ne rien te dire, pour que tu ne croies pas que je m'immisçais dans ta vie privée. Il a parfaitement compris, ce qui m'a prouvé son intelligence.

– Et vous lui avez posé des questions sur mes relations avec Luke ?

– Oui. Et j'ai eu peur. Peur de te voir te rapprocher de lui et de te perdre pour toujours.

– Et c'est alors que vous avez acheté le cirque pour lui proposer ce... ce marché ! Vous avez osé l'empêcher de venir à mon mariage, lui interdire de me revoir !

– Oui.

– Vous avez cru pouvoir acheter mon amour avec votre argent. Me voler celui de Luke, et vous avez le front de me le dire !

– Oui, répéta-t-il. Je l'avoue. Et je te demande de me comprendre. Il faut que tu...

– Non !

Je me levai, en proie à une rage incontrôlable. Et je ne criai pas, je hurlai :

– J'ai passé de main en main toute ma vie, vendue comme une esclave ! On a traité mon amour comme une marchandise, un objet qui s'achète et se revend, et vous me demandez de comprendre !

– Heaven...

– Pourquoi devrais-je vous comprendre ? Quand avez-vous essayé de me comprendre, moi ? Vous n'avez jamais pensé qu'à vous. On ne marchande pas l'amour, et vous ne valez pas mieux que Luke ! Ce qu'il a fait était ignoble, mais il désirait son maudit cirque par-dessus tout et il n'était pas mon véritable père. Tandis que vous...

Je pointai un doigt accusateur.

– Proposer un pareil marché, faire appel aux sentiments les plus bas d'un homme, c'est... c'est diabolique !

– Heaven ! gémit Tony d'une voix désespérée. Je t'en prie...

Je laissai retomber ma main.

– Vous avez agi comme un démon, Tony Tatterton. Vous avez tablé sur l'avidité d'un homme pour lui acheter son âme.

– Mais c'était par amour pour toi, uniquement !

– Cela, de l'amour ? Non, Tony, cessez de vous mentir. Vous n'avez jamais aimé que vous-même. Vous êtes un égoïste de la pire espèce. Et vous ne changerez jamais.

– C'est faux, je n'ai pensé qu'à toi.

– Vraiment ? Et c'est pour mon bien que vous m'avez frustrée de la seule chose que j'aie jamais désirée ? Que vous m'avez privée de ma seule chance de bonheur ?

Il me dévisagea sans comprendre.

– Moi ? Qu'as-tu jamais pu désirer que je t'aie refusé ?

– Le droit de vivre ma vie, Tony. Vous avez voulu en être le maître. Vous m'avez fait vivre sous la menace du malheur afin que je n'aie d'espoir qu'en vous. Vous ne vouliez pas que je sois heureuse, sinon par vous. Vous avez piégé ce pauvre Luke, pour que je me croie rejetée par lui.

– Heaven !

Il tendit les bras vers moi mais je m'éloignai de lui.

– Et vous m'avez laissé croire que Troy était mort.

Ces derniers mots résonnèrent comme un verdict et Tony changea de couleur. Je ne voulais pas trahir mon secret, notre secret. C'était la chose la plus précieuse qui nous restât, notre trésor intouchable.

Mais je venais de comprendre que si Tony avait sincèrement désiré que tout redevienne comme avant, il m'aurait dit la vérité. Il m'aurait rappelée à Farthy pour aider Troy à revivre. Mais il ne souhaitait pas que je retrouve Troy. Il me voulait pour lui tout seul.

– Alors, tu savais ?

– Oui, je l'ai rencontré juste avant son départ.

– C'est lui qui m'a demandé de me taire, Heaven.

Pauvre Tony ! Entortillé dans ses mensonges, ne sachant plus qui accuser pour se blanchir. Et maintenant, il se retranchait derrière Troy, son frère bien-aimé. La dernière trahison.

– C'était par désespoir, et vous le saviez. Il ne croyait plus en l'avenir. Vous auriez pu éviter cela, si vous m'aviez dit qu'il était vivant, si j'avais pu le voir... mais quand je l'ai vu, il était trop tard.

Ma voix s'éteignit tout à coup.

– Alors il est parti, et un grand amour s'est perdu.

Je pleurais à chaudes larmes maintenant, sans retenue.

– Je vous crois responsable de la folie de Jillian. Vous êtes pour beaucoup dans le départ de Troy. Et c'est à cause de vous que je m'en vais, dis-je en me levant.

– Heaven !

Je marchais déjà vers la porte et ne me retournai pas. Mon parti était pris. Dès le lendemain, je quitterais Farthy avec Drake pour ne jamais revenir.

En regagnant mon appartement pour commencer nos bagages, je jetai un coup d'œil sur Drake. Il avait ramené ses couvertures sur sa tête, comme pour s'isoler du monde. J'aurais aimé pouvoir en faire autant, mais je savais que c'était impossible. La vérité remonte toujours à la surface. On peut bien se forger des armures, édifier des murailles d'illusions, elle vient à bout de tous les faux-semblants. Et l'on se retrouve, nu et tremblant de froid, au pied d'un rempart écroulé comme un château de cartes.

Je rabaissai la couverture, repoussai quelques mèches du front de Drake et l'embrassai sur la joue. Demain, nous serions à Winnerow. Il serait arraché à cet univers de luxe et d'élégance aussi brutalement qu'il s'y était trouvé projeté. Et il serait désorienté, je le savais. Mais je savais aussi que Farthy n'était pas l'endroit idéal pour l'élever. Certes, j'y avais de solides attaches, celles du sang. Mais d'autres me liaient à Winnerow : celles du cœur. Par les fenêtres de la maison Hasbrouck, c'est mon véritable univers que je contemplerais tous les jours. Un monde sans artifice. Mes Willies.

Drake grandirait au grand soleil de chez nous, entouré des bruits de la vie, en pleine nature. Et non dans l'immensité vide et silencieuse de Farthy, hantée par les fantômes des Tatterton. Ce serait mieux ainsi.

Je préparai quelques bagages pour Drake et moi mais ne tardai pas à ressentir la fatigue et me mis au lit. J'étais épuisée, moralement et physiquement. Et pourtant, le sommeil me fuyait. Étendue dans le noir, les yeux grands ouverts, je m'interrogeais sur la vie nouvelle qui nous attendait à Winnerow. J'espérais que Logan comprendrait mes raisons de couper les ponts avec Farthy et Tony. Naturellement, je ne lui parlerais pas de Troy, mais il saurait tout au sujet de Luke. Et j'espérais bien qu'il se montrerait aussi indigné que moi. Mais ce que je souhaitais par-dessus tout, c'était que nous retrouvions l'un près de l'autre la fraîcheur de notre amour d'enfance. Cette joie vibrante et merveilleuse qui nous habitait autrefois.

Et malgré tout cela, je ne pouvais pas m'empêcher de penser à Troy. Je me demandais où il était, ce qu'il savait de ma vie, s'il soupçonnait ce qui se préparait. M'épiait-il encore, caché tout près d'ici, ou avait-il définitivement rompu avec Farthy… et avec moi ?

Chaque jour qui passait l'idéalisait un peu plus à mes yeux. Il devenait pour moi le symbole de l'amour parfait, inaccessible. Cet amour merveilleux dont on nourrit ses rêves mais qu'on brise en voulant y toucher. Un amour trop beau pour être vrai.

J'avais appris cette leçon-là. Je savais que mon amour pour Logan était bien réel, qu'il ne cesserait de croître si je savais le protéger, et deviendrait indestructible. J'avais perdu beaucoup, mais il me restait beaucoup, et je devais en remercier le ciel. Avec Logan, je pouvais bâtir une vie, une famille, un avenir.

Cette pensée me fit venir les larmes aux yeux, et j'aurais pu m'endormir en pleurant. Mais je n'en eus pas le temps. Je commençais à glisser dans une semi-inconscience quand un bruit me ramena à la réalité. La porte de mon appartement venait de s'ouvrir avec violence. Je m'assis d'un bond, bien réveillée cette fois. Une silhouette masculine s'encadrait sur le seuil de ma chambre. Se pouvait-il que ce soit… Troy ? Mon cœur battit à grands coups, mais je fus vite dégrisée.

– Leigh… tu dors ?

Tony ! Même à cette distance, il empestait l'alcool. Je pris ma voix la plus glaciale :

– Que venez-vous faire ici, Tony ?

Je l'entendis glousser, tâtonner sur le mur et la pièce s'illumina brutalement. Éblouie, je me protégeai les yeux de mes mains. Quand je les écartai, Tony s'approchait de mon lit. Débraillé, la chemise ouverte jusqu'au nombril, il portait dans ses bras une chemise de nuit de Jillian.

– Tiens, c'est pour toi, je t'adore dans cette tenue. Tu veux bien la mettre pour moi, comme avant ?

Je notai le désordre de sa chevelure, son regard vitreux.

– Vous êtes ivre, Tony. Je n'ai jamais porté cette chemise, surtout pas pour vous. Veuillez quitter ma chambre.

– Mais si, tu la mettais pour moi. Et regarde, j'ai encore autre chose pour toi.

Il tira un flacon des plis légers et soyeux.

– C'est le parfum de Jillian, je sais que tu en raffoles. Tu voulais toujours qu'elle t'en mette. C'est moi qui vais le faire.

Il s'assit sur le bord de mon lit et je me reculai contre le dosseret. Précaution inutile : il approcha le flacon de mon cou et pressa le vaporisateur. L'odeur entêtante du jasmin emplit mes narines. Je tentai de me dérober mais la main de Tony se posa sur ma poitrine et glissa entre mes seins.

– Assez ! Je n'ai pas la moindre envie de porter ce parfum, surtout maintenant. Je vous dis d'arrêter, Tony ! Vous êtes saoul. Sortez d'ici !

Il ne parut même pas m'entendre. Avec un étrange sourire, il étendit la chemise à mes côtés et la lissa d'un geste caressant.

– Allez, mets-la, voyons ! Et puis je m'étendrai près de toi, comme autrefois. Tu veux bien ?

– Quittez cette chambre immédiatement, Tony, ou j'appelle !

– Leigh, murmura-t-il tendrement. Leigh...

Cette fois, je hurlai :

– Je ne suis pas Leigh, je suis Heaven ! Allez-vous-en, Tony. Vous me faites peur !

Ignorant mes protestations, il souleva les couvertures et se glissa à mes côtés. J'essayai de lui échapper mais il me saisit par la taille et m'attira contre lui.

– Ne me quitte pas, Leigh, je t'en prie. Ne t'occupe pas de ce que peut dire Jillian, elle est jalouse. Jalouse de toi, de toutes les femmes, et même de ses servantes, pour peu qu'elles soient jolies.

Il promena ses lèvres sur mon épaule et la dénuda peu à peu, la joue pressée sur ma peau nue.

– Arrêtez, Tony !

Je plaquai la main sur sa tempe et le repoussai de toutes mes forces. Quand sa paume effleura ma poitrine, je le griffai au visage.

– Sortez d'ici ! Sortez ! Avez-vous oublié qui je suis ? Je suis votre fille, Tony, et j'attends un enfant.

Ma main claqua sur sa joue, et la situation bascula.

Tony battit des cils et je vis une lueur de raison reparaître dans son regard. Il reprit brutalement conscience et avala péniblement sa salive.

– Mon Dieu ! Je pensais…

– Vous pensiez ? Vous n'êtes pas en état de penser, vous êtes saoul. Et répugnant. Sortez immédiatement !

Je bondis hors du lit et il leva vers moi des yeux hagards. Puis il regarda la chemise et porta la main à sa joue.

– Je te demande pardon, Heaven. Je… je n'avais plus toute ma tête.

– Vraiment ?

J'étais franchement sceptique. Tous les doutes tapis dans les recoins obscurs de mon esprit resurgissaient en force. Je revivais les moindres circonstances où Tony m'avait embrassée, touchée, et elles m'apparaissaient sous un jour nouveau. Tous mes souvenirs prenaient les couleurs hideuses de la luxure et de l'inceste. Mes pensées se bousculaient dans un chaos douloureux, indescriptible. Je me pris la tête entre les mains.

– Vous ne valez pas mieux que les gens de ma famille, Tony ! Vous les traitiez de tarés et de rustres, mais vous êtes exactement comme eux et tout votre argent n'y changera rien. Il est vrai qu'on voit des pères violer leurs filles, dans nos campagnes, mais ils ne sont pas les seuls !

– Je t'en prie, Heaven, ne…

– Dehors !

Il se leva, happant la chemise au passage, et recula lentement vers la porte.

– Je t'en prie, pardonne-moi, je ne savais pas ce que je faisais… j'étais ivre. Je t'en prie.

Je tremblais des pieds à la tête, les larmes inondaient mes joues. Ma voix ne fut qu'un sifflement rauque.

– Allez-vous-en.

– Pardonne-moi, répéta Tony. Je suis désolé…

Et il s'enfuit comme un voleur. Quant à moi, je

m'effondrai sur mon lit, secouée de sanglots. La rage et le chagrin me suffoquaient, je pleurais tous les malheurs de ma vie. La mère que je n'avais pas connue, mon pauvre Tom et mon cher Troy. Je pleurais l'infidélité de Logan, la mort de Luke et de Stacie. Mais je pleurais surtout sur moi-même, la malheureuse petite Heaven persécutée par le sort.

Le contact léger d'une petite main sur mon épaule mit fin à ce flot de larmes. Je poussai un profond soupir et me retournai. Drake était penché sur moi, son petit visage étonné empreint de compassion.

– Ne pleure plus, je ne m'en irai pas.

Je le pris dans mes bras et l'attirai contre moi.

– Oh, Drake, Drake ! Je ne te laisserai jamais partir. Nous sommes orphelins, tous les deux. Nous avons besoin l'un de l'autre. Je serai toujours près de toi, toujours !

Je l'embrassai sur le front et lus dans ses yeux le reflet de mon propre chagrin.

– C'est fini, Drake. Je ne pleurerai plus, maintenant.

Je le fis monter dans mon lit et nous nous endormîmes blottis l'un contre l'autre, comme deux chatons abandonnés.

Il était toujours dans mes bras quand je m'éveillai, la tête nichée sur ma poitrine. Je me dégageai avec mille précautions, me glissai hors du lit et fis ma toilette sans bruit. Il était encore tôt, la maison était parfaitement silencieuse. Les domestiques n'avaient pas ouvert les rideaux ni éteint les veilleuses. Au bas de l'escalier, je fus accueillie par Curtis.

– Vous vous êtes levée de bonne heure, madame Stonewall.

– C'est que j'ai beaucoup à faire aujourd'hui, Curtis, et rapidement. Vous voudrez bien réserver deux places sur le prochain vol pour Winnerow, je pars ce matin avec Drake. Prévenez Miles et envoyez les femmes de chambre terminer nos bagages. J'ai préparé ce que je voulais emporter. Veillez à ce que Miles charge le tout dans la voiture. Que Rye nous serve un déjeuner léger. Dans un jour ou deux, j'enverrai chercher ce qui me manque.

– Vous quittez Farthinggale, madame ?

Je ne répondis rien, mais mon air sévère renseigna suffisamment Curtis. Il me quitta pour veiller à l'exécution de mes ordres. Quand je montai rejoindre Drake, il venait de s'éveiller. Je fis sa toilette et l'habillai sans perdre de temps. La gravité de mon attitude l'impressionnait et il ne posa pas de questions, même quand Miles vint chercher les bagages. Ce fut moi qui le renseignai en descendant l'escalier.

– Nous allons faire un petit voyage, Drake. Je t'emmène chez moi, à Winnerow.

Sa voix trahit la surprise, et aussi la déception.

– Alors ce n'est pas ici, ta maison ?

– Non, Drake. C'est celle de Mr Tatterton. (Je n'avais pu me résoudre à dire : celle de mon père.) Mais ne t'inquiète pas, tu auras ta chambre, là-bas aussi. Et c'est à Winnerow que Logan construit son usine de jouets.

Cette information éveilla sa curiosité et, dès lors, tout se passa bien. Stimulés par Curtis, les domestiques firent preuve d'une efficacité remarquable. Je m'attendais à tout instant à voir apparaître Tony, certaine qu'il essaierait de me retenir. Mais nous avions déjà terminé notre déjeuner et il ne s'était pas encore montré. Curtis lui-même s'en étonna.

– Mr Tatterton est en retard, ce matin, observa-t-il, comme pour excuser Tony.

Je ne répondis rien et montai avec Drake à l'appartement pour appeler Logan. Notre conversation fut des plus brèves.

– Nous rentrons à la maison, annonçai-je.

– Comment cela : nous rentrons ?

– Drake et moi, je t'expliquerai.

Je lui indiquai l'heure de notre arrivée pour qu'il puisse venir nous chercher et raccrochai. D'un coup d'œil, je m'assurai que je n'avais rien oublié et je me préparais à descendre quand Curtis se montra sur le seuil. Il venait m'annoncer que Miles avait fini de charger les bagages et nous attendait.

– Allons, en route, dis-je en prenant Drake par la main. Merci, Curtis.

Le maître d'hôtel se racla la gorge.

– Madame Stonewall... pourriez-vous m'accorder un instant ?

– De quoi s'agit-il, Curtis ?

– Eh bien... Hm, voilà. Ne voyant pas descendre Mr Tatterton, j'ai cru bon d'aller vérifier si tout allait bien. J'ai frappé à sa porte, il n'a pas répondu. Mais celle de l'appartement de Madame était ouverte et... et alors...

– Eh bien, continuez, Curtis. Je vous écoute.

Il rougit et passa un doigt sous le col de sa chemise.

– Je crois que vous devriez venir voir par vous-même, madame Stonewall.

Je crus deviner ce que cachait sa gêne. Ce cher Tony devait être ivre mort et il ne l'avait pas volé ! Je pris rapidement mon parti.

– Descends, Drake. Je te rejoins tout de suite.

Curtis prit Drake par la main, visiblement soulagé.

– Merci, madame Stonewall.

J'allai jusqu'à l'ancien appartement de Jillian et y jetai un coup d'œil, comme Curtis avait dû le faire. Tony était affalé sur le lit de Jillian, plongé dans un sommeil d'ivrogne. Mais ce n'était pas là ce qui avait effrayé Curtis, et m'effraya moi-même. Tony portait la chemise de nuit de Jillian et la pièce empestait le jasmin. Ce spectacle n'éveilla pas en moi la moindre pitié : il me souleva le cœur. Laissant ronfler Tony, je refermai tranquillement la porte.

– Ne le dérangez pas, Curtis. Cela s'arrangera tout seul.

– Ah, tant mieux, madame Stonewall. Et merci.

Je quittai le maître d'hôtel visiblement soulagé et descendis l'escalier. Sur le perron, la fraîcheur de l'air me surprit. La bise secouait les branches, arrachait les feuilles et les brassait en tourbillons multicolores. Les arbres dépouillés se profilaient sur les nuages argentés, toute leur beauté tombée à terre. Je frissonnai, croisai les bras sur ma poitrine et courus vers la voiture.

Drake m'attendait sagement, son camion de pompiers sur les genoux. Il semblait si petit et si seul, sur cette immense banquette ! Il me fit penser à un oisillon abandonné. Je l'attirai à moi et le serrai dans mes bras, tandis que nous nous éloignions de Farthy.

Et je ne jetai pas un seul regard en arrière.

14

Les joies de la famille

– Où est-ce qu'on va, déjà, Heaven ? demanda Drake en s'installant dans son fauteuil.

Jusqu'à ce que nous soyons à bord, sa main n'avait pas quitté la mienne. Ses yeux vifs observaient tout, s'intéressaient à tout, mais il en revenait toujours au même sujet.

– Où est-ce qu'on va, Heaven ? Dis-le-moi encore.

– Chez nous, Drake. À Winnerow. Là où j'ai grandi, où ton père a grandi et où tu grandiras, toi aussi. Tu y seras très heureux, tu verras !

J'eus beau me montrer enthousiaste, il parut déçu.

– Mais, Heaven, je croyais que j'allais vivre là-bas, dans le château. Il me plaisait bien.

– Et Winnerow te plaira encore plus, je te le promets. Nous irons voir la maison où habitait ton papa. Tu pourras jouer dans la forêt, il y en a des tas dans les Willies. Tu auras une belle école, des tas d'amis, et tout le monde adore la musique. Ce sera passionnant, tu verras.

Nous entrions dans une zone de nuages et Drake ne tarda pas à s'endormir, m'abandonnant à mes réflexions. Elles n'étaient pas très gaies et me ramenaient toujours à Tony. Les événements de la nuit précédente me hantaient. Après tant de trahisons et de mensonges, c'était trop. Tous les malheurs de ma vie venaient en droite ligne de Tony, de ses agissements souterrains. Mais maintenant, c'était fini. J'avais senti le nœud coulant se resserrer autour de moi, et compris d'où venait la menace. Tony ne me prendrait plus à ses filets. J'étais libre.

Ce fut bon de retrouver Logan, à l'aéroport. Il me sourit avec chaleur, prit Drake dans ses bras et l'embrassa sur les deux joues. Ses yeux brûlaient de curiosité contenue.

– Pas maintenant, Logan. Je t'expliquerai plus tard.

Il fit un signe d'assentiment et garda le silence pendant tout le trajet jusqu'à Winnerow. Mais je devinais les questions qu'il se posait, je pouvais presque les entendre. Quant à Drake, malgré sa fatigue, il retrouva toute son animation en arrivant en ville. Dans Main Street, les fils téléphoniques étaient surchargés d'oiseaux qui se rassemblaient pour le départ. Ils dormaient à cette heure tardive, mais notre passage en réveilla quelques-uns. Drake écrasa le nez sur la vitre :

– Je connais cette rue, le cirque de Pa est venu ici !

Je l'attirai à moi et le serrai dans mes bras.

– Quelle mémoire, jeune homme ! Tu avais à peine quatre ans à cette époque, je crois ?

– Je n'étais qu'un bébé, mais Tom disait que...

Drake s'arracha à moi et regarda avidement par la fenêtre.

– Est-ce que Tom est ici ? Est-ce que je vais le voir ?

Mes yeux se remplirent de larmes mais je me dominai.

– Non, mon chéri, Tom est avec ton papa et ta maman, au paradis. Mais tu vois cette école ?

Il me fallait faire diversion, empêcher Drake de penser aux événements tragiques du passé. Et tourner son esprit vers un avenir que, contre tout espoir, je voulais espérer meilleur. Nous étions toujours dans Main Street, la seule grande rue de la ville. Je désignai du doigt le bâtiment qui se profilait sur l'horizon montagneux :

– Ce sera ton école. J'y étais institutrice, avant.

Drake ouvrit de grands yeux, où je discernai un mélange d'enthousiasme et de crainte.

– Ce sera toi, ma maîtresse ? Je n'ai jamais été à l'école, tu sais !

– Non, Drake, je n'enseigne plus mais tu auras une très bonne institutrice, j'en suis sûre. Maintenant regarde là-bas, cette grande montagne... tu la vois ?

Drake hocha gravement la tête.

– C'est là que nous habitions, avec ton papa. On la voit très bien de notre nouvelle maison.

Il dévorait des yeux notre colline, comme s'il avait rêvé de la voir tout au long de sa courte vie.

– Est-ce que papa allait dans mon école ?

– Oui, mon chéri. Logan et moi aussi.

– Nous pourrons peut-être le faire inscrire cette année, intervint tout à coup Logan. Il est un peu jeune mais, pour les enfants brillants, on tolère quelques exceptions.

C'étaient les premières paroles qu'il prononçait depuis que nous avions quitté l'aéroport. Un large pli barrait son front, trahissant sa préoccupation. Il mourait d'envie de connaître les raisons de ce retour inopiné. Mais je ne pouvais rien lui expliquer devant Drake et m'arrangeai pour le lui faire comprendre.

– Les petits lapins ont de grandes oreilles, dis-je, en reprenant une expression chère à Granny.

J'avais pitié de mon pauvre Logan, dévoré de curiosité. En outre, je le sentais, il percevait mon propre désarroi et ne savait que faire pour nous mettre à l'aise, Drake et moi. En désespoir de cause, il entreprit un exposé des dernières nouvelles, en commençant par la maison. Ses efforts pour me remonter le moral étaient touchants.

– Il faut que je te prévienne, Heaven : le personnel n'est pas encore au complet.

– Aucune importance. Je peux vivre quelque temps sans une armée de serviteurs à mes trousses.

– Je sais, mais la maison est grande et maintenant, nous avons un enfant. Tu auras besoin d'une bonne et d'un cuisinier. Non pas que tu ne saches pas cuisiner, ce n'est pas ce que je veux dire, mais...

– Mais un directeur d'usine se doit d'avoir un certain train de maison, achevai-je avec emphase.

Il fut bien forcé de rire et s'empressa d'ajouter :

– Nous avons déjà un jardinier, j'ai gardé celui d'Anthony Hasbrouck. Le maître d'hôtel était parti depuis longtemps, mais l'ancienne femme de chambre est toujours disponible. Si elle te convient...

– Si Anthony Hasbrouck s'en contentait, elle me conviendra, ne t'inquiète pas.

Logan sourit, soulagé, et annonça :

– Et maintenant, la surprise. Je voulais garder le secret encore quelques jours, mais étant donné le cours qu'ont pris les événements... autant te le dire tout de suite. Dans un mois, nous pourrons inaugurer l'usine !

– Fantastique ! J'ai hâte de voir les jouets fabriqués dans nos Willies.

– Ce sera une fête à tout casser, Heaven. J'en ai discuté avec Tony et...

Mon cœur sauta un battement. Le seul nom de Tony m'était odieux.

– J'ai déjà mis les choses en route. Tous les gros bonnets de la région seront de la partie.

J'aurais voulu partager la joie de Logan, mais un seul détail comptait, pour moi. Je m'éclaircis la gorge.

– Et... Tony ? Viendra-t-il, lui aussi ?

– Il en a l'intention, mais... (La voix de Logan trahit une soudaine inquiétude.) Crois-tu que cela ne soit plus possible, Heaven ?

– Nous en reparlerons à la maison, répondis-je brièvement.

Puis je pris Drake dans mes bras et ajoutai à son intention :

– Je suis trop fatiguée pour l'instant.

– Je comprends. Mais j'espère que tu n'es pas

trop fatiguée pour écouter mes projets, tout de même ?

Nous arrivions à un feu rouge et Logan en profita pour me jeter un coup d'œil furtif.

– Il faudra s'habiller, même si la réunion a lieu en plein air. Tenue de soirée de rigueur. J'ai déjà retenu un orchestre de douze musiciens et le meilleur traiteur d'Atlanta. Ce sera aussi élégant qu'une réception à Farthy, Heaven. Je veux que tu puisses être fière !

La seule mention de Farthy me fit frissonner.

– Si tu veux que je me sente vraiment fière, Logan, restons dans la note. Donnons un vrai bal campagnard, un qu'on ne soit pas près d'oublier. Je veux que tous nos ouvriers se sentent à l'aise. Winnerow n'est pas Farthy, et nous ne sommes pas des Tatterton. Je ne veux même pas voir ce nom sur notre usine. Nous l'appellerons la Manufacture de Jouets des Willies.

– Mais, Heaven... tu ne peux pas décider cela sans l'avis de Tony ! Je ne sais pas ce qui s'est passé entre vous mais nous sommes associés dans cette affaire. Et c'est lui qui la finance.

– Ne te tracasse pas, dis-je avec une amertume glacée, Tony ne fera pas d'objections.

Logan ne répliqua rien et un silence pesant s'installa entre nous. L'atmosphère devenait irrespirable, j'avais hâte d'arriver chez nous et d'en finir avec tout cela. Heureusement, la maison Hasbrouck était en vue.

– Nous arrivons, annonça Logan avec une gaieté forcée. Voici ta nouvelle maison, Drake.

Nous remontâmes l'allée de saules pleureurs qui menait à la vieille demeure coloniale.

– Ce n'est pas si grand que Farthy, observa Drake.

Logan fronça les sourcils.

– Il n'y a pas beaucoup d'endroits comme Farthy, Drake. Mais cette maison n'est pas si petite que ça, tu verras.

Il s'arrêta devant le perron et le jardinier s'avança

aussitôt pour nous accueillir et nous offrir ses services. C'était un petit homme trapu et grisonnant au visage piqueté de taches de rousseur. Son bon sourire et ses yeux pétillants me firent instantanément penser au Père Noël : il ne lui manquait qu'une barbe et un manteau rouge. Entre Drake et lui, le déclic fut immédiat.

– Je m'occuperai des bagages, madame Stonewall, déclara-t-il d'un ton affable.

Et, se tournant vers Drake, il ajouta aussitôt :

– Avec l'aide de ce jeune homme, naturellement. Mon nom est Appleberry, monsieur. Et le vôtre ?

Drake sourit jusqu'aux oreilles, ce qu'il n'avait pas fait depuis notre départ d'Atlanta. Il saisit la main rugueuse que le jardinier lui tendait et la serra avec vigueur.

– Drake, annonça-t-il fièrement.

– Heureux de vous rencontrer, monsieur Drake. Accepteriez-vous de vous charger de ceci ?

Appleberry lui tendit un petit sac de voyage dont il se saisit à deux mains, les yeux brillant d'orgueil.

– Bravo ! Je vois que vous ne manquez pas de muscles.

Le jardinier me décocha un clin d'œil furtif et Logan et lui se partagèrent le plus gros des bagages. De mon côté, j'empoignai une des valises de Drake et le conduisis directement à sa chambre.

– Il est tard, Drake, et tu as eu une journée fatigante. Tu visiteras la maison demain, d'accord ?

– Quel déménagement, mon jeune monsieur ! s'émerveilla le jardinier en entrant avec le reste des bagages de Drake. Une bonne nuit de repos ne vous fera pas de mal, car demain le travail nous attend. Quand vous aurez fini de déjeuner, vous me trouverez dans les parages. Nous ratisserons les pelouses, si le cœur vous en dit.

Drake regarda Appleberry, puis m'observa d'un œil anxieux, quêtant mon approbation. En me voyant sourire, il adressa au jardinier un signe d'assentiment.

– Alors c'est entendu, conclut Appleberry avant de se retirer.

Aux bruits qui me parvenaient du hall, je devinai que Logan montait nos bagages. J'emmenai Drake à la salle de bains, fis sa toilette et le mis au lit. Sa chambre rutilait de propreté, comme le reste de la maison, d'ailleurs. Je n'en avais eu qu'un aperçu très bref, mais suffisant pour me rendre compte qu'elle était en parfait état. J'eus le cœur serré en voyant mon petit Drake couché dans ce grand lit, dont les draps gardaient encore l'apprêt du neuf. Tout était neuf autour de lui, à part le camion de pompiers qu'il serrait dans ses bras. Ce jouet était son seul lien avec sa vie d'autrefois. Je m'agenouillai pour l'embrasser et lui murmurai tendrement :

– Tu ne dois plus savoir où tu en es, avec tous ces changements, mon pauvre chéri. Mais c'est fini, je te le promets. Tu es chez toi, maintenant, au pays où ton père a grandi. Et c'est beaucoup mieux ainsi.

J'en étais convaincue. Même si Drake devait mener une vie bien plus facile que la nôtre, il allait retrouver ses racines. Je pourrais lui montrer la tombe de ses grands-parents, la cabane de notre enfance. Certes, elle avait bien changé, mais il pourrait jouer à l'endroit même où s'amusaient ses frères, autrefois. Luke l'aurait-il ramené dans les Willies ? J'en doutais. Tel que je le connaissais, il aurait forgé toutes sortes de contes sur son passé, pour le cacher et l'embellir aux yeux de son fils.

En quittant Drake, je me rendis tout droit à la chambre de maître, où je savais trouver Logan. Mon cœur battait à coups précipités, tant je redoutais de lui parler. Je lui avais caché tant de choses inavouables, qu'il allait falloir avouer. Et tout cela, à cause de Tony Tatterton ! En cet instant, je le haïs comme je ne l'avais jamais haï.

Logan arpentait nerveusement la pièce et s'arrêta net en me voyant.

– Je t'écoute, Heaven. Et surtout, ne me cache rien.

J'avalai ma salive, pris une longue inspiration et me jetai à l'eau. J'expliquai de quelle manière Tony avait agi pour me séparer de Luke, comment j'avais découvert le contrat et quels arguments il m'avait fournis pour sa défense. Logan s'était assis et m'écoutait avec attention, sans mot dire. Quand je me tus et me laissai tomber sur le lit, il se décida enfin à ouvrir la bouche.

– Eh bien, observa-t-il sans s'émouvoir, Tony a eu tort, je le reconnais, et je comprends ta colère. Mais je le comprends aussi, lui. Il était certainement sincère, Heaven. Il n'a agi ainsi que par crainte de te perdre.

Je n'en croyais pas mes oreilles. Comment, au lieu de bondir de sa chaise pour me serrer dans ses bras, Logan exprimait sa sympathie pour Tony ! Toute ma vie, j'avais désespérément souhaité l'amour de Luke, et Tony me l'avait volé. Maintenant, c'est vers Logan que je me tournais. J'attendais qu'il me réconforte, me console, m'embrasse en me caressant les cheveux. J'avais besoin d'être sûre qu'il m'aimait toujours comme autrefois, quand je n'étais qu'une va-nu-pieds des collines. J'espérais un mot, un geste qui réveillerait nos merveilleux souvenirs de jeunesse, me prouverait que le passé vivait encore en nous.

Et Logan restait tranquillement assis, à me faire part de sa compréhension pour Tony et son odieux égoïsme ! La colère m'étouffait, le sang me monta au visage. Moi aussi, je comprenais. Je comprenais même très bien l'adoration de Logan pour Tony, le grand homme qui lui avait fait découvrir les charmes de la puissance et de la richesse. C'était dur d'accepter de le voir réduit à l'échelle humaine, de lui découvrir des faiblesses et des défauts. S'il avait su ! La vérité dépassait de loin ce qu'il pouvait imaginer. Et elle n'était pas très reluisante.

– Je ne t'ai pas tout dit, Logan. Quand ce sera fait, tu te montreras peut-être moins compréhensif.

– Parce que ce n'est pas tout ?

– Non, ce n'est pas tout. J'ai été obligée de quitter Farthy. La nuit dernière, après notre explication, Tony est venu à l'appartement. Il était saoul et complètement débraillé.

La mâchoire de Logan se crispa.

– Et que te voulait-il ?

– Ce qu'il me voulait ? Il me voulait, moi. J'ai dû me débattre et le gifler pour le ramener à la raison.

Logan demeura longuement silencieux, à croire qu'il n'avait pas entendu. Puis je le vis s'affaisser sur sa chaise, les traits décomposés.

– Ô mon Dieu ! J'aurais dû... je me doutais...

– De quoi ? Que veux-tu dire ? Y a-t-il une chose que tu savais et que tu m'as cachée ?

– Non, je ne savais rien de précis, mais il m'est arrivé d'éprouver... une sorte de méfiance envers ton grand-père.

– Pas mon grand-père, Logan. Mon père.

– Quoi ?

Je fondis en larmes.

– Tony est mon père, Logan. Je le sais depuis quelques années mais j'ai eu tellement honte... je n'ai pas osé te l'avouer.

Et voilà, le plus difficile était dit. Et le reste suivrait, que Logan soit prêt à comprendre ou pas. La vérité m'oppressait, il fallait qu'elle sorte. Je débitai tout d'une traite :

– Il a violé ma mère, c'est pour cela qu'elle s'est enfuie. Cet homme est un démon, Logan. Il a tenté de faire la même chose avec moi.

Je me tus, suffoquée par les sanglots. Logan se précipita vers moi et me prit dans ses bras.

– Oh, Heaven, ma petite Heaven, comme tu as dû souffrir ! dit-il en me couvrant le front de baisers. Je suis désolé, vraiment.

– Désolé ? C'est tout ce que tu trouves à dire ?

Le regard de Logan se durcit.

– Non, ce n'est pas tout. J'en suis malade. Je

voudrais prendre le prochain avion et aller dire son fait à Tony, même si cela doit se terminer par un meurtre.

Ses yeux lançaient des éclairs mauvais, sa réaction dépassait mon attente. Je savais qu'il ne mettrait pas ses menaces à exécution, mais c'était bon de les entendre. Sa violence me prouvait qu'il tenait plus à moi qu'à sa récente fortune et à tous ses avantages. Je m'empressai de l'apaiser.

– Non, Logan, inutile d'aller si loin. Tony s'est puni lui-même. J'ai laissé à Farthy un homme brisé, bourrelé de remords. Nous n'aurons plus avec lui que des relations d'affaires. Désormais, j'éviterai de penser à lui comme à un père. Et je te conseille de ne plus voir en lui qu'un partenaire, pas un beau-père. En ce qui me concerne, le chapitre est clos. Tony ne fait plus partie de ma vie.

Logan m'enveloppa d'un regard plein de tendresse et me serra plus étroitement contre lui. Je repris avec animation :

– Nous pourrons repartir de zéro, oublier le passé, Farthy et même l'usine. Tu fonderas la société pharmaceutique Stonewall, et nous serons bientôt une grande famille, avec Drake.

Logan me libéra et m'écarta doucement de lui.

– Je méprise Tony autant et plus que toi, sans doute, mais peu importent mes sentiments. Il faudra bien que je les surmonte. Nous ne pouvons pas rompre avec Tony.

– Mais je t'ai dit qu'il ne faisait plus partie de ma vie !

– Je sais, mais les gens des Willies ont besoin de l'usine, eux. Sans elle, tous leurs espoirs s'écroulent. Et sans Tony, plus d'usine.

– Et moi qui croyais pouvoir m'appuyer sur toi !

– Mais tu peux compter sur moi, Heaven. Tony n'est pas le seul à savoir manœuvrer.

Logan se rapprocha de moi et posa les mains sur mes épaules.

– Je sais que je t'ai déçue, et de bien des façons,

Heaven. Je t'ai négligée, mais tout va changer, je te le jure. Je travaillerai dur, mais le travail passera toujours en second. Après toi, notre amour et notre famille.

Il me caressa la taille et ajouta en souriant :

– Notre nombreuse famille, devrais-je dire. Nous ne nous séparerons plus et je saurai te rendre heureuse. C'est promis.

– Et tu aimeras Drake, lui aussi ?

– Comme mon fils. Cela aussi je te le promets.

– Oh, Logan !

Mes larmes ruisselèrent de plus belle et je posai la joue sur son épaule. Alors, très tendrement, il me fit étendre sur le lit, s'allongea à mes côtés et me couvrit de caresses. Un peu plus tard, lasse mais apaisée, je m'endormis entre ses bras. Je me sentais en sécurité, toutes mes craintes avaient disparu. Le lendemain, je le savais, commencerait une vie nouvelle.

*

Les jours suivants s'écoulèrent pour moi dans un état d'exaltation permanent. C'était bien une vie nouvelle qui commençait. Je n'avais pas une minute de loisir, chaque moment comptait double, comme si je ne faisais que des choses particulièrement importantes. Deux jours après notre arrivée, je conduisis Drake à l'école. À vrai dire, il n'avait pas tout à fait l'âge scolaire, mais Mr Meeks fut trop heureux de faire une exception. Quelle différence d'attitude entre ce nouveau Mr Meeks et le directeur que j'avais connu ! Quelles prévenances pour son ancienne subordonnée ! À croire qu'il me prenait pour une autre. En moins de dix minutes, Drake était inscrit en première année.

– Aucun problème, madame Stonewall, ne cessait de répéter Mr Meeks. Aucun problème. Nous n'hésitons jamais à accorder une dérogation aux sujets particulièrement doués. Et il suffit d'un coup d'œil pour voir que Drake est un enfant précoce.

Je ne pus m'empêcher de sourire. Certes, on avait toujours fait exception pour les enfants précoces. Mais on les jugeait d'après des tests, et non sur un simple coup d'œil. Mr Meeks appela sa secrétaire et la chargea de régler au plus vite les formalités d'inscription. Puis il m'invita à faire le tour de l'école pour saluer mes anciennes collègues. Enfin, il me raccompagna jusqu'à ma voiture et m'en ouvrit lui-même la porte.

– À bientôt, madame Stonewall. Veuillez nous rappeler au bon souvenir de Mr Stonewall. Mrs Meeks et moi-même nous ferons une joie d'assister à l'inauguration de l'usine.

– Je ne manquerai pas de le lui dire, monsieur Meeks.

Pendant tout le trajet du retour, je m'émerveillai de ce changement d'attitude spectaculaire. Logan avait vraiment bien manœuvré, mais quoi d'étonnant à cela ? Il avait été à bonne école !

J'arrivai à la maison juste à temps pour recevoir Mrs Avery, qui avait servi Anthony Hasbrouck pendant plus de vingt ans. Son visage doux et ses manières avenantes me plurent tout de suite, et je la réengageai sans hésiter. Je sentais que l'on pouvait lui faire confiance. Je reçus également le maître d'hôtel que Logan avait pressenti, un certain Gerard Wilson. Un homme de haute stature, grisonnant, plus près de soixante ans que de cinquante et dont les manières un peu raides me rappelèrent Curtis. Il fut engagé sur-le-champ, lui aussi. Notre nouveau cuisinier se présenta le lendemain. C'était un Noir d'un certain âge, aux dents étincelantes, et qui riait à tout propos, d'un rire musical et chaleureux. En le voyant, je ne pus m'empêcher de penser que Logan choisissait notre personnel sur le modèle de celui de Tony. Ce n'était pas une raison pour ne pas accueillir le sympathique Roland Star, et je ratifiai le choix de Logan.

Le personnel au complet, je me consacrai à la décoration. La nursery était pratiquement terminée, la cuisine impeccable et les meubles que j'avais commandés à Boston étaient arrivés. Je fis appel à un décorateur et, en moins de deux semaines, les travaux étaient achevés. J'étais chez moi, vraiment chez moi, pour la première fois de ma vie.

Ce fut un grand jour pour moi. Je me promenai de pièce en pièce dans ce décor que j'avais créé, avec le sentiment de l'avoir mérité. J'avais souffert pour en arriver là, gagné mon droit à une nouvelle vie. Pourtant, il me restait une dernière trace du passé à abolir. Je décidai de m'y employer sans tarder. Après avoir déposé Drake à l'école, je me rendis à l'institut de beauté de Winnerow, dirigé par Maisie Setterton en personne. Elle éprouva un choc en me voyant entrer mais se reprit rapidement. Sur son visage, la surprise fit place à une expression presque servile.

– Tiens, tiens ! nasilla-t-elle avec son plus bel accent des collines, mais c'est Heaven ! Je suis vraiment flattée que tu daignes recourir à mes services.

– Je désire reprendre ma teinte de cheveux naturelle, Maisie. Et il se trouve que ton salon est le seul de la ville.

Cela lui cloua le bec et elle ne m'adressa plus la parole pendant toute la durée des soins. Quand je la quittai, deux heures plus tard, j'étais redevenue Heaven Leigh Casteel, maintenant Mrs Logan Stonewall. En me voyant, les bonnes gens de Winnerow seraient bien forcés de se rappeler à qui ils devaient leur prospérité soudaine. À cette va-nu-pieds des collines, qu'ils regardaient autrefois de si haut ! Je ne voulais plus être une Tatterton. Ni l'Ange de Luke. Ni la Leigh de Tony. J'avais voulu ressusciter cette Leigh pour un homme et j'y étais parvenue... mais ce n'était pas le bon. En me déguisant en ange blond, je quémandais l'amour de Pa : j'avais éveillé les désirs de Tony. Ce temps-là était révolu. Désormais, je serais moi-même, et sans en éprouver la moindre honte. Plus jamais.

En ville, les gens se retournèrent sur mon passage, mais je les ignorai. La tête haute, j'achevai tranquillement mes courses. Puis je me rendis à l'usine, où les ouvriers mettaient la dernière main aux travaux.

– Heaven ! s'exclama Logan, bouleversé. Tes cheveux... tu as repris ta vraie couleur !

– Oui, Logan. J'en ai fini avec les Tatterton. Je me sens devenir de plus en plus Stonewall.

– Et tu es de plus en plus belle, dit-il en m'embrassant sur les lèvres. Je retrouve la femme que j'ai toujours aimée. Merci, Heaven.

Il m'emmena faire le tour de l'usine en m'abreuvant d'explications. Il voulait que je voie tout, comprenne tout, dans le moindre détail. Sur notre passage, les hommes s'arrêtaient un instant de travailler pour me saluer avec respect. J'avais l'impression d'être une reine en tournée dans ses colonies. Je fus vite gagnée par l'enthousiasme contagieux de Logan. Une chose pourtant m'attrista, pendant la visite des ateliers de jouets. Deux des artisans qu'on me présenta avaient l'âge auquel Grandpa était mort. Ce fut la seule note mélancolique de cette journée.

Vers la fin du mois, nous reçûmes un courrier du cabinet Steine. L'avoué nous apprenait que les biens de Luke étaient vendus et l'argent placé au nom de Drake. Je compris à demi-mot que Tony lui avait recommandé de m'obéir en tout point. Et il avait exécuté ses ordres avec une promptitude dont il ne se montrait pas peu fier.

Le jour où Roland Star prit ses fonctions à la maison Hasbrouck, Logan invita ses parents à dîner. Le changement d'attitude de Loretta Stonewall à mon égard me fit sourire, mais sa toilette surtout m'amusa. Robe neuve, mise en plis, manucure, fourrure et bijoux de famille, elle était sur son trente et un. À croire qu'elle était invitée chez le gouverneur de l'État ! Son mari paraissait gêné par ce déploiement de luxe, et je devinai les reproches qu'il avait pu lui faire à ce sujet. Après tout, il ne s'agissait que d'aller dîner chez leur fils, en famille. Sans doute, mais dans quel décor, et quel dîner !

Comparée à celle de Loretta Stonewall, ma toilette semblait presque négligée, mais elle ne parut pas s'en rendre compte. Elle était trop intimidée pour faire allusion à ma couleur de cheveux, mais elle me prodigua ses compliments sur les changements que j'avais apportés dans la décoration. Ma belle-mère s'était brusquement découvert des sentiments maternels envers sa bru. Un vrai miracle ! Elle s'informa de ma santé, de ma grossesse et insista pour que je m'adresse à elle à la moindre inquiétude.

– Dire que vous êtes enceinte de quatre mois ! Vous êtes encore mince comme un fil, Heaven. À la même époque, j'étais un véritable tonneau. Si Drake vous fatigue, je serai ravie de m'en occuper un peu. Il est si mignon !

Elle tendit la main pour caresser les cheveux de Drake, mais il se déroba. Ce n'était pas le genre câlin.

– En tout cas, reprit Loretta, je tiens à ce que vous dîniez chez nous le lendemain de l'inauguration. Vous serez trop fatiguée pour vous occuper de quoi que ce soit.

– Merci, Loretta. C'est très gentil à vous.

– Oh ! voyons, Heaven ! Appelez-moi mère, mon petit.

Je la dévisageai sans répondre. Combien de femmes avais-je appelées « mère », au cours de ma vie ? Une inconnue, une pauvre campagnarde accablée de travail, une grand-mère qui me jalousait et, maintenant, une belle-mère éblouie par ma fortune ! Qu'étais-je pour elle, sinon une merveille à exhiber pour impressionner ses amies ? Je n'avais même pas le cœur de lui en vouloir. Après tout, mon mari était heureux, mes enfants seraient aimés, et moi, j'aurais enfin une vraie famille. Que demander de plus ?

Le dîner se déroula sans incident, mais, après le départ des Stonewall, toutes mes inquiétudes resurgirent. Ma vraie famille, c'était Tony, et il ne se laissait pas facilement oublier. Viendrait-il à l'inauguration de l'usine ? À cette seule pensée, je frissonnai. Je me sentais aussi à l'aise qu'un oiseau guetté par un chat.

Je décidai d'oublier mes angoisses en me lançant à corps perdu dans les préparatifs de la réception. Ce serait une vraie fête paysanne, dans la meilleure tradition des Willies. On servirait du poulet frit, du pain de maïs, des petits choux et autres spécialités du cru. J'engageai des femmes des collines, connues pour leurs vieilles recettes de famille, transmises de génération en génération. Il fut entendu que les pommes cuites, patates douces, tartes aux cerises et à la rhubarbe seraient préparées à domicile, dans les bons vieux fours à l'ancienne. Pour le bal, j'eus à nouveau recours aux Campagnols. Et je fis appel à quelques élèves de terminale pour me seconder dans mes devoirs d'hôtesse. Les seuls professionnels auxquels je m'adressai furent des barmen de la ville. Les plus vieux d'entre eux n'avaient pas oublié l'époque de la contrebande, et l'un d'eux me promit un punch à réveiller les morts. Ou, pour employer son expression imagée, « un truc à faire danser un bonhomme en bois ».

Les festivités se dérouleraient sur les vastes pelouses qui s'étendaient devant l'usine, décorées pour la circonstance. Mes instructions au fleuriste étaient formelles : il ne devrait employer pour ses compositions florales que les plantes et les fleurs sauvages des collines.

Chaque soir, Logan et moi discutions sans fin de nos projets, jusqu'à une heure avancée de la nuit; et je sautai plus d'une fois de mon lit pour noter un détail à ne pas oublier. Nous étions comme deux enfants préparant leur première surprise-partie.

La chance nous favorisa : le temps fut radieux. Je m'étais fait faire tout spécialement pour ce jour-là une robe paysanne en cotonnade ornée de dentelle. La couturière s'était arrangée pour dissimuler adroitement mes rondeurs : la toilette m'allait à ravir. Et, comme au temps où j'allais à l'école, j'avais natté mes cheveux bruns en deux lourdes tresses mêlées de rubans. Car c'était aux gens des collines que j'offrais cette fête. La journée leur était dédiée, ce serait le jour d'honneur des Willies.

Devant mon miroir, je m'examinai d'un œil critique. Ma grossesse commençait à se voir, mes joues elles-mêmes s'étaient arrondies. Je ne pus m'empêcher de penser à Sarah, la seconde femme de Pa, qui m'avait tenu lieu de mère. La maternité ne la flattait pas, la pauvre ! Chaque jour, elle semblait enfler un peu plus. J'en venais à me demander si le bébé qu'elle portait ne soufflait pas à l'intérieur, comme s'il gonflait un ballon. Naturellement, j'avais fait part de mes suppositions à Tom, et il avait ri aux éclats. Je l'entendais encore.

J'achevai ma toilette par une touche de rose sur les pommettes et un soupçon de rouge à lèvres, puis je demandai à Logan :

– Comment me trouves-tu ?

– Plus belle que jamais.

Il était en train de nouer son nœud papillon et s'interrompit un instant. Sa tenue était un peu plus formaliste que la mienne. Un complet classique, avec un nœud papillon fantaisie, à la mode campagnarde, pour rester dans la note.

– Tu es resplendissante, ajouta-t-il après un silence. La maternité te va bien, elle t'épanouit.

– Flatteur ! On voit que tu es dans les affaires, maintenant. Tu sais placer ton boniment.

J'avais dit cela pour le taquiner, mais il parut blessé.

– Non, Heaven, je ne te mens pas. Je ne te mentirai jamais. Tu es vraiment très belle.

Il traversa la chambre, me prit dans ses bras et m'embrassa avec ferveur.

– Heaven, tu te souviens du moment où Tony nous a offert la Rolls, à Farthy ? Je t'ai dit que je ne pourrais jamais être plus heureux, eh bien c'est faux. Je suis encore plus heureux, maintenant. Ici, c'est moins luxueux que Farthy, nous ne fréquenterons pas la haute société, mais nous avons mieux. Une maison merveilleuse, une chance de nous bâtir une vie nouvelle, et surtout...

Il m'éloigna de lui à bout de bras et poursuivit avec chaleur :

– ... surtout, nous avons notre amour, et l'enfant qui va naître. Le passé ne compte plus, c'est le bonheur qui nous attend.

Son émotion me fit venir les larmes aux yeux et, à nouveau, nous échangeâmes un long baiser.

– Je suis prêt ! fit près de nous la voix de Drake.

Il se tenait sur le seuil de la chambre, fier comme Artaban. Je l'avais laissé dans la salle de bains achever sa toilette, et il attendait notre approbation. En pantalon gris clair, chemise anthracite, blazer marine et nœud papillon assorti, il était très élégant et manifestement conscient de l'être. Je n'avais jamais vu un enfant aussi soucieux de son apparence. Ses cheveux bruns étaient soigneusement ramenés en arrière, à part quelques boucles sur le front. À sa vue, Logan feignit la surprise.

– Tiens, mais qui est ce beau jeune homme, Heaven ?

– Je me le demande. Tout à l'heure, j'ai quitté un petit écolier débraillé avec du sable plein les cheveux et de l'herbe dans les oreilles. Crois-tu que ce soit le même ?

Je souris, mais Drake fronça les sourcils et les coins de sa bouche frémirent de colère.

– Je suis Drake, dit-il d'une voix concentrée.

– Mais oui, mon chéri. Nous ne voulions que te taquiner. Allons, viens, il ne faut pas nous mettre en retard.

Logan me décocha un sourire radieux et m'entoura les épaules de son bras.

– Prête pour le grand jour, Heaven ?

Nous descendîmes, le petit Drake sur nos talons.

Il nous avait beaucoup aidés à préparer des jeux

pour les enfants. Course en sac, jeu de massacre, et cette amusante pêche qui consiste à saisir avec les dents des pommes flottant dans un baquet. Et pendant tout le trajet, c'est à peine s'il put contenir son excitation. Il trépignait d'impatience.

Deux grands buffets étaient dressés face à face, à chaque extrémité de la vaste pelouse. Entre les deux, un peu en retrait, des tables et des chaises étaient disposées sous une grande tente. En l'apercevant, Drake crut un instant que le cirque de Pa était revenu à Winnerow. L'estrade des musiciens était encadrée de rideaux rouges et décorée d'oriflammes tricolores : rouge, blanc, bleu. Et, surmontant l'entrée de l'usine, se déployait une large banderole portant l'inscription : Manufacture de Jouets des Willies.

Soudain, parmi les voitures et camions qui encombraient le parking, une longue limousine noire aux vitres fumées se faufila en douceur. Mon cœur sauta dans ma poitrine : je savais qui arrivait. La portière s'ouvrit, laissant apparaître une élégante chaussure de cuir, puis une silhouette en smoking. Tony ! Je cherchai désespérément Logan du regard, mais il n'était pas en vue. Je rassemblai mon courage et, la tête haute, m'avançai à la rencontre de Tony Tatterton.

– Monsieur Tatterton, dis-je avec une raideur compassée, nous ne pensions pas que vous pourriez vous libérer.

Ses yeux s'agrandirent : il me dévorait du regard.

– Heaven !... tes cheveux !

– Vous aimez ? Je les ai nattés moi-même, à la manière de chez nous.

– Mais... la couleur...

– C'est ma couleur naturelle, comme vous le savez, monsieur Tatterton.

Il me dévisagea longuement, comme si son regard fouillait dans un lointain passé. Je savais qu'il comprenait toute la signification de mon geste. C'était une rupture définitive. Il avait sous les yeux une

Casteel de Winnerow, et personne d'autre. Quand il fut revenu de sa surprise, il laissa errer autour de lui un regard désapprobateur.

– Je vois que vous vous êtes mis d'accord, toi et ton campagnard de mari. Nous voici en pleines réjouissances paysannes !

Son ton méprisant faillit m'ôter toute mon assurance et, pendant un instant, je redevins l'enfant timide que j'avais été. Puis ma fierté reprit le dessus. Je me redressai, souris d'un air hautain et le défiai du regard. Un silence s'établit entre nous, qui me parut durer des heures.

– Je vois que vous avez rebaptisé l'usine, dit-il enfin.

– Logan et moi avons estimé que le nom de Tatterton n'était pas très indiqué, en effet. Puis-je vous offrir à boire, monsieur Tatterton ?

Tony effleura du doigt sa cravate de soie.

– Non, merci. Je ne vais pas m'attarder. Je ne me sens pas très dans la note. À moins que ton mari n'ait une salopette à me prêter ? Je crois que je vais lui en emprunter une.

Son sourire laissait prévoir une plaisanterie acerbe, mais je pris les devants.

– À votre place, je n'en ferais rien, Tony. N'oubliez pas que Logan vous aimait et vous admirait sincèrement. Montrez-lui un peu de respect, je vous en prie.

Tony baissa les yeux et secoua plusieurs fois la tête d'un air accablé. Puis, à nouveau, son regard chercha le mien. Il avait les yeux pleins de larmes.

– Heaven, s'il te plaît, peux-tu m'accorder quelques instants d'entretien ? Il faut que je te parle, seul à seule.

– Je ne veux plus jamais me trouver seule avec vous.

– Mais comprends-moi, Heaven ! J'étais ivre. J'étais encore sous le coup de la mort de Jillian et…

Je l'interrompis d'une voix glacée.

– Vous avez une bien étrange façon de porter le deuil, Tony.

– Heaven, je t'en supplie, reviens à Farthy. Nous pouvons repartir sur de nouvelles bases, tous les trois. Je le sais, j'en suis sûr !

Il était si désemparé que j'éprouvai un élan de pitié pour lui. Il paraissait si vieux, tout à coup, et si seul !

– Je sais que nous serions heureux tous les trois, insista-t-il encore. D'ailleurs, tu t'es trompée sur mes intentions, cette nuit-là. Je voulais seulement t'embrasser, t'aimer comme un père.

Je restai calme, et toujours aussi froide.

– Partez, maintenant. Allez-vous-en, tout de suite !

Les traits de Tony s'affaissèrent.

– Je suppose que tu as tout dit à Logan ?

– Naturellement. C'est mon mari.

Il hocha la tête et leva les yeux vers la bannière dorée.

– Je ne te demande pas de me pardonner, le pardon doit venir de toi-même. Je veux seulement que tu essaies de me comprendre. Tu auras le temps d'y réfléchir, j'ai beaucoup de travail à Boston et ne reviendrai pas de sitôt. Et n'oublie pas...

Pour la première fois depuis longtemps, son regard s'adoucit.

– Le temps est un magicien, Heaven. Il guérit toutes les blessures.

– Peut-être. Mais elles laissent des cicatrices.

– Au revoir, Heaven. Je suis sûr que vous vous en tirerez très bien, tous les deux.

Là-dessus, Tony tourna les talons et regagna sa voiture. Miles lui ouvrit la portière, attendit qu'il fût installé et la referma sans mot dire. Le temps d'un éclair, il coula un regard de mon côté puis s'installa au volant et démarra. Je vis la limousine s'éloigner et rapetisser avec la distance, comme les souvenirs s'amenuisent avec le temps avant de s'effacer complètement de la mémoire. Derrière moi, les violons jouaient toujours, un joyeux brouhaha de voix et de rires m'enveloppait. Je me retournai et me fondis dans l'ambiance chaleureuse de la fête.

Logan et ses chefs d'atelier faisaient visiter l'usine à tous ceux qui le désiraient. Des modèles de poupées et d'animaux en bois sculpté étaient exposés dans des vitrines. Comme je m'en approchais, j'eus tout à coup l'impression bizarre qu'ils s'animaient. J'éprouvais un curieux vertige à me trouver là, dans ma robe d'écolière, parmi ces animaux et ces poupées avec lesquels j'avais joué jadis. On aurait dit qu'ils me regardaient. Étourdie, je dus m'appuyer contre l'une des vitrines. C'est à ce moment que la mère de Logan s'avança vers moi, entourée d'un groupe de notabilités du pays. Elle insista pour me les présenter, mais c'est à peine si je distinguai leurs visages. Ils n'étaient pas plus réels à mes yeux que des pantins de bois.

– Mère, je crois que je ne me sens pas très bien.

– En effet, vous êtes toute pâle. Venez vous allonger, Logan a un lit de repos dans son bureau. Allons, venez.

– Mais j'ai promis à Drake de faire une partie de pêche à la pomme avec lui. Il compte sur moi.

Mes jambes se dérobaient sous moi, mais j'insistai.

– Où est Drake ? Je lui ai promis...

– Heaven, mon petit, pensez un peu à vous !

Elle me désigna du doigt l'aire de jeux et je vis que mon petit Drake s'était déjà fait des amis. Il s'amusait comme un fou.

– Vous voyez bien, reprit Loretta, il ne risque pas de s'ennuyer. Les enfants du pays l'ont déjà adopté. Et puis, Drake n'est pas le seul à qui vous devez penser, n'est-ce pas ? N'oubliez pas le bébé ! Allons, venez.

Je me laissai emmener sans protester davantage.

*

Quand je m'éveillai, le jour baissait déjà : j'avais manqué presque toute la fête ! La foule s'était considérablement éclaircie. Il ne restait que les parents de Logan et quelques-uns de ces buveurs invétérés qui ne se décident jamais à partir. Logan vint à ma rencontre en souriant et m'entoura d'un bras protecteur.

– Tiens, tiens... une revenante !

– Je ne me rendais pas compte que j'avais dormi si longtemps, dis-je en me blottissant contre lui.

Loretta déclara d'un ton sentencieux :

– C'est très bien ainsi. Les femmes enceintes ont besoin d'énormément de repos.

– Tout s'est-il bien passé ? demandai-je en jetant un regard sur les lieux de la fête.

La tente était déserte, les musiciens commençaient à remballer leurs instruments. Sur le parking, il ne restait plus que leur camion, la voiture des Stonewall et la nôtre. Tout à coup, je m'avisai que Drake n'était pas là. Un frisson glacé me courut le long du dos.

– Drake ! Où est-il ?

– Drake ? répéta Logan, brusquement alarmé. Mais... je croyais qu'il était avec toi.

– Il y a une heure environ, il m'a dit qu'il vous cherchait, intervint Loretta. Je vous croyais ensemble.

Cette fois, je hurlai :

– Drake !

Malgré son inquiétude, Logan tenta de me rassurer.

– Voyons, Heaven, inutile de t'affoler. Il doit être en train dc s'amuser avec les modèles de jouets, tout simplement.

– Où ? Il faut le trouver !

– Mais nous allons le trouver, ne t'inquiète pas.

Nous commençâmes les recherches, autour de l'usine et à l'intérieur, en appelant Drake à tous les échos. Pas de réponse. La nuit était tout à fait tombée, et l'éclairage extérieur répandait sur le parking un flot de lumière jaunâtre. Je me souvins des balançoires installées un peu à l'écart et me dirigeai de leur côté. L'une d'elles se balançait encore, interminablement, comme si un petit fantôme était assis dessus. Mais l'aire de jeux était désespérément vide. Je scrutai longuement l'obscurité. Derrière les bâtiments de l'usine s'étendaient des milles et des milles de forêt sauvage. J'appelai encore :

– Drake ! Où es-tu ?

Le seul bruit qui me parvint fut le ferraillement d'un train, dans le lointain. J'attendis, appelai, attendis encore. La panique m'avait gagnée, me glaçait les os. Quelque chose, dans cette obscurité et ce silence, m'avertissait que l'enfant n'était pas parti à l'aventure, étourdiment.

– Drake !

Mes cris d'angoisse firent accourir Logan. Je m'entendis demander :

– Vous l'avez trouvé ? Vous l'avez trouvé ?

– Non, mes parents cherchent toujours et je vais appeler la police. Mais juste par précaution, Heaven. Je suis sûr qu'il va revenir d'un moment à l'autre.

Il avait beau dire, sa voix me renseignait : il était aussi affolé que moi.

– Appelle-les, Logan. Je continue à chercher.

– Non, je t'en prie, Heaven. Tu vas prendre froid. Va dans mon bureau, nous y attendrons la police.

– Pas question. Je dois le retrouver et je le retrouverai.

– Mais il fait noir, tu n'y verras rien ! S'il te plaît, Heaven, sois raisonnable. Rentre.

– Non. Je resterai devant l'entrée, sous la lampe, pour qu'il puisse me voir. Dépêche-toi d'appeler la police.

Il s'élança vers son bureau et je continuai à scruter la nuit. Un mince croissant de lune dessinait la ligne noire des arbres. Quelque part, une chouette ulula.

Et, comme si le destin venait de poser sa main sur mon épaule, je sus où était mon petit Drake. Il n'y avait qu'un endroit au monde où il pouvait se trouver. Une seule personne au monde qui ait pu l'y emmener. Et je la connaissais comme je me connaissais moi-même. Fanny.

15

L'otage

Le cœur broyé de désespoir, j'attendais aux côtés de Logan le retour de la patrouille partie inspecter rapidement les environs. Nous avions demandé aux Stonewall de rester à la maison. Drake pouvait revenir de lui-même, ou quelqu'un le retrouver. En ce cas, c'était à la maison Hasbrouck qu'on appellerait. Nous ruminions nos pensées en silence quand Jimmy Otis, l'un des officiers de police, gara sa voiture de patrouille devant l'usine.

– Peut-être est-il chez l'un de vos invités ? suggéra-t-il pour nous rassurer.

Logan hocha pensivement la tête.

– C'est bien possible, Jimmy. C'est un enfant indépendant et qui n'a peur de rien.

– Dans ce cas, je vais refaire une tournée dans le coin. S'il y a du nouveau, vous n'aurez qu'à téléphoner au poste. Ils me préviendront par radio.

– Merci, Jimmy.

– Si dans une heure il n'est toujours pas retrouvé, nous appellerons le chef chez lui. Avec la liste des invités, il pourra faire vérifier si l'enfant n'est pas chez l'un d'eux.

– Entendu. Merci encore, Jimmy.

Dès que l'officier fut parti, je fis part de mes craintes à Logan.

– Il pourrait très bien être chez Fanny. Nous ne l'avions pas invitée, elle.

En dressant notre liste, nous avions tous deux évité de faire allusion à ma sœur. Logan pour des raisons bien évidentes, et moi parce que je ne tenais pas à la revoir. Cette vengeance était tout à fait dans son style. Ma suggestion laissa pourtant Logan sceptique.

– Tu crois vraiment qu'elle aurait fait cela ?

– Et pourquoi pas ? Il lui aura suffi de proposer à Drake de faire un tour en voiture avec elle, pour bavarder, en promettant de le ramener tout de suite. Il est très éveillé pour son âge mais ce n'est qu'un enfant, Logan. Et il sait que Fanny est sa sœur.

– Oui, tu as raison, convint Logan. Elle en est bien capable, après tout.

Dans le silence qui suivit, je vis un nuage occulter le croissant de lune et mon cœur se serra. Mauvais présage.

– Je vais chez elle, dis-je en me dirigeant vers la voiture.

– Tu ne veux pas que je t'accompagne ?

– Non. Il vaut mieux que tu restes ici, au cas où l'on retrouverait Drake chez quelqu'un; on ne sait jamais. D'ailleurs je n'en aurai pas pour longtemps.

Sur ce, je démarrai et mis le cap sur la maison de Fanny.

À peine m'étais-je garée devant chez elle que ses chiens efflanqués jaillirent de leur niche. Ils se mirent à tourner autour de la voiture en aboyant sans répit, comme des fox-terriers cernant un renard au gîte. Ma position n'était pas rassurante. J'avais vu tout de suite qu'il y avait déjà une voiture dans la cour, et toutes les fenêtres étaient illuminées : Fanny avait un visiteur. Mais ma colère et mon inquiétude pour Drake firent taire mes appréhensions. Je descendis et claquai bruyamment la portière.

Les chiens s'élancèrent vers moi en donnant de la voix, mais je ne reculai pas d'un pouce et mon attitude les impressionna. Ils s'arrêtèrent, leurs aboiements se firent moins féroces. Et ils me suivirent à une certaine distance quand je me dirigeai vers l'entrée de la maison.

Je dus sonner deux fois avant que Fanny ne vienne m'ouvrir. Les bras croisés à la façon de Granny, le visage fermé, elle me toisa d'un air pincé. Ses yeux bleu-noir prirent un éclat meurtrier et elle dut élever la voix pour couvrir les aboiements des chiens.

– Que puis-je faire pour Votre Seigneurie ?

La rage qui déformait ses traits m'apprit ce que je voulais savoir : je ne m'étais pas trompée.

– Laisse-moi entrer, Fanny. Je ne peux pas te parler dans un pareil charivari.

– Alors comme ça, tu prends la peine de venir chez moi, mais pas celle de m'inviter à ta réception ? Faut pas te gêner !

– Laisse-moi entrer, répétai-je, inébranlable.

Elle finit par s'exécuter et referma soigneusement la porte derrière moi. À peine entrée, je tournai la tête vers le living-room. Randall se tenait sur le seuil de la pièce, tête basse et manifestement peu fier de lui.

– Qu'est-ce que tu veux ? glapit-elle en s'assurant d'un coup d'œil furtif qu'il la regardait.

Dans la scène qu'elle se préparait à jouer, elle lui avait réservé le rôle de public et j'en eus parfaitement conscience. Mais ce n'était pas le moment de perdre mon sang-froid. Avec son instinct de félin, elle en aurait aussitôt tiré avantage. Aussi déclarai-je avec le plus grand calme possible :

– Fanny, Drake a disparu. Est-il chez toi ?

Elle eut un mauvais sourire, arrogant, triomphant. Et l'air penaud de Randall confirma mes soupçons. Elle savait que je viendrais et lui avait demandé d'être là, en cas de besoin. Et aussi pour assister à sa victoire.

– Et même s'il y était ? ricana-t-elle. J'ai autant le droit de l'avoir que toi. C'est mon frère, à moi aussi !

Je sentis mon calme s'échapper. Ma voix grimpa dans les aigus.

– Fanny, as-tu enlevé Drake ? Où est-il ?

– Il est là où il doit être. Dans sa famille.

Cet aveu tacite mit le feu aux poudres. La peur et la colère qui couvaient en moi jaillirent en un véritable flot de haine. Je marchai sur Fanny, empoignai le col de sa blouse et la secouai brutalement.

– Où est-il ? Vas-tu me le dire, espèce de petite garce ! Comment as-tu pu faire une chose pareille ?

Je vis ses yeux s'agrandir de surprise, mais elle se ressaisit aussitôt. Toutes griffes dehors, elle saisit à pleines mains ma chevelure et la tira sauvagement comme si elle voulait me scalper. Randall fut obligé de nous séparer.

– Heaven, Fanny, arrêtez ! Mais arrêtez donc !

Nous dûmes lui céder, hors d'haleine et les yeux pleins de rage. Fanny hurla en rajustant sa blouse :

– Bas les pattes, Heaven ! On n'est plus dans la cabane, et ce n'est plus toi qui fais la loi !

Je repris mon souffle et me tournai vers Randall.

– Où est Drake ?

Fanny ne lui laissa pas le temps de répondre.

– T'imagine pas qu'il va t'obéir, comme les autres ! Il sait ce que tu vaux maintenant.

– Randall !

– Réglez cette histoire entre vous, dit-il d'une voix lasse. Fanny a des droits, elle aussi.

Là-dessus, il me tourna le dos et regagna le living-room. Fanny revint aussitôt à la charge.

– C'est vrai, Heaven, j'ai même plus de droits que toi. C'est moi que Pa préférait, et c'est moi qu'il aurait choisie pour servir de mère à Drake, pas toi. Tu le détestais et Drake le sait, maintenant.

– Quoi !

Fanny planta ses poings sur ses hanches.

– Je lui ai tout raconté. Comment t'es venue au cirque, habillée comme ta mère, juste pour le punir. Et l'accident qui a failli le tuer, et qui a fait mourir

Tom. Drake sait tout. Il pense que c'est toi qui as envoyé ses parents au paradis.

Son sourire reparut et la panique monta en moi.

– Où est-il ? Tu ne peux pas m'empêcher de le voir.

Je m'élançai dans le couloir, mais Fanny me barra le passage.

– C'est chez moi, ici, Heaven Leigh. Et je te défends d'y mettre les pieds, compris ?

– Tu n'as pas le droit de m'empêcher de voir Drake. J'ai appelé la police et elle sera ici dans un moment. Tu ne pourras pas non plus m'empêcher de l'emmener.

– Ah non ? Moi aussi j'ai un avocat, figure-toi. Il s'appelle Wendell Burton et il dit que j'ai autant le droit que toi d'adopter Drake. Surtout maintenant...

Elle se tourna vers Randall et acheva d'un air satisfait :

– Maintenant que Randall et moi avons décidé de nous marier pour lui donner un vrai foyer.

– Comment ?

Je cherchai le regard de Randall et compris que Fanny disait vrai. Elle pouvait à bon droit être sûre d'elle. Il en était tellement épris qu'il ferait ses quatre volontés.

– Elle a raison, Heaven. Rien ne vous autorisait à vous croire plus qualifiée qu'elle pour adopter Drake. Elle aussi fait partie de la famille.

Fanny arborait la mine gourmande du chat qui tient la souris entre ses griffes. Elle triomphait sur toute la ligne.

– Mais tu ne peux pas faire ça, protestai-je. Enlever Drake, lui raconter des histoires pour le retourner contre moi... tu n'as pas le droit !

– Si, justement. Randall vient de te le dire et nous avons un avocat, nous aussi.

Battue dans l'épreuve de force, j'essayai la persuasion.

– Sois raisonnable, Fanny. Tu ne voudrais pas

porter l'affaire devant les tribunaux et nous obliger à laver notre linge sale en public ? Nous serions la risée du pays !

– Et qu'est-ce que j'aurais à y perdre ? C'est pas moi qui fréquente le gratin ! Mais je vois d'ici la tête des Stonewall, tiens ! Ce cher Logan sera drôlement à l'aise.

J'implorai du regard le secours de Randall, mais je me heurtai à un mur. Il soutiendrait Fanny jusqu'au bout.

– C'est un véritable chantage, dis-je à court d'arguments, mais tu vas le regretter. Je te jure que je vais me défendre, sale petite peste ! Et jusqu'au bout, tu peux me croire.

Elle eut un sourire narquois, vite remplacé par une expression de colère.

– Dehors, Heaven ! Drake ne veut plus te voir, depuis qu'il sait la vérité.

– Mon Dieu ! Que lui as-tu fait ?

– Je l'ai ramené chez les siens, dans son vrai milieu. Et il y restera.

À nouveau, je me tournai vers Randall. C'était sa présence qui rendait Fanny si tenace. Elle jouait son rôle et pour lui et pour moi. Même le plus lâche trouve le courage de plastronner en public, et nous étions son public.

– Je suis vraiment déçue, Randall, dis-je pour l'amadouer. Vous n'êtes pourtant pas stupide. Vous rendez-vous compte de ce que vous êtes en train de faire ?

– Non mais qu'est-ce que tu crois, Heaven ? Il est aussi malin que toi ! Lui aussi, il a été à l'université.

Je tremblais de tous mes membres, j'avais la gorge serrée et ma vue se brouillait, mais je me raidis. Ce n'était pas le moment de montrer ma faiblesse. Après tout, j'étais une Tatterton, une race qui ne pliait pas ! Je rassemblai en moi la force et l'énergie dont mes ancêtres avaient fait preuve, afin d'en foudroyer Fanny.

– Très bien, tu l'auras voulu. Je te harcèlerai sans répit, en mettant toute ma fortune dans la balance. Et tu apprendras comment je me venge, Fanny !

Cette fois, elle ne put affronter ma colère et fut obligée de se détourner. Je lançai à Randall un regard méprisant, sortis en claquant la porte et regagnai ma voiture sans m'inquiéter des chiens. C'est à peine si je les entendis aboyer. Je refis le trajet en sens inverse dans un état somnambulique. Manœuvres, virages, arrêts, feux rouges... tout s'était effacé de ma mémoire quand je me retrouvai devant l'usine. Logan m'entendit arriver et se précipita vers la voiture.

– Alors ?

Je crispai les mains sur le volant, incapable de parler.

– Eh bien, Heaven ?

– Drake est chez elle, dis-je d'une voix sans timbre. Et elle veut le garder.

– Quoi ! Tu plaisantes ?

– Oh non ! Si nous voulons obtenir la garde de Drake, il nous faudra aller en justice.

– Eh bien, nous irons, voilà tout. Il sera facile de...

– Non, Logan. Rien ne sera facile. Ce sera terrible, au contraire. Toute notre vie sera étalée au grand jour, dans le moindre détail.

Il comprit la portée de mes paroles et jeta autour de lui un regard accablé, comme s'il mesurait l'enjeu de la partie. C'était son nouvel empire qu'il risquait de perdre.

– Je vois.

Il fallait que je sois fixée sur ses intentions.

– Aucune importance, dis-je d'un ton résolu. La seule chose qui compte, c'est de reprendre Drake.

– Bien sûr, Heaven. Mais pour l'instant, nous ferions mieux de rentrer. Nous allons prévenir la police que Drake est retrouvé, raconter tout à mes parents, et ensuite... nous verrons. Pas de précipitation.

Sur le chemin du retour, je me laissai emporter par un flot de souvenirs. J'avais eu tant de mal à gagner la confiance et l'amour de Drake ! Cela m'avait pris des semaines, en dépensant des trésors de patience. Tout comme Luke après la mort de ma mère, il s'était réfugié dans une coquille protectrice, pour ne pas souffrir. Il m'avait fallu du temps pour faire tomber ses défenses, et encore ! Je n'y étais pas tout à fait parvenue, mais les choses étaient en bonne voie. Et voilà qu'en un instant Fanny avait réduit à rien tous mes efforts. Mon pauvre petit Drake ! Je le revis, dans son beau costume gris et bleu, si charmant et si fier... Ce fut trop. Au moment où nous arrivions devant la maison, mes larmes débordèrent.

Pourquoi le destin s'acharnait-il ainsi contre moi ? Pourquoi le bonheur m'échappait-il sans cesse, comme un oiseau s'enfuit quand on croit le saisir ? Était-il donc si fragile qu'on ne puisse le sentir entre ses mains sans le briser ?

Je me dominai et rentrai à la maison les yeux secs. Pendant les premiers instants, tout alla bien. Mais quand je passai devant la chambre de Drake, mes forces me trahirent. Je courus jusqu'à mon lit et m'y abattis en sanglotant.

Un peu plus tard, Logan me rejoignit et posa doucement la main sur mon épaule.

– Allons, Heaven. Ne te mets pas dans un état pareil ! Tu connais Fanny...

Je me retournai et essuyai mes larmes.

– Oui, je la connais. Et alors ?

– Elle a besoin de faire le mal, c'est plus fort qu'elle. Mais tu la crois capable de se charger d'un enfant ? Elle en aura vite assez !

– Elle va épouser Randall Wilcox, Logan.

– Randall ? Ça m'étonnerait. Son père le déshériterait s'il faisait une chose pareille. Elle a inventé ça pour t'effrayer.

– Non, c'est sérieux. Il était là et approuvait tout ce qu'elle disait. Elle a même réussi à le retourner contre moi. Mais le pire, c'est qu'avec un mari et un foyer elle aura le droit d'adopter Drake.

– Je ne peux toujours pas croire qu'elle tienne à...

– Logan ! Je ne vais tout de même pas attendre sans rien faire qu'elle se lasse de lui ! Elle lui a déjà fait assez de mal comme ça, chaque jour perdu ne fera qu'aggraver les dégâts.

Logan réfléchit quelques instants.

– Bien, je vais charger un de mes avoués d'entamer la procédure. Elle est tellement ignorante en la matière qu'elle aura peur et...

– Elle a déjà un avocat. Un certain Wendell Burton. Et elle sait très bien ce qu'elle fait.

– Wendell Burton, ce parasite ? Il court les hôpitaux et les enterrements pour présenter sa carte aux familles des défunts, dans l'espoir de trouver quelqu'un à pressurer !

– Peu importe. Ce qui compte, c'est qu'elle ait poussé les choses aussi loin. Nous serons assignés en justice, c'est certain.

Cette fois, Logan fut ébranlé.

– Seigneur ! Juste au moment où tout allait si bien, il va falloir étaler au grand jour nos secrets de famille. Quel scandale cela va faire !

– Il s'agit bien de scandale, Logan ! C'est la vie d'un enfant qui est en jeu.

– Je sais, je sais... Mais peut-être est-il encore temps de tenter un arrangement à l'amiable ?

– Ne te fais pas d'illusions : c'est impossible.

– Même avec un peu de temps... et de l'argent ?

Je me redressai en secouant la tête.

– Tu es vraiment comme Tony : vous croyez qu'on peut tout acheter, tout régler par un simple coup de fil ! Mais soit. Je te laisse un jour, pas plus.

– Voyons, insista-t-il encore, ils ne vont quand même pas le maltraiter !

Je fronçai les sourcils et le dévisageai avec intensité.

– Logan, tu m'as promis de considérer Drake comme ton propre fils, n'est-ce pas ?

– Oui, et je tiendrai ma promesse.

– Et tu laisserais quelqu'un t'enlever ton fils et lui raconter d'affreux mensonges à ton sujet ?

– Bien sûr que non !

– Alors nous sommes d'accord. Dès demain, j'appelle J. Arthur Steine pour qu'il nous trouve le meilleur avocat de Virginie. Peu importe ce que cela coûtera.

– Entendu, Heaven. Je comprends.

– Et s'il faut déballer notre linge sale en public, tant pis. Je le ferai pour Drake, et je me moque de ce que les gens penseront de nous.

– Voilà le mot qu'il fallait dire, Heaven : nous. C'est à nous tous qu'il faut penser, à... à mes parents, par exemple.

Cette fois, je perdis patience.

– Tes parents ! Tu n'y pensais pas tellement, quand tu faisais l'amour avec Fanny dans la cabane !

Logan blêmit.

– Je t'ai dit comment cela s'était passé ! Devrai-je payer cette erreur toute ma vie ?

J'effaçai sur mes joues les dernières traces de larmes.

– Je n'en sais rien. Peut-être le moment de payer nos erreurs est-il venu pour nous tous. Peut-être cette épreuve nous est-elle imposée pour nous laver de nos fautes. De toute façon, j'irai jusqu'au bout. Avec ou sans toi.

Logan me dévisagea longuement.

– Je suis désolé, Heaven. J'ai dû te paraître bien égoïste. Mais je serai à tes côtés, je t'aime trop pour te laisser endurer cette épreuve toute seule. Dès demain, je m'attelle à la tâche. Et je ferai l'impossible pour ramener Drake dans sa vraie famille. Je te le promets.

– Merci, Logan.

– Ne me remercie pas de t'aimer, Heaven. C'est ce qui donne à ma vie tout son sens.

Il se pencha pour m'embrasser et ajouta tendrement :

– Tout ira bien, tu verras.
– Espérons-le, Logan. Espérons-le…

*

Le lendemain, Logan partit sitôt après le petit déjeuner pour conférer avec ses conseillers juridiques et prendre les contacts nécessaires. Pour ma part, je me fis monter un plateau par Mrs Avery. Elle avait dû remarquer l'absence de Drake mais n'y fit aucune allusion. Sans doute Logan avait-il fourni quelques explications. J'appréciai sa discrétion, mais j'aurais voulu pouvoir me confier à elle. Ce devait être si bon d'avoir une mère et des sœurs aimantes et de pouvoir compter sur elles ! Mrs Avery était d'âge à être ma mère, et j'aurais tant aimé lui parler à cœur ouvert…

Mais ce n'était pas le moment de m'attendrir. Mon café avalé, je me consacrai à la tâche que je m'étais fixée et appelai J. Arthur Steine. Il était en conférence mais ne voulut pas me faire attendre et m'écouta avec sympathie. Je lui exposai brièvement la situation et demandai aussitôt :

– Est-elle en droit d'agir ainsi, monsieur Steine ?

– Apparemment, oui. Elle est majeure et parente de l'enfant au même degré que vous. J'avoue que cette possibilité ne m'avait pas effleuré, pendant notre entrevue. Vous sembliez être l'unique personne en cause.

– Mais Fanny n'est pas capable d'assumer une telle responsabilité ! protestai-je.

Et, pour appuyer mes dires, je brossai un tableau succinct du caractère et du passé de ma sœur.

– Je vois. Et vous dites qu'elle va se marier ? C'est un atout en sa faveur, mais pas décisif. C'est le tribunal qui décidera à qui sera confié l'enfant, et votre situation vous permet de lui assurer un meilleur avenir. Cela devrait emporter la décision du juge.

– Je voudrais en être sûre ! Pouvez-vous me

recommander un avocat, monsieur Steine ? J'ai la plus grande confiance en votre jugement. Il me faut le meilleur avocat en la matière.

– Alors, prenez Camden Lakewood. Je vais l'appeler immédiatement. Restez chez vous et attendez mon coup de fil, c'est tout ce que vous pouvez faire pour l'instant.

– Merci, monsieur Steine.

– Je suis à votre disposition, madame Stonewall. N'hésitez pas à m'appeler quand vous aurez besoin d'aide. Et veuillez me rappeler au bon souvenir de Mr Tatterton.

Je lui exprimai à nouveau ma gratitude et, selon son conseil, retournai à la maison attendre un appel téléphonique. Le premier fut de Logan. Ses renseignements recoupaient les miens, et il me proposa son avocat.

– Mr Steine m'en a déjà trouvé un, Logan. J'attends son coup de fil d'un instant à l'autre. Je te tiendrai au courant.

Je savais qu'il aurait aimé prendre les choses en main, comme il estimait qu'un homme doit le faire. Mais rester là, à attendre passivement les événements, était au-dessus de mes forces.

Peu après que Logan eut raccroché, Camden Lakewood appela. Notre conversation fut des plus brèves. De sa voix distinguée, il m'apprit que J. Arthur Steine l'avait mis au courant du problème et qu'il serait chez moi en moins de deux heures. C'est là que je pus apprécier pleinement le pouvoir de la fortune et des relations. Ma détermination s'en trouva singulièrement renforcée. Fanny allait voir de quoi j'étais capable !

Depuis notre enfance, elle s'acharnait à me nuire par tous les moyens possibles, tout en s'arrangeant toujours pour se faire pardonner. Mais là, elle avait passé la mesure, et elle allait s'en repentir. Je rendrai œil pour œil, dent pour dent. Comme on l'avait toujours fait dans les Willies.

La douleur, l'angoisse, la haine et la colère bouillonnaient en moi et me donnaient la fièvre. Je jetai un coup d'œil au miroir et vis que j'avais les joues en feu. Je pouvais presque sentir dans ma bouche le goût amer de la vengeance. Et je la voulais âprement. Je passai ma langue sur mes lèvres, avalai ma salive et me préparai à entrer dans l'arène.

*

Comme le redoutait Logan, la nouvelle se répandit à la vitesse de l'éclair. Notre position, et surtout l'inauguration de l'usine avaient fait de nous le point de mire de la région. Cette rivalité entre Fanny et moi pour obtenir la tutelle de Drake alimentait toutes les conversations. Je me cloîtrais à la maison et ne revenais à la vie que lorsque Camden Lakewood venait m'entretenir du futur procès. Nos entrevues avaient lieu dans le bureau de Logan, où nous passions en revue tous les faits et circonstances qui pouvaient jouer contre Fanny. Camden Lakewood avait établi une liste de témoins à charge et recueillait soigneusement les renseignements les plus divers.

Tout comme Arthur Steine, Camden respirait l'assurance et la réussite. Grand, mince, la cinquantaine ou guère plus, il s'imposait par son autorité et sa distinction. Ses yeux bleus, auxquels rien n'échappait, semblaient pénétrer la pensée de son interlocuteur comme s'il lisait en lui. On croyait presque l'entendre réfléchir et formuler ses conclusions. Sa seule présence me rendait espoir et confiance.

Pourtant, certaines choses n'étaient pas faciles à dire. Mais il faisait preuve d'un tel tact que même les détails les plus scabreux perdaient leur caractère déplaisant. Il parvint si bien à me mettre à l'aise que j'en arrivai bientôt à l'aveu le plus pénible.

– Fanny est enceinte, annonçai-je, et il est pratiquement certain que l'enfant est de mon mari.

Ces quelques mots m'avaient coûté un tel effort que ma vue se brouilla. La gorge sèche, je dus détourner les yeux, le temps de reprendre mon souffle. La secrétaire de Camden tapota son carnet de notes, leva la tête et la rabaissa presque aussitôt. Lui se leva tranquillement, alla chercher Mrs Avery et lui demanda de m'apporter de l'eau, ce qu'elle fit sans perdre un instant.

– Est-ce très grave ? réussis-je enfin à demander.

– Soyons plus précis, voulez-vous ? Quand vous dites : « pratiquement certain », qu'entendez-vous par là, au juste ?

– Logan a admis qu'il avait couché avec elle.

Je décrivis l'incident comme Logan me l'avait décrit lui-même. Camden Lakewood demeura imperturbable.

– Imaginons le pire, commença-t-il. Si votre sœur accuse Logan, cela peut se retourner contre elle. Une telle conduite a un nom : le racolage. C'est Fanny qui est venue à la cabane, et sa légèreté est notoire. Vous allez cesser immédiatement de lui envoyer de l'argent. Nous nierons la paternité de Logan. Nous exigerons des tests sanguins après la naissance. Et s'il s'avère qu'il est le père de cet enfant, vous n'y perdrez pas grand-chose. Si je comprends bien, vous payez déjà très cher pour cela.

» En outre, elle va épouser Randall Wilcox, avec qui elle entretient depuis longtemps des rapports intimes. Nous insisterons sur la probabilité que l'enfant soit de lui. Ce qui mettra en évidence l'inconduite de votre sœur et ne parlera pas en sa faveur.

» Quant à l'infidélité de Logan, ne dramatisons pas. Tout homme peut faire un faux pas. Le juge, Bryon McKensie, est un homme, lui aussi; il ne condamnera pas Logan pour une incartade. De nos jours, l'adultère est une chose assez répandue, hélas. Ou alors, c'est que l'on s'en cache moins qu'autrefois.

» D'autre part, l'atmosphère de votre foyer offre des garanties de moralité incontestables. Je ne vous cacherai pourtant pas, madame Stonewall, que cette affaire risque d'être très pénible. Ce Wendell Burton est un individu des plus… disons : douteux. Vous serez appelée à la barre et devrez lui répondre en public. Naturellement, je serai là pour faire objection à certaines questions, mais il ne vous épargnera aucune de ses astuces professionnelles. Et croyez-moi, il ne travaille pas en finesse. Il faut vous attendre au pire.

– Je suis prête à tout, monsieur Lakewood.

– Et votre mari ?

Pour la première fois, je vis naître un doute dans le regard de l'avocat. Il avait rencontré Logan et perçu ses hésitations.

– Il le sera, affirmai-je d'un ton résolu.

Le serait-il vraiment ? Je n'en étais pas si certaine. Plus la date de l'audience approchait, plus il se montrait nerveux. Et, même si je n'avais eu que de brèves conversations téléphoniques avec Loretta depuis la disparition de Drake, je savais que Logan et elle discutaient fréquemment de l'affaire. La veille de l'audience, en plein après-midi, Loretta Stonewall vint me rendre visite. J'étais dans le bureau de Logan, en train de revoir mentalement les principaux points de mon témoignage, quand Mrs Avery m'annonça son arrivée.

– Faites-la entrer, s'il vous plaît, madame Avery. Et veuillez nous apporter du thé.

La journée était particulièrement fraîche. La température avait brusquement chuté au cours de la nuit, et il faisait, comme aurait dit Granny, « trop froid même pour la neige ». Loretta arborait le manteau de renard argenté que Logan lui avait offert pour son anniversaire. Elle entra en coup de vent dans la pièce, les joues roses et le souffle court, comme si elle était venue à pied en courant tout le long du chemin.

– Quel froid ! s'exclama-t-elle en se laissant tomber dans le fauteuil qui faisait face au bureau. Comment vous sentez-vous, mon petit ? Tout va bien ?

– Très bien, merci. Prendrez-vous du thé ? Mrs Avery va nous en apporter.

– C'est très gentil à vous d'y avoir pensé. Vous êtes si prévenante, si pleine de tact. Vous avez toutes les qualités, Heaven. Il vous en a fallu pour vous élever si rapidement, c'est ce que j'ai toujours dit à Logan.

– Merci, mère.

– Et si vous m'appeliez maman ? dit-elle avec un petit rire affecté. Mère est encore trop cérémonieux pour moi, j'ai l'impression d'être une ancêtre !

En d'autres circonstances, j'aurais peut-être ri de sa remarque, mais elle me rappela ma première rencontre avec Jillian. Elle avait refusé que je l'appelle grand-mère, pour mieux dissimuler son âge à ses amies. Deviendrais-je aussi vaniteuse qu'elle, en vieillissant ? J'espérais bien que non. La vanité vous entraîne souvent trop loin dans le mensonge.

Je ne répondis rien, et Loretta enchaîna :

– Le procès commence demain, n'est-ce pas ?

– En effet. J'étais en train de m'y préparer.

– Ô mon Dieu ! Quelle terrible situation pour vous et Logan ! N'y a-t-il aucun moyen de l'éviter ?

– Je crains que non. À moins que Fanny ne nous rende Drake et ne renonce à ses prétentions. Et comme elle n'a rien à perdre, elle ira jusqu'au bout, j'en ai peur.

Comme Mrs Avery venait d'entrer avec le thé, Loretta garda le silence. Elle attendit que la femme de chambre se fût retirée pour reprendre :

– On ne parle que de cette histoire, en ville.

– Je sais.

Nouveau silence, un peu plus long que le premier. Loretta réfléchissait.

– Heaven, dit-elle enfin, Logan m'a tout raconté. Il a peur que certaines choses ne soient étalées au grand jour et il a voulu m'y préparer. Il a terriblement mal agi et je vous admire d'avoir pardonné, Heaven. C'est vraiment généreux, mais... faut-il vraiment mettre tout le monde au courant ? On ne badine pas avec la morale, à Winnerow. Et même si l'usine enrichit la région, l'opinion ne vous sera pas plus favorable. On jasera, on...

– Tant pis. Qu'ils clabaudent tant qu'ils voudront. Drake est plus important à mes yeux que les commérages de tous ces faux dévots !

– Et votre enfant, vous y avez pensé ? Quand il ira à l'école, tous ses camarades auront entendu raconter ces histoires par leurs parents, ce sera terrible !

Tous ces travaux d'approche commençaient à me lasser. Je lui tendis la perche.

– Et que me suggérez-vous, mère ?

– Ne pourriez-vous trouver un moyen discret d'arranger les choses ? Fanny garderait l'enfant six mois de l'année, et vous pendant les six autres, par exemple.

Elle sourit, comme si elle venait de découvrir la solution idéale. Je lui ôtai rapidement ses illusions.

– Non, c'est impossible. D'abord parce que Fanny ne voudrait pas. Elle a trouvé un moyen de me nuire et elle n'y renoncera pas. Ensuite, parce que je ne veux pas laisser Drake six mois par an sous son influence, et passer les six autres à défaire le mal qu'elle lui aura fait. Elle a déjà réussi à le retourner contre moi, c'est bien assez.

– Mais, comme dit Logan, elle se lassera vite de s'en occuper, surtout quand elle aura son enfant. Et encore plus si cela ne doit rien lui apporter.

– C'est hors de question, Loretta.

Après ce que je venais d'entendre, le mot « mère » m'aurait écorché la bouche. Elle dut le sentir et son sourire s'évanouit.

– Vous ne pensez pas assez à votre propre famille, insista-t-elle. Il y a Logan, et votre enfant.

– Drake fait partie de ma famille.

Loretta se carra dans son fauteuil.

– Allons donc ! Nous savons toutes deux que c'est faux.

Je la dévisageai longuement. Apparemment, Logan lui avait raconté beaucoup de choses. L'avait-il aussi mise au courant de la conduite de Tony envers moi ? J'aurais bien voulu le savoir.

– Drake fait partie de ma famille, répétai-je en accompagnant mes paroles d'un regard significatif. Vous me blesseriez en refusant de l'admettre.

– Je voulais simplement vous aider, Heaven ! C'est surtout à vous que je pense.

Modelant mon expression sur la sienne, j'affectai le ton cordial qui s'imposait.

– Merci, mère. C'est très gentil à vous d'être venue me voir, surtout par un temps pareil.

Toute bienveillance disparut de son regard et sa main trembla si fort qu'elle faillit lâcher sa tasse.

– Très bien, Heaven, agissez à votre guise. Mais je crois que vous faites une terrible erreur.

Elle reposa brutalement sa tasse, au risque de la casser, et ajouta en se levant :

– Ne dites pas à Logan que je suis venue, il m'avait demandé de n'en rien faire.

– Pourquoi l'avoir fait, dans ce cas ?

– Parce qu'une mère sait parfois mieux que son enfant comment il convient d'agir. C'est... c'est instinctif.

– C'est exactement ce que je ressens moi-même, vis-à-vis de Drake. Je ne suis pas sa mère mais mon instinct me dit ce qu'elle aurait voulu : que je la remplace auprès de lui. Et je compte sur votre soutien dans cette épreuve.

– Oh, mais bien sûr, mon petit, dit-elle en contournant le bureau pour m'embrasser. Mon mari et moi sommes de votre côté, naturellement !

Sur ce, elle déposa un rapide baiser sur ma joue, poussa un profond soupir et tourna les talons.

Une fois seule, je me renversai dans mon fauteuil et contemplai le paysage par la fenêtre. La température avait dû s'adoucir, car il commençait à neiger, mais j'étais glacée jusqu'au cœur. J'avais peur de l'épreuve qui m'attendait. Je tremblais pour l'avenir de mon enfant. Mais je redoutais plus encore la perspective de perdre Drake. L'idée qu'il puisse un jour me détester comme l'avait fait Luke m'était insupportable. J'avais terriblement besoin de son amour. Et Fanny savait ce qu'elle faisait en cherchant à me le prendre.

– Non, Loretta, murmurai-je pour moi-même, il n'y a pas d'autre solution. C'est dans les Willies que cette douloureuse histoire a commencé, et c'est là qu'elle trouvera son dénouement. Il doit en être ainsi, je le sens.

Et, forte de cette certitude, je repris la lecture de mes notes et me préparai à défendre mes droits.

16

Duel

La salle d'audience était pleine à craquer, on avait dû refuser du monde. Les larmes aux yeux, Loretta m'avait annoncé que certains commerçants envisageaient même de fermer boutique pour assister aux débats.

Pourtant, le mauvais temps aurait dû inciter les gens à rester chez eux. En ces premiers jours de novembre, l'hiver venait brusquement de s'installer, dans toute sa rigueur. Il avait neigé toute la matinée et une bise aigre faisait tourbillonner les flocons en rafales glacées. Pourtant, presque tous les habitants de la ville étaient accourus au spectacle. Quand Logan et moi fîmes notre entrée dans la salle, en compagnie de Camden Lakewood, tous les regards convergèrent sur nous et un murmure de voix s'éleva. Tout devenait sujet de commentaires : nos vêtements, l'expression de nos visages, la façon dont nous nous installions devant le juge.

Camden avait jugé utile de créer un contraste immédiat entre Fanny et nous, et suggéré de nous habiller en conséquence. Logan portait un complet sombre sous un pardessus en poil de chameau, moi une robe bleu marine, un manteau de renard argenté et une parure de diamants. Je m'étais coiffée très simplement, les cheveux sur les épaules et relevés sur les côtés par deux peignes.

Les parents de Logan prirent place juste derrière nous. Sa mère agitée et rouge d'émotion, son père calme et souriant. Au passage, il nous adressa un petit signe de tête encourageant.

Le brouhaha s'accrut quand Fanny, Randall et Wendell Burton apparurent. C'était seulement l'avant-veille que ma sœur avait épousé Randall, civilement et sans cérémonie. Elle précédait les deux hommes d'un pas assuré, et son élégance discrète me surprit. En arrivant dans la salle, elle avait ôté sa veste de laine vert bouteille, révélant une stricte robe noire à col montant. Ses longs cheveux noirs étaient noués en chignon sur la nuque, et elle n'arborait d'autres bijoux que les boucles d'argent qui dansaient à ses oreilles.

Randall semblait beaucoup plus tendu, presque effrayé, et ses cheveux étaient humides de neige fondue. Il ôta son pardessus, sous lequel il portait un complet brun foncé, sobre et distingué. Fanny regardait autour d'elle en souriant et adressait ici et là un signe de la main à ses connaissances. Quelques personnes lui rendirent son salut, mais la plupart demeurèrent figés, impressionnés par l'ambiance. Quand Randall aida Fanny à s'asseoir, du côté opposé au nôtre, je sentis qu'elle me fixait mais je l'ignorai délibérément. J'aurais voulu pouvoir la rayer de mon existence. Elle m'avait toujours jalousée, moi qui ne lui avais jamais rien fait. Et elle tenait enfin le moyen de me rabaisser à son niveau, en étalant notre honte aux yeux de la ville entière. Drake n'était rien pour elle, sinon une arme pour assouvir sa rancune et m'humilier. Et elle s'en servirait sans pitié.

Quand le juge Bryon McKensie pénétra dans la salle, le silence se fit et tout le monde se leva. Les hommes des collines s'étaient découverts et tenaient leur chapeau à la main. Il faut dire que le juge inspirait le respect, même aux notables de la ville.

C'était un homme de haute taille, aux yeux bruns et aux cheveux noirs, à la silhouette élancée. On le tenait en haute estime et non sans raison. Il avait jugé les affaires les plus importantes de la région et comptait des sénateurs et de nombreux hommes d'État parmi ses amis, ce que nul n'ignorait.

Il parut légèrement surpris par l'affluence mais s'installa avec le plus grand calme, en disposant avec soin les plis de sa robe noire. Quelques instants s'écoulèrent, pendant lesquels il parcourut les papiers étalés devant lui. Puis il promena un regard pénétrant sur l'assistance, abattit lourdement son maillet et prononça d'une voix ferme :

– La séance est ouverte.

Dans le silence qui suivit, on entendit quelques toux nerveuses, vite étouffées. Le juge reprit aussitôt :

– J'entends que les débats se déroulent dans le calme, l'ordre et le respect dus à la cour. Aucun commentaire, encouragement ni désordre d'aucune sorte ne devra troubler l'exposé des faits ni l'audition des témoins. Toute personne contrevenant à ces recommandations se verrait expulsée de la salle et encourrait l'accusation d'offense à la cour.

Le magistrat consulta à nouveau ses dossiers avant de poursuivre :

– Le tribunal se propose de déterminer à qui il convient d'attribuer la tutelle du dénommé Drake Casteel, réclamée par Mr et Mrs Logan Stonewall. À notre connaissance, l'enfant est actuellement confié aux soins de Mr et de Mrs Randall Wilcox. Monsieur Lakewood, en tant que représentant des plaignants, vous avez la parole.

Camden se leva aussitôt.

– Merci, Votre Honneur. Nous entendons prouver, Votre Honneur, que non seulement mes clients sont les plus aptes à offrir à l'enfant le foyer qui lui convient, mais que Mr et Mrs Wilcox en sont incapables. Nous démontrerons, preuves à l'appui, que le climat moral du foyer Wilcox est pour le moins contestable, et que les prétentions de Mrs Wilcox ne sont pas motivées par le bien-être de l'enfant.

» C'est dans ce but, Votre Honneur, que j'aimerais présenter à la cour certains témoins.

– Certainement, monsieur Lakewood. Veuillez faire comparaître votre premier témoin.

Ce premier témoin n'était autre que le directeur de l'école, Peter Meeks. Toute la salle le suivit des yeux quand il se leva pour gagner le siège des témoins, et chacun put voir qu'il tenait un carnet à la main. Quand il eut prêté serment et décliné ses nom, prénoms et qualités, Camden Lakewood entama son interrogatoire.

– Depuis combien de temps occupez-vous vos fonctions, monsieur Meeks ?

– Depuis vingt-huit ans, répondit non sans fierté le directeur.

– Vous dirigiez donc déjà l'école au temps où Heaven et Fanny Casteel faisaient leurs études primaires ?

– En effet.

– Pourriez-vous faire un effort de mémoire et donner à la cour un aperçu du caractère de ces deux élèves ?

Mr Meeks s'accota au dossier de l'inconfortable siège de bois.

– Sans difficulté. Je m'en souviens d'autant mieux qu'elles appartenaient à une famille particulièrement déshéritée, et malheureusement...

Il baissa la voix, comme un écolier feint de chuchoter tout en souhaitant être entendu par tout le monde.

– ... les enfants de ces pauvres gens nous posaient de continuels problèmes de discipline, j'ai le regret de le dire. Ils étaient sous-alimentés, mal vêtus et fort peu enclins à l'étude. Leur conduite laissait souvent à désirer.

– Je vois. Et, dans le contexte que vous venez de nous exposer, comment décririez-vous Fanny Casteel en particulier ?

– Comme un exemple typique ! Mauvaises notes, conduite à l'avenant.

– Quand vous dites : typique... pourriez-vous être plus précis, monsieur Meeks ? Sa conduite était-elle oui ou non semblable à celle des enfants de son milieu ?

– Eh bien... à vrai dire, non. Elle se montrait excessivement provocante avec les garçons et n'avait aucune retenue dans ce domaine.

– Soyez plus clair, s'il vous plaît.

– Hm ! J'ai dû souvent intervenir, l'ayant trouvée dans des situations... qui ne convenaient guère à une fillette de son âge.

– Par exemple ?

– Objection, Votre Honneur !

Wendell Burton avait bondi de son siège et, de sa voix grasseyante et vulgaire, se lança dans une protestation véhémente :

– Le témoin n'a pas à répondre à cette question. Comme tous ceux qui se trouvent dans cette salle, Mrs Wilcox a commis quelques péchés de jeunesse. Qui d'entre nous n'a pas quelque peccadille à se reprocher ? Mais l'âge nous transforme, nous mûrit et nous rend plus sages. Et c'est Mrs Wilcox et Mrs Stonewall en tant qu'adultes qui nous intéressent aujourd'hui.

– Monsieur Lakewood ?

– Votre Honneur, nous voulons précisément prouver que Fanny Wilcox est restée immature et ne peut être considérée comme adulte et responsable. Sa conduite est restée la même qu'autrefois : scandaleuse.

– Très bien, je vous rends votre témoin, monsieur Lakewood. Mais j'exige des faits précis, non des insinuations.

– Je comprends, Votre Honneur. Monsieur Meeks, pouvez-vous nous fournir quelques exemples à l'appui de vos dires ?

Le directeur ouvrit son dossier.

– Volontiers. Un certain jour de mars, au cours

de sa deuxième année de cycle préparatoire, Fanny Casteel fut découverte à moitié nue dans les vestiaires en compagnie de deux garçons. Elle fut immédiatement renvoyée chez elle. Vers la fin du même mois, elle fut à nouveau surprise en compagnie d'un élève plus âgé, dans une attitude qui ne laissait aucun doute. À nouveau, elle fut renvoyée chez elle.

– Quel âge avait-elle à cette époque ?

– Treize ans. Et l'incident s'est répété fréquemment.

– Votre Honneur, intervint Camden, je ne voudrais pas lasser la patience de la cour en lui infligeant une trop longue liste d'exemples. Je proposerai simplement que le livret scolaire de Fanny Casteel soit versé au dossier, à toutes fins utiles.

– Accordé.

– Merci, Votre Honneur. Je n'ai pas d'autres questions à poser au témoin.

Le juge appela alors Wendell Burton, qui sourit d'un air mielleux. C'était un petit homme gras aux yeux bleus saillants et aux lèvres molles toujours en mouvement. Une raie partageait ses cheveux plaqués sur le crâne et un énorme grain de beauté surmontait son sourcil droit. Je fus frappée par sa manie de se frotter les mains avant de prendre la parole.

– Monsieur Meeks, commença-t-il en se levant, je suppose que vous avez également sur vous le livret scolaire de Heaven Casteel ?

– Non, on ne m'a demandé que celui de Fanny.

– Je vois. Mais, connaissant le sujet de ce débat, vous avez bien dû jeter un coup d'œil sur celui de Heaven Casteel ?

Mr Meeks s'agita sur son siège.

– En effet, je l'ai brièvement consulté.

– Parfait. Et que vous a-t-il révélé ?

– Mais... rien de particulier. Je ne vois pas...

Wendell Burton s'avança d'un pas rapide vers le témoin.

– Vous ne voyez pas ? Cherchez bien, monsieur

Meeks. Du point de vue assiduité, par exemple. Heaven Casteel était-elle irréprochable ? Ne s'absentait-elle pas fréquemment ?

– Heu... je suppose que oui.

– Vous supposez ? appuya Wendell Burton en adressant un large sourire au public. L'absentéisme est-il le fait des bons élèves, selon vous ? Est-il compatible avec une excellente conduite ?

– Non, je l'admets.

– Et vous admettrez aussi que, cette année-là, malgré son immaturité, Fanny Casteel a fréquenté l'école plus régulièrement que sa sœur ?

– Eh bien... en gros, on peut dire que oui.

Wendell Burton affecta un air compatissant.

– Je comprends votre embarras, monsieur Meeks. Décider, sur des preuves aussi minces que des bulletins scolaires, si une femme adulte est plus qualifiée qu'une autre pour élever un enfant... quel dilemme ! Autant consulter une boule de cristal.

– Objection, Votre Honneur, intervint à nouveau Camden. Mr Burton demande au témoin de porter un jugement sur la valeur de son propre témoignage.

– Mais, Votre Honneur, Mr Lakewood n'a rien fait d'autre que de demander à la cour de se fier à son témoin !

– Vous vous égarez, monsieur Burton, dit sévèrement le juge. Mr Lakewood nous a exposé des faits et c'est à moi d'en vérifier la véracité. Objection maintenue. Pas d'autres questions ?

– Non, Votre Honneur... Oh, si : une seule. Monsieur Meeks, Mrs Stonewall a récemment fait inscrire le petit Drake Casteel dans votre école, je crois ?

– Oui.

– Et vous l'y avez admis, bien qu'il n'ait pas eu alors tout à fait l'âge requis ?

Le directeur était sur des charbons ardents.

– Oui, mais...

– Mais vous avez fait une exception en faveur de

Mr et de Mrs Stonewall, à seule fin de leur être agréable.

– C'est faux ! Nous tolérons parfois des exceptions, quand un enfant fait preuve de dons exceptionnels.

– Je vois. La position éminente des époux Stonewall dans cette communauté n'a donc rien à voir avec votre décision ?

– Objection, Votre Honneur !

– Ni avec votre témoignage ? glissa rapidement Wendell Burton.

– Votre Honneur ! protesta encore Camden en interrogeant le juge du regard.

Je me sentis rassurée de le voir aussi agressif que son confrère, mais Burton reprenait déjà :

– Je voulais simplement prouver la partialité du témoin, Votre Honneur.

– Monsieur Burton, je vous rappelle que nous sommes ici pour enregistrer des faits et non pour juger un témoin. Si vous n'avez pas d'autres questions, la parole est à Mr Camden Lakewood.

Camden se tourna vers le directeur.

– Monsieur Meeks, quand Mrs Stonewall est revenue à Winnerow, elle a enseigné dans votre école. Pourriez-vous nous donner votre opinion sur ses qualités professionnelles ?

– C'était une excellente institutrice, aimée de ses élèves et appréciée par ses collègues.

– Très qualifiée pour s'occuper des enfants, donc ?

– Certainement. Ils ont vivement regretté son départ, tout comme moi-même.

– Merci, monsieur Meeks. Je n'ai pas d'autres questions.

Le directeur fut invité à regagner sa place et le juge appela le révérend Wayland Wise. À l'énoncé de son nom, l'assistance retint son souffle, comme dans l'attente d'un événement extraordinaire. Et le révérend ne déçut pas cette attente.

Du fond de la salle, il s'avança vers la barre d'un pas lent et solennel. Les gens assis au bord de l'allée se reculaient instinctivement sur son passage, comme les eaux de la mer Rouge devant Moïse. Le juge lui-même en parut impressionné. Le révérend prêta serment d'une voix grave et ne se contenta pas de poser la main sur la Bible : il la referma sur elle. Son regard avait la même intensité que s'il s'apprêtait à défier le diable du haut de sa chaire. Le cœur battant, je me tournai vers Fanny. Parfaitement détendue et à son aise, elle chuchota quelque chose à l'oreille de son avocat, qui lui tapota la main en souriant. Randall regardait droit devant lui et affectait un air détaché, ce qui ne dura pas. Quand il rencontra mon regard, il parut brusquement honteux de se trouver là et je lus du regret dans ses yeux, presque une excuse. Mais Fanny le poussa du coude et il se détourna brusquement. L'interrogatoire commença.

– Révérend Wise, voudriez-vous dire à la cour dans quelles circonstances vous avez recueilli Fanny Casteel sous votre toit, pour l'élever comme votre propre fille ?

– Dieu offre aux hommes de bonne volonté bien des occasions d'aider leur prochain, commença le révérend. Je connaissais les misérables conditions d'existence de la famille Casteel. Des enfants sans mère, et la plupart du temps sans père, mourant de faim et de froid dans une misérable cabane des Willies. Ma femme et moi avons décidé d'offrir à l'un de ces enfants un asile décent et de partager avec lui les richesses dont le Seigneur nous avait pourvus.

Cette édifiante déclaration amena chez nombre de paroissiens des sourires approbateurs.

– Vous avez donc accueilli Fanny Casteel dans votre foyer, comme votre propre fille. Vous lui avez donné votre nom, et même changé son prénom, est-ce exact ?

– En effet, je m'en félicite.

– Pouvez-vous nous décrire le comportement de Fanny, à cette époque ?

– Elle s'est montrée reconnaissante et très heureuse d'entrer dans notre famille. Connaissant ses antécédents déplorables, je me suis attaché à lui inculquer les meilleurs principes d'éducation et de morale.

– Et vous a-t-elle donné satisfaction sur ce plan ?

Le révérend Wise décocha un bref regard à Fanny, puis ses yeux noirs et pénétrants se fixèrent sur l'assistance.

– C'était une enfant difficile, dont les mœurs, comme on l'a déjà dit, laissaient beaucoup à désirer. Le diable avait déjà pris possession de son âme.

– Je vois. Donc, la conduite scandaleuse décrite par Mr Meeks n'a pas pris fin, bien que Fanny vécût dans un foyer chaleureux, entourée d'amour et de soins ? C'est bien cela ?

– Le Malin est un ennemi rusé et redoutable.

– Certes. Mais pourriez-vous être plus précis, révérend ? Fanny Casteel atteignait l'âge où l'enfant devient femme...

Camden s'interrompit, ménageant ses effets. Flairant une révélation croustillante, la foule entière tendit l'oreille. On aurait entendu voler une mouche. Camden balaya l'assistance d'un regard scrutateur et se tourna brusquement vers le ministre.

– Révérend Wise, est-il exact que Fanny soit tombée enceinte pendant qu'elle vivait sous votre toit ?

Le révérend baissa la tête et parut se plonger dans une prière silencieuse. Puis, très lentement, il se redressa et vrilla son regard dans celui de l'avocat.

– C'est exact.

– Et quelle fut votre réaction ?

– Ma femme et moi, qui n'avions pas d'enfants à l'époque, avons décidé de l'élever comme le nôtre, ainsi que nous l'avions fait pour Fanny. Nous avons remercié le Seigneur de nous avoir donné cette nouvelle occasion de Le servir.

Des murmures s'élevèrent dans la salle, que le juge fit taire d'un coup de maillet. Personne ne voulait courir le risque d'être expulsé et de manquer la fin de cette histoire palpitante. Le révérend poursuivit :

– Nous avons fait passer cet enfant pour le nôtre, mais uniquement pour le bien de ce petit être innocent. Nous savions que c'était ce que le Seigneur attendait de nous.

– Je ne suis pas ici pour enquêter sur vos motifs personnels, révérend. Mais est-il vrai que vous ayez offert dix mille dollars à Fanny Casteel pour qu'elle renonce à ses droits sur l'enfant ?

– C'est vrai, mais notre but n'était pas de lui acheter son enfant. Nous savions qu'elle aurait besoin de cet argent pour démarrer dans la vie, en quittant notre foyer.

– Mais l'acte de renonciation spécifiait que le secret serait gardé sur la véritable filiation de l'enfant, et sur le contrat lui-même, c'est bien cela ?

– Oui.

– Et Fanny Casteel était-elle totalement consentante ?

Le révérend se contenta de hocher la tête.

– Nous prenons acte que la réponse du témoin est affirmative, Votre Honneur. Je n'ai plus d'autres questions.

Camden m'informa qu'il avait évité d'embarrasser le révérend, pour faire apparaître l'indignité de Fanny. Il ressortait de cet interrogatoire habile qu'elle couchait avec n'importe qui et avait vendu son enfant. Elle n'aurait rien à gagner à étaler la vérité au grand jour, et il fallait espérer qu'elle s'en tiendrait là. C'était un risque à courir. Mais Wendell Burton faisait flèche de tout bois. Il bondit littéralement de son siège et passa à l'attaque.

– Révérend Wise, êtes-vous certain de n'avoir versé ces dix mille dollars à Fanny que pour lui venir en aide ?

– Eh bien, je crois pouvoir dire que oui. Je...

– Ne seriez-vous pas le père de son premier enfant ?

La salle se figea dans un silence total. Personne n'osait plus respirer.

– Je le suis, clama le révérend d'une voix ferme.

De chaque poitrine monta un hoquet de surprise, mais le juge n'eut pas à se servir de son maillet. Le calme revint de lui-même. Les cous se tendirent en avant. Personne n'aurait voulu manquer une parole de ce qui allait suivre.

Avec une insistance délibérément vulgaire, Burton reprit aussitôt :

– Vous avez engrossé une adolescente, une enfant naïve et sans défense à qui vous deviez montrer le droit chemin, et sous votre propre toit ?

– Monsieur Burton, je ne suis qu'un homme ordinaire et n'ai jamais prétendu le contraire. Un simple serviteur de Dieu qu'Il a choisi pour transmettre Sa parole aux autres hommes, mes pareils. J'ai fait de mon mieux pour réformer Fanny Casteel, mais il ne m'a pas été donné d'y parvenir.

– Et vous avez séduit une gamine de quatorze ans ? aboya Wendell Burton.

– Croyez-moi, personne n'a jamais eu besoin de séduire cette créature, tonna le révérend.

Il pointa le doigt vers Fanny, le bras tendu comme un prophète sur le point d'annoncer la parole divine.

– C'est une vierge folle, une pécheresse dévouée au Malin. Elle s'est introduite dans mon lit furtivement, a pressé son corps nu contre le mien et m'a séduit par ses manières lascives. Car je vous l'ai dit, je ne suis qu'un homme, fait de chair et de sang, et trop humain, hélas ! Pitoyablement humain.

– Mais vous ne l'avez pas repoussée, vous, un adulte ?

– Non. Mais je n'ai jamais douté que le diable s'était servi d'elle pour percer l'armure de ma foi. Car ma foi le tenait en respect et l'offensait, comme tous mes fidèles de Winnerow pourront en témoigner. Je suis heureux de l'avoir chassée de chez moi, et je comprends pourquoi le Seigneur m'a dit d'acheter son enfant. Il ne voulait pas que cet innocent grandisse auprès d'elle, une femme que le Malin tient sous sa coupe.

– Et vous lui avez fait miroiter dix mille dollars ? Que pouvait-elle faire d'autre que de vous vendre son enfant ? Elle n'avait que quatorze ans, la malheureuse.

À ce stade, Camden Lakewood intervint.

– Objection, Votre Honneur. La défense répond elle-même à ses propres questions.

– Objection retenue. Monsieur Burton, veuillez vous contenter d'interroger votre témoin.

– Non, Votre Honneur. Je n'ai plus de questions.

Camden saisit la balle au bond.

– Je poserai donc la question moi-même, Votre Honneur. Révérend Wise, existait-il pour Fanny Casteel une autre solution que de vous vendre son enfant ?

– Naturellement. Elle aurait pu le garder, assistée par l'Aide sociale et les organisations charitables. Elle aurait pu me demander de participer aux frais de son éducation ou de le prendre en charge.

– Mais elle ne tenait pas à s'en charger elle-même ?

– Non. Elle ne recherchait que les plaisirs du péché, et refusait les responsabilités.

– Je n'ai pas d'autres questions à poser au témoin, Votre Honneur.

Le révérend regagna sa place du même pas assuré qu'il avait eu pour venir à la barre. Mais cette fois, je crus lire le soulagement sur son visage, et comme une ébauche de sourire. Il avait accompli ce qu'il avait dû souhaiter accomplir depuis tant d'années : se confesser en public. Et se confesser de telle sorte que ses ouailles ne pourraient manquer de lui pardonner. Je pouvais presque deviner le thème de son prochain sermon : « J'ai vu le Malin en face et j'ai mesuré son pouvoir. Mais j'ai reçu le pardon du Seigneur et je sais qu'Il est plus puissant encore. »

Quand je me retournai vers Fanny, elle ne souriait plus. Son avocat lui parlait à voix basse, mais elle n'en paraissait pas rassurée pour autant. Randall avait baissé la tête et tripotait nerveusement un crayon. Malgré les circonstances, je faillis avoir pitié d'eux. Ils ne savaient pas encore ce qui les attendait ! Fanny n'aurait jamais dû douter de la puissance que donnent la fortune et les relations : j'avais mis tout leur poids dans la balance.

– Votre Honneur, annonça Camden, nous aimerions entendre le témoin suivant : Mrs Peggy Sue Martin.

Fanny eut un regard alarmé et Wendell Burton perdit contenance. Randall et lui se demandaient visiblement qui pouvait bien être cette Peggy Sue Martin. Ils n'étaient pas les seuls. Les gens se tournaient les uns vers les autres pour se renseigner et le juge dut les rappeler à l'ordre d'un coup de maillet. Ce fut dans le plus grand silence que Peggy Sue Martin s'approcha de la barre.

C'était une femme d'une soixantaine d'années, à la silhouette épaisse, affublée d'une robe défraîchie qui lui battait les mollets et d'une cape en faux renard. Elle était aussi lourdement maquillée que Jillian en ses pires instants de folie, et ses cheveux décolorés se faisaient rares. Nous lui avions versé deux mille dollars pour couvrir les dépenses de son voyage. Elle prêta rapidement serment, s'assit en croisant les jambes et sourit lorsque Camden s'approcha d'elle.

– Madame Martin, veuillez faire connaître à la cour votre lieu de résidence et votre profession.

– Je suis propriétaire d'une demi-douzaine de maisons à Nashville, que je loue en meublé.

– Madame Martin, connaissez-vous Fanny Casteel ?

– Oui, monsieur. Elle est venue habiter chez moi il y a quelques années. Elle voulait faire une carrière de chanteuse, comme des tas d'autres filles.

– Quand vous dites : « habiter chez vous », entendez-vous par là qu'elle vous louait une chambre ?

– C’est bien ça.

– Payait-elle régulièrement son loyer ?

– Au début, oui. Mais ça n’a pas duré. Je ne suis pas une femme sans cœur, mais je ne peux pas loger les gens pour rien. J’ai des frais, moi aussi.

– Fanny Casteel ne gagnait donc pas sa vie en tant que chanteuse ?

La logeuse éclata de rire.

– Grands dieux non, la pauvre petite ! Elle chantait à peu près aussi bien que moi !

– Vous l’avez donc priée de partir ?

– Non, monsieur.

– Dans ce cas... comment se procurait-elle l’argent nécessaire pour vous régler ?

Peggy Sue Martin s’agita sur son siège et tira sur sa cape en faux renard.

– Vous savez... je ne suis pas censée surveiller la vie privée de mes locataires. Tant qu’ils ne cassent rien et paient leur terme, je ne me mêle pas de leurs affaires.

– Mais encore ?

– Eh bien, certaines femmes reçoivent des hommes chez elles, de temps en temps.

– Et elles se font payer pour cela ?

La logeuse jeta un regard furtif en direction du juge et débita précipitamment :

– Oui, mais je n’encourage pas ces pratiques, vous savez.

– Madame Martin, est-ce bien de prostitution que nous sommes en train de parler ?

– Oui, murmura-t-elle dans un souffle.

– Veuillez parler plus fort, je vous prie.

– Oui, répéta la logeuse à voix haute.

– Et vous tenez pour acquis que Fanny Casteel se procurait par ce moyen les sommes nécessaires à payer son loyer ?

– Oui.

Je me remémorai mon voyage à Nashville, et la maison branlante aux murs écaillés. Comment avais-je pu être assez naïve pour ne pas deviner ce qui s'y passait ! L'attitude de la jolie blonde à demi nue qui fumait devant la porte aurait pourtant dû m'éclairer.

Fanny n'avait que seize ans, elle possédait à peine de quoi se nourrir, mais je n'avais pas compris dans quelle situation terrible elle se trouvait. Je craignais bien trop la réaction de Tony et de Jillian si ma sœur se montrait à Farthy pour ouvrir les yeux. Je n'avais pas pressenti l'inévitable.

Et maintenant, toutes ces turpitudes étaient étalées au grand jour, et elle ne l'avait pas volé. Je l'avais mise en garde, pourtant. Elle n'aurait jamais dû me prendre Drake.

– Je n'ai plus de questions, Votre Honneur, déclara Camden.

Je me tournai vers Fanny et lus dans ses yeux une telle haine que je ne pus soutenir son regard.

– Monsieur Burton ? interrogea le juge. Le témoin est à vous.

L'avocat s'entretint quelques instants avec Fanny avant de répondre :

– Je n'ai pas de questions, Votre Honneur.

Camden Lakewood reprit sa place à mes côtés.

– Fin du premier round, me dit-il à voix basse. L'adversaire a eu son compte.

Déjà, le juge abattait son maillet pour frapper les trois coups rituels et annonçait :

– La séance est suspendue.

17

Les démons sont lâchés

Le point le plus délicat n'avait pas encore été abordé, et cette menace planait sur nos têtes : faudrait-il révéler l'aventure de Logan avec Fanny ? Camden Lakewood était bien décidé à éviter le sujet, et, à son avis, la partie adverse en ferait autant. La cause de Fanny n'aurait rien à y gagner.

Quand l'audience reprit son cours, ma sœur regagna sa place avec une assurance tranquille qui me surprit. Bien que l'interrogatoire n'ait pas été spécialement flatteur pour elle, elle fit une entrée de vedette. Randall ne semblait pas très à l'aise, mais elle souriait à la foule, adressait des signes à ses connaissances, riait et parlait à haute voix. Je ne doutai pas un instant que cette mise en scène nous fût destinée, à Logan et à moi. Car elle se retournait sans cesse de notre côté, comme pour s'assurer que nous n'en perdions pas une miette. C'était bien la preuve qu'elle agissait toujours comme une enfant, me dis-je en l'observant. N'avait-elle pas encore compris quels ennuis elle allait s'attirer ?

Loretta aussi paraissait beaucoup plus à l'aise. Pendant la suspension d'audience, ses amis s'étaient empressés autour d'elle pour lui remonter le moral. L'inconduite de Fanny faisait pencher la balance en notre faveur, c'était un fait. Et Loretta pouvait à bon droit espérer qu'elle garderait le silence sur ses rapports avec Logan. Cela n'aurait pu qu'aggraver son cas. Et puis, il y avait Randall. Autre raison pour elle de se taire.

Comme l'avait souligné notre avocat, si elle s'était fait épouser en prétendant que l'enfant était de lui, elle risquait gros en avouant cette incartade. Pourtant, au fond de moi, je savais qu'elle était prête à tout, même à perdre Randall. Garder Drake comptait beaucoup plus à ses yeux, car c'était le plus sûr moyen de me blesser. Et elle ne visait pas autre chose.

Nous aussi avions été très entourés pendant la suspension d'audience. Un grand nombre de mes anciens élèves, et la plupart des notables de la ville étaient venus nous souhaiter bonne chance. Et, comme je l'avais prévu, on avait beaucoup admiré le révérend Wise pour son courage. L'opinion générale était qu'il avait affronté le Démon et su l'obliger à reculer. Et ses paroissiens l'avaient religieusement écouté réciter des passages de la Bible appropriés aux circonstances.

Quand nous regagnâmes notre place, lui aussi me lança un regard satisfait, dont je compris parfaitement le sens. Des années plus tôt, quand j'étais allée lui réclamer le bébé de Fanny, je l'avais menacé de révéler sa conduite à ses fidèles, en pleine église. Et il s'était montré fermement convaincu que pas un d'entre eux ne se détournerait de lui. Il triomphait une fois de plus.

Quand la séance reprit son cours, Camden Lakewood mit en évidence, documents à l'appui, que Logan et moi nous étions chargés des intérêts financiers de Drake. Puis il appela Fanny à la barre.

Elle prit le temps de lisser ses cheveux, sourit à Randall et s'avança dans l'allée avec une lenteur calculée d'actrice qui soigne son entrée. En arrivant à ma hauteur, elle fit halte devant notre table.

– Je suppose que tu es contente de toi, Heaven,

dit-elle en se penchant vers moi. Mais crois-moi, ça ne va pas durer !

Puis, son sourire toujours fixé sur ses traits comme un masque, elle prit place sur le siège du témoin.

Quand elle fut priée de dire la vérité, toute la vérité, rien que la vérité, elle répliqua avec son plus bel accent des collines :

– Pour sûr que je vais la dire, et comment !

Réponse qui fit s'élever quelques ricanements dans la salle. Puis, Camden entama son interrogatoire.

– Madame Wilcox, je crois comprendre que votre mariage est tout récent. De quand date-t-il, au juste ?

– De deux jours. Randall et moi, on a été à Hadleyville et un pasteur nous a mariés, vite fait et dans les règles.

– Je vois. Et depuis combien de temps connaissiez-vous Mr Wilcox ?

– Oh, pas mal de temps, dit-elle sans plus préciser.

– N'est-ce pas ce qu'on pourrait appeler un mariage de circonstance, madame Wilcox ?

– Euh... ça veut dire quoi, ça ?

– Ne vous êtes-vous pas mariée pour être à même de réclamer la tutelle du petit Drake ?

– Objection, Votre Honneur, s'écria Wendell Burton. Rien ne permet d'affirmer...

Camden l'interrompit avec le plus grand calme.

– C'est précisément ce que nous nous proposons de déterminer, Votre Honneur.

Après quelques instants de réflexion, le juge hocha la tête.

– Objection repoussée, la question nous semble de nature à éclairer la cour. Madame Wilcox, nous souhaitons entendre votre réponse.

– Ma réponse à quoi, au juste ?

– Je vais répéter ma question, reprit Camden. Avez-vous épousé Randall Wilcox dans le seul but de pouvoir offrir un foyer décent à Drake ?

– Eh bien...

Fanny jeta un coup d'œil à Wendell, qui secoua

énergiquement la tête. Mais Camden avait surpris leur manège. Il se déplaça légèrement de manière à intercepter toute communication entre eux.

– Vous me demandez si c'est un mariage arrangé, juste pour avoir Drake ? C'est complètement faux !

Fanny se concentra, comme pour se rappeler une leçon apprise, et récita d'un ton convaincu :

– Randall m'aime et je l'aime, c'est pourquoi nous avons voulu unir nos destinées et fonder un foyer. On peut quand même avoir un vrai foyer sans être aussi riche que Heaven, non ?

Dans l'assistance, plusieurs personnes hochèrent la tête en signe d'approbation. Camden choisit d'ignorer cette boutade et reprit son interrogatoire.

– Vous aviez déjà été mariée, madame Wilcox, n'est-ce pas ?

– Oui, avec le vieux Mallory.

– Le vieux Mallory, dites-vous. J'en conclus que votre premier mari était beaucoup plus âgé que vous.

– Oui, dans les quarante ans.

– Quarante ans... de plus que vous ?

– C'est ça.

– Et l'aimiez-vous, lui aussi ?

– Il m'aimait et il voulait s'occuper de moi, c'est pour ça que je l'ai épousé. J'étais jeune et j'avais personne pour me conseiller, moi !

– Pourquoi avez-vous divorcé ?

Fanny chercha le regard de son avocat, mais Camden n'avait pas bougé. Il lui cachait toujours Wendell.

– Je ne m'entendais plus avec lui, répondit-elle.

– Ne serait-ce pas plutôt parce qu'il désirait des enfants, et pas vous ?

Cette fois, elle tiqua.

– Non.

– C'est pourtant ce que vous avez confié à certaines personnes, qu'il nous serait facile de citer comme témoins, le cas échéant.

Fanny me fusilla du regard, mais je restai impassible. Je l'avais avertie que je saurais me défendre.

– Je ne voulais pas d'enfants de lui parce qu'il était trop vieux. Qu'est-ce que je serais devenue, après sa mort ?

Elle se tourna vers le juge et reprit avec véhémence :

– Je me retrouvais sans mari, avec des enfants, et personne n'aurait voulu m'épouser, à cause d'eux. C'est ce que j'ai dit à Mallory et ça a mal tourné. On a divorcé et il est mort, et il m'a rien laissé. Ça prouve bien que j'avais raison.

– Mais de tout ce que nous savons de vous, il ressort que vous n'avez jamais désiré d'enfants, madame Wilcox. Je me trompe ?

– Sûr que vous vous trompez ! Et la preuve...

Elle pointa sans pudeur son pouce vers son ventre.

– Est-ce que j'en attends pas un, en ce moment ?

– Et vous n'êtes mariée que depuis deux jours ? insista Camden, avec un regard éloquent vers le juge.

– Je viens de vous le dire, vous avez déjà oublié ?

Un rire parcourut l'assistance, et le juge abattit son maillet. Camden enchaîna aussitôt :

– Madame Wilcox, pouvez-vous nous dire de quelle façon vous avez attiré le petit Drake chez vous ?

– Comment ça, je l'ai attiré ? Je suis allée le chercher là où il était, c'est tout simple !

– Et où êtes-vous allée le chercher, s'il vous plaît ?

– À la réception d'inauguration de l'usine. Je l'ai vu tout seul, dehors, pendant que Heaven et Logan se pavanaient en faisant visiter leurs ateliers. Alors je lui ai dit de venir faire un tour en voiture et je l'ai amené chez moi. Là où il doit être.

– Et vous l'avez emmené sans prévenir personne ?

– Pas la peine, c'est mon frère, non ?

– Mais il ne vous est pas venu à l'esprit que Mr et Mrs Stonewall pourraient s'inquiéter de sa disparition ?

Fanny nous dévisagea tour à tour, Logan et moi. Ses yeux lançaient des éclairs meurtriers.

– Est-ce qu'ils s'inquiétaient de moi, eux ? Ils

m'ont pas demandé la permission d'emmener Drake dans leur palace de Boston, ni de le ramener à Winnerow. Pourtant, c'est moi que Pa préférait, c'est moi qu'il aurait choisie pour élever Drake, pas Heaven. Il l'a jamais aimée autant que moi et elle le sait bien, pas vrai, Heaven ?

– Mais vous au moins, vous saviez où était l'enfant, reprit fermement Camden. Ne voyez-vous pas ce que votre conduite avait d'irresponsable ? Les Stonewall ont appelé la police pour rechercher Drake. Pourquoi ne pas les avoir prévenus qu'il était chez vous ?

– Et pourquoi je l'aurais fait ? Ils m'appelaient jamais, je viens de vous le dire. Ils ne m'avaient même pas prévenue qu'ils étaient à Winnerow.

– Pourtant, madame Wilcox...

– J'ai fait ce que je devais faire, s'obstina Fanny. Heaven se croit tout permis parce qu'elle est riche, mais je me moque bien de son argent. Drake est à moi.

La rancœur de Fanny à mon égard était si évidente que j'en fus profondément blessée. À présent, nul ne pouvait plus l'ignorer.

– Je n'ai plus de questions, Votre Honneur.

Camden céda la place à Wendell Burton, qui s'approcha aussitôt de la barre. Il se plaça entre Fanny et nous, de manière à voir tout le monde, et, pour une fois, garda les mains derrière son dos.

– Madame Wilcox, cet enfant que vous attendez... de qui est-il ?

Sans hésiter, Fanny désigna Logan du doigt.

– De lui !

Loretta émit un hoquet de détresse, qui se perdit dans le tollé général. Je lançai un bref regard du côté de Randall et vis que je ne m'étais pas trompée : il était abasourdi. Il voulut se lever mais Wendell Burton s'élança vers lui, posa la main sur son épaule et lui chuchota quelques mots à l'oreille. Sans doute pour lui faire croire que Fanny mentait, à seule fin de garder Drake. Furibond, le juge assena une série de coups de maillet sur la table.

– Encore une seule interruption de ce genre et je fais évacuer la salle ! Monsieur Burton, veuillez poursuivre, s'il vous plaît.

L'avocat dit encore quelques mots à Randall et regagna son poste.

– Madame Wilcox, est-ce bien Mr Stonewall, votre beau-frère, que vous venez de désigner ?

– Oui, clama impudemment Fanny, et tu ne diras pas le contraire, Logan Stonewall. Tu m'as versé une pension pour l'enfant, mais j'attends toujours le dernier chèque !

Je croisai le regard de Logan et parvins à rester impassible, mais quelque chose en moi se déchira. Le geste de Fanny m'avait percé le cœur, et la curiosité malsaine de la foule m'était un supplice de plus. Chacun devait s'imaginer que la nouvelle était une révélation pour moi. Et les craintes de Camden Lakewood se vérifiaient. Il avait si bien discrédité Fanny que son avocat n'avait plus qu'une seule ressource : nous rendre la pareille. Il s'y employa aussitôt.

– Madame Wilcox, votre mari savait-il que vous étiez enceinte de Logan Stonewall et que celui-ci vous versait une pension pour l'enfant ?

– Oui, il le savait. Randall est un vrai gentleman, et il m'aime. Il ne supportait plus de voir la façon dont certains riches se servaient de moi.

Fanny récita sa tirade avec une perfection mécanique, comme un texte appris par cœur. Mais il était clair pour tout le monde que le pauvre Randall venait d'apprendre la nouvelle. Il était littéralement pétrifié.

– Et il vous a donc offert un foyer, en même temps qu'un père à votre enfant, conclut Wendell, en évitant adroitement de questionner Fanny.

– C'est ça.

Camden Lakewood se pencha discrètement vers nous.

– Je vais devoir appeler Logan, il faut qu'il donne sa version des faits.

– Je comprends, dit Logan. Je suis désolé, Heaven. Vraiment désolé.

– Je sais. Ce ne sera qu'un mauvais moment à passer.

Mais Wendell Burton n'en avait pas terminé, et son sourire mielleux n'annonçait rien de bon.

– Madame Wilcox, nous avons entendu des accusations déplaisantes à votre sujet, aujourd'hui. Il nous semble juste de vous laisser exprimer votre point de vue personnel. Pouvez-vous nous dire dans quelles circonstances vous êtes venue vivre chez le révérend Wise ?

– Mon Pa nous a vendus, cinq cents dollars par tête, et il m'a achetée.

Wendell Burton écarquilla les yeux et feignit la plus grande surprise.

– Comme une esclave, en quelque sorte ? Et c'est cet homme, le révérend Wise, qui vous accuse d'être un suppôt de Satan ?

– Oui, monsieur, c'est bien ça.

– Veuillez exposer brièvement à la cour quelles étaient vos conditions d'existence chez le révérend.

– Au début, c'était bien. Ils m'achetaient des tas des choses et le révérend me parlait de la Bible et tout ça. Mais après, il a commencé à avoir des drôles de manières.

– Des drôles de manières… pourriez-vous préciser, madame Wilcox ?

– Eh bien, quand sa femme dormait, il venait dans ma chambre, le soir. Il s'asseyait sur mon lit et me caressait les cheveux, et puis… il s'est mis à caresser autre chose.

– Je vois. Et quel âge aviez-vous à l'époque ?

– Dans les quatorze ans.

– Dans les quatorze ans. Et… sans nous attarder sur les détails scabreux, c'est à cet âge que vous êtes tombée enceinte de lui ?

– Oui, monsieur, mais ça s'est pas passé comme il a dit. Je me suis pas faufilée toute nue dans son lit, c'est lui qui est venu dans le mien. Je voulais pas d'enfants, j'étais trop jeune. Mais j'avais pas de famille et personne pour m'aider, alors quand il m'a offert dix mille dollars contre mon bébé, j'ai dit oui. Après je l'ai bien regretté.

Wendell Burton pivota sur ses talons et prit l'assistance à témoin.

– Donc, vous souhaitiez reprendre votre enfant ? Racontez-nous ce qui s'est passé alors, madame Wilcox.

– Ma sœur est venue à Nashville avec de l'argent plein les poches. Je l'ai suppliée de racheter mon bébé au révérend, même en payant le double de ce qu'il m'avait donné. Ça représentait rien pour elle, monsieur. Si vous aviez vu son sac : il était bourré de billets !

– Et l'a-t-elle fait ?

Fanny tira un mouchoir de sa manche et se tamponna les paupières.

– Non, monsieur. Elle voulait pas que j'aie un enfant, et elle voulait pas s'occuper de moi non plus. Elle m'envoyait un peu d'argent de temps en temps, mais j'avais pas le droit de la voir. J'étais trop pauvre pour être reçue dans sa famille.

– Je vois. C'est alors que vous avez épousé Mr Mallory, qui désirait prendre soin de vous. Mais vous avez vite compris que c'était un mariage sans avenir. Vous avez donc divorcé pour venir vous établir à Winnerow, où vous avez fondé un foyer.

– Oui, monsieur, c'est bien ça.

– Merci, madame Wilcox. Voilà qui diffère sensiblement de la version que nous venons d'entendre. Je n'ai plus de questions à poser, Votre Honneur.

Mais le spectacle n'était pas terminé pour Fanny. Elle s'attarda sur le siège des témoins, le visage ruisselant de larmes. Elle jouait si bien son personnage de victime que je faillis m'y laisser prendre, moi aussi. Comme nous tous, les enfants Casteel, elle avait enduré l'humiliation d'être vendue. À l'époque, elle avait semblé s'en réjouir, mais cela pouvait s'expliquer. Ne croyait-elle pas trouver enfin l'amour, les attentions et les douceurs qu'elle avait toujours désirés ? Puis le révérend l'avait violée, ce dont je n'avais jamais douté. Depuis, sa vie n'avait été qu'une suite de déboires et de turpitudes. Les choses auraient-elles été différentes, si j'avais racheté son enfant ? La maternité l'aurait-elle changée ?

Mais elle s'était vengée de moi de la pire façon qui soit. D'abord en séduisant mon mari, puis en cherchant à me prendre Drake. Ce n'était pas le moment de me laisser attendrir. L'avenir de l'enfant dépendait de ma fermeté.

– Veuillez regagner votre place, madame Wilcox, ordonna le juge d'un ton sans réplique.

Fanny s'exécuta, et Camden appela Logan à la barre. Quand il se leva, un murmure parcourut l'assistance, mais le juge McKensie le fit taire d'un seul regard. Derrière nous, Loretta sanglotait tout bas, mais je préférai l'ignorer et Logan aussi. Je serrai longuement ses doigts entre les miens et il alla prêter serment, aussi ému qu'un écolier. Sa main trembla quand il la posa sur la Bible et sa voix chevrota sur les mots : « Je le jure. » Au moment de s'asseoir, il chercha mon regard et je lui répondis par un sourire encourageant, qui parut le réconforter. Puis, Camden commença son interrogatoire.

– Monsieur Stonewall, nous venons d'entendre le témoignage de Mrs Wilcox, qui vous accuse d'être le père de son enfant. Êtes-vous oui ou non le père de l'enfant qu'elle porte ?

– Je n'en sais rien. C'est possible.

– Vous admettez donc avoir eu des relations intimes avec Mrs Wilcox ?

– Oui.

Une fois de plus, un murmure se fit entendre, et une fois de plus, le juge abattit son maillet.

– Voulez-vous nous préciser dans quelles circonstances ?

Logan se redressa sur son siège, soudain beaucoup plus résolu.

– Oui, dit-il d'une voix assurée. Pendant les travaux, ma belle-sœur venait fréquemment rôder sur le chantier de Winnerow. Elle semblait n'avoir rien d'autre à faire, ni personne à qui parler. Elle se plaignait très souvent de sa solitude et je commençais à m'apitoyer sur elle. À cette époque, j'habitais dans notre cabane des Willies. Un soir, elle est arrivée avec toutes sortes de provisions pour me préparer à dîner. Elle avait aussi apporté du vin. Nous avons beaucoup bu et elle a beaucoup pleuré. Et tout à coup, sans que je sache ce qui m'arrivait, elle s'est déshabillée, s'est jetée à mon cou et nous... nous nous sommes retrouvés au lit. J'étais ivre et je l'ai regretté immédiatement.

– Avez-vous eu d'autres rapports physiques avec elle, depuis cette soirée ?

– Non, jamais.

– Néanmoins, elle vous a annoncé qu'elle attendait un enfant de vous ?

– Oui, et j'ai tout expliqué à ma femme, dit Logan en se tournant vers moi. Elle a compris et m'a pardonné, et je l'aime encore davantage pour cela.

Je refoulai les larmes qui me montaient aux yeux et redressai la tête. Ceux qui guettaient ma défaillance n'auraient pas cette satisfaction. Et surtout pas Fanny. Son sourire triomphant s'évanouit, remplacé par une expression de surprise angoissée. Elle qui s'était donné tant de mal pour me briser, quelle déception devait-elle éprouver ! Depuis des années, la jalousie la rongeait comme un ver. Et toutes ses bassesses, y compris ce procès, ne visaient qu'à me blesser et à m'abattre. Pauvre Fanny ! Finirait-elle par comprendre ce qu'elle avait fait, et par le regretter ? Rien n'était moins sûr.

– Monsieur Stonewall, reprit Camden, vous avez endossé la paternité de cet enfant sans discuter. Vous n'ignoriez pourtant pas que votre belle-sœur avait de nombreuses... relations ?

– Objection, Votre Honneur. Mr Lakewood se

livre à une insinuation déplaisante quant à la moralité de ma cliente.

– Objection retenue. Monsieur Lakewood, rien ne prouve que Mrs Wilcox ait eu, à cette époque, des relations intimes avec d'autres jeunes gens.

– Très bien, Votre Honneur, je formulerai donc ma question autrement. Monsieur Stonewall, aviez-vous des raisons de croire qu'à l'époque où elle venait vous voir sur le chantier Mrs Wilcox fréquentait d'autres hommes ?

– Je savais qu'elle avait fréquenté très longtemps Randall.

– Et cependant, vous avez assumé tous les frais médicaux de Fanny et accepté de lui venir en aide ?

– Nous l'avons accepté, ma femme et moi, oui.

– Je n'ai plus de questions, Votre Honneur.

Burton contre-attaqua avant même de se lever.

– Monsieur Stonewall, vous affirmez que Mrs Wilcox avait déjà une liaison avec son actuel mari quand elle est venue vous voir à la cabane. En êtes-vous certain ?

– Oui.

– Entendons-nous bien : vous affirmez qu'à cette époque elle avait des rapports physiques avec lui ?

– C'est cela.

– Les auriez-vous épiés, par hasard ?

Un rire secoua l'assistance et Logan rougit comme une pivoine.

– Bien sûr que non !

– Mrs Wilcox vous a-t-elle précisé la nature de ses rapports avec Mr Wilcox ?

– Non.

– L'a-t-il fait lui-même ?

– Non.

– Donc, rien ne vous permet d'affirmer que l'enfant qu'elle attend n'est pas le vôtre. Et ce n'est pas seulement par charité ou sens du devoir que vous lui envoyez de l'argent, n'est-ce pas, monsieur Stonewall ?

– Objection ! Mr Stonewall a déjà exposé à la cour ses raisons d'agir ainsi.

– Mais sa responsabilité ne me semblait pas clairement établie, glissa adroitement Wendell.

– C'est précisément le point que nous voulons éclaircir, monsieur Burton. Veuillez poursuivre votre interrogatoire. Objection accordée.

Wendell eut un sourire satisfait.

– J'en ai fini avec le témoin, Votre Honneur.

Totalement décontenancé, Logan chercha mon regard et regagna lentement sa place. Je me levai pour l'accueillir et l'embrasser, consciente d'être épiée par Fanny. Je savais ce qu'elle éprouvait en cet instant : la rage lui brûlait le cœur. Et Camden appela Randall à la barre.

Il me jeta un regard alarmé et se leva lentement. Fanny lui adressa quelques mots mais il ne parut pas les entendre. Il était si troublé qu'il balbutia son serment d'une voix presque inaudible.

– Monsieur Wilcox, quand avez-vous appris que votre femme était enceinte ?

– Il y a quelques mois, chuchota Randall, si bas que l'avocat dut le prier de répéter.

– Et c'est alors qu'elle vous a demandé de l'épouser ?

Randall regarda Fanny, baissa les yeux et garda le silence.

– Eh bien, monsieur Wilcox ?

– Oui.

– Seulement après vous avoir dit qu'elle était enceinte ? insista Camden. Je vois. Et c'est parce que vous pensiez être le père de son enfant que vous avez souhaité l'épouser ? Par loyauté, c'est évident !

Camden s'exprima comme si cette évidence venait tout juste de lui apparaître. Randall hésita.

– C'est-à-dire...

– On vous a menti, monsieur Wilcox. Sinon vous n'auriez jamais accepté ce mariage, n'est-ce pas ?

Randall regarda Fanny, et je lus sur son visage la compassion qu'il éprouvait pour elle.

– Non. Fanny a eu une vie très dure, je le sais. Mais elle a commis des fautes inexcusables.

– Mais elle vous a bien dit que vous étiez le père de son enfant ?

– Oui.

– Et maintenant, elle prétend que c'est Mr Stonewall. Mentait-elle à ce moment-là, ou ment-elle maintenant ?

Une fois de plus, Randall garda le silence.

– Je sais que vous ne pouvez pas répondre à cette question, monsieur Wilcox. Mais pourquoi ne l'avez-vous pas épousée avant de savoir qu'elle était enceinte ?

– Je n'étais pas prêt pour le mariage.

– Et depuis deux jours, vous l'êtes ?

– Oui.

– Pouvez-vous nous expliquer ce changement soudain ?

– J'ai quitté l'université et trouvé un travail à Winnerow.

– Comme aide-cuisinier, je crois ?

– Oui.

– Vos parents ne sont-ils pas terriblement déçus ?

– Objection ! s'interposa Wendell. Les rapports du témoin avec sa famille n'ont rien à voir…

– Votre Honneur, se défendit Camden, je veux justement cerner le climat du foyer Wilcox. Le foyer qui pourrait devenir celui du petit Drake.

– Objection refusée.

– Donc, reprit Camden, vous avez abandonné des études coûteuses et renoncé à un avenir brillant pour vous marier, c'est bien cela, monsieur Wilcox ?

Randall jeta un regard éperdu vers la salle, en direction de ses parents. Il avait les larmes aux yeux.

– Oui.

– Et n'est-il pas possible que Fanny Casteel se soit servie de vous, en mentant au sujet de sa grossesse, afin de se présenter devant cette cour comme une femme mariée ?

Comme Randall, hébété, se taisait, Camden dut insister :

– Eh bien, monsieur Wilcox ?

– Peut-être, convint Randall.

Un murmure indigné monta de l'assistance et le juge dut à nouveau ramener l'ordre d'un coup de maillet.

– Je n'ai plus de questions, Votre Honneur.

Ce fut au tour de Camden de sourire en se retirant, et le juge appela :

– Monsieur Burton ?

– Pas de questions non plus, Votre Honneur.

Randall se leva, se dirigea vers Fanny puis se ravisa. Sans regarder personne, il tourna les talons et quitta la salle.

– L'audience est ajournée, annonça le juge McKensie. Elle reprendra demain matin à neuf heures trente.

Quand il se leva, après un dernier coup de maillet, la salle entra en effervescence. Les lignes téléphoniques n'allaient pas chômer, d'ici au lendemain, et les langues iraient bon train. Les bonnes gens de la ville pouvaient à peine croire à leur bonheur.

– Drake sera chez vous demain, affirma Camden.

Je parcourus la salle du regard et vis Fanny et Wendell Burton s'éclipser comme des voleurs. Parmi la foule, je rencontrai beaucoup de visages souriants. Loretta elle-même s'était remise. Entourée de ses amis, elle acceptait avec émotion leur sympathie.

– Je vous appellerai en fin d'après-midi, déclara Camden. Nous mettrons sur pied votre témoignage de demain. Je crois que cette fois-ci, la partie est gagnée.

– Vous vous êtes vraiment bien défendu, lui dit Logan avec chaleur. C'était du beau travail !

Les deux hommes échangèrent une poignée de main et nous sortîmes dans la rue. La tempête de neige avait cessé, seuls quelques flocons voltigeaient encore. Par endroits, le soleil perçait les nuages et la réverbération sur le sol était éblouissante. Logan m'entoura de son bras et m'entraîna vers la voiture.

– Eh bien, le pire est passé, tu ne crois pas ?

– Je l'espère, répondis-je d'un ton prudent, surtout pour Drake.

Nous nous installâmes dans la voiture et Logan démarra aussitôt. De loin, j'aperçus Randall et Fanny qui discutaient. Elle faisait de grands gestes persuasifs et son haleine se condensait en petites bouffées blanches. Cela me rappela de façon comique *le vieux qui fume*, le poêle de notre pauvre cabane des Willies.

*

« Quand les démons sont lâchés, on peut toujours courir après », aimait à répéter ma chère Granny. Le mal est comme un rocher dévalant une colline. Si on ne l'arrête pas tout de suite, il acquiert une telle vitesse et une telle force que plus rien ne peut se mettre en travers de sa route. Il ne reste plus qu'à s'écarter de son chemin et attendre qu'il s'arrête de lui-même. Cette force mauvaise qui nous entraînait dans sa course, nous, les enfants Casteel, allait-elle enfin s'épuiser ? On pouvait au moins espérer que les efforts déployés à l'audience agiraient sur elle comme un frein. Je n'en demandais pas plus.

Ce soir-là, en nous couchant, Logan me serra dans ses bras et m'embrassa.

– Je me suis fait tant de souci pour aujourd'hui ! me confia-t-il en me caressant les cheveux. Mais cette épreuve nous rendra plus proches, tu verras. Pas trop le trac, pour demain ?

– Je mentirais en prétendant le contraire.

– Je te soutiendrai à chaque minute, comme tu l'as fait pour moi aujourd'hui. Si ça ne va pas, regarde-moi et tu te sentiras mieux tout de suite.

– Oh, Logan ! Tu m'aimes toujours autant qu'autrefois, c'est bien vrai ?

– Beaucoup plus, car j'ai compris à quel point tu m'étais précieuse. Mon amour a mûri, comme moi. Et j'ai besoin de toi, Heaven. Sans toi, je ne suis rien.

Une larme trembla au bord de mes cils et il la cueillit d'un baiser. Puis il se fit plus pressant, plus passionné, jusqu'à ce que le désir monte en nous. Comme j'étais enceinte, notre étreinte fut tendre et douce, mais d'une ardente douceur. Et l'extase nous emporta loin des tourments de l'heure, là où nous pouvions nous aimer sans craindre ni le jour trop vif ni les ténèbres. Corps contre corps, fondus dans un baiser, nous voguions dans un monde pur et sans mémoire, hors d'atteinte du malheur. Tel un vagabond du désert, je me ruai, brûlant de soif, vers l'oasis désirée.

– Heaven, murmura Logan, mon Heaven, nous connaîtrons encore bien des moments comme celui-là. Je serai toujours auprès de toi, toujours.

Nous étions deux enfants émerveillés découvrant la plénitude du plaisir. Et cette fois, si je pleurai, ce fut seulement de joie et d'espoir. Puis, blottis dans les bras l'un de l'autre, nous nous abandonnâmes à la chaude langueur d'après l'amour.

*

La sonnerie du téléphone me réveilla, mais je me réfugiai obstinément dans le sommeil. Je ne voulais pas l'entendre. Le timbre résonna, encore et encore, jusqu'à ce que Logan s'éveille enfin. Il tendit le bras pour décrocher et plaqua le combiné contre son oreille.

– Allô ? dit-il avec effort, la voix encore enrouée.

Pendant quelques minutes, il ne fit qu'écouter, puis répondit d'une voix bien éveillée cette fois :

– Je comprends. Venez tout de suite.

Il raccrocha, et je lus sur son visage que c'étaient de mauvaises nouvelles.

– Qui était-ce, Logan ? Que se passe-t-il ?

– C'était Camden Lakewood. Il arrive. Il a de nouvelles informations qui vont...

– Qui vont quoi ? Dis-le-moi, Logan !

Il tourna vers moi un visage décomposé par le chagrin.

– Qui vont faire attribuer à Fanny la tutelle de Drake. Définitivement.

18

Le poids de l'or

Logan et moi attendions au salon quand le maître d'hôtel annonça Camden Lakewood. La pièce était orientée au nord, et, pour la réchauffer, j'avais pris soin de la décorer de couleurs lumineuses. À cette heure matinale, les trois lustres de cristal étaient allumés : ils rutilaient comme diamants au soleil. Et pourtant, tout me paraissait sombre. Dans ce décor que j'avais voulu clair et joyeux, j'étais enfermée dans ma solitude, pressentant le vide que serait ma vie si je perdais mon petit Drake. Un vide que rien ne pourrait jamais combler.

Camden s'attarda un moment sur le seuil de la pièce, son porte-documents sous le bras. Logan, qui venait de se préparer un gin-tonic, s'avança pour l'accueillir, mais je fus incapable de l'imiter. Je restai figée à ma place, sur le canapé, trop tendue pour faire un seul mouvement.

– Entrez, monsieur Lakewood, dit Logan. Puis-je vous offrir un verre ?

Camden déclina poliment son offre et prit place en face de moi.

– Navré de vous déranger si tôt, commença-t-il, surtout après une pareille épreuve. Mais...

– Je vous en prie, monsieur Lakewood, dites-nous

tout de suite ce que vous avez appris et qui vous rend si pessimiste.

Ma voix trahit mon angoisse et Logan vint s'asseoir près de moi. Il prit ma main et la serra tendrement entre les siennes.

– Il semble que l'histoire se complique, reprit Camden. Hier, en fin d'après-midi, j'ai reçu un appel de Wendell Burton. Les faits nouveaux qu'il m'apprenait m'ont paru si surprenants que j'ai voulu m'informer auprès de J. Arthur Steine.

– Quels faits nouveaux, monsieur Lakewood ?

– J'y arrive, madame Stonewall. Il semble qu'après l'audience Mr Burton ait eu un entretien avec votre sœur. Au cours de cet entretien, elle lui a révélé d'une manière tout à fait fortuite un détail dont elle semblait ignorer l'importance. À savoir... que votre véritable père n'est pas Luke Casteel, mais Anthony Tatterton.

Je crispai les doigts sur ceux de Logan et chuchotai d'une voix sans timbre :

– Ce qui signifie ?

– Cela signifie, madame Stonewall, que si vous n'avez aucune parenté réelle avec le petit Drake, votre sœur est bel et bien du même sang que lui. Ce qui change tout.

– Nous pourrons contester cela ! protesta Logan avec véhémence. Ce sera la parole de Fanny contre la nôtre.

– Je crains que non, monsieur Stonewall. Mr Burton a déjà requis le témoignage d'Anthony Tatterton. Je le sais par Mr Steine, qui s'est entretenu avec lui. Inutile de vous dire que tout cela complique singulièrement les choses.

Camden Lakewood s'épongea le front, manifestement au comble du malaise. Il était clair que Tony avait fait pression sur lui, par Arthur Steine interposé, naturellement.

– Ainsi, observa Logan, Tony aurait admis...

– Oui, il l'a admis. D'après Mr Steine, il semblait sous l'effet d'un choc émotionnel. Et, toujours d'après lui, Mr Tatterton serait prêt à affirmer le sous serment.

– Il ferait cela ! s'exclama Logan, incrédule.

Je secouai la tête avec lassitude.

– Oui, il le ferait. Il rend toujours coup pour coup. Ce qui m'échappe, c'est la façon dont Fanny a pu être au courant. Pas par moi, en tout cas.

Camden Lakewood s'éclaircit la gorge.

– Votre sœur prétend avoir reçu une lettre de son frère Tom à ce sujet. Luke Casteel avait dit la vérité à son fils. Et celui-ci, dans son désespoir de n'être pas votre frère de sang, s'était confié à sa sœur. Je... je suis désolé pour vous, madame Stonewall.

Mon cœur se serra douloureusement. Mon cher, mon pauvre cher Tom, comme il avait dû souffrir. Et il fallait que ce soit lui, mon champion, mon allié fidèle, qui me fasse perdre mon petit Drake ! Lui qui m'avait toujours aidée, le seul qui ait toujours cru en moi, comme je croyais en lui. Je comprenais maintenant pourquoi il avait renoncé à ses rêves pour suivre Pa. Et nous qui nous étions juré de nous aider l'un l'autre, comme nous nous étions fait du mal !

– Une telle lettre peut-elle être utilisée comme preuve ? demanda Logan à Camden.

– Je le crains fort. Et j'ai la quasi-certitude que Mr Tatterton témoignera dans ce sens.

Logan ne s'avoua pas vaincu pour autant.

– Mais après toutes les révélations faites à l'audience, le juge ne pourra pas donner à Fanny...

– Fanny Wilcox est du même sang que Drake, ce qui n'est pas le cas de Mrs Stonewall. Sa conduite passée mise à part, on ne peut rien reprocher de très grave à Fanny. Elle n'a jamais eu maille à partir avec la justice. Si elle exige la tutelle de son demi-frère, il n'y a aucune raison de la lui refuser.

– Mais Randall Wilcox a bien dit...

– Rien de tout cela ne compte plus, à présent. Et Wendell Burton m'a exposé les grandes lignes de sa plaidoirie. Elle est solide. Ayant fait apparaître que Fanny est la seule véritable parente de l'enfant, il essaiera de prouver qu'on cherche à la frustrer de ses droits à prix d'argent.

Après un silence éloquent, Camden reprit d'un ton méditatif :

– L'affaire se présente mal, je vous l'avoue. Wendell Burton a tous les atouts en main. Il a même eu la courtoisie professionnelle de m'en avertir, en me conseillant d'éviter une confrontation avec Mr Tatterton. Mon avis personnel est que vous renonciez à vos prétentions.

– Ah non, par exemple ! rugit Logan. Si Tony est assez stupide pour se confesser en public à cet avocat marron...

– Précisément, coupa tranquillement Camden. Il le fera, soyez-en sûr. C'est lui qui s'est porté volontaire pour témoigner, bien que son avocat fasse tout pour l'en empêcher.

– Vous ne me ferez pas croire qu'un pareil témoignage...

– Logan, dis-je d'une voix morne, c'est inutile. Nous ne pouvons laisser les choses en venir là, c'est Drake qui en souffrirait le plus.

– Mais nous n'allons tout de même pas...

– Logan !

Je me levai et nos regards se croisèrent. Ce fut lui qui détourna le sien. Puis je m'adressai à Camden Lakewood, d'un ton courtois mais sans équivoque :

– Merci pour votre aide, monsieur Lakewood. Je sais que vous avez fait l'impossible.

– Je suis navré, madame Stonewall. Si j'avais connu plus tôt certains détails...

– Je comprends. Veuillez accepter mes excuses.

Sans même attendre le départ de l'avocat, je quittai la pièce et me ruai dans l'escalier. Une fois dans ma chambre, je m'obligeai à respirer longuement, lentement, pour reprendre le contrôle de mes nerfs. Ce n'était pas le triomphe de Fanny qui me blessait le plus, ni l'infidélité de Logan, ni même la menace des révélations de Tony. Ce qui me déchirait le cœur, c'est que j'allais perdre Drake. Et, à travers lui, perdre Luke une nouvelle fois.

C'était trop ! Et toutes les circonstances, tous les moments du passé où j'avais souhaité son amour resurgirent dans ma mémoire. J'avais si souvent désiré caresser sa joue, attendu qu'il me prenne dans ses bras et me caresse les cheveux, à son tour. Je le revoyais, regardant au loin avec cet air d'enfant déçu, si seul et si triste. J'étais dévorée du besoin de l'aimer et d'être aimée de lui, alors comme aujourd'hui. Tant que nous avions vécu dans les Willies, ce trésor d'amour avait couvé en moi, n'attendant qu'un encouragement pour s'offrir et brûler comme un feu de joie. Je demandais si peu; un geste, un signe... un rien m'aurait suffi.

Mais rien n'était venu, et maintenant il était trop tard. La mort m'avait frustrée de cet espoir. Et pourtant, j'espérais encore, j'avais Drake. À travers lui, c'était encore Pa que je voulais aimer, lui dont je voulais être aimée. J'avais rêvé de le chérir ma vie entière. De le voir devenir jeune homme, vivante image de son père. Et de lire dans ses yeux, les yeux de Luke, son amour et sa tendresse pour moi.

Et par une cruelle ironie du sort, il fallait que Tony me vole une seconde fois l'amour de Luke ! Mais ce n'était pas un hasard. Qui sait ce qui se passait dans son esprit tortueux depuis que j'avais quitté Farthy ? J'avais aggravé les choses en le repoussant durement, quand il était venu à Winnerow. Il était assez pervers et jaloux pour m'envier l'amour de Drake et vouloir m'en priver. Tout comme Fanny.

Ils se valaient bien, tous les deux ! Chacun d'eux aurait pu m'aimer, et moi leur rendre cet amour. Et par leur faute, j'étais plongée dans un véritable enfer, plus malheureuse que je n'avais jamais été dans les Willies. J'en venais presque à regretter mon enfance misérable dans la cabane. Au moins, j'avais Tom, nous nous aimions comme frère et sœur, partageant nos illusions et nos rêves ! Tout cela était loin, maintenant...

Je m'assis sur le lit, trop triste et trop lasse pour pleurer. Quelques instants plus tard, Logan apparut sur le seuil de la chambre, la mine sombre et abattue.

– J'aurais dû prendre l'avion pour Farthy la nuit où tu m'as parlé et tordre le cou de Tony Tatterton ! Tu m'avais averti, pourtant. Mais je l'ai laissé prendre le contrôle de notre vie, et voilà où nous en sommes ! Oh, Heaven, quelle sorte de mari suis-je donc pour t'avoir trahie ainsi ?

– Le meilleur mari qui soit, dis-je avec tendresse, et je n'en voudrais pas d'autre. Mais ne me parle plus de vengeance, Logan, je ne pourrais pas le supporter.

Un plan prenait forme dans mon esprit, un plan qu'il me faudrait réaliser seule. J'étais fatiguée de me battre et de haïr.

– Il faut que j'aille voir Fanny, annonçai-je.

– Pour la supplier ? Pas question, cette seule idée me rend malade. En tout cas, je viens avec toi. Je suis concerné, moi aussi.

– Non, Logan, tu ne viens pas. Elle s'imaginerait que tu m'obéis comme un toutou, et cela la rendrait furieuse.

– C'est vrai, reconnut-il. Mais que vas-tu lui dire ? Qu'est-ce que tu as en tête ?

– Je n'en sais rien encore. On verra bien.

En réalité, mon idée commençait à se préciser, mais je préférais n'en rien dire encore. Logan parut le comprendre.

– Entendu, Heaven. Quoi que tu fasses, je te soutiendrai.

– Merci, Logan.

Nous nous regardâmes un long moment, sans rien dire. Puis il se jeta à mes pieds et éclata en sanglots, la tête posée sur mes genoux.

– Oh, Heaven, Heaven, pardonne-moi ! Je me suis montré si faible devant Tony, et nous le payons si cher ! Comme je regrette, si tu savais, et comme je t'aime !

Je lui caressai longuement les cheveux.

– Je n'ai rien à te pardonner, Logan. Moi aussi, je me suis laissé éblouir par ses offres. Je ne suis pas parfaite.

– Oh si, tu l'es ! Et tu mérites bien ton nom. Tu es mon paradis sur terre, Heaven, et je bénis le jour où nous avons découvert notre amour.

Je l'embrassai avec tendresse et nous restâmes longtemps serrés l'un contre l'autre, sans mot dire. Puis je me levai et commençai à ôter ma robe de chambre. Logan me regarda m'habiller et me maquiller, ce que je fis avec un soin tout particulier. Affronter Fanny avec un visage défait était hors de question.

– Tu ne veux pas que je t'accompagne ? insista Logan, quand je fus prête à partir.

– Non, c'est une affaire à régler entre elle et moi.

– Et si je restais dans la voiture ?

– Non, elle pourrait te voir, répliquai-je en m'éloignant.

Et, comme je quittais la pièce, je l'entendis crier :

– Heaven, je t'aime !

Juste avant de m'engager dans l'escalier, je me retournai :

– Moi aussi, je t'aime !

Puis je dévalai les marches en courant et ne m'arrêtai qu'après avoir refermé la porte derrière moi. Le jour se levait mais les étoiles scintillaient encore, au-dessus des collines. Appleberry était déjà dehors, occupé à déneiger les allées.

– Bonjour, madame Stonewall, dit-il en plantant sa pelle dans la neige. Vous sortez si tôt que ça ? Fait plutôt frisquet, pas vrai ? Ça pique, mais ça fait du bien.

Il souriait, je lui rendis son sourire.

– Oui, Appleberry, ça fait du bien.

Arrivée près de la voiture, je m'arrêtai un instant pour regarder vers les Willies. Les collines encore baignées d'ombre paraissaient m'attendre, comme un chasseur guettant sa proie et sûr de l'atteindre. Elles m'avaient toujours attendue.

*

Il faisait si noir dans la cour de Fanny que je me demandai si elle était chez elle. Il semblait n'y avoir de lumière que dans le living-room. Pour une fois, les chiens étaient attachés, et ils aboyèrent furieusement quand je descendis de voiture. Une autre fenêtre s'éclaira et mon cœur se mit à cogner dans ma poitrine. J'aspirai une longue bouffée d'air et marchai fermement vers la porte. Avant même que je sonne, elle s'ouvrit à la volée. Fanny se tenait sur le seuil, les bras étroitement serrés sous les seins. Ses cheveux tombaient en désordre sur ses épaules et on aurait dit qu'elle avait pleuré. Ses yeux étaient rouges et des traces de mascara lui barbouillaient les joues.

– Qu'est-ce que tu veux, Heaven ?

– Te parler.

Elle ne bougea pas d'un pouce.

– Mon avocat veut pas que je te parle s'il est pas là.

– Fanny, ce que j'ai à te dire ne regarde pas les avocats. Est-ce que j'en ai amené un ? Je n'ai même pas amené Logan !

Elle regarda vers ma voiture mais ne fit pas mine de me laisser entrer.

– Fanny, il fait froid dehors.

– Très bien, rentre ! Mais n'essaie pas de me faire dire des choses pour t'en servir contre moi au tribunal, t'as compris ?

– Il n'y aura pas d'audience demain, Fanny. Ce n'est plus nécessaire.

Elle eut un grand sourire et fit un pas en arrière.

– Ah bon ? Alors tu peux entrer, Heaven Leigh.

Je ne me le fis pas répéter deux fois.

– Où est Drake ? demandai-je, sitôt la porte refermée.

– Dans sa chambre. Ici aussi il a une chambre à lui, tu sais !

Ses yeux brillaient d'orgueil, un orgueil que je connaissais bien. Je possédais le même. Nous avions beau n'avoir aucun lien de sang, par certains côtés nous nous ressemblions, je l'avais toujours su. Et je pouvais sentir sa fierté courir dans toutes ses fibres, comme un courant électrique.

– Il va bien ?

– Oui, juste un peu fatigué, prétendit-elle.

Mais au son de sa voix, je devinai qu'elle mentait. Je ne pus m'empêcher de jeter un coup d'œil autour de moi, en me demandant pourquoi tout était si sombre.

– Randall est là ?

– Alors c'est ça, hein ? T'es venue lui demander de te soutenir contre moi, je m'en doutais !

– Non, Fanny. Je ne suis pas venue pour ça.

Elle haussa les épaules, comme si la raison de ma visite lui importait peu.

– Il est parti, de toute façon.

– Parti ?

– Oui, pour réfléchir un peu à tout ça. Je lui ai dit de décider une bonne fois pour toutes s'il m'aime ou pas, et de ne pas remettre les pieds ici avant de le savoir.

– Je vois.

Et mon petit Drake qui avait assisté à toutes ces scènes !

– Mais t'imagine pas que ça va t'aider, surtout. Mon avocat dit que, mariée ou non, c'est pareil, vu que t'es pas la sœur de Drake.

– Il a sans doute raison, Fanny.

Mon calme la surprit autant qu'il la troubla, et je perçus sa méfiance.

– Ça veut dire quoi, ça, Heaven ? T'es sûrement pas venue pour rien, alors vide ton sac !

– Ne pourrions-nous pas nous asseoir, d'abord ?

– Assieds-toi si tu veux, moi je reste debout.

Je traversai le living-room et m'assis près de la

table. Les bras toujours croisés, Fanny me suivit en m'observant d'un œil soupçonneux.

– Venons-en au fait, Fanny. Tu vas obtenir la tutelle de Drake, ce qui te fera deux enfants à élever.

– Et alors ? Tu m'en crois pas capable ?

– Je n'ai pas dit cela. Mais si Randall te quitte, les choses ne seront pas faciles pour toi. Surtout matériellement.

Elle me lança un regard furibond.

– Et pourquoi, puisque tu vas continuer à payer pour mon enfant ? T'es obligée, c'est mon avocat qui me l'a dit.

– C'est possible, mais cela ne représentera pas une somme astronomique, tu t'en doutes.

Ses yeux se rétrécirent et son attention s'aiguisa.

– C'est tout de même pas pour me dire ça que t'es venue, Heaven ? Qu'est-ce que t'as derrière la tête ?

– Je suis venue te faire une proposition, Fanny.

– Quelle espèce de proposition ?

– Un million de dollars si tu me laisses la tutelle de Drake.

Elle cilla, comme si elle n'était pas certaine d'avoir bien entendu. Puis, quand elle eut enregistré le chiffre énoncé, elle s'approcha lentement du canapé... et sourit. D'un sourire que je ne lui avais jamais vu et qui me fit froid dans le dos. Sans me quitter un instant du regard, elle se laissa tomber sur le canapé, absorbée dans un silencieux calcul. D'interminables secondes s'écoulèrent avant qu'elle n'ouvre la bouche.

– D'accord, je prends tes dollars, mais tu trouves pas ça drôle, non ? Tu viens m'acheter Drake exactement comme le révérend m'a achetée. Comme Cal et Kitty t'ont achetée. Tu veux que je fasse la même chose que Pa : vendre un enfant. Tu détestais les gens qui font ça, soi-disant, mais tu vaux pas mieux qu'eux. Et même...

Plus elle parlait, plus sa voix montait, et elle hurla les derniers mots à mes oreilles :

– T'as fait payer Pa jusqu'à sa mort pour ça, c'est pas vrai ? C'est pas vrai ?

Je baissai la tête, les joues inondées de larmes, mais elle se montra impitoyable :

– Alors il y a quand même une chose que tu veux à tout prix, hein ? Assez pour faire comme Pa, toi qui voulais tellement le punir que t'as fini par y arriver. Et c'est comme ça que Tom est mort ! C'est toi qui l'as tué.

Mon cœur battait si fort que j'en perdais le souffle.

– Fanny...

– Tais-toi ! cria-t-elle en me tournant le dos.

Elle s'abattit sur le dossier du canapé et fondit en larmes. Et cette fois, j'en aurais juré, elle ne jouait pas la comédie.

– Sûr que je le veux, ton million, hoqueta-t-elle sans me regarder. Je veux être aussi riche que toi, c'est vrai. Mais t'as pas compris que c'est pas le plus important ? Ce que je veux surtout, c'est qu'on m'aime, Heaven. J'ai jamais été aimée comme toi, jamais ! T'as même eu le garçon que je voulais !

– Mais, Fanny, tu étais tellement coureuse ! Aucun garçon sérieux ne pouvait s'attacher à toi !

– C'était juste pour qu'on m'aime, pour qu'on s'occupe de moi. Je croyais que c'était comme ça qu'il fallait faire. Quand le révérend m'a achetée, j'ai cru qu'ils allaient m'aimer pour de vrai. C'est pour ça que j'ai rien dit quand il a commencé à me tripoter ! Et même après, j'ai cru qu'il m'aimait parce que j'attendais son enfant. Mais tout ce qu'il voulait, c'était me payer pour que je débarrasse le plancher !

Elle suffoquait, mais son besoin de parler était tel que le reste vint tout d'une traite.

– Et à Nashville, c'était pareil ! Les hommes m'aimaient pas comme ils t'aiment, toi. Même mes frères et sœurs voulaient pas de moi. Toi non plus. Et ne raconte pas que t'es venue me voir et que tu m'as donné de l'argent, surtout ! J'ai même appelé Pa quelquefois, figure-toi. Et tu sais quoi ? Il ne parlait que de toi ! J'espérais qu'il me demanderait de venir vivre avec lui, mais il l'a jamais fait.

Ses larmes se remirent à couler de plus belle.

– Alors j'ai épousé le vieux Mallory, mais c'était pas vraiment de l'amour, tu penses. À son âge ! J'ai eu plein d'hommes dans mes jupes, mais jamais un vrai amoureux, jusqu'à ce que je trouve Randall. Et voilà qu'il sait plus où il en est, juste parce que je lui ai menti ! Les hommes m'ont jamais aimée comme toi, Heaven. Même le petit Drake, après tout ce que je lui ai raconté. C'est toujours toi qu'il préfère !

Elle se retourna, secouée de sanglots convulsifs qui ne s'apaisèrent que peu à peu. Je tentai de la consoler.

– Tu ne peux pas forcer les gens à t'aimer, Fanny. Tu exiges leur amour au lieu d'attendre qu'ils te l'offrent. Sois plus confiante, laisse les choses arriver d'elles-mêmes.

Elle secoua la tête, sans répondre.

– Tu attends un enfant, comme moi, dis-je avec effort. Et celui-là, personne ne cherchera à te le prendre. Tu l'aimeras et il te rendra ton amour, tu verras. Et tu apprendras à aimer, crois-moi. Tout s'apprend, avec le temps. Mais vouloir forcer Drake à t'aimer pour me l'enlever ne t'apportera pas le bonheur, Fanny. On ne commande pas l'amour.

Elle se taisait toujours et j'ajoutai, presque tout bas :

– Je veux que tu saches que... que je regrette. Je regrette de n'avoir pas su reprendre Darcy. De t'avoir laissée à Nashville, d'être restée si longtemps sans te voir. Et je regrette aussi ce qui t'est arrivé, et ce que tu es devenue.

Je me levai et, comme elle ne bougeait toujours pas, me dirigeai vers la porte d'entrée.

– Au revoir, Fanny.

– Heaven !

Je me retournai lentement et tamponnai mes yeux mouillés de larmes.

– Tu peux garder Drake. Je choisis le million.

Quelques secondes plus tard, j'étais dans la chambre de mon petit Drake.

Il était assis sur son lit, les mains croisées sur les genoux. Il leva vers moi un regard perplexe, dérouté, où je lus cependant la joie de me revoir. Ses yeux ne savaient pas mentir.

– Hello, Drake ! Cela te plairait de rentrer à la maison ?

Il ne répondit pas tout de suite mais se pencha en avant, pour voir si Fanny se tenait derrière moi. Je souris à travers mes larmes.

– Tu ne dois plus savoir où tu en es, avec tout ce qui vient de se passer, n'est-ce pas ? Mais tout est fini, maintenant. Tu vas pouvoir rentrer chez nous, retrouver ta chambre, tes jouets. Et Logan qui nous attend.

Et comme il se taisait toujours, je crus bon d'ajouter :

– Et aussi tous tes nouveaux amis, Mr Appleberry et...

– Fanny m'a dit que tu détestais mon papa, c'est vrai ?

– Non, Drake, je l'aimais au contraire. Mais je croyais que lui ne m'aimait pas. À ton âge, nous menions une vie très dure, tu sais ?

Je m'agenouillai près de lui et pris ses mains entre les miennes.

– Ce n'est pas toujours facile d'aimer quelqu'un, même quand on le désire très fort.

– Pourquoi ?

Il semblait sceptique, et cette curiosité tellement au-dessus de son âge m'arracha un nouveau sourire. Je pensai à Luke, à Troy, à Tony, à leur amour pour moi et à ce qu'il était devenu. Moi aussi je les avais aimés, pourtant ! Et tout cet amour s'était perdu.

– Parce que beaucoup de gens ont peur de l'amour, répondis-je. Peur de leurs propres sentiments, alors ils repoussent les vôtres. J'espère que tu ne seras pas de ceux-là, Drake. Moi, je trouve très facile de t'aimer !

Il m'étudia longuement, gravement. Je croyais presque entendre les pensées qui s'agitaient sous son crâne.

– Pourquoi est-ce si difficile, alors ?

Je l'entourai de mes bras, dans un élan de joie émue.

– Tu as raison, mon chéri, ce ne devrait pas être difficile ! Et cela ne le sera jamais pour nous, n'est-ce pas ? Jamais.

Il secoua la tête et nous nous levâmes tous les deux, d'un même mouvement.

– Est-ce qu'on s'en va maintenant, Heaven ?

– Oui, mon chéri.

Main dans la main, nous allâmes jusqu'au living-room. Fanny était toujours blottie sur le canapé et Drake lui jeta un regard méfiant.

– Alors tu vas vivre chez Heaven, finalement, constata-t-elle sans colère. Tu auras une plus belle maison et tout ce qu'il te faut, mais je viendrai te voir de temps en temps. Sois toujours un bon petit garçon et n'oublie pas ta sœur Fanny, acheva-t-elle en lui tendant les bras.

Il me consulta du regard et, me voyant hocher la tête, s'avança vers sa sœur qui l'embrassa rapidement. Je l'emmenai dès qu'elle l'eut relâché.

– Au revoir, Fanny.

Elle me regarda sans répondre et se détourna vers la fenêtre. En cet instant, j'eus pitié d'elle, qui allait se retrouver seule, une fois de plus. Randall lui reviendrait-il ? C'était possible, maintenant qu'elle était riche. Mais je ne trouvai pas cette pensée bien réconfortante.

– Ne te laisse pas gruger par ton avocat, lui conseillai-je en m'en allant. Méfie-toi, c'est un rapace.

Elle fit un petit signe d'assentiment mais ne se détourna pas de la fenêtre.

– Allons, dis-je en prenant la main de Drake, en route !

Quand il fut bien installé dans la voiture, je me retournai une dernière fois vers la maison. Fanny était toujours à la même place, le front pressé sur la vitre, vivante image de la solitude. Elle allait être riche, assez pour se croire enfin mon égale, mais à quoi lui servirait sa fortune ? Plus pauvre que les plus pauvres, l'essentiel lui manquerait toujours.

Drake garda le silence pendant tout le trajet du retour. Mais quand je m'engageai dans l'allée, je vis son petit visage s'illuminer comme un arbre de Noël.

– Est-ce que mon camion de pompiers est toujours là ?

– Bien sûr, mon chéri. Avec tous tes autres jouets.

J'avais à peine coupé le contact qu'il ouvrait sa portière et s'élançait vers la maison, où j'entrai sur ses talons. Logan était déjà dans le hall, le visage aussi rayonnant que celui de Drake.

– Salut, champion ! s'exclama-t-il en l'enlevant dans ses bras. Bienvenue à la maison.

Il le couvrit de baisers, à croire qu'il ne pourrait jamais s'arrêter. J'en avais les larmes aux yeux.

– Logan, tu sais qu'il n'a pas encore dîné ?

– Non ? Alors tant mieux, parce que Roland a préparé un de ces rôtis... une merveille ! Qu'est-ce que tu en dis, mon garçon ?

Drake sourit jusqu'aux oreilles.

– J'adore le rôti, c'est mon plat préféré. J'en ai toujours pour mon anniversaire. (Il fronça les sourcils, soudain perplexe :) Est-ce que c'est mon anniversaire ?

Logan et moi éclatâmes de rire en même temps, comme deux écoliers. Dieu, que c'était bon de rire ainsi ! J'aurais voulu que cet instant durât toujours.

D'abord surpris par notre explosion de joie, Drake sourit puis finit par rire avec nous, sans savoir pourquoi.

Moi, je savais. Nous formions déjà une famille, une vraie famille. Et Drake était de retour parmi les siens.

19

La boîte à musique

Thanksgiving fut une véritable fête d'action de grâces, cette année-là. Entre Logan et ses parents, avec Drake et l'enfant qui vivait en moi, je me sentis comblée. Aux environs de Noël, le bébé commença à donner des coups de pied, comme s'il dansait de joie avec moi. Drake adorait poser ses mains sur mon ventre, pour sentir bouger et grandir ce nouveau petit être. J'étais chez moi, dans ma famille, je vivais un vrai bonheur, et tout cela pour la première fois.

Logan ne me demanda jamais ce que j'avais offert à Fanny en échange de la tutelle de Drake. Je ne lui dis jamais que j'avais chargé Steine de la transaction avec Tony. Sans hésiter, ce dernier avait fait transférer un million de dollars sur le compte de Fanny. Je savais qu'il le ferait. Je savais qu'il espérait toujours regagner mon affection. Mais je ne l'avais même pas remercié. Ce serait pour plus tard, quand le temps aurait fait son œuvre. Pour l'instant, la blessure était encore à vif.

Un soir, au moment de nous mettre au lit, Logan me dit en souriant :

– Drake est un enfant merveilleux. Je suis heureux qu'il soit revenu.

Je lui jetai les bras autour du cou.

– Oh, merci, Logan ! Merci.
– Merci ? Et de quoi me remercies-tu ?
– De l'aimer comme tu le fais.
Il m'embrassa tendrement sur le front.
– Je ne pourrais pas m'en empêcher, même si je le voulais !

Quelques jours plus tard, en rentrant de l'usine, il m'annonça qu'il avait eu des nouvelles de Fanny. Randall l'avait quittée pour reprendre ses études, mais elle ne paraissait pas beaucoup s'en soucier. À en croire les ragots qui couraient sur son compte, c'était même elle qui l'avait chassé. Randall avait dû confier ses malheurs à quelques oreilles indiscrètes, car les employés de l'usine eux-mêmes étaient au courant. Logan les avait entendus se livrer à une excellente imitation des propos de Fanny, qu'il me répéta mot à mot.

– « Maintenant que je suis aussi riche que Heaven, a-t-elle dit, tu peux ficher le camp, j'ai plus besoin de toi. J'ai plus d'argent que je pourrai jamais en dépenser, et tous les beaux gars du pays vont faire la queue à ma porte. Alors pas la peine de venir pleurnicher en espérant que je vais te sauter au cou ! »

Logan acheva sa tirade et me regarda d'un air perplexe.

– Heaven, où Fanny s'est-elle procuré cet argent ?

Je le lui avouai et il m'écouta sans un mot de reproche. Il aurait pu me dire que j'avais agi envers Fanny comme Tony envers Luke, mais il se contenta de sourire.

– Eh bien, je n'en travaillerai que plus dur, afin de nous libérer rapidement de notre dette. Ainsi, nous ne devrons plus rien à Tony.

– Oh, Logan ! tu es le meilleur mari du monde, m'écriai-je en le serrant dans mes bras.

Et je lui couvris le visage et les lèvres de baisers.

*

Notre vie s'écoulait ainsi, calme et sereine. De temps en temps, nous entendions parler des excentricités de Fanny, et elle vint quelquefois voir Drake. Il se montrait toujours très poli envers elle, mais on le sentait inquiet. Il avait peur qu'elle ne soit venue pour le reprendre. Chaque fois, je dus le rassurer et lui promettre que cela n'arriverait jamais.

L'hiver passa et, par un matin radieux, le printemps éclata dans toute sa gloire. L'air s'emplit du parfum des fleurs sauvages, le vent agita doucement les premières feuilles et chanta dans l'herbe nouvelle. Tout vibrait de joie et d'espoir. Le froid, l'hiver et le chagrin s'étaient évanouis, comme fond la neige au soleil.

Appleberry élagua et planta, et tout fleurit entre ses mains. La maison elle-même embaumait. Les accès de tristesse de Drake se firent de plus en plus rares, bien qu'il n'oubliât pas ses parents. De temps à autre, un nuage voilait son regard et nous savions alors qu'il pensait à eux. Mais cela ne durait jamais très longtemps.

L'usine avait démarré sur les chapeaux de roue. Logan faisait preuve d'un sens des affaires prodigieux, qui me surprit moi-même. Il parcourait la région en quête de débouchés et réussit à se créer un marché solide dans le pays tout entier. En peu de temps, l'usine prit un tel essor que les gens de Winnerow ne cachaient plus leur fierté. Le résultat dépassait nos espoirs.

Un matin, alors que nous terminions le petit déjeuner, le téléphone sonna et ce fut moi qui décrochai.

– Tu ferais bien de m'envoyer ton mari tout de suite, nasilla Fanny. Je viens de perdre les eaux.

Je couvris le récepteur de ma main.

– Logan, va faire chauffer le moteur. C'est Fanny, l'accouchement est imminent.

– Mais le tien aussi, Heaven ! Je ne peux pas te laisser seule, pas maintenant !

Il voulut m'arracher le combiné, mais je l'en empêchai.

– Mon chéri, quoi qu'ait pu faire Fanny, c'est ma sœur. Et elle n'a que nous.

– Très bien, concéda-t-il, mais tu viens avec moi. On ne sait jamais. Et d'ailleurs...

Il eut un sourire épanoui.

– Je me suis donné assez de mal pour suivre ces cours d'accouchement sans douleur, non ? Je vais chercher ta valise. Toi, va prévenir Appleberry que tu lui confies Drake. Ils seront aussi heureux l'un que l'autre, ils adorent jouer ensemble.

– Nous arrivons tout de suite, annonçai-je à Fanny.

– Y a intérêt, parce que j'ai pas l'intention de pondre en route, figure-toi. Dis à Logan qu'il se dépêche, compris ?

Cinq minutes plus tard, nous prenions le chemin des collines. Fanny nous attendait sous le porche, flanquée de deux gigantesques valises. Elle ordonna sans façons à Logan de les charger dans le coffre, puis se pencha vers ma portière.

– Alors, Heaven, t'es venue voir comment ça se passait ?

L'intervention de Logan m'évita de répondre.

– Mais qu'est-ce que tu as bien pu fourrer là-dedans ? gémit-il en se démenant avec les encombrantes valises de ma sœur.

– Ben, toutes mes affaires neuves, qu'est-ce que tu crois ? Tu voudrais pas que je m'habille comme une pauvresse, maintenant que j'ai tout ce fric !

Soudain, elle grimaça et attrapa le bras de Logan.

– Ce coup-là, je crois qu'on ferait mieux de se presser !

Il ne se le fit pas dire deux fois et conduisit d'une traite jusqu'à l'hôpital, où il se gara devant l'entrée des ambulances. Sur la banquette arrière, Fanny se tordait de douleur.

– Vite, bon sang ! J'en peux plus ! Donnez-moi des calmants, faut m'endormir tout de suite, j'ai trop mal.

Deux infirmiers surgirent avec un chariot, y étendirent Fanny et la couvrirent d'un drap immaculé. Puis ils l'emportèrent en courant le long du couloir, où ses cris résonnèrent à tous les échos.

– Je veux qu'on m'endorme, je vous dis !

Logan me passa un bras autour des épaules.

– Et toi, comment te sens-tu, ma chérie ?

– Oh... moi ? Eh bien, je crois que je ne suis pas venue pour rien.

– Que... qu'est-ce que tu dis ?

– Que notre bébé arrive, Logan.

– Ô mon Dieu ! Ne bouge pas, je vais te chercher un fauteuil roulant. Je reviens tout...

– Inutile, l'interrompis-je en riant. Je peux très bien marcher, tu sais.

Nous dûmes attendre un certain temps avant que l'on m'admette en salle de travail. Les contractions avaient commencé mais n'avaient rien de douloureux, pas encore. Je m'assis, calme et détendue, pendant que Logan faisait les cent pas. Puis, le vrai travail commença.

Quelques heures plus tard, Logan et moi comptions les minutes qui séparaient mes contractions quand une infirmière entra dans la salle. Elle venait nous annoncer que Fanny avait accouché d'un garçon. Le soir tombait quand notre bébé vint au monde à son tour, en criant à pleins poumons.

– C'est une fille ! annonça le médecin.

Une infirmière s'empressa de la laver et la déposa sur ma poitrine, chaudement enveloppée. Elle avait des yeux bleu de lin, les miens à n'en pas douter. Mais ses cheveux bruns qui bouclaient sur la nuque étaient sans conteste ceux de Troy. J'entrouvris ma couverture et m'amusai à compter ses petits doigts : eux aussi me rappelèrent Troy. Comme les siens, ces doigts élégants et délicats sauraient un jour sculpter, graver, ciseler, et avec la même habileté. Ma fille avait les mains des Tatterton... c'était une Tatterton. Mais Logan ne voyait rien de tout cela : il était complètement sous le charme.

– Tu ne veux pas la prendre dans tes bras, Logan ?

– Je n'ose pas, j'aurais peur de la casser !

Je soulevai notre enfant et la lui tendis.

– Toi ? Tu es l'homme le plus doux que je connaisse. Tiens, prends ta fille.

Avec des précautions infinies, il coucha le bébé au creux de son bras, tout contre sa poitrine, et le contempla d'un air émerveillé.

– J'ai cru pendant toute ma vie que tu étais la plus belle fille du monde, Heaven. Mais je crois que notre enfant sera encore plus belle que toi !

– J'aimerais l'appeler Annie, comme ma chère Granny.

– Annie, murmura Logan en se penchant vers sa fille.

Elle se mit à hurler, ce qui nous fit éclater de rire.

– On dirait qu'elle reconnaît son nom, dit Logan en me la remettant dans les bras.

Il fallut qu'une infirmière insiste pour que Logan consente à rentrer prendre un peu de repos à la maison. J'en avais besoin, moi aussi. On emmena mon bébé à la pouponnière et je pus dormir quelques heures d'affilée. Je rêvai de l'enfant, de Logan, de Troy, et m'éveillai avec le nom d'Annie sur les lèvres. C'était la fille de Troy, j'en étais certaine, et je me jurai que Logan n'en saurait jamais rien. Annie le chérirait comme son père, et je ne l'en aimerais que davantage. N'était-ce pas la seule chose qui comptait ?

Je me glissai hors de mon lit et clopinai péniblement jusqu'à la salle vitrée où s'alignaient les berceaux.

– Tiens, tiens ! fit la voix de Fanny, du bout du couloir. Regardez un peu qui arrive !

Elle s'approchait dans une chaise roulante, poussée par une infirmière.

– Lequel d'entre eux est ton petit garçon ? demandai-je.

Elle pointa le doigt sur un berceau.

– Luke ! Le plus beau de la rangée, bien sûr. Et je lui ai donné le nom de Pa, précisa-t-elle avec fierté.

Mais c'était la fierté aimante et sincère que toute mère éprouve naturellement pour son enfant.

– Il est vraiment très beau, Fanny.

– J'étais sûre que tu dirais ça. Forcément, il ressemble tellement à son père ! Et ta fille, c'est laquelle ?

Je lui montrai Annie, qui hurlait à en perdre le souffle.

– T'es sûre de ne pas te tromper, Heaven ? Elle ressemble à personne de la famille, en tout cas !

Un frisson me courut le long du dos, mais je parvins à sourire. Fanny ne devait jamais savoir, elle non plus.

– Ça, c'est toi qui le dis. Tu aurais dû la voir, la nuit dernière : la ressemblance était frappante.

Ma diversion atteignit son but : Fanny éclata de rire.

– Alors à plus tard, Heaven. Pour l'instant, je retourne me coucher.

Elle ordonna à l'infirmière de la ramener dans sa chambre, en prenant soin d'ajouter :

– Et pas trop vite, surtout. C'est aussi grand que l'Hôpital général, ici. Je veux avoir le temps de tout voir, dans tous les coins. Allez, roulez !

*

Dix jours après mon retour de l'hôpital, je dorlotais Annie dans mon lit quand Logan revint à l'improviste. Il lui arrivait souvent de quitter l'usine en pleine journée, pour faire un saut à la maison et « pouponner un peu », comme il disait. Cet après-midi-là, il n'arriva pas les mains vides. Quand il poussa la porte, je vis qu'il tenait une grande boîte portant l'inscription : FRAGILE. Il la posa à côté de moi et je me redressai pour mieux voir.

– Qu'est-ce que c'est, Logan ?

– Je n'en sais rien, un livreur vient juste de l'apporter.

Il ouvrit la boîte et en tira une maison miniature

qu'il déposa avec précaution sur le lit. C'était une maquette du cottage de Troy et de ses alentours, dans leurs moindres détails. Rien n'y manquait, pas même le labyrinthe.

– Du diable si je sais d'où ça vient ! s'exclama Logan, intrigué. Et regarde, Heaven : le toit s'ouvre ! On peut l'enlever !

Ce qu'il fit, déclenchant un carillon qui se mit à jouer un prélude de Chopin. Je reconnus instantanément le morceau favori de Troy. À l'intérieur du cottage, un homme qui lui ressemblait trait pour trait était allongé sur le sol, les mains croisées sous la tête. Et la jeune fille assise à ses côtés n'était autre que moi-même, avec quelques années de moins. C'est-à-dire exactement telle que j'étais à mon arrivée à Farthy. Les meubles, la vaisselle, tout était représenté avec une précision remarquable, y compris les minuscules outils. Une seule personne avait pu exécuter ce chef-d'œuvre : Troy lui-même.

Ainsi, il savait ! Il savait qu'Annie était sa fille et il voulait que je le sache. C'était sa façon de me le dire et de réclamer ses droits de père. Oh, Troy ! J'aurais tant voulu que les choses soient différentes ! Et ta fille était si belle, si tu savais !

– Je ne vois pas de carte, s'étonna Logan, m'arrachant à ma rêverie. Je suis certain que cela vient d'un de nos artisans, mais comment ferons-nous pour le remercier ? C'est certainement un oubli, il faudra que je me renseigne. En tout cas, c'est une vraie merveille ! Et si…

Il fronça les sourcils, soudain perplexe.

– Si c'était une idée de Tony ? Une façon à lui de nous demander pardon, en quelque sorte. Tu ne crois pas ?

J'étais si bouleversée par ce gage d'amour de Troy que je pus à peine répondre. Ma voix s'étrangla dans ma gorge.

– Si, c'est possible. Tu… tu veux bien remettre Annie dans son berceau ?

– Bien sûr.

Il recoucha sa fille avec des gestes de nourrice et voulut me débarrasser de la boîte à musique.

– Je vais la descendre, si tu veux ?

– Non, Logan, laisse-la-moi encore un peu. Je n'ai pas encore tout vu.

– Comme tu voudras. Bon, il faut que je retourne travailler. Je t'appelle un peu plus tard, d'accord ?

– À tout à l'heure, dis-je en lui tendant la joue.

Il m'embrassa en hâte et se rua hors de la pièce.

Une fois seule, je soulevai à nouveau le toit du cottage et la chambre s'emplit de musique. Au même instant, un nuage qui voilait le soleil s'éloigna et un faisceau de rayons dorés enveloppa la petite maison. En moi, ce fut comme un signal. Je cessai de percevoir le tintement argentin du carillon et n'entendis plus que les notes vibrantes du piano. Leur mélodie chantait dans ma mémoire, transfigurait tout autour de moi. Ce n'était pas la brise entrant par la fenêtre ouverte qui agitait les rideaux, mais le souffle de la musique. Il me semblait qu'elle s'échappait de ma chambre et s'en allait au loin, très loin, rejoindre celui qui me l'avait envoyée. Je croyais presque la voir se dissoudre dans le ciel bleu.

Je replaçai doucement le toit de la petite maison. Je savais où j'allais la ranger : dans la chambre d'Annie, sur une étagère. Le temps venu, je pourrais lui raconter l'histoire du cottage et tout ce qu'il signifiait. Elle comprendrait, car la vérité est toujours bienfaisante, elle seule apaise et guérit. Et parce que je ne lui aurais jamais menti, ma fille serait prête à entendre et à accepter toute la vérité. Ma vérité.

Littérature

Cette collection est d'abord marquée par sa diversité : classiques, grands romans cotemporains ou même des livres d'auteurs réputés plus difficiles, comme Borges, Soupault. Eñ fait, c'est tout le roman qui est proposé ici, Henri Troyat, Bernard Clavel, Guy des Cars, Frison-Roche, Djian mais aussi des écrivains étrangers tels que Colleen McCullough ou Konsalik.

Les classiques tels que Stendhal, Maupassant, Flaubert, Zola, Balzac, etc. sont publiés en texte intégral au prix le plus bas de toute l'édition. Chaque volume est complété par un cahier photos illustrant la biogtaphie de l'auteur.

ADLER Philippe	**Bonjour la galère** 1868/**2**
	Les amies de ma femme 2439/**3**
	Graine de tendresse 2911/**3**
	Qu'est-ce qu'elles me trouvent ? 3117/**3** (Déc. 91)
AGACINSKI Sophie	**La tête en l'air** 3046/**5**
AMADOU Jean	**La belle anglaise** 2684/**4** (Août 91)
AMADOU - COLLARO - ROUCAS	**Le Bêbête show** 2824/**5** & 2825/**5** Illustrés
ANDERSON Peggy	**Hôpital des enfants** 3081/**7** (Oct. 91)
ANDREWS Virginia C.	*Fleurs captives :*
	- Fleurs captives 1165/**4**
	- Pétales au vent 1237/**4**
	- Bouquet d'épines 1350/**4**
	- Les racines du passé 1818/**4**
	- Le jardin des ombres 2526/**4**
	- Les enfants des collines 2727/**5**
	La saga de Heaven :
	- L'ange de la nuit 2870/**5**
	- Cœurs maudits 2971/**5**
	- Un visage du paradis 3119/**5** (Déc. 91)
APOLLINAIRE Guillaume	**Les onze mille verges** 704/**1**
	Les exploits d'un jeune don Juan 875/**1**
ARCHER Jeffrey	**Le pouvoir et la gloire (Kane et Abel)** 2109/**7**
	Faut-il le dire à la Présidente ? 2376/**4**
ARSAN Emmanuelle	**Les débuts dans la vie** 2867/**3**
ARTUR José	**Parlons de moi, y a que ça qui m'intéresse** 2542/**4**
ATWOOD Margaret	**La servante écarlate** 2781/**4**
	Œil-de-chat 3063/**8** (Sept. 91)
AURIOL H. et NEVEU C.	**Une histoire d'hommes/Paris-Dakar** 2423/**4**
AVRIL Nicole	**Monsieur de Lyon** 1049/**3**
	La disgrâce 1344/**3**
	Jeanne 1879/**3**
	L'été de la Saint-Valentin 2038/**2**
	La première alliance 2168/**3**
	Sur la peau du Diable 2707/**4**
	Dans les jardins de mon père 3000/**3**
AZNAVOUR-GARVARENTZ	**Petit frère** 2358/**3**
BACH Richard	**Jonathan Livingston le goéland** 1562/**1** Illustré
	Illusions/Le Messie récalcitrant 2111/**2**
	Un pont sur l'infini 2270/**4**
BAILLY Othilie	**L'enfant dans le placard** 3029/**2** (Sept. 91)

BALLARD J.G. *(voir aussi en S-F)*	**Le jour de la création** 2792/**4**
BALZAC Honoré de	**Le père Goriot** 1988/**2**
BANCQUART Marie-Claire	**Photos de famille** 3015/**3**
BARREAU Jean-Claude	**Oublier Jérusalem** 3121/**3** (Déc. 91)
BARRET André	**La Cocagne** 2682/**6**
BATS Joël	**Gardien de ma vie** 2238/**3** Illustré
BAUDELAIRE Charles	**Les Fleurs du mal** 1939/**2**
BÉARN Myriam et Gaston de	*Gaston Phébus :*
	1 - Le lion des Pyrénées 2772/**6**
	2 - Les créneaux de feu 2773/**6**
	3 - Landry des Bandouliers 2774/**5**
BEART Guy	**L'espérance folle** 2695/**5**
BEAULIEU PRESLEY Priscilla	**Elvis et moi** 2157/**4** Illustré
BECKER Stephen	**Le bandit chinois** 2624/**5**
BELLEMARE Pierre	**Les dossiers d'Interpol** 2844/**4** & 2845/**4**
BELLEMARE P. et ANTOINE J.	**Les dossiers extraordinaires** 2820/**4** & 2821/**4**
BELLETTO René	**Le revenant** 2841/**5**
	Sur la terre comme au ciel 2943/**5**
	La machine 3080/**6** (Oct. 91)
BELLONCI Maria	**Renaissance privée** 2637/**6** Inédit
BENZONI Juliette	**Un aussi long chemin** 1872/**4**
	Le Gerfaut des Brumes :
	- Le Gerfaut 2206/**6**
	- Un collier pour le diable 2207/**6**
	- Le trésor 2208/**5**
	- Haute-Savane 2209/**5**
BERBEROVA Nina	**Le laquais et la putain** 2850/**2**
	Astachev à Paris 2941/**2**
	La résurrection de Mozart 3064/**1** (Sept. 91)
BERG Jean de	**L'image** 1686/**1**
BERTRAND Jacques A.	**Tristesse de la Balance...** 2711/**1**
BEYALA Calixthe	**C'est le soleil qui m'a brûlée** 2512/**2**
	Tu t'appelleras Tanga 2807/**3**
BISIAUX M. et JAJOLET C.	**Chat plume (60 écrivains...)** 2545/**5**
	Chat huppé (60 personnalités...) 2646/**6**
BLAKE Michael	**Danse avec les loups** 2958/**4**
BLIER Bertrand	**Les valseuses** 543/**5**
BORGEN Johan	**Lillelord** 3082/**7** (Oct. 91)
BORY Jean-Louis	**Mon village à l'heure allemande** 81/**4**
BOULET Marc	**Dans la peau d'un Chinois** 2789/**7** Illustré
BRADFORD Sarah	**Grace** 2002/**4**
BRAVO Christine	**Avenida B.** 3044/**3**
	Les petites bêtes 3104/**2** (Nov. 91)
BRUNELIN André	**Gabin** 2680/**5** & 2681/**5** Illustré
BURON Nicole de	**Les saintes chéries** 248/**3**
	Vas-y maman 1031/**2**
	Dix-jours-de-rêve 1481/**3**
	Qui c'est, ce garçon ? 2043/**3**
	C'est quoi, ce petit boulot ? 2880/**4**
CARDELLA Lara	**Je voulais des pantalons** 2968/**2**
CARRERE Emmanuel	**Bravoure** 2729/**4**

CARS Guy des	**La brute** *47*/**3**
	Le château de la juive *97*/**4**
	La tricheuse *125*/**3**
	L'impure *173*/**4**
	La corruptrice *229*/**3**
	La demoiselle d'Opéra *246*/**3**
	Les filles de joie *265*/**3**
	La dame du cirque *295*/**2**
	Cette étrange tendresse *303*/**3**
	La cathédrale de haine *322*/**4**
	L'officier sans nom *331*/**3**
	Les sept femmes *347*/**4**
	La maudite *361*/**3**
	L'habitude d'amour *376*/**3**
	La révoltée *492*/**4**
	Amour de ma vie *516*/**3**
	Le faussaire *548*/**4**
	La vipère *615*/**4**
	L'entremetteuse *639*/**4**
	Une certaine dame *696*/**5**
	L'insolence de sa beauté *736*/**3**
	L'amour s'en va-t-en guerre *765*/**3**
	Le donneur *809*/**3**
	J'ose *858*/**3**
	La justicière *1163*/**2**
	La vie secrète de Dorothée Gindt *1236*/**2**
	La femme qui en savait trop *1293*/**3**
	Le château du clown *1357*/**4**
	La femme sans frontières *1518*/**3**
	Le boulevard des illusions *1710*/**3**
	La coupable *1880*/**3**
	L'envoûteuse *2016*/**5**
	Le faiseur de morts *2063*/**3**
	La vengeresse *2253*/**3**
	Sang d'Afrique *2291*/**5**
	Le crime de Mathilde *2375*/**4**
	La voleuse *2660*/**4**
	Le grand monde *2840*/**8**
	La mère porteuse *2885*/**4**
	L'homme au double visage *2992*/**4**
CARS Jean des	**Sleeping story** *832*/**4**
	Elisabeth d'Autriche (Sissi) *1692*/**4**
	La princesse Mathilde *2827*/**6**
CASSAR Jacques	**Dossier Camille Claudel** *2615*/**5**
CATO Nancy	**L'Australienne** *1969*/**4** & *1970*/**4**
	Les étoiles du Pacifique *2183*/**4** & *2184*/**4**
	Lady F. *2603*/**4**
CESBRON Gilbert	**Chiens perdus sans collier** *6*/**2**
	C'est Mozart qu'on assassine *379*/**3**
CHABAN-DELMAS Jacques	**La dame d'Aquitaine** *2409*/**2**
CHAILLOT N. et VILLIERS F.	**Manika une vie plus tard** *3010*/**2**

CHEDID Andrée	**La maison sans racines** 2065/**2**
	Le sixième jour 2529/**3**
	Le sommeil délivré 2636/**3**
	L'autre 2730/**3**
	Les marches de sable 2886/**3**
	L'enfant multiple 2970/**3**
CHOW CHING LIE	**Le palanquin des larmes** 859/**4**
	Concerto du fleuve Jaune 1202/**3**
CHRIS Long	**Johnny** 2380/**4** Illustré
CLANCIER Georges-Emmanuel	**Le pain noir** 651/**3**
	La fabrique du roi 652/**3**
CLAUDE Catherine	**Le magot de Josepha** 2865/**2**
CLAUDE Hervé	**L'enfant à l'oreille cassée** 2753/**2**
	Le désespoir des singes 2788/**3**
CLAVEL Bernard	**Le tonnerre de Dieu** 290/**1**
	Le voyage du père 300/**1**
	L'Espagnol 309/**4**
	Malataverne 324/**1**
	L'hercule sur la place 333/**3**
	Le tambour du bief 457/**2**
	Le massacre des innocents 474/**2**
	L'espion aux yeux verts 499/**3**
	La grande patience :
	1 - La maison des autres 522/**4**
	2 - Celui qui voulait voir la mer 523/**4**
	3 - Le cœur des vivants 524/**4**
	4 - Les fruits de l'hiver 525/**4**
	Le Seigneur du Fleuve 590/**3**
	Pirates du Rhône 658/**2**
	Le silence des armes 742/**3**
	Tiennot 1099/**2**
	Les colonnes du ciel :
	1 - La saison des loups 1235/**3**
	2 - La lumière du lac 1306/**4**
	3 - La femme de guerre 1356/**3**
	4 - Marie Bon Pain 1422/**3**
	5 - Compagnons du Nouveau-Monde 1503/**3**
	Terres de mémoire 1729/**2**
	Qui êtes-vous ? 1895/**2**
	Le Royaume du Nord :
	- Harricana 2153/**4**
	- L'Or de la terre 2328/**4**
	- Miséréré 2540/**4**
	- Amarok 2764/**3**
	- L'angélus du soir 2982/**3**
CLOSTERMANN Pierre	**Le Grand Cirque** 2710/**5**
COCTEAU Jean	**Orphée** 2172/**2**
COLETTE	**Le blé en herbe** 2/**1**
COLLARD Cyril	**Les nuits fauves** 2993/**3**
COLOMBANI M.-F.	**Donne-moi la main, on traverse** 2881/**3**
COMPANEEZ Nina	**La grande cabriole** 2696/**4**

	La grande crevasse 951/3
	Retour à la montagne 960/3
	La piste oubliée 1054/3
	Le rapt 1181/4
	Djebel Amour 1225/4
	Le versant du soleil 1451/4 & 1452/4
	Nahanni 1579/3 illustré
	L'esclave de Dieu 2236/6
GAGARINE Marie	Blonds étaient les blés d'Ukraine 3009/6
GEDGE Pauline	La dame du Nil 2590/6
GOISLARD Paul-Henry	Sarah :
	1 - La maison de Sarah 2583/5
	2 - La femme de Prague 2584/4
	3 - La croisée des amours 2731/6
GORBATCHEV Mikhaïl	Perestroïka 2408/4
GRAFFITI Kriss	Et l'amour dans tout ça ? 2822/2
GRAY Martin	Le livre de la vie 839/2
	Les forces de la vie 840/2
GROULT Flora	Maxime ou la déchirure 518/2
	Un seul ennui, les jours raccourcissent 897/2
	Ni tout à fait la même, ni tout à fait une autre 1174/3
	Une vie n'est pas assez 1450/3
	Mémoires de moi 1567/2
	Le passé infini 1801/2
	Le temps s'en va, madame.... 2311/2
	Belle ombre 2898/4
GURGAND Marguerite	Les demoiselles de Beaumoreau 1282/3
HADENGUE Philippe S.	Petite chronique des gens de la nuit... 2851/6
HALEY Alex	Racines 968/4 & 969/4
HAMBLY Barbara	La Belle et la Bête 2959/3
HANSKA Evane	Que sont mes raouls devenus ? 3043/2
HARDY Françoise	Entre les lignes entre les signes 2312/6
HAYDEN Torey L.	L'enfant qui ne pleurait pas 1606/3
	Kevin le révolté 1711/4
	Les enfants des autres 2543/5
	La forêt de tournesols 2988/5
HÉBRARD Frédérique	Un mari c'est un mari 823/2
	La vie reprendra au printemps 1131/3
	La chambre de Goethe 1398/3
	Un visage 1505/2
	La Citoyenne 2003/3
	Le mois de septembre 2395/2
	Le Harem 2456/3
	La petite fille modèle 2602/3
	La demoiselle d'Avignon 2620/4
	Le mari de l'Ambassadeur 3099/6 (Nov. 91)
HEITZ Jacques	Prélude à l'ivresse conjugale 2644/3
HEYMAN David	Pauvre petite fille riche 2963/4
HILL Susan	Je suis le seigneur du château 2619/3
HOFFMAN Alice	La nuit du loup 2803/4
HOFFMANN Stephane	Le gouverneur distrait 2983/3

Littérature

HOLLANDER ***Xaviera***	***Prisonnière de l'Oiseau de Feu*** 2629/**3** Inédit
	Nouvelles aventures pimentées 2758/**3** Inédit
HOMERIC	***Ourasi*** 2826/**5** Illustré
JAGGER ***Brenda***	***Antonia*** 2544/**4**
	Les chemins de Maison Haute 2818/**8**
	La chambre bleue 2838/**7**
JEAN ***Raymond***	***La lectrice*** 2510/**2**
	Transports 2790/**2**
	Le roi de l'ordure 3101/**3** (Nov. 91)
JEURY ***Michel***	***Le vrai goût de la vie*** 2946/**4**
	Une odeur d'herbe folle 3103/**5** (Nov. 91)
JONG ***Erica***	***Serenissima*** 2600/**4**
JULIET ***Charles***	***L'année de l'éveil*** 2866/**3**
KAYE M.M.	***Pavillons lointains*** 1307/**4** &1308/**4**
	L'ombre de la lune 2155/**4** & 2156/**4**
	Mort au Cachemire 2508/**4**
	Mort à Berlin 2809/**3**
	Mort à Chypre 2965/**4**
KENEALLY ***Thomas***	***La liste de Schindler*** 2316/**6**
KIPLING ***Rudyard***	***Le livre de la jungle*** 2297/**2**
	Simples contes des collines 2333/**3**
	Le second livre de la jungle 2360/**2**
KONSALIK ***Heinz G.***	***Amours sur le Don*** 497/**5**
	La passion du Dr Bergh 578/**4**
	Dr Erika Werner 610/**3**
	Mourir sous les palmes 655/**4**
	Aimer sous les palmes 686/**3**
	Les damnés de la taïga 939/**4**
	L'homme qui oublia son passé 978/**2**
	Une nuit de magie noire 1130/**2**
	Bataillons de femmes 1907/**5**
	Un mariage en Silésie 2093/**4**
	Coup de théâtre 2127/**3**
	Clinique privée 2215/**3**
	La nuit de la tentation 2281/**3** Inédit
	La guérisseuse 2314/**6**
	Conjuration amoureuse 2399/**2**
	La jeune fille et le sorcier 2474/**3**
	Pour un péché de trop 2622/**4** Inédit
	Et cependant la vie était belle 2698/**4** Inédit
	Le sacrifice des innocents 2897/**3**
	La saison des dames 2999/**4** (Août 91) Inédit
	Le pavillon des rêves 3122/**5** (Déc. 91) Inédit
KOUSMINE ***Catherine Dr***	***Sauvez votre corps*** 2712/**7**
KREYDER ***Laura***	***Thérèse Martin*** 2699/**3**
KUBELKA ***Susanna***	***Ophélie apprend à nager*** 3027/**5**
L'AMOUR ***Louis***	***L'envol de l'Aigle*** 2750/**5**
L'HÔTE ***Jean***	***Confessions d'un enfant de chœur*** 260/**2**
	La Communale 2329/**2**
LACAMP ***Ysabelle***	***La Fille du Ciel*** 2863/**5**
LACLOS ***Choderlos de***	***Les liaisons dangereuses*** 2616/**4**

LAFERRIERE Dany	Comment faire l'amour avec un Nègre... 2852/3
LAFON Monique	Mon enfant, ma douleur, mon bonheur 2901/3
LAHAIE Brigitte	Moi, la scandaleuse 2362/3 Illustré
	La femme modèle 3102/3 (Nov. 91) Inédit
LANE Robert	Une danse solitaire 2237/3
LAPEYRE Patrick	La lenteur de l'avenir 2565/3
LAXER Gloria	Les vendanges du silence 2647/4
LEAMING Barbara	Rita Hayworth 3120/6 (Déc. 91) Illustré
LEFEVRE Françoise	Le petit prince cannibale 3083/3 (Oct. 91)
LEFEVRE Kim	Métisse blanche 2791/5
LEVY-WILLARD Annette	Moi, Jane, cherche Tarzan 2582/3
LIMONOV Edouard	Autoportrait d'un bandit dans son adolescence 2883/4
LINDSEY David	Mercy 3123/7 (Déc. 91) Inédit
LONDON Jack	Croc-Blanc 2887/3
LOTI Pierre	Le roman d'un spahi 2793/3
	Pêcheur d'Islande 2944/3
LOWERY Bruce	La cicatrice 165/1
LUND Doris	Eric (Printemps perdu) 759/4
MAALOUF Amin	Les croisades vues par les Arabes 1916/4
McCULLOUGH Colleen	Les oiseaux se cachent pour mourir 1021/4 & 1022/4
	Tim 1141/3
	Un autre nom pour l'amour 1534/4
	La passion du Dr Christian 2250/6
	Les dames de Missalonghi 2558/3
MACLAINE Shirley	Amour et lumière 2771/4
	Vivre sa vie 2869/3
	Le voyage intérieur 3077/3 (Sept. 91)
MACNEE Patrick	Chapeau melon 2828/5
McNEILL Elizabeth	9 semaines 1/2 2259/2
MALLET-JORIS Françoise	La tristesse du cerf-volant 2596/4
	Adriana Sposa 3062/5 (Sept. 91)
MARGUERITTE Victor	La garçonne 423/3
MARIN Maud	Le saut de l'ange 2443/4
	Tristes plaisirs 2884/3
MARKANDAYA Kamala	Le riz et la mousson 117/2
MARTIN Ralph G.	Charles et Diana 2461/6 Illustré
MARTINO Bernard	Le bébé est une personne 2128/3
MASON Bobbie Ann	Retour au pays 2678/4
MATHEWS Harry	Cigarettes 2708/4
MAUPASSANT Guy de	Une vie 1952/2
	L'ami Maupassant 2047/2
MAURE Huguette	Vous avez dit l'amour ? 2267/3
MAZZIOTTA Françoise	L'enfant venu d'ailleurs 2924/2
MERMAZ Louis	Un amour de Baudelaire -Madame Sabatier 1932/2
MERRICK Monte	Memphis Belle 2934/3
MICHAEL Judith	L'amour entre les lignes 2441/4 & 2442/4
	Une héritière de haut vol 2913/6 & 2914/6
	Une autre femme 3012/8
MILES Rosalind	La vengeance aux deux visages 2723/5 & 2724/5
MONNIER Thyde	Les Desmichels :
	- Grand-Cap 206/2

MONNIER (suite)	- Le pain des pauvres 210/4
	- Nans le berger 218/4
	- La demoiselle 222/4
	- Travaux 231/4
	- Le figuier stérile 237/4
MONSIGNY Jacqueline	Michigan Mélodie (Un mariage à la carte) 1289/2
	Le roi sans couronne 2332/6
	Toutes les vies mènent à Rome 2625/5
	Les lionnes de Saint-Tropez 2882/4
MONTLAUR Pierre	Iosseph le Juif du Nil 3084/5 (Oct. 91)
MOOR Lova	Ma vie mise à nu 3078/4 (Sept. 91) Illustré
MORASSO Françoise	L'Oreille en coin 2829/4
MORAVIA Alberto	La Ciociara 1656/4
	La belle Romaine 1712/5
	L'homme qui regarde 2254/3
MORRIS Edita	Les fleurs d'Hiroshima 141/1
MOUSSEAU Renée	Mon enfant mon amour 1196/1
MOWAT Farley	Dian Fossey au pays des gorilles 2728/5
NATHAN Robert	Le portrait de Jennie 1640/2
NELL DUBUS Elisabeth	Beau-Chêne 2346/6
	L'enjeu de Beau-Chêne 2413/6
	Le dernier rêve de Beau-Chêne 2805/6
	Comme un feu éternel 3014/7
	Folles chimères 3045/4
NOLAN Christopher	Sous l'œil de l'horloge 2686/3
NYSSEN Hubert	Les rois borgnes 2770/4
ORIEUX Jean	Catherine de Médicis 2459/5 & 2460/5
	Les Fontagre 2766/5 & 2767/5
OVERGARD William	Les fous et les braves 2868/5 Inédit
OYLER Chris	Va vers la lumière, mon fils 3004/3 (Août 91)
PALAISEUL Jean	Tous les espoirs de guérir 2912/5
PALLIERES C. et M.-F.	Quatre enfants et un rêve 2769/5
PARTURIER Françoise	Les Hauts de Ramatuelle 1706/3
PAULHAC Jean	Les herbes de la Saint-Jean 2415/5 Inédit
PAUWELS Marie-Claire	Mon chéri 2599/2
PEYREFITTE Roger	Les amitiés particulières 17/4
PIAT Jean	Le parcours du combattant 3028/4
PILCHER Rosamund	Les pêcheurs de coquillages 3106/8 (Nov. 91)
PLAIN Belva	Tous les fleuves vont à la mer 1479/4 & 1480/4
	La splendeur des orages 1622/5
	Les cèdres de Beau-Jardin 2138/6
	La coupe d'or 2425/6
	Les Werner 2662/5
	Pour le meilleur et pour le pire 3116/6 (Déc. 91)
POE Edgar Allan	Le chat noir et autres récits 2004/3
PRICE Nancy	Les nuits avec mon ennemi 2995/5
PROSLIER Jean-Marie	Excusez-moi si je vous demande pardon! 2317/3
PU-YI	J'étais empereur de Chine 2327/6
RACHET Guy	Duchesse de la Nuit :
	- Le sceau de Satan 2530/6
	- Le Lion du Nord 2645/4

	- Les chemins de l'aurore 2709/**5**
	Les vergers d'Osiris 2819/**6**
RADIGUET Raymond	Le diable au corps 2969/**1**
RAGUENEAU Philippe	Les nouvelles aventures du chat Moune 2581/**2** Illustré
RASPAIL Jean	Les yeux d'Irène 2037/**4**
	Le jeu du roi 2094/**3**
	Qui se souvient des Hommes... 2344/**3**
	Moi, Antoine de Tounens, roi de Patagonie 2595/**4**
	Le Camp des Saints 2621/**4**
	L'Ile Bleue 2843/**3**
	Pêcheur de lunes 3087/**3** (Oct. 91)
REGINA Norbert	Ils croyaient à l'éternité 2768/**5**
REGNIER Didier	L'aventure du Grand Raid 2342/**5**
REMY Pierre-Jean	Orient-Express - 2e époque 2186/**5**
	Annette ou l'éducation des filles 2685/**5**
RENARD Jules	Poil de carotte 11/**1**
REY Frédéric	La haute saison 1967/**4**
RHODES Evan H.	Le prince de Central Park 819/**2**
RIPLEY Alexandra	Charleston 1760/**4** & 1761/**4**
ROBBE-GRILLET Alain	L'année dernière à Marienbad 546/**2**
ROULAND Norbert	Les lauriers de cendre 2315/**5**
	Soleils barbares 2580/**4**
SADOUL Jacques	La mort du héros 1950/**3**
	Le domaine de R. 2522/**6**
	93 ans de B-D 2561/**7** Inédit Illustré
	L'île Isabelle 2623/**3**
SAGAN Françoise	Un peu de soleil dans l'eau froide 461/**2**
	Des bleus à l'âme 553/**1**
	Un profil perdu 702/**2**
	Le lit défait 915/**3**
SAINT Harry F.	Mémoires d'un homme invisible 2945/**8**
SAINT-PIERRE Michel de	Le milieu de l'été 2713/**3**
SALLENAVE Danièle	Adieu 2563/**2**
SARRAUTE Claude	Allô Lolotte, c'est Coco 2422/**2**
	Maman coq 2823/**3**
SCOTT Paul	Le joyau de la couronne (Le quator indien) :
	- Le joyau de la couronne 2293/**5**
	- Le jour du scorpion 2330/**5**
	- Les tours du silence 2361/**5**
	- Le partage du butin 2397/**7**
SEGAL Erich	Love story 412/**1**
	Oliver's story 1059/**2**
SEGAL Patrick	Quelqu'un pour quelqu'un 2210/**4**
SEGUR Comtesse de	Les petites filles modèles 3013/**2**
SERILLON Claude	De quoi je me mêle 2424/**2**
SEVERIN Tim	Le voyage du Brendan 2751/**6** Illustré
	Le voyage de Sindbad 2900/**6** Illustré
	Le voyage d'Ulysse 3011/**6** Illustré
SHEVEY Sandra	Le scandale Marilyn 3065/**6** (Sept. 91) Illustré
SIM	Elle est chouette, ma gueule ! 1696/**3**
	Pour l'humour de Dieu 2001/**4**

SIM *(suite)*	**Elles sont chouettes, mes femmes** 2264/**3**
	Le Président Balta 2804/**4**
SOLDATI *Mario*	**L'épouse américaine** 1989/**3**
SOREL *Jean-Claude*	**Formule 1** 2503/**3**
SOUPAULT *Philippe*	**Le grand homme** 1759/**3**
	En joue ! 1953/**3**
SPALDING *Baird T.*	**La vie des Maîtres** 2437/**5**
SPENCER *Lavyrle*	**Doux amer** 2942/**7** (Oct. 91) Inédit
STARR et PERRY	**Blaze** 2741/**3** Inédit
STEEL *Danielle*	**Leur promesse** 1075/**3**
	Une saison de passion 1266/**4**
	Un monde de rêve 1733/**3**
	Celle qui s'ignorait 1749/**5**
	L'anneau de Cassandra 1808/**4**
	Palomino 2070/**3**
	Souvenirs d'amour 2175/**5**
	Maintenant et pour toujours 2240/**6**
STENDHAL	**Le rouge et le noir** 1927/**4**
	La Chartreuse de Parme 2755/**5**
STRIEBER *Whitley*	**Communion** 2471/**4** Inédit
	Transformation 2683/**4** Inédit
SUMMERS *Anthony*	**Les vies secrètes de Marilyn Monroe** 2282/**6**
SWINDELLS *Madge*	**Tant d'étés perdus** 2028/**6**
	Ecoute ce que dit le vent 2280/**6**
	Comme des ombres sur la neige 2899/**7**
	L'honneur de Sybilia 3066/**7** (Sept. 91)
THOMAS *Eva*	**Le viol du silence** 2527/**3**
THORNE *Nicola*	**Champagne** 2808/**8**
TOURNAIRE *Hélène*	**Jules empaillé** 2697/**2**
TROYAT *Henri*	**La neige en deuil** 10/**1**
de l'Académie française	La lumière des justes :
	1 - Les compagnons du coquelicot 272/**4**
	2 - La barynia 274/**4**
	3 - La gloire des vaincus 276/**4**
	4 - Les dames de Sibérie 278/**4**
	5 - Sophie ou la fin des combats 280/**4**
	Le geste d'Eve 323/**2**
	Les Eygletière :
	1 - Les Eygletière 344/**4**
	2 - La faim des lionceaux 345/**4**
	3 - La malandre 346/**4**
	La pierre, la feuille et les ciseaux 559/**3**
	Anne Prédaille 619/**3**
	Le Moscovite :
	1 - Le Moscovite 762/**3**
	2 - Les désordres secrets 763/**3**
	3 - Les feux du matin 764/**2**
	Grimbosq 801/**3**
	Le front dans les nuages 950/**2**
	Viou 1318/**2**
	Le pain de l'étranger 1577/**2**

	La Dérision 1743/2
	Marie Karpovna 1925/2
	Le bruit solitaire du cœur 2124/2
	A demain, Sylvie (Viou-2) 2295/2
	Un si long chemin 2457/3
	Le troisième bonheur (Viou-3) 2523/2
	Toute ma vie sera mensonge 2725/2
	La gouvernante française 2964/3
TRUFFAUT François	L'homme qui aimait les femmes 2864/2
TRYON Thomas	La nuit du croissant de lune 3100/6 (Nov. 91) Inédit
TUROW Scott	Présumé innocent 2787/7
TWAIN Mark	Les aventures de Tom Sawyer 3030/3
UNSWORTH Barry	L'île de Pascali 2910/3
VALLIERES Claire	Ce toit fragile où veillent les vautours 1837/5
	L'arbre à pluie 2203/6
VERGUIN Paul	Aubaine 2915/2
VILLAMONT Viviane	Le Guêpiot 1013/4
VILLEFRANCHE Anne-Marie de	L'amour, l'amour toujours 3057/2 (Août 91)
VILOTEAU Nicole	La femme aux serpents 2022/4 Illustré
WALKER Alice	La couleur pourpre 2123/3
WALTER Anne	Les relations d'incertitude 2896/3
WESLEY Mary	Sans avoir l'air d'y toucher 3026/6
WHARTON Edith	Fièvre romaine 2700/3
WOLINSKI Maryse	Au diable vauvert 2560/3
WOOD Barbara	Et l'aube vient après la nuit 2076/3 & 2077/3
	Les battements du cœur 2909/6
WOODIWISS Kathleen E.	L'inconnue du Mississipi 2509/3
XENAKIS Françoise	Moi j'aime pas la mer 491/1
	La natte coupée 1790/2
	Zut, on a encore oublié madame Freud... 2045/3
	Mouche-toi, Cléopâtre... 2359/3
	La vie exemplaire de Rita Capuchon 2585/3
	Elle lui dirait dans l'île 2994/3
	Chéri, tu viens pour la photo 3040/4
YOSHIKAWA Eiji	La pierre et le sabre 1770/5 & 1771/5
	La Chronique des Heiké 2475/7
ZOLA Émile	Germinal 901/3
ZUMBIEHL Paul	Un atoll et un rêve 2806/4
X	Correspondance d'une bourgeoise avertie... 2703/2

2971

Impression Brodard et Taupin
à La Flèche (Sarthe) le 7 juin 1991
1495E-5 Dépôt légal juin 1991
ISBN 2-277-22971-7
Imprimé en France
Editions J'ai lu
27, rue Cassette, 75006 Paris
diffusion France et étranger : Flammarion